dtv

Grace O'Malley und Rory Coyne vom Morddezernat im irischen Galway bekommen ihren zweiten Fall auf den Tisch: Tom Nolan, Mitarbeiter in einem Wettbüro, wird erschossen aufgefunden. Ausgerechnet Rorys Zwillingsbruder Ronan Coyne ist der Inhaber des Büros. Für die Polizei gilt der Guard natürlich sofort als befangen, aber Rory wäre nicht Rory, wenn er nicht trotzdem ermittelte – sozusagen als »Undercover Guard«. Denn der Mord ist nur die Spitze des Eisberges. Bei ihren Recherchen dringen Grace und ihr Team bis in die innersten Kreise des irischen Wettgeschäfts vor. Eine skrupellose internationale Wettmafia hat hier die Finger mit im korrupten Spiel. Doch auch im heimischen Galway sind erstaunlich viele bekannte Gesichter in den Fall verwickelt, und Grace kommt zu zwei wichtigen Erkenntnissen: Es ist bei Weitem nicht alles, wie es scheint, und manchmal kann es lebensrettend sein, wenn man schon vorher weiß, wie ein Spiel ausgeht.

Hannah O'Brien ist Journalistin und Autorin und war lange Zeit in Großbritannien und Irland zu Hause. Heute lebt sie in Köln und an der Mosel, ist aber regelmäßig auf der Grünen Insel zu Gast und kennt Land und Leute wie ihre Westentasche. Im erfolgreichen Band ›Irisches Verhängnis‹ (dtv 21584) lässt sie die eigenwillige Ermittlerin Grace O'Malley in ihrem ersten Fall ermitteln.

Hannah O'Brien

Irisches Roulette

Kriminalroman

dtv

Ausführliche Informationen über
unsere Autoren und Bücher
www.dtv.de

Von Hannah O'Brien
ist bei dtv außerdem erschienen:
Irisches Verhängnis (21584)

Im Anhang befindet sich ein Glossar
und ein Personenregister sowie eine Landkarte.

MIX
Papier aus verantwortungsvollen Quellen
FSC® C019821
FSC www.fsc.org

Originalausgabe 2016

Dieses Werk wurde vermittelt durch
die Literarische Agentur Michael Gaeb
Umschlaggestaltung: Johannes Wiebel/punchdesign, München
Satz: Fotosatz Amann, Memmingen
Gesetzt aus der Aldus 9,75/12˙
Druck und Bindung: Druckerei C.H.Beck, Nördlingen
Gedruckt auf säurefreiem, chlorfrei gebleichtem Papier
Printed in Germany · ISBN 978-3-423-21631-9

Für Nele

Das Meer kräuselte sich um die Zehen des Kindes. Die kleine Graínne Ni Mháille stand mit nackten Füßen auf dem silbern schimmernden feinen Strand ihrer Kindheit. Neben ihr tobte ein ausgelassener Hund, lief hin und her, watete spritzend ins Wasser und kurz darauf wieder heraus.

Graínne sah sich nach ihrem Vater um, der ein Stück von ihr entfernt nach kleinen grauen Schnecken suchte. Das Meer schien vor ihren Augen zu tanzen. Es bewegte sich mal in kleinen spitzen Wellen, mal in großspurig schwappenden Bögen, als könne es sich nicht entscheiden, ob es eine derbe Polka oder ein zierliches Menuett darbieten wollte. Das Meer konnte das Kind zum Lachen bringen.

»Warum geht das Meer weg und kommt dann doch zurück?«

Shaun richtete sich auf und überlegte einen Moment lang. Er schaute in den grauen Himmel, der direkt vom Wasser aufstieg.

»Weil es mit uns spielt, Graínne. Es neckt uns. Es will uns glauben machen, dass es verschwindet. Und wenn wir ganz sicher sind, dass es für immer weg ist, rollt es mit einer Kraft zurück, die uns blinzeln lässt und bei der wir uns erstaunt die Augen reiben.«

»Und warum tut es das?«

»Weil es das Meer ist.«

1

Bevor er den Sicherheitscode eingab, schaute sich Tom Nolan noch einmal um. Nein, es war ihm niemand gefolgt. Die Castle Street lag menschenleer da. Aus den Wohnungen schien kein zusätzliches Licht auf die Straße, die nur dämmrig beleuchtet war. Um diese Zeit, am späten Samstagabend, konnte man das Partytreiben in den Pubs und Restaurants der nahen Fußgängerzone der Stadt Galway noch als fernen Geräuschteppich wahrnehmen. Aber die schmale Gasse, in der sich das Wettbüro befand, wo Tom arbeitete, war nach Geschäftsschluss nahezu ausgestorben. Hier gab es in den zweistöckigen alten Gebäuden schicke Büros für Architekten und trendige Anwaltskanzleien. Dazu das eine oder andere Künstleratelier. Seit Neuestem schossen Cateringfirmen um das *Turf no Surf* aus dem Boden. Kochte etwa niemand mehr selbst?, fragte Tom sich öfter. Doch er lebte als Junggeselle – er mochte den modernen Ausdruck »Single« nicht – in einem kleinen Appartement in Salthill und ging auch lieber essen, wenn er es sich leisten konnte. In letzter Zeit hatte er es sich fast täglich leisten können.

Mit einem kleinen Schmatz schloss sich die Eingangstür hinter ihm und er betrat sein Büro, das links hinter dem Publikumsschalter lag. Die sonst farbenfroh flackernden Bildschirme unter der Decke waren schwarz und tot. Sie wirkten düster und hinterhältig.

Sein kleiner Schreibtisch war sorgfältig aufgeräumt. Tom setzte sich und zog vorsichtig die Schublade auf, während er seinen Rechner hochfuhr. Er hatte nur die Schreibtischlampe angeknipst. Die an der Decke ignorierte er. Er bewahrte die Ampullen hier auf, statt sie mit nach Hause zu nehmen. Hier sei es sicherer, hatte er geglaubt, niemand käme auf den Gedanken, in einem Wettbüro danach zu suchen.

Die konnten nichts davon wissen. Das war einfach unmöglich. Aber ganz sicher konnte man nie sein, und deshalb musste er handeln.

Tom fingerte an einem verdeckten Schalter ganz hinten in der Schublade herum. Eine Feder sprang auf und gab ein kleines Geheimfach preis. Darin lag, klein zusammengefaltet, ein Stück Papier und eine Schachtel mit den fünf Ampullen, die Tom nun an sich nahm. In dem Moment glaubte er ein Geräusch von draußen zu hören.

Er hielt inne, nahm danach aber nichts mehr wahr. Er musste sich getäuscht haben. Wer sollte nach Geschäftsschluss so spät am Abend hier ins Wettbüro kommen? Er steckte das Papier hastig in das Lederetui seines Handys und die Schachtel mit den Ampullen in die Tasche seines grauen Jacketts. Falls sein Chef ihn überraschte, konnte er immer noch behaupten, dass er etwas vergessen habe.

Er rief nun etwas auf seinem Laptop auf. Drei, vier Klicks und er fand das Gesuchte. Über sein Gesicht huschte ein zufriedenes Lächeln. Gut, das hatte also geklappt. Man konnte sich auf ihn und sein Insiderwissen verlassen, das wussten sie nun. Alle würden mit ihm zusammenarbeiten wollen und er würde das endlich auf eigene Rechnung tun.

Tom Nolan, der äußerlich dem Klischee eines unauffälligen Bankbeamten sehr nahe kam, hätte sich gern als wichtiger Global Player gesehen. Als jemand, der mit heißen Tipps hart, aber fair in der internationalen Finanzwelt jonglierte. Das hätte gut zu ihm gepasst. Tom gestattete sich, für ein paar Sekunden seinen Fantasien nachzuhängen. Dann klappte er den Laptop zu. Wieder meinte er, etwas zu hören.

Diesmal war es ein Moped, das sehr langsam, doch ziemlich laut knatternd draußen vorbeifuhr. Komisch, dass man das hier im Raum so genau hören konnte. Das war ihm noch nie aufgefallen.

Bald würde er unabhängig sein und nicht mehr hierherkommen müssen. Nicht, dass ihm die Kollegen missfielen oder sein Chef, Ronan. Der war eigentlich in Ordnung. Aber brauchte man denn jemanden, dem man Rechenschaft für alles ablegen musste? Wenn Ronan tatsächlich mal Schwierigkeiten machte, musste er ihn nur an seinen kleinen Deal mit Garda erinnern.

Das war ein ziemlich cooler Schachzug von Ronan gewesen, das musste man ihm lassen. Wen er da zweimal im Monat bei sich zu Hause beherbergte und zu welchem Zweck … Und sein eigener Zwillingsbruder war ahnungslos. Fantastisch.

Nolan schob den Stuhl wieder an den Tisch zurück und knipste die Lampe aus. Der Raum war nun komplett dunkel, und er tastete sich vorsichtig zur Tür. Doch kurz bevor er sie erreichte, wurde sie plötzlich aufgerissen. Der grelle Strahl einer Taschenlampe traf ihn mitten ins Gesicht und er sah geblendet zu Boden. Einen Augenblick lang herrschte Stille, dann hörte Nolan eine vertraute Stimme: »Oh, du bist es, Tom. Ich dachte schon, es sei ein Einbrecher.«

Tom Nolan schüttelte völlig überrascht den Kopf und kratzte sich am Hinterkopf. Es war das Letzte, was er tat.

2

Am Tag zuvor hatte Grace O'Malley knapp hundert Kilometer an die Küste fahren müssen. Die Scheibenwischer verschmierten die Windschutzscheibe, statt sie vom Wasser zu befreien, das ohne Unterlass von allen Seiten niederprasselte. Grace blinzelte angestrengt und versuchte mit einem Taschentuch die Scheibe von innen abzureiben, um so eine bessere Sicht auf die Straße zu bekommen.

»Scheiß Möwenkacke!«, fluchte sie.

Wenn Rory neben ihr gesessen hätte, wäre er wohl in schallendes Gelächter ausgebrochen und hätte vielleicht noch ein »Sag ich doch« hinterhergeschickt. Doch sie war allein im Wagen. Man hatte sie nach Letterfrack gerufen, wo sie sich mit einem Mann hatte treffen sollen, der angab, ein wichtiger Zeuge in dem Fall zu sein, in dem Grace gerade ermittelte.

Grace bremste und schaltete herunter. Sie musste die kurvenreiche N59 in Richtung Westport langsamer fahren. Bald würde die Abzweigung nach Recess kommen, die sie nehmen wollte, um nicht in entgegengesetzter Richtung den Umweg über Clifden nehmen zu müssen.

Zunächst war Grace irritiert gewesen, als sie merkte, dass sie den langen Weg umsonst gemacht hatte. Der angebliche Zeuge war nicht zum Treffpunkt erschienen. Doch dann beschloss sie, den ungeplant freien Nachmittag zu genießen. Schließlich war sie in Connemara unterwegs, dem spektakulärsten Teil der Grünen Insel, die auch sonst mit beeindruckenden Landschaften gesegnet war. Aber jetzt goss es wie aus Kübeln und man konnte gar nichts mehr vom spektakulären Connemara erkennen. Das Meer musste zu ihrer Linken liegen und die imposanten Berge irgendwo rechts vorne.

Es war kühl für Mitte Juli und so begann die Scheibe bald

wieder von innen zu beschlagen. Auf der Straße nach Recess kamen ihr lange Zeit nur zwei Wohnmobile mit französischen Kennzeichen entgegen. Niemand überholte sie. Hier gab es nur ganz wenige Häuser. Ein Hotel und eine Handvoll Bed-and-Breakfast-Pensionen hatten sich als steinerne Wegmarken vor die hohe kahle Bergkette der Twelve Bens positioniert. Grace wischte und blinzelte. Diese Landschaft war archaisch. Unberührt, beeindruckend, dramatisch, bei jedem Wetter.

Ihr Handy trommelte. Sie hatte ein irisches Musikstück als Klingelton geladen, das mit dem keltischen Percussion-Instrument Bodhran begann. Sie liebte Bodhrans, mit Haut bespannte Holzreifen, die ursprünglich mit einem Tierknochen geschlagen wurden.

Es war Rory. Sie schaltete die Freisprechanlage an.

»Bist du noch in Letterfrack, Grace?«

»Nein. Der Typ war nicht im Pub. Ich hab noch mal ein bisschen nach ihm gesucht, aber ohne Erfolg. Dumm gelaufen. Ich bin schon auf dem Rückweg. Was ist?«

Der Kollege schien zu zögern. »Fährst du über Clifden?«

»Wer fährt von Letterfrack über Clifden, wenn er nach Galway will? Das dauert viel länger. Ich habe die Straße über Recess genommen. Warum?«

»Schon gut.«

»Warum, Rory?«, insistierte sie.

»Äh, da gibt es so eine herrliche Krebspastete. Wie man sie früher gemacht hat. Die gibt es im …« Er brach ab und Grace musste lächeln.

»Tut mir leid, Rory. Wenn ich gewusst hätte, dass du auf diese Krustentierpaste stehst, hätte ich gern den Weg über Clifden in Kauf genommen, nur um dir …« In diesem Moment sah sie jemanden mitten auf der Straße stehen, der etwas Undefinierbares im Arm hielt. Sie fluchte wieder.

»Da ist was, Rory. – Bis später!« Sie drückte ihn weg.

Grace stand fast auf der Bremse und konnte den Wagen gerade noch zum Stehen bringen. Die Person auf der Straße – es war, wie sich bei genauerem Hinsehen herausstellte, eine Frau – stand wie angewurzelt da und schaute ihr erwartungsvoll entgegen. Im Arm hielt sie einen zotteligen Border Collie, wie es sie hier auf fast jedem Hof gab. Grace hatte schon ihre Tür geöffnet und sich in den strömenden Regen hinausgelehnt. Da schaute die Frau ganz kurz auf ihre Armbanduhr.

»Brauchen Sie Hilfe?«

Die Frau nickte und kam langsam näher. Sie war klein, trug eine dunkelgrüne Wachsjacke mit violetten Streifen, wie Grace sie noch nie zuvor gesehen hatte, und einen schwarzen Südwester wie ein Hochseefischer, mit tiefgezogenem Kragen, der den Hals hinten vollständig bedeckte. Der Hund in ihren Armen bewegte sich nicht.

»Er muss angefahren worden sein«, murmelte die Frau fast abwesend. Sie streichelte den leblosen Körper. »Können Sie mich bitte ein Stück mitnehmen?«

Grace nickte, stieg aus und hielt ihr die Beifahrertür auf.

Der Frau gelang es nicht, mit dem Hund im Arm einzusteigen. »Könnten Sie ihn bitte einen Moment halten?«

Grace streckte ihr die Arme entgegen, um den Hund in Empfang zu nehmen. Er hatte wie alle Hütehunde ein schwarz-weißes Fell, und nur das linke hintere Bein war, wie Grace bemerkte, komplett tiefschwarz, als hätte er eine schwarze Socke übergestreift.

»Lebt er noch?« Nun streichelte auch Grace den schlaffen Körper des Tieres, tastete nach seiner Halsschlagader und hielt ihr Ohr an seine Schnauze.

Die Frau nickte. Grace bettete den Hund auf den Schoß der anderen und schlug die Wagentür zu.

»In Oughterard gibt es eine Tierklinik. Wenn Sie mich da rauslassen könnten?«

Grace nickte mit einem neugierigen Seitenblick auf ihre unerwarteten Passagiere.

»Woher wissen Sie, dass ich bis Oughterard fahre? Das sind fast noch vierzig Kilometer.« Grace klang amüsiert. Iren wissen immer alles ganz genau, schoss es ihr durch den Kopf. Auch wenn sie keinen Schimmer haben.

Fragt man einen Iren nach dem Weg, wird er ihn immer und unter allen Umständen kennen und ihn genauestens beschreiben können, inklusive einer Zeitangabe, wie lang man brauchte, um dorthin zu gelangen. Das hatte sie in ihren Jahren in Dänemark fast vergessen. Als sie am Anfang ihrer Zeit bei der Polizei in Kopenhagen nach dem Weg gefragt hatte, war sie sehr überrascht gewesen, als Antwort manchmal ein »Tut mir leid, aber das kenne ich nicht« zu hören. Diese Antwort war in Irland nicht vorgesehen. Man war immer hilfsbereit. Den anderen ins Nichts, ins Nirwana, in die irische Wüste zu schicken, weil man nicht zugeben wollte, das gewünschte Ziel nicht zu kennen, war bestenfalls ein zweitrangiger, bedauerlicher Nebeneffekt. Allein die Hilfsbereitschaft zählte.

»Das weiß ich gar nicht. Ich habe es nur angenommen. Zwischen hier und Galway gibt es ja kaum etwas, von dem kleinen Dorf Recess mal abgesehen. Es sei denn, man biegt in Maam Cross nach Rossaveel ab. – Ich heiße übrigens Dixi.« Die Frau, die Ende dreißig sein mochte, lächelte verschmitzt, hob ihre Hand aus dem nassen Fell des Tieres und reichte sie ihr. Die Kommissarin nahm ihre linke Hand vom Steuer und drückte die der anderen fest. Sie musste zugeben, dass sie ihr auf Anhieb sympathisch war.

»Ich heiße Grace. Wollen Sie mir sagen, was passiert ist mit dem … ist das Ihr Hund?« Irgendwo hatte sie die Frau schon einmal gesehen, aber sie hätte sie im Moment nicht einordnen können.

Dixi schüttelte ihren kurzen Fransenschnitt, der unter

dem Südwester hervorkam, als sie ihn ausgezogen hatte. Sie drehte sich um, zögerte und warf ihn auf den Rücksitz. Die nassen Strähnen klebten ihr zum Teil am Kopf und gaben der apart aussehenden Frau mit den hohen Wangenknochen kurzzeitig eine Frisur, die Grace entfernt an ein Huhn erinnerte. An ein sehr nasses Huhn.

»Nein, ich habe ihn auf der Straße gefunden.«

»Hier auf der Hauptstraße?«

Die Frau antwortete nicht sofort. Schließlich räusperte sie sich.

»Ja. Am Straßenrand. Als habe ihn jemand dort abgelegt.«

»Oh.« Grace liebte Hunde und der Gedanke, dass jemand einen Hund angefahren hatte, ohne sich um ihn zu kümmern, missfiel ihr.

Beide schwiegen ein paar Sekunden. In Graces Wagen müffelte es nach nassem Fell.

»Und was haben Sie hier mitten in der Wildnis gemacht?« Grace war nicht nur mit Herz und Seele Polizistin – sie leitete seit einigen Monaten die Abteilung für Kapitalverbrechen der Gardai Zentrale in Galway, der viertgrößten Irlands, und war außerdem ein überaus neugieriger Mensch.

Dixi lachte. Es war ein ansteckendes Lachen. Der Hund auf ihrem Schoß bewegte sich nun leicht.

»Sie haben vier Antworten zur Auswahl. A: Ich war wandern und habe mal wieder den Schirm vergessen. Als es richtig herunterprasselte, entschloss ich mich, ein Auto anzuhalten. Der Hund war ein Vorwand. B: Ich habe mich blöderweise verlaufen. Der Hund war nicht eingeplant gewesen. C: Ich habe in dieser gottverlassenen Gegend auf ein Auto mit Garda gewartet, um mich todesmutig mit einem Hunde-Fast-Kadaver auf die Straße zu stellen, den ich vorher aufwendig präpariert hatte …«

Graces Augenbrauen rutschten einen halben Zentimeter nach oben.

»Oder D: Ich habe mich so mit meinem Freund gezankt, dass ich trotz des Regens wutschnaubend aus dem Wagen gestiegen und zu Fuß weitermarschiert bin. Kurz bevor Sie kamen, habe ich den Hund am Straßenrand gefunden.« Dixi klang sehr vergnügt. »Also?«

Grace musste wieder lächeln. Sie mochte die Frau.

»Ich nehme mal D.«

Die Hunderetterin mit der Hühnerfrisur schien mit der Wahl zufrieden, sagte aber nichts.

Als sie auf die N59 nach Galway eingebogen waren, fing Dixi an, von sich selbst zu erzählen. Vorsichtig und fast liebevoll glitten ihre Hände über das zottige Fell des Hundes. Sie sei Hutmacherin und betreibe neben einem Atelier in der Innenstadt Galways auch jeden Samstag einen kleinen Stand auf dem beliebten Wochenmarkt.

»Hutmacherin, interessant!« Grace gefiel der Beruf dieser Frau auf Anhieb.

»Ja, wie in Alice im Wunderland. Da gibt es ja den berühmten Hutmacher.«

Die Kommissarin nickte und blickte sie kurz von der Seite an. »Der heißt ›der verrückte Hutmacher‹, wenn ich mich nicht irre.«

»Das denken die meisten. Stimmt aber nicht. Lewis Caroll hat ihn nie mit dem Wort ›verrückt‹ beschrieben. Das können Sie nachlesen.« Dixi strahlte, was Grace erneut zum Lächeln brachte.

»Der Hutmacher war nicht verrückt, sondern eher eine Spielernatur, wie der Märzhase, sein Freund.« Wieder glitten ihre schmalen Finger über das nasse Fell des Tieres auf ihrem Schoß. Sie trug einen unauffälligen Ring mit einem kleinen Smaragd am rechten Ringfinger.

»Besuchen Sie mich doch mal, Grace! Ich würde mich total

freuen. Sie haben ein Hutgesicht. Kommen Sie doch morgen auf den Samstagsmarkt, ganz unverbindlich, nur mal so.«

Prüfend sah die Polizistin sie von der Seite an. Plötzlich bewegte sich der Hund und seufzte, als hätte er einen schönen Traum. Grace schaute kurz zu ihm. »Wie es ihm wohl geht? Wir sind gleich da.«

Ein paar Minuten später tauchte das Ortsschild von Oughterard auf und kurz darauf hielt Grace vor dem Eingang der Tierklinik an der Hauptstraße. Sie half Dixi mit dem Hund aus dem Auto.

»Sie kommen mal vorbei, Grace, versprochen?« Dixi reichte ihr zum Abschied die Hand, während sie mit der anderen den Hundekörper an sich presste.

Grace nickte.

»Verraten Sie mir aber bitte noch eins.« Sie hatte die Stirn gerunzelt. Dixis Gesicht war offen und ihr zugewandt. »Noch mal zu Ihrer Option C ...«

»C?« Dixi schien einen Moment verwirrt.

»Woher wissen Sie, dass ich von Garda bin?«

Ihre Blicke trafen sich. In Dixis braunen Augen tanzten kleine Feuerchen. Türkise Sprengsel in Graces schiefergrauen Augen blitzten auf.

»Ich fahre ja keinen offiziellen Wagen, wie ihn die normale Gardai benutzt, der von Weitem gut erkennbar wäre, und ich trage auch keine Uniform.«

Dixi keuchte nun ein wenig unter der Last des Tieres. Schließlich antwortete sie und sah dabei amüsiert aus.

»Ich hab auf Ihrem Rücksitz die Schutzweste für die Dunkelheit gesehen. Da steht groß in Neonlettern GARDA drauf. – Bis bald!«

Grace schaute sie einen Moment lang verblüfft an, schmunzelte und ging dann zum Auto zurück. Als sie sich noch einmal nach ihr umdrehte, war Dixi schon mit dem Hund in der Tierklinik verschwunden.

3

Der Himmel über Galway war zwar bedeckt, doch es war mild an diesem Samstag. Perfektes Wetter zum Einkaufen. Grace hatte nach dem Frühstück kurz mit Peter Burke telefoniert. Sie waren locker für den Sonntag zu einer Wanderung mit anschließendem Abendessen verabredet gewesen, aber nun musste er, wie er betonte, leider doch zu seiner Mutter nach Inis Meáin rüberfahren. Sie brauchte seine Hilfe beim Reparieren eines Zaunes. Normalerweise würde Pattie sich lieber auf die Zunge beißen, als ihren Sohn mit so etwas zu belästigen. Deshalb war er fast froh über ihre Anfrage gewesen. Sie wandte sich seiner Meinung nach viel zu selten an ihn mit einer Bitte und hielt, wie es ihm erschien, manchmal zu sehr Abstand von ihm.

»Ich melde mich, wenn ich zurück bin, okay?«

»Klar. Mach dir keine Sorgen um mich, mir fällt schon nicht die Decke auf den Kopf. Jetzt geh ich erst mal auf den Markt. Das wollte ich schon lange. Der Markt hier ist einfach unschlagbar.«

Nachdem sie aufgelegt hatte, überlegte sie einen Moment, ob ihr Peters Absage leidtat. Seit ihrem Wiedersehen im Frühjahr und seiner unschätzbaren Unterstützung als Privatdetektiv bei der Lösung ihres ersten Falls waren sie sich zwar nähergekommen, aber ein Paar waren sie nicht. Zumindest bis jetzt nicht. Sie fühlte sich durchaus zu ihm hingezogen, aber irgendwie hatte sie Angst, sich auf eine Beziehung einzulassen. Im Moment stellte der neue Job das Wichtigste in ihrem Leben dar – und ihre Tochter Roisin natürlich, obwohl die ja seit den Ereignissen im Mai bei ihrer Mutter Liv in Dänemark lebte.

Grace schenkte sich noch einen Tee ein und trat damit ans Fenster ihrer neuen Wohnung. Ihr Blick fiel auf die schäbige

Hauswand gegenüber. Bis vor vier Wochen hatte sie direkt am Meer gewohnt, in einem schick möblierten Appartement, das sie nach ihrem Umzug von Dänemark vorübergehend in Galway angemietet hatte. Die Möbel waren ihr sofort auf die Nerven gegangen, besonders das cremefarbene Ledersofa. Es war ihr wichtig, mit welchen Dingen sie sich umgab.

Nun wohnte sie in drei fast noch leeren Zimmern in St Mary's Terrace nahe dem Zentrum und ließ sich Zeit mit der Möblierung. Lieber saß sie eine Zeitlang auf Kartons, als vorschnell etwas zu kaufen, das nicht genau das war, was sie sich vorstellte. In einer Woche würden die paar Möbel aus Kopenhagen kommen, die sie dort untergestellt hatte und an denen sie hing. Dann würde es etwas gemütlicher werden.

Grace trug die leere Teetasse in die Küche, band ihre langen Haare zusammen und streifte sich die roten Sandalen über.

Als sie sich bald darauf durch das Gedränge in den schmalen Gassen im Zentrum Galways schob, genoss sie es geradezu, in die Menge einzutauchen, mal an dem Stand, mal an jenem stehen zu bleiben und sich das Angebot anzuschauen, zu schnuppern oder etwas auszuprobieren. Seit den frühen neunziger Jahren gab es diesen bunten Wochenmarkt, den sich die Bevölkerung damals gegen die Stadtverwaltung erkämpft hatte. Hier gab es selbstgebackenes Brot von einem Back-Kollektiv aus Clare, der nächsten Grafschaft südlich von Galway. Grace fand das irische Brot zwar besser als das englische, doch ihre Jahre in Dänemark hatten sie nach dunklem Sauerteigbrot süchtig gemacht. Auf den Gedanken, es selbst zu backen, wäre sie nie gekommen.

»Ist das Roggenbrot?« Grace zeigte auf den kompakten rechteckigen Pfundlaib auf dem Tisch. Die junge Frau dahinter nickte zustimmend und kaute weiter an einem Stück Kuchen.

Grace kaufte gleich drei Brote, die sie einfrieren wollte. Wer wusste schon, wann sie es das nächste Mal auf den Markt schaffen würde.

Das Stimmengewirr um sie herum klang europäisch. Direkt neben ihr erörterte ein französisches Paar scheinbar kontrovers die Vorzüge der unterschiedlichen Backwaren. Einen Stand weiter ließen sich drei junge Russen erklären, welches Hummus am mildesten und welches am schärfsten war. Eine schicke Italienerin drängte sich mit einem charmanten »Permesso!« an ihr vorbei und steuerte den Stand mit dem ungewöhnlichen Schmuck an, der Grace auch schon aufgefallen war. Galway vibrierte förmlich. Grace genoss das internationale Flair und schaute sich nach dem Hutstand um, den sie eigentlich von Anfang an gesucht hatte. Sie konnte ihn nirgendwo entdecken, aber man konnte auch nicht sehr weit schauen, so dicht gedrängt war die Menschenmenge. Alle schoben sich geduldig durch das Gewimmel. Der Blumenstand an der Ecke bot wunderschön gebundene Bauernsträuße an. Davon musste sie nachher unbedingt noch einen kaufen.

Plötzlich hatte sie das vage Gefühl, dass sie beobachtet wurde. Sie ließ ihren Blick über die Marktbesucher schweifen, konnte aber niemanden entdecken, der in ihre Richtung sah. Wahrscheinlich hatte sie sich getäuscht.

Sie stellte sich in der langen Schlange für vielversprechendes Biogemüse an. Vor ihr diskutierten zwei Schwedinnen heftig über ihr geplantes Nachmittagsprogramm. Sollten sie auf die Aran-Inseln oder lieber gleich nach Clifden und Connemara fahren?

»Ich rate euch, zuerst zu den Arans zu gehen, und da auf die mittlere Insel, Inis Meáin, und danach weiter nach Clifden.« Grace hatte ihren Ratschlag auf Dänisch formuliert und sofort drehten sich die beiden Skandinavierinnen begeistert um.

»Hei, hei, du kennst dich aus? Machst du auch hier Ferien? Ist ein cooles Land, nicht wahr?«

Sie schüttelte ihren Zopf mit den langen dunkelbraunen Locken. »Ich stamme aus der Grafschaft Mayo, nicht weit von hier, habe aber die letzten Jahre in Kopenhagen gelebt.«

»Du sprichst tolles Dänisch!«

Grace lächelte geschmeichelt. »Meine Mutter ist Dänin, allerdings hat sie den größten Teil ihres Lebens hier in Irland verbracht. Jetzt lebt sie wieder in Aarhus.«

Warum erzählte sie diesen wildfremden Menschen etwas über ihr Privatleben? Sie trat einen Schritt zurück, um mehr Distanz zu schaffen. Offenbar fand sie, wie sie sich nur ungern eingestand, in Galway nur selten Menschen, mit denen sie sich privat austauschen konnte. In Dänemark war sie mit einer Kollegin eng befreundet gewesen. Hier hatte sie niemanden.

»Kann ich euch helfen?« Ein Mann mittleren Alters mit einem spärlichen roten Vollbart und kurzen rotblonden Haaren hatte sich an die beiden Skandinavierinnen gewandt. Er lächelte ein sprödes Lächeln und sprach akzentfreies Englisch, das keinerlei irische Färbung trug. Woher stammte er wohl?, fragte sich Grace, während sie wartete und sich wieder umschaute. Aus Holland, aus Deutschland?

Die Schwedinnen zahlten und verabschiedeten sich von ihr.

»Danke noch mal für den Tipp! Wir nehmen den Bus nach Rossaveel, um Viertel vor drei. Hei, hei!«

Grace hob die Hand zum Gruß und inspizierte dann die Auslage des Gemüsestands.

»Sieht gut aus. Sind die Artischocken selbst gezogen?«

Der Mann nickte. »Alles selbst angebaut. Bio.«

Er war nicht sehr gesprächig, fand Grace. Wirklich sehr unirisch.

»Von woher?«

Der Mann schien unsicher zu sein. »Was meinen Sie genau? Das Gemüse oder ich?«

Grace verzog ihren Mund zu einem freundlichen Grinsen. »Wenn Sie mich schon so fragen, dann würde ich mal sagen, beides.«

»Ich bin Ökobauer und komme ursprünglich aus Norddeutschland, aber das Gemüse gedeiht in der Nähe von Letterfrack in Connemara.« Der Mann klang überaus ernsthaft.

Grace lachte und ließ sich zwei Artischocken einpacken. Dann kaufte sie noch ein paar seltene Mirinda-Tomaten. Auch aus Letterfrack – allerdings, wie der Biobauer betonte, aus seinem Gewächshaus, kein Freiland.

Grace beugte sich vertraulich ein Stück zu ihm hinüber. »Sind Sie schon länger hier auf dem Markt?«

Er nickte verhalten und blieb reserviert.

»Ich suche einen Stand mit Hüten. Die Hutmacherin heißt Dixi. Können Sie mir sagen, wo ich die finde?«

Über sein Gesicht huschte der Anflug eines Lächelns. »Sie meinen Dixi O'Hara?«

Grace zuckte mit den Schultern. »Ich kenne ihren Nachnamen nicht.«

In dem Moment trat eine magere Frau mit strähnigem mausbraunem Haar zu ihm. Sie war hinter einem geparkten grünen Lieferwagen hervorgekommen und hielt einen Stapel Einkaufstüten aus braunem Papier in den Händen. Die Frau warf dem Mann einen abschätzigen Blick zu und legte die Tüten dann seitlich auf den Verkaufstisch. Entschlossen nahm sie dem Bärtigen die Artischocken ab und stopfte sie in eine davon. Neben einer gemalten Stange Lauch und drei Tomaten stand in großen schwarzen Lettern »Frisch aus

Connemara« auf dem Papier. Die Frau reichte Grace die Tüte und sah sie prüfend an, sie lächelte nicht dabei.

»Sie sprechen von der exzentrischen Dixi, oder?« Die Beschreibung passte.

»Ja.«

»Da müssen Sie hier die Lombard Street runter und noch ein Stück Richtung Shop Street, und kurz bevor Sie da sind, finden Sie den Stand auf der rechten Seite. Beste Lage.«

Das Letzte hatte nicht nett geklungen. Grace wunderte sich ein wenig, zahlte, nahm dann die Tüte und bahnte sich einen Weg in die beschriebene Richtung. Wieder kam es ihr vor, als würden sich Augen in ihren Rücken bohren. Blitzschnell schaute sie sich um und konnte gerade noch sehen, wie sich jemand wegdrehte und in der Menge untertauchte. Sie zögerte und wäre fast hinter dem Flüchtigen hergelaufen, als sie laut ihren Namen vernahm.

»Grace! Hier bin ich!« Dixi winkte heftig mit beiden Armen, als würde sie ertrinken.

Grace entschied sich, zu ihr zu gehen. Dixis Stand war nicht sehr groß, besaß aber durch einen altmodisch gedrechselten Holzaufbau einen augenfälligen Charme, und die schätzungsweise zwanzig Hüte, die auf und um ihn herum drapiert waren, verliehen ihm eine beinahe fantastische Note. Von kleinen Kappen in bizarren Farben und mit bunten Steinen bestickt über samtweiche Cloches, die an die zwanziger Jahre erinnerten, bis hin zu fragilen Federkonstruktionen und ausladenden Strohhüten mit Obstdeko war alles vertreten, was man sich als Frau nicht nur in den kühnsten Träumen auf den Kopf setzen mochte.

Dixi wirkte neben ihrem bunten Hutstand nicht minder auffällig. Sie trug ein, wie Grace fand, mutiges Gewand »in Bienenoptik«. Es war schwarz-gelb gestreift und reichte der zierlichen Dixi fast bis zu den Knöcheln. Auf dem Kopf balancierte scheinbar prekär ein Gebilde aus fein gewebtem goldenem Stroh mit einem Halbschleier aus einem Hauch von Tüll. Wie sie diese Kopfbedeckung auf den kurzen Hühnerfedern, die ihre Frisur ausmachten, befestigen konnte, war der Polizistin ein Rätsel.

Grace starrte sie unverhohlen an. Dixi ergriff ihre Hand und drückte sie fest.

»Wie schön, dass du hier bist! Ich hatte es gehofft.«

Das Du klang in Graces Ohren selbstverständlich. Sie lächelte amüsiert und wandte sich den Hüten zu. »Und die machst du alle selbst?«

Dixi strich mit ihren Fingern sanft über eine burgunderfarbene Cloche.

»Ich entwerfe und forme sie. Das Nähen übernimmt eine Angestellte und in der Hochsaison wie jetzt gerade kommen noch ein paar Aushilfskräfte dazu. Ich sorge dann für die abschließende Deko und den letzten Pfiff – wie in einer Sterneküche, und ich überprüfe alles, bevor es rausgeht.«

Grace staunte. »Wieso ist im Moment Hochsaison?«

Dixi warf ihr einen belustigten Blick zu. »Die Frage ist nicht ernst gemeint, oder?«

»Doch.« Grace schaute sie fragend an.

»In zehn Tagen beginnen die Galway Races! Das wichtigste Pferderennen Irlands und mit Sicherheit das bunteste. Und am Ladies' Day, dem Donnerstag, der wiederum der wichtigste Tag der ganzen Rennwoche ist, braucht jede Lady eine scharfe Kopfbedeckung, mit der sie alle anderen ausstechen kann. Dabei bin ich ihnen behilflich.«

Grace grinste und schwieg einen Augenblick. »Ich interessiere mich nicht für Pferderennen«, sagte sie schließlich.

Dixi hatte ihren Kopf mit dem goldenen Hut schief gelegt, aber nichts verrutschte.

»Muss man auch nicht, um zu den Races zu gehen. Eigentlich ist es mehr ein Wettkampf für Zweibeiner.«

»Und ich dachte immer, das Spannende dabei sind die Pferde.«

Dixi hielt einen Moment inne und kicherte dann. »Nö, die sind eher Beiwerk. Ein Vorwand, wenn man so will. Obwohl, für die Pferdeclans sind sie schon immens wichtig. Aber noch wichtiger sind die Hüte und natürlich das gesellschaftliche Drumherum. Die ganze Baubranche Irlands macht zum Beispiel in der Woche der Galway Races dicht, wusstest du das?«

Grace sah sie überrascht an. Ihr schwante nichts Gutes. Ihr Onkel Jim liebte Pferderennen. Für ihn waren die Galway Races sicher einer der Höhepunkte des Jahres.

»Dann treffen die sich in den teuren Champagnerzelten mit den ganzen Politikern und hauen auf den Putz.«

Eine auffällig gut aussehende Frau mit kupferroter, leicht gewellter Mähne trat nun an Dixis Stand und besah sich die Exponate. Dixi zwinkerte Grace kurz zu und stellte sich umgehend neben die potenzielle Kundin.

»Galway Races oder was für jeden Tag, Ma'am?«

Die Frau, die Anfang vierzig sein mochte, lächelte und schaute auf. Im rechten Arm hielt sie eine »Frisch aus Connemara«-Tüte, an der linken Hand baumelte eine Einkaufstasche von Mulligan, dem besten Käseladen Galways, der in der engen Straße direkt gegenüber lag. Feine Sommersprossen überzogen ihre Stirn, die Nase und die Wangen. Sie war dezent geschminkt.

»Haben Sie auch etwas, was sich für beide Anlässe gleichermaßen eignen würde?«

Dixi schaute sie prüfend an und wählte dann einen schwarzen Strohhut, der eine schmale Krempe wie ein Herrenhut hatte, mit einer roten Nelke, die in der Haarfarbe der Kundin schimmerte. Sie setzte ihn ihr auf, strich eine Haarsträhne aus dem Gesicht der Frau und trat einen Schritt zurück.

»Da drüben ist ein Spiegel. Ich muss an Sie gedacht haben, als ich diesen Hut gemacht habe.«

Grace war beeindruckt. Sosehr der Hut auch zu dieser Frau und ihrer gesamten Ausstrahlung passte, Grace fand Dixis Bemerkung etwas dick aufgetragen. Aber wahrscheinlich musste man so verkaufen. Die Frau drehte sich nach allen Seiten, um sich mit dem Hut zu begutachten. Sie war etwa so groß wie Grace, nur von kräftigerer Statur.

»Ja, der gefällt mir sehr gut. Was meinen Sie?« Sie lächelte Grace auffordernd an, nachdem sie sich ein paar Sekunden zuvor suchend nach jemandem umgeschaut hatte.

»Tja, ich muss der Künstlerin recht geben – wie für Sie gemacht«, stellte die Polizistin grinsend fest.

»Mum!«

Im selben Moment sah Grace das Mädchen, das sich durch den Besucherstrom einen Weg zu bahnen versuchte. Sie erkannte es sofort. Es war Maeve, die zwölfjährige Tochter ihres geschätzten Kollegen Rory Coyne, eine von seinen sechs Töchtern, und die keltische Schönheit mit dem schwarzen Hut und der Nelke musste somit die mysteriöse Mrs Coyne sein, die sie bisher leider nie kennengelernt hatte. So ein Zufall! Maeve hatte jetzt nur bewundernde Augen für ihre Mutter.

»Den musst du kaufen, Mum! Sieht cool aus, echt! Dad wird begeistert sein.« Da fiel ihr Blick auf Grace.

»Oh, Grace! Toll! He, Mum, das ist Dads Chefin, Grace O'Malley, die seit Mai die Mord-Garda leitet!«

Das Mädchen streckte Grace die Hand hin. Grace schüttelte sie.

Dixis Blick wanderte belustigt von einer zu anderen, während Mrs Coyne Grace ebenfalls die Hand reichte und sie lange festhielt. »Das freut mich aber. Endlich lerne ich Sie auch mal kennen!«

»Mrs Coyne …«, hob Grace an.

»Kitty, bitte, nennen Sie mich Kitty.«

Grace nickte zufrieden. Dieser Samstag würde ein guter Tag werden. Kitty Coyne kaufte den wunderbaren Hut, Dixi schlug vor, am Abend zusammen essen zu gehen, was Grace gerne annahm, und dann gingen sie zu dritt, Maeve, ihre Mutter und sie in ein gemütliches Café am Spanish Arch und aßen Scones mit Sahne und Himbeermarmelade.

»Und, bitte, grüßen Sie Rory ganz herzlich!«

Als Grace eine halbe Stunde später das Café verließ, sah sie ihn. Hilary hatte wohl nicht damit gerechnet, dass sie allein und unabgelenkt aus dem Teehaus kommen würde. Er musste es gewesen sein, der sie auf dem Markt verfolgt hatte. Grace war genervt. Der alte Mann mit den Zahnlücken und dem üblen Körpergeruch, der meist an der Theke im Spaniard's Head hockte, saß auf der Mauer zum Fluss Corrib und schaute ostentativ in eine andere Richtung, als sei er rein zufällig hier. Festen Schrittes ging sie auf ihn zu, um ihn zur Rede zu stellen. Als er ihre Absicht erkannte, rutschte er von der Mauer, um sich schnell zu verdrücken. Sie stellte sich ihm in den Weg und warf ihm einen wütenden Blick zu.

»Bleiben Sie stehen, Hilary!«

Er folgte ihrer Anweisung und grinste sie dabei verschlagen an.

»Ach, der jüngste Spross des uralten O'Malley-Clans. Was kann ich für Sie tun, Gnädigste?«

Sie wollte sich ihm nicht noch weiter nähern, denn er stank. »Warum spionieren Sie mir hinterher?«

»Ach.« Er dehnte seine Einleitung und ließ sie sich scheinbar auf der Zunge zergehen. Vor dem großen Hotel an der grauen Brücke, nur einen Steinwurf entfernt, begann in diesem Moment eine fünfköpfige Straßenband, eine Jig zu spielen. Zwei Flöten und die Fidel rannten lautstark um die Wette. Um sie zu übertönen, kam Hilary nun näher.

»So, du meinst, ich spioniere dir nach? Warum sollte ich, Gnädigste?«

Sie antwortete ihm nicht, ließ ihn aber nicht aus den Augen.

»Ich schau mich nur um, Miss O'Malley, einfach so, völlig grundlos und ganz ohne Absicht.«

»Das glaube ich Ihnen nicht. Sie sind mir gefolgt.«

Er humpelte noch ein paar Schritte auf sie zu. Grace konnte den Geruch nach getrocknetem Urin und ungelüfteten Kleidern kaum ertragen. Sie wich zurück. Die irische Trommel, die sie so liebte, die Bodhran, hatte jetzt einen Soloeinsatz, wie zum Auftakt einer Fanfare.

»Wenn ich Ihnen einen kleinen Tipp geben darf: Machen Sie nicht den gleichen Fehler wie Ihr werter Onkel«, raunte Hilary ihr zu.

Grace runzelte die Stirn, als er Jim O'Malley erwähnte, ihren Onkel, den sie abgrundtief verachtete.

»Der alte Jim hält sich für unglaublich wichtig.« Er starrte sie durchdringend an, bevor er weitersprach. »Das ist er aber nicht.«

Hilary drehte sich um und ließ Grace einfach stehen.

4

Peter Burke hatte am Vormittag den Gartenzaun am Haus seiner Mutter repariert. Er war guter Laune und pfiff vor sich hin. Pattie hatte das alte Schulhaus auf der ruhigsten der drei Aran-Inseln, der »Mittleren«, wie Inis Meáin aus dem Irischen übersetzt heißt, vor fast zehn Jahren gekauft und in ein gemütliches Refugium mit exklusivem Touch verwandelt. Mit vier Gästezimmern bot sie ein geradezu luxuriöses Bed and Breakfast an: antike Himmelbetten neben hochmodernen Regenduschen aus Connemara-Marmor, Samtensembles zusammengewürfelt mit Lederchesterfields, in denen man vor dem Torfkamin fast verschwinden konnte, und altmodische Rosensträuße aus dem Garten in jedem der individuell gestalteten Zimmer. Woher sie damals das ganze Geld genommen hatte, das für die aufwendige Renovierung der alten Schule nötig gewesen war, war ihm ein Rätsel geblieben. Damals waren die Banken noch schlitzohrig großzügig gewesen, erinnerte er sich, aber wirklich nachgehakt hatte er bei seiner Mutter nie. Und es fiel ihm auch schwer, ihren komfortablen Lebensstil, den er ihr von Herzen gönnte, allein der Vermietung der vier Zimmer während einer zeitlich begrenzten Saison zuzuschreiben. Gut, »Patties Schulhaus B&B« war mittlerweile ein international gehandelter Geheimtipp, auch für sogenannte VIPs.

Auf Inis Meáin wurde, wie auf den anderen beiden Inseln in der Bucht vor Galway, nach wie vor fast ausschließlich Irisch gesprochen. Englisch war Zweitsprache und nur der Kommunikation mit den Besuchern vorbehalten. Ein Meer aus grauen Steinen stieg dort aus dem Atlantik empor und bot seinen Bewohnern seit Jahrtausenden Schutz vor Wind, Regen und vielen Unbilden der Welt, die an der Insel vorbeizogen, ohne sie wirklich zu berühren. Zumindest kam es einem so vor, wenn man die Insel als Außenstehender besuchte.

Während die Steine nach Norden in Richtung Festland beinahe sanft zum Meer hinabflossen und sich schließlich fast unmerklich mit dem Atlantik vereinten, waren die anderen drei Küsten der Insel, besonders jedoch die nach Westen, rauerer Natur.

Peter liebte Inis Meáin und er hatte sich vor dem Abendessen von seiner Mutter verabschiedet, um noch eine kleine Runde durch das Inseldorf zu drehen. Die Burkes stammten aus Mayo, der Grafschaft, die auf dem Festland nördlich an Galway anschloss. Mayos südliche Begrenzung, die Bergkette der Twelve Bens, konnte man an klaren Tagen von hier aus gut erkennen. Die Stadt Galway lag auf der rechten Seite, im Inneren der Galway Bay. Am anderen Ende ganz links, achtzig Kilometer entfernt, wo die Bucht sich zum mitunter recht wilden Ozean hin öffnete, lag die Hauptstadt Connemaras, Clifden.

Peters und Patties ursprüngliche Heimat dagegen befand sich ein ganzes Stück weiter nördlich, hinter der nächsten großen Bucht, auf Achill Island. In der Crew Bay lag auf der kleinen Insel Murrisk auch das Grab der Piratenkönigin Grace O'Malley, deren berühmten Namen die Kommissarin Grace sehr zu ihrem Leidwesen teilte. Die O'Malleys hatten seit mehr als tausend Jahren die Provinz Connacht beherrscht und unter der britischen Kolonialmacht auch auf Achill Island das Sagen gehabt.

»Hallo, Peter!« Tom Walsh, der alte Fischer, stand an seiner Tür und winkte ihm zu. Vor ihm auf der Schwelle schlief ein großer Hund. Oft schien es Peter, als sei Inis Meáin die Insel der schlafenden Hunde.

Obwohl er selbst nie auf der Insel gelebt hatte, kannten ihn fast alle der einhundertsechzig Bewohner. Seine Mutter, die er zärtlich liebte, war hier als Außenstehende mit offenen Armen aufgenommen worden. Pattie sprach fließend Irisch. Sie war im regen kulturellen Leben der drei Inseln aktiv und, wie er immer wieder feststellen konnte, bei den Insulanern sehr beliebt. Peter war stolz auf seine charmante, attraktive Mutter, die ihn nach dem frühen Tod des Vaters zunächst auf Achill großgezogen hatte. Im selben Dorf, aus dem auch Grace O'Malley und ihre Familie stammte. Er seufzte, ohne dass es ihm bewusst war. Grainne, wie sie in ihrer Kindheit hieß. Seit fast vier Monaten war sie zum ersten Mal wieder in seiner Nähe. Nach ihrer anfänglich schroffen Haltung ihm gegenüber waren sie sich wieder ein Stück nähergekommen. Wollte er, dass sie ein Paar würden? Peter blieb einen Moment stehen und schaute unschlüssig vor sich auf den Boden. Er fand Grace immens anziehend. Doch manchmal ärgerte er sich über ihre Art, die häufig kühl und distanziert auf ihn wirkte.

Vor ihm ragte einer der Masten auf, die seit einigen Jahren mitten im Dorfkern standen und die Insel mit exzellentem WLAN versorgten, schneller als die schnellsten Wellen, die sich unten an den Klippen brachen. Offenbar war doch nicht alles an der unauffälligen Insel vorbeigeflossen, dachte Peter und grinste. Die Abendfähre hatte gerade wieder abgelegt und Kurs auf die kleinste der drei Arans genommen, Inis Oírr, die »Kleine«, wie sie auf Irisch genannt wurde.

Peter sah zwei junge blonde Frauen mit Rucksäcken näher kommen, die lachend in ein Gespräch vertieft waren. Er schaute auf seine Uhr und kratzte sich am Kinn. Sollte er umkehren und sich noch vor dem Abendessen ein Guinness im einzigen Pub der Insel genehmigen, der dem Haus seiner Mutter gegenüberlag?

Er fand, das sei eine gute Idee. Peter drehte um und ließ die kleine Kirche rechts liegen. Als er fast schon um die nächste Ecke biegen wollte, hörte er eine Stimme, die ihn rief. Er schaute sich um und sah eine junge Frau etwas weiter oben neben dem Haus bei der Kirche stehen. Sie winkte ihm zu und Peter winkte verwirrt zurück. Als er seinen Weg fortsetzen wollte, hörte er ihre Stimme noch dringlicher als zuvor.

»Peter! Kommen Sie doch bitte mal zurück, ja?«

Der Privatdetektiv hielt inne, zuckte mit den Schultern und lief die Straße wieder hoch. Er hatte die Frau zwar schon häufiger auf der Insel gesehen, aber er konnte sich nicht daran erinnern, jemals mit ihr geredet zu haben.

Schließlich hatte er sie erreicht. Er lächelte sie fragend an. »Ja? Was kann ich für Sie tun?«

Statt einer Antwort streckte sie ihm die Hand hin, und als er sie nahm, hielt sie ihn fest, schaute prüfend nach beiden Seiten und machte dann Anstalten, ihn ins Haus zu ziehen. Peter war mehr als überrascht und leistete nur geringfügigen Widerstand. Seine Neugier war geweckt.

Im Innern des Hauses schloss sie als Erstes die Tür und atmete hörbar aus. In dem kleinen Flur herrschte Dämmerlicht und es roch nach getrockneten Blumen.

»Pst.« Sie legte den Zeigefinger an ihre Lippen und Peter sah, dass er mit einer Mullbinde verbunden war. »Er schläft.« Mit dem verbundenen Finger zeigte sie vage nach oben. Das sah merkwürdig aus und Peter musste sich ein Lachen verkneifen. Was käme als Nächstes?

»Ich bin Mary. Es geht um meinen Mann Henry oder besser, es geht um seinen verdammten Computer.«

Jetzt war Peter der festen Ansicht, dass eine Verwechslung vorlag. Mary warf ihm einen verzweifelten Blick zu.

»Henry ist doch krank und kann nicht raus, und als ich Sie sah, dachte ich mir, Sie schickt unsere liebe Frau.« An dieser Stelle bekreuzigte sie sich flüchtig, fuhr aber gleich weiter fort, bevor Peter den scheinbaren Irrtum klarstellen konnte.

»Es bleibt nur noch wenig Zeit, und da wollte ich Sie bitten, für meinen Mann die Wechselwette zu platzieren. Sein Computer ist abgestürzt und mit ihm das ganze verdammte Internet!«

Mary war schätzungsweise Ende zwanzig, etwas blass wie viele Bewohner der Inseln, hatte krause Haare, die sie in einem Pferdeschwanz bändigte, und sie klang nach Peters Einschätzung äußerst verzweifelt.

Er lächelte sie an. »Mary, beruhigen Sie sich, bitte. Ich würde Ihnen und Ihrem Mann wirklich gern helfen, aber ich weiß noch nicht mal, was Wechselwetten sind.«

Die Frau starrte ihn an, als habe sie gerade ein Gespenst erblickt.

»Haben Sie sich wehgetan?« Er deutete auf den verletzten Finger und sie nickte abgelenkt, als müsse sie nun ihre Gedanken neu ordnen.

»Es ist nichts Schlimmes, kommt immer wieder mal vor.« Erneut schaute sie nervös zum ersten Stock hinauf.

»Wieso?«

»Ich bin Näherin, das ist ein Berufsrisiko. Also, was ist jetzt, kann ich Ihnen das Geld mitgeben?«

Für Peter begann die Situation nun eindeutig unbehaglich zu werden. Sie musste ihn mit jemandem verwechseln, so viel stand fest, nur wie konnte er ihr das klarmachen?

»Arbeiten Sie in der Fabrik?« Eine der exklusivsten Manufakturen, die sündhaft schöne Strickwaren mit hippem Design, aber dennoch in der Tradition der Aran-Inseln herstellte, hatte sich vor über zwei Jahrzehnten hier auf der »Mittleren« angesiedelt, und viele der Frauen, denen man seit Jahrhunderten eine große Geschicklichkeit mit Nadel und Faden nachsagte, waren in der »Fabrik« beschäftigt, wie sie hier alle nannten.

Gedankenverloren schüttelte Mary den Kopf. »Nein, ich nähe für eine Modemacherin.« Sie schien nachzudenken und Peter wollte die Gelegenheit nutzen, um sich aus dem Staub zu machen.

»Tut mir leid, Mary, und gute Besserung für Ihren Mann!« Er hatte schon die Klinke in der Hand und drückte sie herunter. Mary schob ihn sanft, doch sehr bestimmt beiseite.

»Sie sind doch Peter Burke, Patties Sohn?« Sie lächelte und drängte ihn weiter, in Richtung Küche, ohne eine Antwort abzuwarten.

»Ja, Mary, aber ich kenne mich weder besonders mit Computern aus noch mit Wechselwetten – was auch immer das sein mag.« Er blickte ihr ins Gesicht, während sie zu seiner Verblüffung augenblicklich in ein hysterisches Lachen ausbrach.

»Da bin ich aber erleichtert, Peter«, keuchte sie. »Sie brauchen auch nichts von Wechselwetten zu verstehen, Hauptsache, Pattie hat den Durchblick. So, und jetzt gebe ich Ihnen den dringenden Tipp für Ihre Mutter mit. Ich schreibe Ihnen alles genau auf. Worauf sie für Henry setzen soll, wie viel und wann. Das ist alles wichtig, aber das weiß sie ja.« Mary schrieb schon eifrig, während Peter wie vom Donner gerührt hinter ihr stand.

»Henry weiß, dass er diesmal richtig liegt, deshalb ist die Sache ja so wichtig. Sie verstehen das sicher, Peter.«

Peter verstand immer noch kein Wort, doch er begann allmählich etwas zu ahnen. Als Mary ihm kurz darauf zweihundert Euro in die Hand zählte, räusperte er sich.

»Lohnt sich das denn mit den Wechselwetten?«

Die junge Frau warf ihm einen treuherzigen Blick zu. »Na klar, die gibt es noch nicht so lange, aber Henry findet sie großartig. Da hat jeder eine echte Chance.«

Während Peter noch krampfhaft überlegte, wie er mehr aus ihr hervorlocken könnte, um etwas über die Rolle seiner Mutter bei dem ganzen Spiel zu erfahren, plapperte sie, nun offenbar ganz erleichtert, weiter.

»Und Pattie hat die tollsten Wettangebote weit und breit. Abgesehen davon, dass wir auf Irisch wetten können.« Sie kicherte und nahm Peters entsetzten Blick gar nicht wahr.

»Auf Irisch, wie meinen Sie das?«

»Roghanna Ceilteach, *Keltische Möglichkeiten*. Den Namen für ihr Business hat sie selbst erfunden. Das war eine wunderbare Idee von Pattie. Finden Sie nicht? Als ihr Sohn müssen Sie sehr stolz auf Ihre Mutter sein.« Mary stellte sich auf die Zehenspitzen und hauchte Peter einen Kuss auf die Wange. »Nochmals vielen Dank!« Damit öffnete sie die Tür.

Einen Moment lang stand er wie benommen auf der Schwelle, dann trat er auf die Straße.

»Und nichts vergessen, Sie haben ja den Zettel. Grüßen Sie Pattie!«

Keltische Möglichkeiten. Peter war fassungslos.

5

»Du hast da ein Stück Erbse am Mund, Onkel Ronan!«

Louise kicherte, während Ronan Coyne sich sofort mit seiner Stoffserviette über Mund und Kinn wischte. Rorys Zwillingsbruder grinste seine Lieblingsnichte quer über den großen Esstisch an.

»Weg?«

Louise nickte ernst.

Rory kehrte gerade mit einer Flasche rotem Chilenen ins Esszimmer zurück, so dass er das noch gehört hatte. Er hatte die Flasche in der Küche entkorkt und goss seinem Bruder und sich nun nach. Es war Samstagabend und fast alle Coynes waren um den großen Esstisch versammelt. Rorys Bruder Ronan hatte keine eigene Familie und war daher gern bei Rory, Kitty und den sechs Töchtern zu Gast.

»Interessant, was Louise so alles sieht.« Rory warf seiner Jüngsten einen belustigten Seitenblick zu.

Louise errötete und nickte heftig. »Ich bin ja noch nicht so alt wie ihr beide und hab einfach bessere Augen!«

Ihre Schwester Brenda kickte sie unter dem Tisch.

»Au!«

»Gib bloß nicht so an! Mit zehn mag man vielleicht besser sehen als Dad, aber das bedeutet nicht, dass man auch begreift, was man sieht. Insofern nützt es einem gar nichts.« Brenda sah sie hochmütig an.

»Und du glaubst im Ernst, dass du mit deinen vierzehn den Durchblick hast?«

In dem Moment kam Kitty Coyne mit einer großen, himmelblau geblümten Terrine ins Zimmer und stellte sie auf den Tisch. Sie trug Jeans und ein grünes ärmelloses Top, das ihr rotes Haar gut zur Geltung brachte. Dann lüftete sie den Deckel und sofort erfüllte ein würziger Duft nach Fleisch und Soße den ganzen Raum.

Rory wedelte mit der rechten Hand vor seiner Nase herum.

»Oh, riecht das lecker!« Da er noch zwischen Tür und Esszimmer stand, umfasste er die Taille seiner Frau, als sie zurück in die Küche eilen wollte. »Du bist die beste Köchin der Welt! Und die schönste.« Er drückte ihr einen Kuss auf den Mund. Lachend machte sie sich frei und verschwand.

»Und deshalb habe ich dich auch geheiratet«, äffte Maeve ihren Vater nach.

Alle vier Schwestern wieherten und auch Ronan verzog sein Gesicht zu einem Grinsen.

»Warum ist Molly nicht hier?«, fragte er in die Runde. »Sie hat doch sicher Semesterferien.«

Die älteste der sechs Coyne-Töchter studierte seit einem Jahr Kunst und Design in Belfast. Noch bis vor gut zehn Jahren wäre es völlig unmöglich gewesen, als Irin aus der Republik in die nordirische Stadt zu ziehen, um dort auch noch zu studieren! Heute war es zwar immer noch ungewöhnlich, doch hatten immer mehr Iren ihre Vorbehalte und Vorurteile gegen den protestantischen Norden, der Teil des Vereinigten Königreichs war, überwunden und sich die sechs Grafschaften Nordirlands mit der wunderschönen

Hauptstadt Belfast aus Neugierde zumindest besucht und angeschaut. Das hatten auch die Coynes getan und Molly hatte die Stadt auf Anhieb so gut gefallen, dass sie sich entschloss, dort zu studieren.

»Molly ist schwer verliebt und ihr Liebster stammt von dort«, klärte die zwölfjährige Maeve den Onkel auf. Sie zog ein wichtiges Gesicht dabei.

Ronan lachte verständnisvoll.

»Und wie geht es deiner neuen Kollegin Grace? Hat sie immer noch Stress mit … wie heißt er gleich?«, wandte er sich an seinen Bruder.

Rory ließ sich auf den Stuhl neben Ronan fallen. »Du meinst Kevin Day. Nun arbeite ich schon seit Jahrzehnten mit diesem Typen und du kannst dir immer noch nicht seinen Namen merken.« Er gab seinem Bruder einen liebevollen Knuff in den Oberarm.

Ronan grunzte als Antwort. »Natürlich kann ich das, er war mir nur gerade entfallen. Und Graces Standing hat sich seit dem Erfolg im Mordfall McDoughall sicher entschieden gebessert.«

»Ja, Robin, unser Chef, steht nicht mehr eindeutig auf Days Seite. Graces Ermittlungserfolg hat ihn wohl ziemlich beeindruckt. Und …«

»Hatte sie nicht auch eine Tochter in Brendas Alter, die, wenn ich mich recht erinnere, weggelaufen ist?«, fragte Ronan stirnrunzelnd.

Kitty war mit einem Berg dampfender Gnocchi zurückgekehrt und fing an, das Essen zu verteilen. Die Mädchen hielten ihr ungeduldig die Teller hin.

»Ja. Roisin.« Kitty hatte statt Rory die Frage ihres Schwagers beantwortet. »Die ist vierzehn und wohnt jetzt bei ihrer Großmutter in Aarhus in Dänemark. Ich hab Grace übrigens heute Morgen auf dem Markt endlich mal kennengelernt. Sehr sympathisch.«

Dann nahm Rory wieder den Faden auf. »Ich bin mir aber sicher, dass die Sache noch nicht zu Ende ist.«

»Welche Sache? – Danke, Kitty.« Sie hatte gerade Ronans Teller gefüllt.

»Na, die mit Day«, erklärte Rory. »Der hat es bis heute nicht verkraftet, dass sie ihm den Traumjob vor der Nase weggeschnappt hat. Und er ist hinterhältig. Der hat noch was in petto. Wie stehen eigentlich im Moment die Quoten für das Finale von Connacht?«

Ronan runzelte die Stirn. »Sechs zu eins. Aber was denkst du?«

Ronan Coyne betrieb im Zentrum von Galway ein kleines Wettbüro mit dem kessen Namen *Turf no Surf*. Das war eine Anspielung auf das populäre Gericht *Surf and Turf*, das aus Scampi und Steak bestand. Und der englische Begriff »turf«, der so viel wie »der grüne Rasen« bedeutet, stand in Irland schon immer für Pferderennen. Rory Coyne, Ronans Zwillingsbruder und Hauptkommissar des Morddezernats, hatte nicht viel übrig für Sport. Nur zweimal im Jahr zeigte er ein beträchtliches Interesse: das eine Mal für das Finale im gälischen Fußball seiner Heimatprovinz Connacht und das andere Mal für die Galway Races, eine gute Woche später. Und jetzt standen beide Ereignisse kurz bevor.

»Sechs für wen?«

»Machst du Witze? Für Galway natürlich. Mayo ist chancenlos, wenn du mich fragst. – Ich meinte, was denkst du, was Day noch so vorhaben könnte?« Ronan musterte seinen Bruder über den Tisch hinweg. Als er keine Antwort erhielt, drehte er sich stattdessen zur Kleinsten am Tisch, Louise, die ihn treuherzig angrinste.

Rory überlegte und wischte sich mit der Serviette über die Stirn, was seine zweitälteste Tochter Laura mit einem Stirnrunzeln quittierte. Sie empfand ihren Vater oft als stillos. Mit dreizehn fand man Eltern peinlich, mit achtzehn stillos. Rory konnte eher damit umgehen, peinlich zu wirken.

»Keine Ahnung«, erwiderte er.

Ronan schüttelte nachdenklich den Kopf. »Ich kann mir leider gut vorstellen, wie es sich anfühlt, mit jemandem zusammenarbeiten zu müssen, wenn man spürt, dass man ihm nicht hundertprozentig vertrauen kann.«

Er nahm sich noch einen Löffel von dem Bœuf Irlandais, das seine Schwägerin nicht in Rotwein, sondern in Guinness geschmort hatte, und zwinkerte ihr zu. »Kitty, ein Traum!«

Rory hob den Kopf und schaute Ronan fragend an. »Was genau willst du damit sagen?«

»Nichts. Damit will ich gar nichts sagen«, wiegelte er ab.

Rory beugte sich zu seinem Bruder hinüber und versuchte, seinen Blick einzufangen. Ronan wich ihm aus. Plötzlich war es mucksmäuschenstill am Tisch. Die Mädchen, die bis eben noch durcheinandergeredet und gelacht hatten, schwiegen und beobachteten den Vater und den Onkel. Kitty hatte die Hände vor sich auf dem Tisch zusammengelegt und schaute gebannt auf die weiße Tischdecke, als sei es ihr unangenehm, dem Gespräch folgen zu müssen.

»Du bist seit Wochen merkwürdig, Onkel Ronan«, piepste auf einmal Louise.

Ronan war auf seinem Stuhl in sich zusammengesunken. Schweigend aßen sie weiter.

»Und du lachst auch gar nicht mehr so oft.«

»Sie hat vollkommen recht.« Kitty hatte das Wort ergriffen und sah ihrem Schwager direkt in die Augen. Rory schwieg und Ronan entfuhr ein leises Stöhnen.

»Ich mache mir Sorgen, wenn ihr es genau wissen wollt.«

»Um was machst du dir Sorgen? Läuft im Geschäft etwas nicht, wie es sollte?« Kittys Stimme war warm und dunkel, sie ertönte im melodischen Singsang der Menschen der westirischen Provinz Connacht.

»Doch, aber ich mache mir Sorgen um einen meiner Mitarbeiter, um Tom Nolan.«

»Was ist mit Tom?« Rorys Frage kam sehr schnell.

Ronan zuckte mit den Schultern. »Ich weiß es nicht, aber er verhält sich seit einiger Zeit komisch. Ich hab den Eindruck, dass er mich austrickst oder mir zumindest nicht die Wahrheit sagt.« Ronan hatte das Besteck zur Seite gelegt, lehnte sich zurück und schloss halb die Augen.

»Glaubst du, dass er in etwas verstrickt ist, was deinem Laden schaden kann?«

Ronan öffnete nun wieder die Augen und sah sich suchend um. »Darf ich jetzt rauchen? Meine Pfeife muss hier irgendwo ...«

»Ach, Onkel Ronan, nun hör Dad doch mal zu! Schließlich ist er der Profi.« Louise wirkte auf einmal ganz streng. Rory unterdrückte ein Lächeln.

Ronan warf ihr einen Blick zu, bevor er fortfuhr. »Vielleicht bilde ich mir das auch nur ein und alles ist in bester Ordnung. Ich bin mit den Nerven etwas runter, denn seit diese Wechselwetten und die ganzen anderen Online-Wetten immer mehr Platz einnehmen, läuft in unserem Business nichts mehr so wie früher. Das Internet stellt alles auf den Kopf, was bisher im Wettmilieu galt.«

»Was sind denn Wechselwetten, Ronan?« Kitty hatte diese Frage gestellt, bevor fünf andere im Zimmer sie stellen konnten.

Rory fuhr sich über das Gesicht. Diesmal ohne Stoffserviette. Er sah ratlos aus.

Da ergriff die sechzehnjährige Helena, die von allen sechs Coyne-Mädchen die Schweigsamste war, das Wort. »Wechselwetten gibt es erst, seit es das Internet gibt«, erklärte sie und kaute dabei seelenruhig weiter. »Neu daran ist, dass du nicht auf den wettest, der gewinnt, sondern auch auf den, der verliert.«

»Hat sie recht?«, fragte Brenda in Ronans Richtung.

Der nickte. »Absolut. Und das macht das Ganze so …« Ronan suchte nach dem richtigen Wort.

»Undurchsichtig?«, versuchte sein Bruder ihm zu helfen.

»Das auch, aber ich meine eher, fragil. Außerdem zieht es ungeheure Kreise in jeder Sportart, besonders im Pferderennsport. Nichts ist mehr sicher.« Ronan klang müde.

»Aber Manipulation gab es doch schon immer, mein Lieber.« Kitty legte mitfühlend die Hand auf die ihres Schwagers. »Das kommt beim Zocken einfach vor.«

»Nur jetzt immer häufiger. Das Ausmaß an Korruption und Beeinflussung ist unüberschaubar geworden, glaubt es mir.«

Rory räusperte sich. »Und was ist mit dieser Firma, die diese ganzen Wetten dominiert? Die sitzt doch in London.«

»Du meinst *Betfair.*«

»Ja, die müssen sich doch an Gesetze halten. Die können nicht einfach machen, was sie wollen.«

Ronan lachte auf. »Klar, aber um die geht es ja nicht. Ich spreche von den kleinen Wettbüros, die es überall gibt. Ganz großes Business ist das mittlerweile geworden. Die sitzen irgendwo außerhalb von Europa, ziehen von dort aus die Strippen und setzen auf unsere Liga.«

»Du meinst, die interessieren sich für den Fußball in Irland?« Die zwölfjährige Maeve klang plötzlich ganz neugierig.

Ronan nickte heftig. »Nicht nur für normalen Fußball, sondern auch und besonders für den gälischen Fußball.«

Kitty schien skeptisch. »Aber Ronan, das kann ich mir wirklich nicht vorstellen. Die Regeln für unseren gälischen Fußball versteht außerhalb Irlands doch niemand. Und es interessiert sich auch niemand dafür.«

Ronan stand auf und schob seinen Stuhl ungeduldig zur Seite. »Ich geh jetzt meine Pfeife holen, ich muss sie draußen in der Jacke stecken gelassen haben. Und dann möchte ich nicht mehr über das Thema reden.«

Louise lachte auf und alle drehten sich zu ihr um. »Onkel Ronan, du darfst einfach nicht alles glauben, was man dir erzählt.«

Ronan lächelte sie an. »So, meinst du etwa, ich bin gutgläubig?«

Die Zehnjährige nickte heftig. »Du glaubst mir ja sogar, dass du ein Stück Erbse am Mund hast – obwohl es bei uns heute gar keine Erbsen gab!«

Ronan fuhr sich überrascht durch die schwarzen Locken, die er etwas kürzer als sein Bruder trug. »Da ist was dran, Louise.«

»Ich wette, Onkel Ronan hat vorhin keine Erbse am Mund gehabt. Und Louise wettet dagegen.« Wieder war es die ruhige Helena, die das einwarf.

Alle starrten sie an und waren einen Moment lang sprachlos.

»Ich habe recht und gewinne gegen Louise. Das war eine Wechselwette. Dabei ist es völlig egal, was uns Mum heute serviert hat.«

Mit einem zufriedenen Lächeln angelte sie sich das letzte Stück von dem selbst gebackenen dunkelbraunen Krümelbrot ihrer Mutter, das ein wenig wie Kuchen schmeckte, und biss hinein.

6

Peter saß seiner Mutter auf der Terrasse ihres exklusiven Bed and Breakfast gegenüber und beobachtete sie verstohlen. Der Tag war zwar bedeckt gewesen, doch jetzt am Abend hatte die Sonne die letzten Wolken über der Bucht in Richtung Atlantik weggeschoben und strahlte unablässig auf die Aran-Inseln, die immer mehr Licht als das nahe Festland abbekamen. Die altmodischen, prall gefüllten Rosen hinter ihnen an der Steinmauer schienen durch ihre Last gebeugt und verströmten einen süßen Duft, der in die Nase und zu Kopf stieg. Pattie Burke hob ihr Weinglas und trank ihrem Sohn zu. Sie lächelte zufrieden.

»Ich danke dir, Peter. Du warst mir eine große Hilfe mit dem Zaun.« Sie nahm einen kleinen Schluck des kühlen Rosé und schaute ihren Sohn zärtlich und stolz an.

Peter fühlte sich zunehmend unwohl und wusste nicht, wie er das unangenehme Gespräch, das er nun führen musste, am besten beginnen sollte.

»Mach ich gern, Mum. Das weißt du doch. Du kannst mich ruhig öfter fragen.«

Sie beugte sich zu ihm und hielt ihm eine Schale mit kleinen Nüssen und selbst gemachtem filigranem Salzgebäck hin. Pattie trug ein mohnrotes Seidenkleid, das knapp ihre Knie bedeckte, und hatte ihren kinnlangen schwarzen Bob im Nacken locker zusammengesteckt. Eine elegante Frau. Er nahm ein paar Nüsse und steckte sie sich in den Mund.

»Wie geht es eigentlich der kleinen Zoe?« Das Kind war im Frühjahr Zeuge eines Mordes auf der Insel geworden und dabei selbst in größte Gefahr geraten. Doch glücklicherweise hatte man sie noch lebend gefunden.

Pattie lächelte. »Sehr viel besser, Gott sei Dank. Sie muss sich noch eine Weile ausruhen, wird aber im neuen Schuljahr wieder zur Schule gehen können, hat mir ihre Mutter neulich anvertraut. Wir sind natürlich alle sehr erleichtert.« Sie schaute ihn prüfend an. »Du wirkst ein wenig nachdenklich. Hast du Sorgen? Läuft deine Firma nicht so gut? Ich bin deine Mutter, du kannst es mir wirklich sagen, Peter.«

Das war das Stichwort, das ihm helfen würde.

Statt einer Antwort schob er die Hand in die rechte Innentasche seiner Leinenjacke und zog einen Umschlag hervor. Er reichte ihn ihr. Pattie sah stirnrunzelnd auf das unadressierte braune Kuvert, während sie es entgegennahm.

»Was ist das?«

»Zweihundert Euro.«

Sie hob die Augenbrauen. »Und was soll ich damit?«

Nun hatte Peter den Zettel, den Mary ihm mitgegeben hatte, aus der anderen Jackentasche gezogen und las vor.

»Henry bittet dich, das Geld sofort auf das Pferd Pink Hat zu setzen, und zwar auf ›Nicht Sieg‹ beim dritten Rennen in Tipperary.«

Jetzt war es raus.

Pattie lächelte noch immer dieses unverbindliche, fast sibyllinische Pattie-Lächeln, das sie sonst speziell für Gäste aufsetzte.

»Ich weiß leider nicht, wovon du sprichst, Peter.« Sie ließ den Umschlag achtlos auf das Tablett gleiten, das neben ihr stand. Ihr Atem ging etwas schneller als normal, was ein Außenstehender nie registriert hätte. Ihr Sohn war aber kein Außenstehender.

»Mum …« Es war dieser bittende Blick, den er schon als Kind aufgesetzt hatte, wenn er etwas ausgefressen hatte.

»Mum, du betreibst ein Wettbüro auf Inis Meáin. Jeder hier weiß es, nur ich nicht. Ich finde das unwürdig.«

Pattie Burke schwieg eine Weile und schien mit sich zu kämpfen. Schließlich legte sie ihre Hand auf seinen Arm, beugte sich zu ihm und sah ihn durchdringend an.

»Na und? Es ist nichts Illegales.« Sie hatte sich offenbar entschlossen, die Flucht nach vorne anzutreten. »Das Gewerbe ist offiziell angemeldet und ich bezahle Steuern. Du brauchst dich nicht so aufzuregen.«

Peter seufzte. Sie nahm ihre Hand weg und lehnte sich im Korbsessel zurück. Sie kontrollierte ihre Nervosität ziemlich gut.

»Ich rege mich nicht auf, ich hätte es nur gern gewusst, um vor deinen Nachbarn hier nicht dumm dazustehen. Wie bist du nur darauf gekommen?«

Pattie lächelte. »Ich brauchte Geld, Peter, als ich mir das hier kaufte und so umgestalten wollte, wie ich es mir erträumte. Ich mag keine halben Sachen. Die mochte ich noch nie, das weißt du.«

Sie schaute ihren Sohn angriffslustig an. Sie war aufrichtig, er spürte es.

»Du weißt vielleicht, dass es auf dem englischen Kanal eine kleine Insel gibt, die sozusagen das Weltmonopol auf das Glücksspiel im Internet besitzt.«

Peter nickte und fuhr sich seufzend durch die schwarzen Haare.

»Alderney. Ich hatte da mal einen Klienten sitzen.« Peter hatte im Laufe seines Lebens als Privatdetektiv für Wirtschaftsangelegenheiten schon viele illustre Klienten betreut.

Pattie nahm diesmal einen größeren Schluck Wein. Die Stimmung im Garten schien nun trügerisch friedlich und fast entspannt.

»Dorthin wandte ich mich, um mich schlau zu machen. Sie waren total hilfsbereit, nachdem ich ihnen versicherte, ich wolle ins Wettgeschäft und nicht ins Glücksspiel einsteigen. Sie zeigten mir, worauf ich zu achten hatte und wie man am besten vorging. Und da ich die Idee hatte, nur die kleine, überschaubare gälisch sprechende Welt als Kundschaft zu gewinnen, halfen sie mir sofort. Meine Zielgruppe waren die Iren, und die Bretonen, Schotten und Waliser folgten rasch. Es war einfach eine unschlagbare Geschäftsidee!« Sie prostete ihm zu. In ihren Augen tanzte der Schalk und Peter merkte, wie erleichtert sie jetzt klang, nachdem das Geheimnis zwischen ihnen gelüftet war.

»Und warum hast du mir nichts davon erzählt, wenn es nichts Kriminelles ist?«

»Ach, Peter, Guard Rory Coynes Bruder Ronan hat doch auch ein kleines Wettbüro und daran ist auch nichts Anstößiges, oder?«

Sie wich ihm aus. Warum brachte sie auf einmal Rory Coyne beziehungsweise seinen Bruder ins Spiel? Seine Mutter verfolgte immer eigene, äußerst effektive Strategien.

»Mum, was weißt du über Ronan Coynes Wettgeschäft? Seid ihr in Kontakt?«

Er nahm ihre Hand und hielt sie fest. Peter war entschlossen, fortzufahren. Er würde sie nicht entwischen lassen.

Doch sie zuckte nur die Schultern. Er strich ihr liebevoll über die Wange.

»Ich bin froh, dass ich jetzt Bescheid weiß, Mum, und ich bitte dich nur, dich aus gefährlichen Dingen rauszuhalten, ja? Das Wettgeschäft ist nicht unbedingt für Transparenz und Sauberkeit bekannt. – War nur ein kleiner Ratschlag.«

Plötzlich verdunkelte sich ihr Gesicht und sie schaute ihn fast feindselig an.

»Danke, mein Sohn. Aber ich kann ganz gut auf mich aufpassen. Dazu brauch ich weder dich noch Gardai.« Sie stand auf und räumte die Gläser und Knabbereien zusammen. Sie hatte es auf einmal auffallend eilig.

Mein Gott, was hatte das schon wieder zu bedeuten? Peter wurde langsam sauer auf seine Mutter.

Dann stand er ebenfalls auf, um ihr beim Abräumen zu

helfen. Er musste schlucken. Anscheinend hatte sie es auf Streit abgesehen. Also gut. Wenn sie es so wollte. »Du sprichst sicher von Graínne.«

Seit Grace O'Malley wieder in Irland lebte, dazu noch in Galway, hatte sich seine Mutter wiederholt abweisend ihr gegenüber verhalten und wegen seiner Freundschaft mit Grace sogar mit ihm gestritten. Als er sie irritiert danach gefragt hatte, war sie ihm immer wieder ausgewichen.

Er musste sich zusammenreißen, er durfte nicht zu weit gehen, und daher schnappte er sich das Tablett, um in die Küche zu verschwinden.

»Peter!«

Er blieb wie angewurzelt stehen und drehte sich zu ihr um.

»Mir fällt es einfach schwer, dich und Grace zusammen zu sehen. Das ist alles.«

Langsam ging er ein paar Schritte auf sie zu. Seine Stimme war zwar leise, doch schneidend scharf. »Glaubst du nicht, dass es nach vierzig Jahren endlich an der Zeit wäre, sich damit abzufinden, dass du und Graces Vater kein Liebespaar mehr seid? Und zwar nicht nur, weil er nicht mehr lebt.« Im selben Moment hätte er das Gesagte am liebsten ungesagt gemacht.

Pattie stöhnte kurz auf. Es klang wie der halb erstickte Schrei eines Vogels, der die Falle, in die er geraten war, zu spät bemerkt.

7

»Ich nehme den Rochenflügel mit Nussbutter.« Dixi behielt selbstverständlich auch im Restaurant ihren kobaltblau schimmernden Turban mit der künstlichen grünen Feder auf.

»Und ich den mit Speck überbackenen Kabeljau.« Grace schaute sich um. Ihre schiefergrauen Augen erfassten kurz die anderen Gäste, bevor sie sich wieder ihrer Begleitung zuwandte.

Grace trug an diesem Samstagabend ihre lange, lockige Mähne zu einem altmodischen Chignon-Dutt geknotet, was ihr eine leicht künstlerische Note verleihen sollte. Zumindest hatte sie sich das im Vorfeld überlegt. Dixi O'Hara war in Graces Augen eine echte Künstlerin. Sie selbst kam sich nur wie eine konventionelle Polizistin vor, auch wenn sie in der Hierarchie von Garda sehr weit oben stand und durchaus kreativ an ihre Arbeit gehen musste. Seit Monaten war sie hier in Galway auf der Suche nach einer guten Freundin gewesen, und ohne dass sie es sich selbst eingestand, hatte sie dafür nun Dixi ins Auge gefasst. Sie gefiel ihr einfach und hatte nichts mit ihrem Arbeitsumfeld zu tun. Daher hatte sie sich über Dixis Vorschlag, am Abend zusammen essen zu gehen, sehr gefreut.

»Kommst du öfter hierher? Ich kannte dieses Restaurant gar nicht, obwohl es im Zentrum liegt. Es ist gemütlich.« Wieder ließ Grace ihre Augen durch das Lokal wandern.

Dixi sah sie amüsiert an. »Ab und zu. Aber du hast doch gesagt, dass du noch nicht so lange hier lebst. Da kann man ja noch nicht alles kennen.«

Ein junger, gut aussehender Kellner, der wie alle Angestellten hier eine bodenlange schwarze Schürze umgebunden hatte, öffnete den Wein, roch am Korken und füllte gekonnt ihre Gläser.

»*Sláinte!*« Sie prosteten sich zu und lachten.

»Hab ich dir denn erzählt, dass ich noch nicht so lange hier bin?« Graces Stirnrunzeln war in dem schummerigen Licht kaum zu sehen.

Dixi nickte lächelnd. »Hast du.«

»Und du? Bist du aus Galway? Hört sich nicht so an.«

»Genau genommen stamme ich aus der Grafschaft Sligo, unweit der Grenze zu Monaghan. Da, wo die O'Haras halt herkommen. Ich hab zuerst Krankenschwester gelernt, aber schon bald gespürt, dass das nichts für mich ist. Hab dann auf dem zweiten Bildungsweg das Abitur nachgemacht und später Mode und Design studiert, erst in Dublin und dann in London. Und du bist eine der verfluchten O'Malleys. Ich habe mich erkundigt. Stammst du wirklich von der Piratin ab?«

Normalerweise reagierte Grace genervt, wenn jemand sie auf die gleichnamige Nationalheldin Irlands ansprach. Doch sie hatte beschlossen, sich nicht mehr darüber zu ärgern. Die Jahre Auszeit in Dänemark, wo niemand gelacht hatte, wenn der Name Grace O'Malley fiel, hatten sie milder gestimmt. Als Kind und Jugendliche jedoch hatte sie unter dem geschichtsträchtigen Namen, den ihr ihre Eltern verpasst hatten, ziemlich gelitten.

Grace nickte. »Vermutlich. Schließlich ist der Clan bis heute in Mayo ansässig.«

Nun servierte der junge Mann etwas Brot und Öl und auch dottergelbe irische Butter. Vorsichtig platzierte er die kleinen Schalen in der Mitte des Tisches. Dixi langte sofort hungrig zu.

»Und ihr seid so einflussreich wie eh und je?«

Grace gefiel es, dass Dixi das als Frage formuliert hatte und es nicht wie alle sonst in Galway als eine unverrückbare

Tatsache darstellte. Sie lachte entspannt und schüttelte den Kopf.

»Das wollen viele hier gerne glauben, aber es ist längst Geschichte, üble Geschichte, und zum Glück Vergangenheit.«

»Und dein netter Onkel Jim? Der oberste aller politischen Strippenzieher in ganz Connacht?«

Sofort verfinsterte sich Graces Gesichtsausdruck und Dixi schien zu spüren, dass sie in ein Fettnäpfchen getreten war.

»Sorry.«

»Schon gut. Ich mag meinen Onkel nicht.«

Grace führte nun ebenfalls ein Stück Brot zum Mund, das sie ins Öl getunkt hatte. Dass er bei ihrer Ernennung zur Leiterin des Morddezernats ohne ihr Wissen seine Finger im Spiel gehabt hatte, behielt sie für sich.

»Versteh ich. Ich hab mit Verwandten Gott sei Dank nichts zu tun.«

Grace schaute sie fragend an. »Wieso? Hast du keine Familie? Bist du etwa ein Findelkind?«

Dixi schüttelte schwungvoll den Kopf mit dem Turban, so dass die grüne Feder aufgeregt hin und her wippte. »Nö. Die sind alle mausetot. Zumindest die nächsten Angehörigen. Äußerst praktisch.«

»Wieso praktisch?«

»Man muss keine Rücksicht mehr nehmen.«

In dem Moment klingelte ihr Handy. Doch man konnte den grauenvollen Ton, der sofort das ganze Lokal erfüllte, kaum als Klingeln bezeichnen. Alle Gäste schauten entsetzt in ihre Richtung. Es klang wie eine ganze Menagerie, die sich da lautstark, ja kreischend zu Wort gemeldet hatte. Grace starrte verblüfft auf das Handy, das Dixi nun hervorzog.

»Mein Gott, was ist das?«

Dixi warf erst einen kurzen Blick auf das Display, dann einen arglosen zu Grace. »Pinguine beim Liebesspiel. Du entschuldigst mich bitte für einen Moment.« Sie verschwand mit Turban und Feder nach draußen. Alle starrten ihr hinterher.

So verrückt wäre sie manchmal auch gern gewesen, ging es Grace durch den Kopf, während sie an ihrem Glas nippte. Wenigstens ein kleines bisschen.

Sie schaute durchs Fenster auf die dunkle Straße hinaus. Dixi telefonierte anscheinend länger, aber sie konnte sie nirgendwo erblicken. Wenig später trat der Kellner an den Tisch. Sollte er noch eine Weile mit dem Servieren des Fisches warten? Grace nickte und nahm noch einen Schluck Wein. Da entdeckte sie Dixi an der nächsten Ecke zur Shop Street. Sie telefonierte nicht, sondern war offenbar in ein lebhaftes Gespräch mit einem Mann verwickelt, den Grace in der Dunkelheit nicht erkennen konnte. Als er sich kurz darauf verabschiedete, erhaschte sie einen kurzen Blick auf ihn. Seine Art sich zu bewegen kam ihr vage bekannt vor, aber sie hätte ihn nie und nimmer identifizieren können.

Kurz darauf ließ sich Dixi auf den Stuhl ihr gegenüber fallen.

»Puh! Habe ich einen Hunger!« Sie strahlte über das ganze Gesicht.

Der Kellner hatte offenbar ihre Rückkehr beobachtet und erschien gleich mit Rochen und Kabeljau.

Sie aßen zunächst schweigend, und da Dixi keine Anstalten machte, das Telefonat oder den Mann zu erwähnen, mit dem sie gerade geredet hatte, wollte Grace es auch nicht ansprechen. Sie selbst legte auf Privatsphäre größten Wert und verabscheute nichts so sehr wie indiskrete Fragen. Ihre Neugier schob sie gern auf die berufliche Prägung.

»Wie geht es dem Hund?« Das war ihrer Ansicht nach eine unverfängliche Frage.

Dixi verschluckte sich und spülte mit einem Schluck Wasser nach. »Gut, vermute ich. Er war nicht schlimm verletzt.«

»Was hatte er denn?«

Dixi zuckte heftig mit den Schultern, so dass ihr ein Träger des blau-weiß gepunkteten Kleids, das sie mit Petticoat trug, von der Schulter rutschte.

»Ein angebrochenes Bein, er stand wohl unter Schock.«

Grace musterte sie neugierig. »Dafür spricht sein apathisches Verhalten. Er war ja anfangs auch bewusstlos, oder?«

Dixi nickte.

»Und wo ist er jetzt?«

»Keine Ahnung. Ich habe dem Tierarzt gesagt, dass ich nicht die Besitzerin bin. Die wissen ja häufig, wo die Tiere aus ihrer Gegend herstammen.«

Das klang nicht sehr überzeugend. Die Klinik in Oughterard war knapp fünfzig Kilometer von dem Ort entfernt, wo sie den Hund gefunden hatte. Ein Tierarzt, der das Tier vielleicht hätte kennen können, wäre dort definitiv nicht zu finden gewesen. Etwas irritierte Grace an ihrer Antwort.

»Hm.«

»Hast du Lust, nach dem Essen noch mit in mein Atelier zu kommen? Dann zeig ich dir, wo ich die Hüte entwerfe. Falls dich das überhaupt interessiert, Grace.« Sie schaute die Kommissarin erwartungsvoll an.

Grace nickte begeistert und legte sorgfältig das Besteck zusammen. Dixi hatte ihres achtlos neben dem Teller fallen lassen.

»Es ist nicht weit, zwei Minuten von hier.«

Als sie kurz darauf in einem hohen Raum standen, der vor Filz, Tüll, Samt, Stroh, Federn, Trockenblumen, Spitze, schillerndem Brokat und tausend anderen Dingen überquoll, ohne dass das Chaos unangenehm wirkte, hielt Grace für einen Moment den Atem an.

»Das ist …« Sie musste nach Worten suchen. »Das ist ja überwältigend!«

Dixi lächelte stolz und strich einen schottisch karierten Tweed glatt, der über einem Stuhl baumelte.

Die Mitte des Ateliers wurde von einem über zehn Meter langen Tisch aus dunklem, rauem Holz dominiert. Darauf standen ungefähr ein Dutzend Hüte auf Metallständern, in verschiedenen Stadien der Fertigstellung. Grace hatte sich davor aufgebaut und bewunderte die Kreationen.

»Sie tragen alle einen Namen. Ich taufe sie. Für mich sind sie ein bisschen wie Kinder.«

»Unglaublich, Dixi, wirklich unglaublich. Wie fällt einem so etwas ein?« Vorsichtig berührte sie eine Cloche, die mit unzähligen bunten winzigen Baumwollbommeln bedeckt war.

Dixi grinste. »Ich fang einfach an und dann entwickelt es sich. Es ist … es ist eigentlich wie ein Spiel.«

»Wie ein Spiel?« Grace hatte kurz in ihrer Bewegung innegehalten und sich zu der zierlichen Frau gedreht, die immer noch ihren Turban trug.

»Nun ja, man hat was im Kopf, weiß aber nicht genau, was es ist und wie es aussehen soll. Dann mache ich mir Notizen und zeichne ein paar Entwürfe auf Papier und dann … dann überlege ich, welcher Stoff, welche Farbe dafür geeignet wären … Ich weiß ja noch nicht genau, was am Ende dabei herauskommt.«

»Macht dich das nicht nervös?« Grace klang ernst.

»Wieso sollte es?« Dixi war nah an sie herangetreten.

»Ich hätte Angst, die Kontrolle zu verlieren.«

»Aber ich habe die Kontrolle, Grace. Ich habe sie zu jedem Zeitpunkt.«

Dixi klang nicht überheblich, sondern sachlich. Grace überlegte.

»Ich hab mal nachgeschaut, und du hattest recht, in ›Alice im Wunderland‹ ist nirgendwo vom ›verrückten Hutmacher‹ die Rede. Warum sagt man das? Das ist doch eine feststehende Redewendung.«

Dixi verschob spielerisch ein paar Hüte auf dem Tisch.

»Ich hätte mir denken können, dass du meine Behauptung überprüfst.« Sie grinste sie aufmunternd an. »Schließlich bist du bei Garda.«

Grace gefiel das Geplänkel mit Dixi.

»Hutmacher haben früher häufig mit Quecksilber gearbeitet und dabei einige giftige Dämpfe eingeatmet. Das hat bei etlichen von ihnen zu …« Sie tippte sich vielsagend an den Turban. »… geführt.«

»Interessant. Das wusste ich nicht. Aber das war früher.«

»Ja.«

»Hast du immer so viele Hüte in der Mache?«

Dixi überflog kurz das Angebot, griff sich dann einen tiefroten, fast glühenden Strohhut und drückte ihn der überraschten Grace lachend auf den Kopf.

»Steht dir! Da drüben ist ein Spiegel. Mit deinem Knoten sieht das unglaublich elegant und gleichzeitig gefährlich aus. Diese Kombination ist bei Männern unschlagbar.«

Grace drehte und wendete sich. »Okay. Sieht wirklich nicht schlecht aus.« Sie ignorierte Dixis Hinweis auf den Geschmack von Männern.

Dixi trat neben sie. »Klasse! Und um deine Frage zu beantworten: Ich habe im Moment ja Hochsaison. Im Sommer heiraten einfach mehr Leute, und Hüte sind bei Hochzeiten schließlich ein Muss. Außerdem sind in der letzten Juliwoche die Galway Races. Das Pferderennen ist einfach der Top Event für Hutmacher jedes Jahr. Hab ich doch schon erwähnt. Ich sage nur: Ladies' Day!«

Grace schaute sie belustigt an. Es schien, als könne Dixi sich vor Vorfreude kaum noch kontrollieren. Sie wirkte auf sie im Moment wie ein Kind. Ein hochintelligentes, spontanes und liebenswürdiges Kind.

»Da steht für mich immer alles auf dem Spiel. Und in diesem Jahr ganz besonders. – Ich schenk dir den Hut, Grace.«

Grace wusste nicht, was sie vor Überraschung sagen sollte.

»Danke, aber ich weiß gar nicht, wann ich ihn tragen soll. Es steht keine Hochzeit ins Haus und Pferderennen sind überhaupt nicht mein Ding.«

Dixi lächelte rätselhaft. »Wart's ab. Am Ende gehst du doch hin.«

»Wie heißt der Hut?«, fragte Grace plötzlich. »Du sagtest, dass du sie alle taufst.«

Dixis Lächeln blieb unverändert charmant, während sie ihr antwortete.

»Er heißt ›Blut auf der Rennbahn‹.«

8

Grace hasste die Montagmorgenbesprechungen bei ihrem obersten Chef Robin Byrne. Erstens waren sie ihrer Meinung nach vergeudete Zeit und brachten nichts, weil Robin meist in nichts eingeweiht war – und auch nicht eingeweiht werden wollte. Zweitens war ihr der Messiestall, wie sie Robins Büro bezeichnete, ein Gräuel. Sie hatte es sich angewöhnt, die Besprechung knapp zu halten und dabei möglichst am Fenster stehen zu bleiben.

An diesem Julimontag trug sie ein buntes, ärmelloses Sommerkleid und dachte kurz darüber nach, ob diese Wahl angesichts des bedeckten Himmels nicht zu kühn gewesen war. Sie hielt die Arme vor der Brust verschränkt und versuchte, nur sehr flach zu atmen. Es sah wieder nach Regen aus.

»Darf ich das Fenster öffnen, Rob?« Es roch ein wenig muffig und die Luft wurde zusätzlich durch den unerträglichen Geruch der süßen Pfefferminzdrops angereichert, die Robin, seit er das Rauchen aufgegeben hatte, fortwährend lutschte.

Robin Byrne nickte gedankenverloren und blätterte lustlos in Papieren, die nur er zu dechiffrieren in der Lage war. Rorys Zettelwirtschaft erschien ihr zwar oft umständlich, doch folgte sie offenbar immer einer disziplinierten Ordnung.

»Wie war das letzte Woche in Letterfrack? Brachte das was?« Er spielte mit seinem Füllfederhalter und schaute Grace aufmunternd an.

Sie schüttelte den Kopf. »Der Zeuge ist nicht aufgetaucht. Wenn du mich fragst, wollte sich da nur jemand wichtig machen und hat dann kalte Füße bekommen. Jedenfalls hat dort niemand einen Frank Connolly gesehen. Vielleicht hat er ja eines der Ferienhäuser ein Stück weiter oben Richtung Renvyle gemietet. Diese Gäste sind nicht unbedingt mit Namen bekannt.«

Robin strich etwas auf seinem Zettel durch und hob dann wieder den Kopf. In dem Moment klopfte es ganz kurz, und ohne eine Antwort abzuwarten, stürmte Rory herein. Grace lächelte ihren Kollegen an. Sie freute sich, ihn zu sehen.

»Hallo, Rory, guten Morgen!«

»Hi, Grace, gut, dass du noch hier bist. Wir haben eine Leiche! Guten Morgen, Robin.«

Rory klang ernst, doch man hätte durchaus eine kleine Spur von Vorfreude in seinen Worten entdecken können. »Ronan hat mich eben informiert.«

»Ronan? Was hat dein Bruder mit einer Leiche zu schaffen?«, fragte Robin.

»Sie ist bei ihm. Das heißt, seine Putzfrau hat die Leiche seines Mitarbeiters vor einer Viertelstunde bei ihm im Wettbüro gefunden. Wir müssen sofort hin, Grace. Ich hab die Spurensicherung schon verständigt und O'Grady. Lass uns gehen.«

»Stopp!« Robins Stimme war, auch wenn er die Befehlsform wählte, was sehr selten geschah, ruhig, freundlich bis unbeteiligt.

Rory warf seinem obersten Chef einen leicht irritierten Blick zu. Grace ahnte, was nun folgen würde, und es lief ihr ein Schauer über den Rücken.

»Du wirst nirgendwo hingehen, Rory, und schon gar nicht als ermittelnder Guard zu deinem Zwillingsbruder. Da bist du fehl am Platz, so leid es mir tut.« Er hatte schon zum Telefon gegriffen und eine interne Nummer gewählt. Grace und Rory tauschten Blicke aus.

»Ja, Kevin? Kommst du bitte sofort zu mir rüber? Danke.« Er hatte aufgelegt.

Beide wussten, dass Robin recht hatte, und dennoch wollte sich Grace nicht damit abfinden. Die Vorstellung, in diesem Fall mit dem verhassten Kevin Day kooperieren zu müssen, ließ in ihr ein Gefühl von Übelkeit aufsteigen. Sie hatte ihm im Frühjahr den Job vor der Nase weggeschnappt, auf den er seit Jahren hingearbeitet hatte. Days verletztes Ego war nicht zu unterschätzen, und nur durch die wunderbare Zusammenarbeit mit Rory Coyne hatte sie im vergangenen Mai ihren ersten Fall im Morddezernat lösen können. Obwohl Day ihre Arbeit zu torpedieren versucht und ihr Scheitern sogar fast erreicht hatte. Er würde alles tun, ihr auch diese Ermittlung zu erschweren. Kevin Day war nicht nur unfair, er war hinterhältig und gefährlich. Und jetzt wurde er zu ihrem engsten Mitarbeiter.

»Robin, ich kann das absolut nachvollziehen, aber du weißt selbst, dass du Garda mit dieser Entscheidung keinen Gefallen tust.«

Robin Byrne blinzelte. Rory schwieg.

»Darüber bin ich mir absolut im Klaren, Grace. Nur habe ich keine Alternative. Ich kann Rory nicht zu einem wichtigen Zeugen in einem Mordfall zum Verhör schicken, der sein eigener Bruder ist. Die Presse würde uns öffentlich verspeisen. Und die Behörden in Dublin auch. Die würden sich fragen, ob ich sie noch alle habe. Punkt. Ende der Diskussion.«

In diesem Augenblick betrat Kevin Day mit federndem Schritt das Büro. Day war Anfang fünfzig, von drahtiger Statur, trug einen gepflegten Bart und hatte wie so oft seine Lesebrille, mit der er gerne herumspielte, in der Hand.

»Guten Morgen, allerseits.« Er schaute in die Runde und lachte laut auf. »Was ist euch denn schon am frühen Montagmorgen über die Leber gelaufen? Ist jemand gestorben?«

Robin war aufgestanden und legte ihm die Hand auf den Rücken.

»Du sagst es, Kevin. Es gibt eine Leiche. Dummerweise wurde sie in Ronan Coynes Wettbüro gefunden.«

Day stieß einen kurzen Pfiff aus und Grace drehte sich weg.

»Deshalb wirst du unter der Leitung von Grace in diesem Fall ermitteln.«

Grace meinte herausgehört zu haben, dass Robin das Wörtchen »unter« ein wenig stärker betonte als den Rest des Satzes.

»Oho!« Day versuchte einen kleinen Kratzfuß vor Grace aufzuführen. »Nichts lieber als unter dem Kommando unserer Piratenkönigin!«

Rory lief rot an vor Wut und Ohnmacht. Grace erwiderte

nichts und hob ihre große rote Umhängetasche auf, um zu gehen. Sie blies sich die Haare aus der Stirn.

»Lass das, Kevin«, zischte Byrne. »Das ist wenig hilfreich. Ich erwarte von euch allen«, und dabei schaute er von einem zum anderen, »ich erwarte von euch absolute Professionalität bei der Ermittlung. Und du, Rory, hältst dich erst mal raus. Viel Glück!«

Grace, die hinter Day den Raum verließ, zwinkerte Rory im Vorübergehen zu. Byrne hatte unterdessen versucht, sich einen kleinen Trampelpfad zu seinem Wasserkocher zu bahnen, und dachte offenbar nur noch an Tee.

9

Als Grace kurz darauf mit Day im Wettbüro erschien, saß Ronan in der hinteren Ecke seines Büros in einem Sessel und hatte das Gesicht in den Händen vergraben. Ein halbes Dutzend Mitglieder des Spurensicherungsteams krochen bereits überall herum. Die junge Gerichtsmedizinerin Aisling O'Grady hockte neben der Leiche und schaute kurz auf, als Grace zu ihr trat. Sie lächelte die Kommissarin aufmunternd an.

»Drei Schüsse, Graínne, aus kurzer Distanz, gegen Mitternacht Samstag auf Sonntag, würde ich schätzen. Genaueres später.«

Da hatte sie gerade mit Dixi O'Hara in deren Atelier ganz in der Nähe Hüte anprobiert, fiel Grace ein. Sie registrierte, dass die Medizinerin sie mit der irischen Version ihres Vornamens, Graínne, angeredet hatte, und fand es wider Erwarten schön. Graínne, das war sie in der Zeit, als ihr Vater noch lebte, in der Zeit ihrer Kindheit und Jugend gewesen.

»Irgendwelche Einbruchsspuren?« Grace wandte sich an den Kollegen im Schutzanzug, der sich an der Eingangstür aufhielt und sie untersuchte. Er schüttelte den Kopf.

»Sieht nicht so aus. Entweder hat ihm das Opfer selbst aufgemacht oder der Täter kannte den Sicherheitscode. Obwohl, wenn das Opfer drin war, war der sicher nicht aktiviert und man konnte relativ leicht hier reinkommen.«

Ronan Coyne wirkte kaum ansprechbar.

»Kann ich Sie hier irgendwo ungestört vernehmen?«

In Nolans kleinem Büro wimmelte es nur so von Gardai, deshalb ging Grace mit ihm in den Raum, wo sonst die Wetten der Kunden angenommen wurden. Sie bat einen Guard, der dort fotografierte, sie mit Coyne allein zu lassen.

Ronan sank sofort auf den nächsten Stuhl. Sie hatte Rorys Zwillingsbruder einmal kurz kennengelernt. Es war hier in diesem bunt getünchten Wettbüro gewesen, dass Rory ihr seinen bedächtigen, Pfeife rauchenden Bruder vorgestellt hatte. Das war ein paar Monate her.

»Haben Sie feststellen können, ob etwas fehlt?«

Ronan schüttelte erschöpft den Kopf. »Dazu war noch keine Zeit, Grace. Ich habe nur kurz den Safe überprüft, und da war alles noch drin, was reingehört. Allerdings haben wir am Samstagabend wie immer die Einnahmen noch ins Schließfach auf die Bank gebracht. Ich denke, das wusste der Täter.«

O'Grady bog eine Spur zu flott um die Ecke und zögerte dann einen Moment, als sie Grace mit Ronan im Gespräch sah. Sie wollte sich gerade auf dem Absatz ihrer sonnengelben Sneakers umdrehen, als Grace sie direkt ansprach.

»Komm ruhig rein, Aisling. Du störst nicht. Ihr kennt euch?«

Die junge rotblonde Frau mit den Sommersprossen und dem Pferdeschwanz wie ein Connemara-Pony reagierte überraschend zurückhaltend, was ihrem überschäumenden

Temperament so gar nicht entsprach. Erst schüttelte sie den Kopf, dann nickte sie Ronan zu und Ronan nickte zurück. Ihre Blicke wichen sich dabei geschickt aus. Grace verfolgte die wortlose Kommunikation und wunderte sich über den merkwürdigen Umgang der beiden miteinander. Iren sind eigentlich neugierig und mehr als andere Landsleute äußerst freundlich, schon beim ersten Kennenlernen.

»Wo ist Rory?« Ronan schaute sich hilfesuchend um.

Wie auf Kommando erschien im gleichen Moment Kevin Day neben O'Grady in der Tür und drängte sich an ihr vorbei.

»Tag, Ronan.« Im Gegensatz zu der Gerichtsmedizinerin ging Kommissar Day locker mit Rorys Zwillingsbruder um.

»Ihr kennt euch?« Grace hatte zum zweiten Mal die Frage gestellt. Ihr war auch nach drei Monaten in Galway noch nicht ganz klar, wie vernetzt man hier untereinander war.

»Flüchtig«, meinte Day. »Was zum Teufel wollte Tom hier um Mitternacht?«

»Du kennst das Opfer, Kevin?« Grace zog die Augenbrauen hoch. Doch der Kollege war schon wieder verschwunden.

»Hat er den Täter vielleicht bei irgendwas überrascht?« Diese Frage stellte sie Ronan, der ratlos die Schultern zuckte.

»Möglich. Das würde seinen Tod erklären, oder?« Ronan hörte sich an, als müsse er sich selbst gut zureden und überzeugen.

»Gäbe es denn noch eine andere Erklärung?« Grace wollte ihm helfen und ihn mit dieser Frage nicht in die Enge treiben.

Ronan seufzte und wirkte trotzdem plötzlich wie gehetzt. »Ich weiß es nicht, ehrlich. Ich war vorgestern Abend bei meinem Bruder und seiner Familie eingeladen und habe irgendwann versucht, Tom auf dem Handy zu erreichen.

Ich wollte ihn was fragen. Aber er ging nicht ran. Da war nur die Mailbox.«

Grace erkundigte sich bei der Spurensicherung, ob man Nolans Handy gefunden habe. Es war verschwunden. Day war gerade dabei, den Laptop, den der Tote benutzt hatte, in dessen Büro zu untersuchen.

Als Grace wieder zu Ronan zurückkehren wollte, bemerkte sie aus den Augenwinkeln, wie Colin von der Spurensicherung Kevin Day etwas zuflüsterte. Sie kehrte auf der Stelle um.

»Was ist, Colin?« Ihre Stimme klang scharf. Der junge Mann im weißen Schutzanzug errötete. Day tat so, als wäre er gar nicht vorhanden, und konzentrierte sich weiter auf den Laptop.

»Ich hab da in der Schreibtischschublade etwas gefunden, das merkwürdig ist. Schau'n Sie mal.«

Er hatte die Schublade komplett herausgezogen, und Grace sah es sofort: ein kleines inneres Fach, das mit einer Metallspirale geschlossen wurde. Wenn man einen Knopf über dieser Spirale drückte, öffnete es sich.

»Ein Geheimfach. Ist ja spannend. So was hab ich in modernen Büros noch nie gesehen.« Grace überprüfte den Schließ- und Öffnungsmechanismus.

»Ich würde dieses muffige Kabuff nicht unbedingt als modernes Büro bezeichnen«, zischte Kevin Day abfällig.

Wie eine Natter, dachte Grace. Dabei hatte der heilige Patrick doch angeblich alle Schlangen von der Grünen Insel vertrieben. Warum hatte er damals nicht Menschen genommen und die armen Reptilien in Ruhe gelassen?

»Gut, Colin. Ich muss unbedingt wissen, was da drin aufbewahrt wurde. Also, bitte, untersucht das im Labor mit größter Sorgfalt.«

Colin nickte eifrig und warf Day einen prüfenden Blick zu, was der aber nicht bemerkte. Grace konnte die Anwesenheit des Kollegen kaum noch ertragen und das Verhalten ihrer Mitarbeiter, die eigentlich ihr zuarbeiten sollten, empfand sie als völlig inakzeptabel. Sie trat hinter Day und schaute ihm über die Schulter. Selbst sein herbes Eau de Cologne, das sie jetzt wahrnehmen konnte, war ihr zuwider.

»Irgendwas, was uns weiterhilft?« Für ein paar Sekunden herrschte Schweigen.

»Er hat ihn das letzte Mal am Samstag um 23.52 Uhr benutzt. Da hat er ihn runtergefahren. Oder sein Mörder. Wir nehmen das Teil mit und schauen es uns später in Ruhe an. Ich geh die Sachen im Büro drüben noch mal durch.«

»Nein, Kevin. Ich möchte dich bitten, dich in der Nachbarschaft umzuhören, ob jemand in der Nacht etwas gesehen oder gehört hat«, sagte sie bestimmt.

»Aber das kann doch …« Day hielt nach den ersten Worten inne.

»Was, aber?« Graces Stimme war immer eine Spur rau und dunkel, gar nicht aufgeregt oder piepsig.

Er hatte sich zu ihr umgedreht und schaute auf sie herab. Er grinste abwartend. Mit der rechten Hand strich er sich über den Bart.

»Ich habe mich, denke ich, in meiner Dienstanweisung recht klar ausgedrückt.« Grace blieb ruhig. Dann verließ sie das Zimmer, um zu Ronan Coyne zurückzukehren. Sie hörte noch, wie Day wütend den Laptopdeckel zuknallte.

Coyne saß immer noch wie verloren im Kundenraum und schien das Gewusel um sich herum nicht wahrzunehmen. Gerade als sich Grace ihm wieder zuwenden wollte, erschien ein kräftiger Mann im braunen Jogginganzug an der Eingangstür, die er mit seiner Statur fast komplett ausfüllte. Er reckte sich, um besser sehen zu können, denn Garda hatte den Zugang zum Wettbüro mit einem Band abgesperrt.

»Ronan!«, brüllte er von der Straße durch die Tür. Ronan

hob den Kopf. Als er den Mann erkannte, winkte er ihm müde zu.

»Kann er rein, Grace? Ist ein guter Freund. Bitte.«

Grace sah keinen Grund, ihm den Zugang zu verwehren, und holte ihn an der Tür ab, um ihn zu Ronan zu geleiten.

»Was ist denn hier los? Ist bei dir eingebrochen worden?« Der Mann, der etwa Mitte fünfzig war, besaß eine für seine Körperfülle unerwartet hohe Stimme.

»Wir haben hier einen Mord aufzuklären, Mister …?«, sagte Grace zögerlich.

»Das ist Sir John, Grace. Der Trainer der Fußballmannschaft von Galway, die am kommenden Samstag das Finale gegen Mayo bestreitet.«

»Gälischer Fußball?«

Ronan und Sir John nickten synchron wie Comicfiguren.

»Mord? Ach so. Ich bin hergekommen, weil der verdammte Nolan seit Tagen nicht an sein Handy geht und ich dringend mit ihm sprechen muss. Wo ist der Typ?«

Statt einer Antwort wies Ronan mit einer trägen Handbewegung auf Grace. Sir John folgte verwirrt der stummen Geste.

Grace war immer wieder verblüfft, wie emotionslos ihre Landsleute zuweilen auf Katastrophennachrichten reagierten. Entweder war es das Ergebnis einer lang antrainierten Überlebensstrategie in einem Land, das jahrhundertelang viel Not und Elend erlebt hatte. Oder es war eine unbewusste, aber effiziente Verteidigungstaktik im Nahkampf des Lebens: Wenn ich das Schreckliche ignoriere, verzieht es sich vielleicht wieder.

»Sir John? Ist das Ihr richtiger Name?« Grace klang ironisch.

Der Trainer verneinte. »Das ist der Name, unter dem mich alle kennen. Ich heiße von Haus aus John Cullen.«

»Sie kannten also Tom Nolan?«

Bevor er antwortete, warf er Ronan einen fragenden Blick zu, doch der reagierte nicht.

»Wieso ›kannten‹?« Er überlegte ein paar Sekunden lang, bei denen Grace ihn auch nicht stören wollte. Dann fiel anscheinend der Penny.

»Hat man ihn umgebracht?«

Grace nickte langsam und beobachtete ihn dabei genau.

»Aber warum denn? Und warum jetzt?« Sir John schluckte mehrmals und schaute sich hilfesuchend um. Man merkte, ihm war auf einmal äußerst unwohl geworden.

»Ihre Fragen sind mehr als interessant, Mr Cullen. Ich würde Sie bitten, heute Nachmittag um vier zu mir in die Zentrale zu kommen. Da können wir uns in aller Ruhe unterhalten. Bis dann.«

Grace steckte ihr Pad weg, auf dem sie sich Notizen gemacht hatte. Als sie aufschaute, sah sie gerade noch, wie Sir John neben Ronan Coyne durch die Tür auf die Straße trat. Ronan blickte kurz zurück und hob wie zum Abschied die Hand.

10

»Schön, dich zu sehen, Grace. Ist schon wieder ein paar Tage her seit dem letzten Mal.« Fitz' Stimme klang, als bedauerte er das. Er brachte ihr und Rory das bestellte Mittagessen an den Tisch im Spaniard's Head – eine Gazpacho für Grace und ein Triple Special Sandwich für den rundlichen Guard, dessen Vorliebe für gutes Essen man sofort erahnen konnte.

»Ist dir die Suppe nicht zu kalt bei dem Wetter?«, fragte

Rory, bevor er in sein getoastetes Brot biss und es dabei umsichtig über den Teller hielt.

Grace schüttelte den Kopf. »Ich hab so viel zu tun, du weißt doch, dass ich umgezogen bin.« Im gleichen Augenblick wunderte sie sich über ihre typisch irische Antwort, die sich auf etwas ganz anderes bezog als auf seine Frage. Sie musste über sich selbst grinsen.

Grace mochte diesen beliebten Pub im Zentrum von Galway und seinen charmanten Wirt, der selbst einmal Pathologe bei Garda in Limerick gewesen war. Nach einem Nervenzusammenbruch hatte Fitz seinen Dienst quittiert und die Stadt gewechselt. Der ehemalige Dr. Fitzgibbon hatte das biedere Limerick mit dem hippen Galway getauscht und hier einem runtergewirtschafteten Pub zu neuem Glanz verholfen. Im Spaniard's Head trafen sich Kreative, Studenten, Touristen, Banker, Mitarbeiter der Garda aus der nahen Zentrale und selbstverständlich auch Musiker, die sich zu atemberaubenden Sessions hier zusammenfanden. Die zahlreichen kleinen Schankräume des Lokals waren besonders mittags und ab dem frühen Abend brechend voll. Fitz, der aufmerksame, immer gut gelaunte Gastgeber, wurde von der hünenhaften Fiona unterstützt, die tagtäglich den Gästen mit einem breiten Grinsen ihren unkonventionellen Ohrschmuck präsentierte.

Fitz lächelte Grace an. »Beim letzten Mord bist du direkt hierhergekommen, um mir das Foto zu zeigen. Soll ich euch diesmal wieder helfen?«

Grace legte abrupt den Löffel ab und starrte ihn an. »Woher weißt du, dass wir einen Fall haben?«

Rory hielt nun das Triple mit beiden Händen fest umklammert, so dass an der einen Seite eine Scheibe Tomate herausgedrückt wurde, und schaute Fitz ebenfalls erwartungsvoll an.

Der Wirt grinste und machte eine ausladende Bewegung,

die den ganzen Pub zu umfassen schien. »Hier hört man eben einiges, und zwar äußerst schnell. Und was ganz wichtig dabei ist: Man hört auch Dinge, die man gar nicht hören will. Ich muss an die Theke, ihr entschuldigt mich.« Er zwinkerte den beiden zu und verschwand.

Grace folgte ihm mit den Augen und bemerkte dabei den alten Hilary, der auf seinem Stammplatz am Ende der Theke hockte. Ihre Blicke trafen sich kurz und er grinste anzüglich. Grace drehte sich schnell wieder zu Rory um.

»Er ist einfach unerträglich.«

Rory nickte verständnisvoll. Er wusste sofort, von wem sie sprach.

»Day wird deine Ermittlungen sabotieren, das war von Anfang an klar. Zumindest wird er dir Informationen, die du brauchst, vorenthalten, um später selber damit zu glänzen.«

Grace tauchte ihren Löffel so kämpferisch und wütend zugleich in die kleine Suppenterrine, dass es spritzte.

Rory fuhr ganz ruhig fort. »Da wir offiziell in unserem Fall nicht zusammenarbeiten dürfen, schlage ich vor, dass ich deinen informellen Mitarbeiter spiele, so eine Art Undercover Guard.« Das störrische Sandwich war fast gemeistert und er griff nach der Stoffserviette.

Grace sah ihn an und nickte dann zustimmend.

»Hast du Ronan schon vernommen?«

Sie erzählte ihm, was er bisher ausgesagt hatte.

»Hat er erwähnt, dass er Nolan schon seit Wochen auf die Finger geschaut hat, weil er ihm nicht mehr vertraute?«

Graces graue Augen weiteten sich.

»Er wusste nicht, was es genau war«, fuhr Rory fort, »aber er war sich ziemlich sicher, dass Tom Nolan ihn hinterging. Er wusste nur nicht, inwiefern.«

»Woher weißt du das, Rory?«

»Das hat er uns beim Essen am Samstagabend erzählt.

Ich muss aber zugeben, dass bei dem Verhör über Kittys berühmtem Bœuf Irlandais eher meine Töchter das Wort führten.« Ein stolzes Lächeln huschte über sein Gesicht.

»Und warum hat er mir das nicht anvertraut? Das verstehe ich nicht, das ist doch wichtig. Schließlich wurde Nolan kurz darauf ermordet aufgefunden!« Sie war auf einmal so aufgeregt, dass sie mit dem Löffel in der Luft herumwedelte.

»Sicher. Denn dann könnte es durchaus sein, dass Nolan den Täter nicht überraschte, sondern sogar mit ihm verabredet war. Von welcher Uhrzeit reden wir eigentlich?«

Bevor sie ihm antwortete, ließ sie ihren Blick über die Menschen gleiten, die an den Tischen in ihrer unmittelbaren Nähe saßen. Eigentlich war es gefährlich und unsinnig, an einem öffentlichen Ort wie dem Spaniard's Head Interna aus den Ermittlungen auszutauschen.

»Das nächste Mal treffen wir uns weniger auffällig, Rory. Wann hat sich dein Bruder am Samstagabend von euch verabschiedet?«

Er warf seiner Kollegin einen raschen Blick zu und rutschte plötzlich auf dem Samtsitz seines Stuhls herum. »Ich weiß, das musst du fragen. Jeder ist verdächtig. – Ich glaube, so gegen elf. Kitty legt Wert darauf, dass unsere beiden Jüngsten vor Mitternacht ins Bett kommen.«

Grace hatte nun ihre kalte Gemüsesuppe ausgelöffelt und lehnte sich zurück. Fitz zapfte hinter dem Tresen schwarzes Guinness, hob die Augen für einen kurzen Moment und blickte über den Schankraum hinweg zu ihr herüber. Er lächelte nicht, wie es sonst seine Art war. Hilary, der immer noch an der Theke saß, nahm einen großen Schluck aus seinem Pint-Glas. Den Schaum am Mund wischte er sich mit dem Daumen ab und schmierte ihn an seine Hose.

»Grace?«

Die Kommissarin zuckte zusammen. »Entschuldigung,

Rory, ich war grad woanders. Was hast du gesagt?« Doch ohne seine Antwort abzuwarten, begann sie, ihre Tasche zu packen, und erhob sich.

»Ich sagte, ich bin sicher, dass er gegen elf gegangen ist.«

»Der Mord passierte um Mitternacht herum, aber Aisling wird uns Genaueres sagen können. Sie ist noch dran. Sein Laptop wurde um 23 Uhr 52 heruntergefahren, aber das hätte auch der Mörder machen können.«

Grace zögerte einen Augenblick. Rory sah sorgenvoll aus, wie sie ihn noch nie erlebt hatte. Sie räusperte sich.

»Ich habe übrigens Kitty kennengelernt. Eine tolle Frau!«

Rory lächelte verlegen.

Das waren bessere Abschiedsworte als »dein Bruder ist ein Hauptverdächtiger in unserem Mordfall«. Obwohl beide es wussten.

11

Grace durchsuchte gleich nach dem Mittagessen Nolans kleines Appartement in Salthill, dem beliebten Badeort der Stadt Galway. Salthill schloss sich direkt an die Claddagh an, das ehemalige Gebiet der mittelalterlichen Stadt, wo früher keltische Iren lebten.

Die Wohnung war penibel aufgeräumt und unpersönlich eingerichtet wie ein Hotelzimmer mittlerer Kategorie. Ein gesichtsloses Junggesellenschlupfloch mit Mini-Herd und Mikrowelle, Fernsehapparat vor einem Kippsessel, sauber bezogenem Einzelbett, einer einsamen Zahnbürste im Wasserglas und einem altmodischen Rasierpinsel. Auf dem Nachttisch lag eine abgegriffene Ausgabe der »Sailing Gazette«, dem Lieblingsmagazin für Freunde des Hochseesegelns. Es gab keinerlei Hinweise auf Hobbys oder den Beruf des Toten.

Auf dem Kaminsims mit dem Gasfeuer, das auf flackernden Kunstholzscheiten einen echten Kamin vorflunkern sollte, stand das gerahmte Schwarz-Weiß-Foto eines alten Bauernhofs. Grace nahm das Bild in die Hand und betrachtete es aufmerksam. Das Anwesen lag an einem kleinen See. Es bestand aus einem niedrigen Haupthaus mit ein paar Nebengebäuden, vermutlich Ställen oder Scheunen auf beiden Seiten, die nach typisch irischer Bauweise kein erstes Stockwerk aufwiesen. Die Aufnahme war etwas unscharf und musste, wie Grace schätzte, schon einige Jahrzehnte alt sein. Merkwürdigerweise waren weder Menschen noch Tiere darauf zu sehen.

Grace zögerte und steckte das Bild schließlich ein. Sie würde Ronan Coyne fragen, was er über dieses Haus wisse. Vielleicht war es ja Tom Nolans Geburtshaus.

Die Nachbarin, die ihr den Schlüssel gegeben hatte, den sie zur Sicherheit für den Toten aufbewahrte, hatte ihn nur flüchtig gekannt. Er lebte zwar schon seit über zehn Jahren nebenan in der Wohnung, hatte aber stets Distanz gehalten.

»Er blieb für sich.« Bei dieser Formulierung hatte sie zaghaft gelächelt, als müsse die Kommissarin als Frau genau wissen, was sie damit meinte.

»Bekam er häufig Besuch?«, hatte Grace schließlich gefragt.

Die Frau, die Ende sechzig sein mochte und die Grace in die Schublade freundliche, pensionierte Grundschullehrerin steckte, überlegte einen Moment, bevor sie antwortete.

»Das kann ich Ihnen nicht sagen. Ich spioniere meinen Nachbarn ja nicht hinterher.« Die ältere Dame klang nicht vorwurfsvoll, sie lächelte dabei.

»Das meinte ich auch nicht. Aber man bekommt doch, ohne dass man es darauf anlegt, ab und zu etwas mit, oder?«

Die Frau senkte nachdenklich den Kopf. »Tom war sehr fleißig. Immer bei der Arbeit. Aber er war trotzdem auch hilfsbereit. Er wechselte schon mal eine kaputte Glühbirne für mich aus oder schraubte ein Regal an. Oh, entschuldigen Sie, Guard.«

Sie bat Grace nun in ihre kleine Wohnung. Die Kommissarin folgte ihr neugierig. Während Nolans Appartement kahl und ohne eigene Note eingerichtet war, offenbarte sich Grace nun auf knapp vierzig Quadratmetern das glatte Gegenteil davon. Jeder Winkel dieser Zimmer, jeder Meter an der Wand atmete die Persönlichkeit und die Lebensgeschichte dieser Frau. Das war es, durchfuhr es Grace, was sie eben vermisst hatte: Tom Nolans Wohnung barg keinerlei Erinnerung. Außer dem Foto von dem Bauernhaus gab es nichts, was auf die Welt da draußen hinwies. Es gab keine Vergangenheit und außer der Zahnbürste existierte auch keine Gegenwart. War das Segelmagazin etwa ein Hinweis auf eine mögliche Zukunft? Grace nagte an ihrer Unterlippe, während sie noch darüber nachdachte.

»Diesen jungen Mann habe ich zweimal im Treppenhaus gesehen.«

Grace landete abrupt in ihrer Gegenwart und es war ihr unangenehm, dass sie eben nicht genau zugehört hatte.

»Können Sie mir den Mann bitte noch einmal beschreiben? Ich möchte mir das notieren.« Sie zog ihr Pad aus der Jackentasche und begann zu tippen.

»Er nickte höflich, sagte aber nichts. Nicht mal eine Bemerkung über das Wetter.« Sie schüttelte ungläubig den Kopf. »Einmal kam er mir unten an der Tür entgegen und hielt sie mir auf. Da ich ja vorher schon mal gesehen hatte, wie Tom ihn an seiner Tür empfing, vermutete ich, dass er wohl bei ihm gewesen war. Das war beides vorigen Monat. Da bin ich mir ziemlich sicher.«

»Können Sie ihn mir bitte näher beschreiben?«

Wieder dachte die ältere Frau einen Moment nach, bevor sie antwortete.

»Er war mittelgroß und schlank und hatte helles, kurzes Haar, aber mehr weiß ich leider nicht mehr. Ich war nicht der Meinung, dass es wichtig sei, mir sein Äußeres einzuprägen. Es tut mir so leid um Tom. Glauben Sie, dass es sein Mörder war?«

Die alte Dame sah die Kommissarin hilfesuchend, aber nicht ängstlich an und ballte dabei gedankenverloren ein altmodisches Stofftaschentuch in ihren Händen zu einer Kugel. Sie war dezent geschminkt und trug ein schlichtes, doch sehr modisches Twinset, fiel Grace auf.

Die Kommissarin lächelte sie an. »Wir müssen jedem noch so kleinen Hinweis auf seinen Umgang nachgehen, ohne dass es im Augenblick schon irgendetwas zu bedeuten hätte, Mrs Boyle.«

»Miss.« Die Nachbarin lächelte stolz.

Grace nickte zustimmend und verabschiedete sich. Als sie ihr ihre Karte reichte, fiel ihr noch etwas ein.

»Sie sagten eben, der Mann sei jung gewesen. Was genau meinen Sie damit?«

Miss Boyle lächelte ein feines Damenlächeln. »Ach, das ist heutzutage bei Männern immer so schwer zu sagen, Frau Kommissar.«

Grace fragte sich eine Sekunde lang, auf was sich ihr »heutzutage« bezog.

»Möglicherweise war er zwischen dreißig und vierzig. Ja, das müsste hinkommen.«

Grace hatte bei dieser Antwort wohl etwas enttäuscht gewirkt, denn Miss Boyle setzte kurz darauf noch etwas hinzu.

»Und er trug bei seinem ersten Besuch bei Tom etwas in der Hand. Nichts, was als Geschenk verpackt war, eher etwas ganz Alltägliches. Was war es denn gleich?« Sie schloss ein paar Sekunden die Augen, um sich besser erinnern zu können, schüttelte dann jedoch bedauernd den Kopf.

Grace bat sie, sich sofort bei ihr zu melden, falls es ihr wieder einfallen sollte, und verabschiedete sich endgültig.

Als sie zu ihrem Wagen schlenderte, wisperte es in ihr. So hatte ihr Vater Shaun es immer genannt, wenn man etwas spüren, aber nicht benennen konnte, und sie hatte das Gefühl, dass die Rentnerin ihr, ohne es zu ahnen, einen wichtigen Hinweis gegeben hatte.

12

Peter merkte, wie eine warme Welle seinen Körper durchströmte, als sie vor der Tür stand. Er machte eine einladende Handbewegung. »Komm herein, Grace, du rettest mich!«

»Tolles Wetter heute. Nichts lieber als das, aber ich kann nicht lang bleiben, weil …«

»Ja, du hast recht, sieht vielversprechend aus. Ihr habt 'nen Toten am Hals, ich weiß schon.« Er lief ihr in sein Arbeitszimmer voraus. Sofort rückte er ihren Lieblingssessel vom Fenster in die Nähe seines Schreibtischs. Sie ließ sich darauf fallen.

»Was du vermutlich noch nicht weißt, ist, dass ich in diesem Fall mit Day zusammengekettet bin. Es ist kaum erträglich.« Sie hatte eine ihrer Haarsträhnen um den linken Zeigefinger gedreht und sie dann festgezogen, als wolle sie sich an ihr festhalten. Dabei schaute sie ihn aufmerksam an.

Ihre schiefergrauen Augen, dachte er, und das Türkis des Meeres. Er schluckte und nahm sich zusammen.

»Wieso? Ist was mit Rory?«, fragte er interessiert.

Grace ließ die Strähne abrupt los und schüttelte ihre langen Locken. Dann erzählte sie ihm vom Mord an Tom Nolan, ohne zu viel preiszugeben, das merkte er sofort.

»Ich weiß, du darfst keine Details an Außenstehende weitergeben, aber …«

»Es gibt gar keine, Peter. Bisher jedenfalls nicht. Das Ganze ist so simpel wie rätselhaft. Ein Angestellter eines Wettbüros wird mitten in der Nacht erschossen. Außer seinem Handy fehlt nichts am Tatort. Er hatte laut seinem Chef, der übrigens Rorys Bruder ist, keinen Anlass, sich zu dem Zeitpunkt dort aufzuhalten. Aber ganz ungewöhnlich war das angeblich nicht. Falls es mal vorkam, dass er etwas vergessen hatte, verfügte er als Stellvertreter des Chefs sowohl über einen Schlüssel als auch über den Sicherheitscode, um ins Büro reinzukommen.«

»Hmm.« Peter sah sie nachdenklich an. »Wichtig wäre wohl festzustellen, ob er ein gezieltes Opfer war oder nur zufällig zur falschen Zeit dort erschienen ist und jemanden bei irgendwas überrascht hat.«

Grace nickte und warf ihm einen leicht genervten Blick zu. Er interpretierte ihn richtig.

»Entschuldigung. Mir ist klar, dass das auch dein erster Gedanke war.«

Nun lächelte sie ihn versöhnlicher an. »Ich bin nicht aus Langeweile hier, Peter, und ich sehe dich wirklich sehr gerne. Aber jetzt brauche ich deine Hilfe, damit es schneller geht.«

Ihre spröde Art verwirrte ihn und er fand sie gleichzeitig anziehend. Er strich sich über sein unrasiertes Kinn und um seinen Mund spielte ein leicht ironisches Grinsen.

»Ich höre.«

»John Cullen. Spitzname für Eingeweihte: Sir John. Sagt dir der Name etwas?«

Peter hob die Augenbrauen. »Der?«

Grace antwortete nicht und wartete.

Peter wog seine Worte sorgfältig ab. »Ich denke, du erwartest von mir, dass ich offen bin.«

»Sonst wäre ich nicht hier.«

Ihre Blicke trafen sich kurz.

»Der ist hier im Sport das, was dein Onkel Jim in der Politik ist.«

»Oh.«

»Ohne Sir John läuft gar nichts, zumindest nicht im Gaelic Football, und ich bin sicher, der hat auch noch woanders seine gierigen Wurstfinger drin. Wenn er im Zusammenhang mit Nolans Tod aufgetaucht ist, solltest du ihn dir richtig gut anschauen. Nicht nur beim Verhör, sondern auch in seiner natürlichen Umgebung. Der Typ stinkt.«

»Was schlägst du vor?«

Grace hörte sich an, als warte sie auf eine Einladung zu einem Date, fand Peter. Die sollte sie haben. Nichts lieber als das.

»Am kommenden Samstag findet das Finale von Connacht statt, mit dem Team, das er seit Urzeiten trainiert. Da müssen wir auf jeden Fall hin.«

Wieder antwortete sie nicht.

»Ich weiß, dass dich Sport nicht interessiert, Grace, aber ...«

Sie unterbrach ihn scharf. »Woher willst du das wissen? Das habe ich nie gesagt.« Sie erhob sich und ging zur gegenüberliegenden Wand, weil sie dort den alten Stich von Achill Island, ihrer gemeinsamen Heimat, entdeckt hatte. Peter folgte ihr und stand nah hinter ihr. Er konnte die Wärme ihres Körpers spüren. Ein paar Sekunden lang sagte keiner der beiden etwas.

Dann drehte sie sich abrupt zu ihm um und lächelte ihn wieder freundlich an. Peter wurde eine Spur unsicher. Ja, warum hatte er das angenommen? Er war sich völlig sicher gewesen.

Grace ließ sich wieder in ihren Lieblingssessel fallen,

lehnte sich zurück und schloss halb die Augen. »Nein, du hast schon recht. Sport ist nicht mein Ding.«

»Außer angeln«, setzte er hinzu.

Sie öffnete schlagartig ihre Augen und musterte ihn. »Angeln zählt nicht als Sport.«

»Du meinst, es fällt unter Geisteshaltung?« Peter versuchte ernsthaft und nicht amüsiert zu klingen, was ihm nicht ganz gelang.

»Also gut, ich besorg uns Tickets für dieses Finale. Sollte ich vorher vielleicht mal beim Training vorbeischauen?«

Peter nickte vehement. »Unbedingt.«

Grace seufzte. »Wer spielt da eigentlich gegen wen?«

»Galway gegen Mayo. Galway ist seit Jahren haushoher Favorit. Mayos große Zeit liegt schon Jahrzehnte zurück, das war noch vor unserer Geburt, Grace, glaub's mir. Aber Mayo brennt – als unmittelbarer Nachbar von Galway. Ist also ein richtiges Lokalderby. Im Halbfinale trifft dann der Sieger auf den Landessieger einer der drei anderen irischen Provinzen. Ob das jetzt Munster, Leinster oder Ulster sein wird, weiß ich nicht. Ich glaub, das wird im September ausgelost. – Hörst du mir überhaupt zu?«

Grace wirkte, als wäre sie gedanklich schon wieder woanders. Sie schüttelte den Kopf und setzte sich kerzengrade hin.

»Weißt du, was Gaelic heutzutage richtig interessant macht?«, nahm er den Faden wieder auf und ignorierte dabei ihre Unaufmerksamkeit. »Der gälische Fußball mit seinem komischen hohen Tor und den eher skurrilen Spielregeln ist eine der letzten Sportarten auf unserer Erde, die ausschließlich Amateuren vorbehalten ist. Kein Spieler darf dafür Geld bekommen. Auch kein Trainer. Und Manager und Schiedsrichter natürlich auch nicht.« Er sah sie an, als habe er ihr gerade eine ungeheuer wertvolle Information gegeben und erwarte dafür jetzt ein Lob.

»Und wer kontrolliert das?« Grace klang wenig beeindruckt.

»Die GAA. Die Gaelic Athletic Association, Irlands mächtigster Sportverein. Der kontrolliert alles. Sogar Sportler, die nicht in ihm organisiert sind, inoffiziell sozusagen. Da würde sich niemand gern den Mund verbrennen. Aber frag doch mal ganz unverbindlich deinen Onkel Jim.« Er grinste breit.

Sofort blitzte es in ihren Augen auf. Ihre Reaktion war in manchen Dingen vorhersehbar. »Was hat er damit zu tun?«

Peter merkte, wie sie schon der Name des Onkels reizte, und musste sein Grinsen zügeln. Er hatte die Tür zu dem kleinen Kühlschrank in der Ecke geöffnet und sich hinuntergebeugt, um den Inhalt zu inspizieren. »Ach, Grace, jetzt habe ich dir gar nichts angeboten. Wie unaufmerksam von mir!«

»Lenk nicht ab. Was hat mein Onkel mit der ganzen Sache zu tun?«

»Frag lieber, womit er nichts zu tun hat. Jim O'Malley liebt nicht nur die Politik, sondern in seiner Freizeit auch den Sport und jede Form von Wettkampf. Und da die Politik im Augenblick Sommerpause macht, hat er gerade viel Zeit für seine Hobbys. Er ist Schatzmeister der GAA Galway und freut sich bestimmt wie ein Kind auf die Galway Races, wo er selber laufen lässt.«

Grace schaute ihn fragend an, schwieg jedoch.

»Er hat ein Pferdchen, meine ich. Zusammen mit diesem, ach, du weißt schon …« Er merkte, wie Grace aus der Tiefe des Sessels emporzuwachsen begann.

»Finnegan, Murray Finnegan. Sein Patensohn. Sie haben, glaube ich, einen kleinen Stall in der Nähe von Finnegans Anwesen in Cong.«

Grace schloss einen Moment ermattet die Augen. Dann

atmete sie durch, stand auf und bückte sich nach ihrer großen roten Tasche.

»Ich danke dir sehr, Peter, aber ich muss jetzt gehen. Ich habe deinen munteren Sir John zum Verhör bestellt.«

Sie reichte ihm zum Abschied die Hand und drückte sie eine Sekunde länger als nötig. Sie hatte schon die Klinke in der Hand, als sie sich noch einmal zu ihm umdrehte.

»Entschuldige, Peter. Ich hab den Kopf so voll. Vor was oder wem habe ich dich vorhin eigentlich gerettet?«

Peter Burkes Gesicht verfinsterte sich. Er strich sich eine Haarsträhne aus der Stirn.

»Sagen dir Wechselwetten etwas? Ich recherchiere schon seit Stunden im Netz wegen dieser verdammten Wechselwetten. Die dunkle Seite der Welt des Spiels hat von mir Besitz ergriffen.«

Er lachte laut und nicht sehr freundlich. Grace stimmte zunächst in sein Lachen ein, hielt dann aber inne.

»Und warum? Wie kommst du darauf?«, hakte sie nach.

Er hatte sich aus dem Kühlschrank eine Flasche mit diesem neuen Bio-Gingerale geangelt und schraubte sie nachdenklich auf. »Meine liebe Mutter betreibt seit Jahren auf Inis Meáin ein florierendes Wettbüro unter dem malerischen Namen *Roghanna Ceilteach,* was, wie du weißt, so viel wie ›Keltische Möglichkeiten‹ bedeutet«, erzählte er. »Die Insulaner sind ihr deshalb wohl zu großem Dank verpflichtet.« Er atmete hörbar aus.

Einen Moment herrschte absolute Stille, dann prustete Grace los. Peter starrte sie an. Mit dieser Reaktion hatte er nicht gerechnet. Als sie seine Bestürzung bemerkte, zwang sie sich zur Ernsthaftigkeit.

»Sei mir nicht böse, Peter. Aber ich bin nicht wirklich überrascht, dass sie ihr Luxus-B&B nicht durch die paar Gäste finanzieren kann, die den Weg zu ihr auf die weitgehend unbekannte Insel finden. Und wenn ich ganz ehrlich bin, beruhigt mich das sogar ein wenig, denn es ist ja vermutlich nichts Illegales. Sie hat es ordnungsgemäß angemeldet, oder?«

Er nickte.

»Außerdem gefällt mir die Idee, Wettmöglichkeiten für die kleine gälisch sprechende Community anzubieten. Das ist in unserer globalisierten Welt attraktiv und sicher lukrativ und durch die Selbstbeschränkung wirkt es auch noch sehr sympathisch. Da muss man erst mal drauf kommen.« Sie legte ihm tröstend ihre Hand auf die Schulter. »Aber das ist es nicht, was dir Sorgen bereitet, oder?«

Sie standen sich nun ganz nah gegenüber und Peter merkte, dass ihn das nervös machte. Er stellte die Flasche ab.

»Nach dem ersten Schock habe ich mich wieder beruhigt, Grace. Nein, es ist diese neue Art von Wette, die mich verunsichert. Die gibt es erst seit wenigen Jahren. Sie funktioniert nur im Internet und hat keinen besonders guten Ruf, wenn du weißt, was ich meine. Genau wie die anderen Online-Wetten, die den Markt überschwemmen.« Er wich einen Schritt zurück.

»Und was macht dir daran Sorge?« Grace hatte nun auch instinktiv den Abstand zu ihm vergrößert.

»Man wettet dabei nicht nur auf Gewinner, sondern auch und besonders auf Verlierer. Dabei kann viel stärker manipuliert werden und es ist noch mehr Geld im Spiel. Das erzeugt kriminelle Energie und Revierkämpfe. Ich möchte nicht, dass Pattie in so was verwickelt wird.«

Grace nickte. »Ja, das verstehe ich, Peter. Das ist es auch, was Ronan umtreibt, wenn ich Rory richtig verstanden habe. Lass uns so schnell wie möglich noch mal in Ruhe darüber reden. Ich melde mich, auch wegen der Karten fürs Gaelic am Samstag.«

Sie hatte die Haustür geöffnet und ging hinaus. Draußen

hatte sich nun die Sonne durchgesetzt. Grace sah zum blauen Himmel hinauf und drehte sich dann noch einmal zu ihm um.

»Sag mal, Peter, du kennst doch immer alle.«

»Wie kommst du darauf?« Er lächelte sie amüsiert an.

»Jedenfalls mehr Leute als ich. Kennst du vielleicht eine Dixi O'Hara?«

Er überlegte, schüttelte dann aber entschieden den Kopf.

»Hutmacherin, exzentrisch und klug, klein, aber nicht zu übersehen. Kurze, fransige Haare, bunte Kleidung. Hat nicht weit von hier ihr Atelier und einen Stand auf dem Markt.«

Jetzt wusste er, wen sie meinte. »Ich bin mir nicht hundertprozentig sicher, aber du solltest mal Fitz fragen. Ich meine, die beiden waren mal ein Paar. Oder sind es immer noch.«

Er fuhr kurz zusammen, als er ihr Gesicht sah. Es wirkte nicht nur überrascht, sondern zuallererst betroffen.

13

»Was meinten Sie mit ›warum jetzt?‹? Das ist im Zusammenhang mit jemandem, der ermordet wurde, eine ungewöhnliche Formulierung.«

John Cullen verlagerte das Gewicht seines massigen Körpers abrupt von der einen Seite des Stuhls auf die andere, so dass das Holz bedrohlich knackte.

Grace verhörte den Trainer der Mannschaft von Galway seit über einer halben Stunde in ihrem Büro und hatte bisher so gut wie nichts von ihm erfahren, was sie im Mordfall Nolan weitergebracht hätte. Er hatte für die Tatzeit ein Alibi, das sich leicht überprüfen ließ. Und das schien das Einzige zu sein, was ihn interessierte.

Sir John war mit seiner Glatze, die er mit wenigen Härchen fast rührend zu kaschieren versuchte, und seiner aufgequollenen roten Nase kein attraktiver Mann. Seine Fistelstimme machte ihn nicht anziehender.

Er zuckte mit den Schultern und schaute zum Fenster hinaus. Grace stand an die gegenüberliegende Wand gelehnt und sah ihn aufmerksam an.

»Hätte er Ihrer Meinung nach mit seiner Ermordung warten sollen? Oder anders formuliert, hätte sein Mörder vielleicht einen in Ihren Augen sinnvolleren Zeitpunkt für seine Tat wählen sollen?«

Sir John stöhnte leicht auf. »Miss …«

»Guard.«

»Guard, Sie haben mich komplett missverstanden. Ich hab das nicht so gemeint, wie Sie es auslegen.«

Grace sah ihn ungerührt an und erwiderte nichts.

»Ich war geschockt. Und habe deshalb natürlich ›warum?‹ gefragt.«

Grace spürte, dass sie so nicht weiterkam. Er wiederholte sein Schulterzucken.

»Sie gaben an, dass Sie Mr Nolan seit einiger Zeit telefonisch erreichen wollten, aber leider ohne Erfolg.«

Der Trainer nickte und verbarg sein Gesicht in seinen riesigen Händen.

»Seit wann genau?«

»Seit Samstagabend.«

»Genauer?«

»Seit ungefähr acht Uhr, denke ich, genau weiß ich das nicht mehr.« Insgesamt, so gab er an, habe er es ungefähr sechs Mal von Samstag- bis Sonntagabend probiert. Auch Nolans Mailbox sprang nicht an. Grace notierte sich das.

»Weshalb gingen Sie dann am Montagmorgen in sein Büro?«

»Weshalb?« Er warf ihr einen irritierten Blick zu. »Weil ich hoffte, ihn dort bei der Arbeit anzutreffen, was sonst?«

»Und was genau wollten Sie von ihm?«

Sir John war einen Moment lang sprachlos.

»Ihn was fragen«, grunzte er schließlich.

Grace hielt ihn nicht für sonderlich intelligent, aber für gerissen. Jemand, der genau wusste, wie er sich zu verhalten hatte.

»Und was?«

An dieser Stelle entstand eine Pause, mit der Grace nicht gerechnet hatte.

»Was?«, fragte Cullen nach.

Sie nickte.

Offenbar hatte er sich nicht überlegt, was er bei dieser Frage aussagen wollte. So etwas kam häufiger vor, als man erwarten würde. Nicht selten gab es Zeugen, die sehr präzise auf einen Aspekt der Vernehmung vorbereitet waren und einen anderen komplett übersehen hatten. Er hatte ihr vorher genauestens beschrieben, wie gut beziehungsweise wie schlecht er das Opfer gekannt habe und was er selbst am späten Samstagabend getan habe, nämlich bis nach Mitternacht mit Kollegen und Spielern den Geburtstag von Fred McGuinness, dem Manager des Gaelic Teams, im Quays unten an den Docks gefeiert. Gegen Viertel nach zwölf habe ihn ein Taxi nach Hause gefahren.

»Ich war nicht mehr ganz standfest, wenn Sie wissen, was ich meine, Guard«, hatte er erklärend hinzugefügt und dumm dabei gegrinst.

»Also, was wollten Sie Nolan so dringend fragen?«

Da flog die Tür auf und Kevin Day platzte ins Büro. Grace hatte kein Klopfen gehört und blitzte ihn wütend an.

»Hi, Sir John«, begrüßte der Kollege Cullen jovial.

Cullen hob erleichtert den Kopf und legte kurz seinen linken Zeigefinger an eine unsichtbare Kappe auf seiner Stirn.

»Ich stecke mitten in einer Vernehmung, Kevin. Ich komme gleich zu dir rüber, wir sind fast fertig.« Sie versuchte, nicht aufgebracht zu klingen.

Doch Day rührte sich nicht vom Fleck. »Dann warte ich einfach.«

Ungefragt ließ er sich in einen kleinen roten Sessel neben John Cullen fallen und schaute den Zeugen zufrieden lächelnd an. Der lächelte ebenso zufrieden zurück. Grace nahm nun auf ihrem Schreibtischsessel Platz.

Einen kurzen Moment lang beschlich sie das Gefühl, als handele es sich um ein abgekartetes Spiel zwischen ihrem Kollegen und dem Trainer. Würde Day sonst tatsächlich so unverschämt dreist agieren?

»Ich wollte Nolan fragen, wie viele Gästekarten er für das Viertelfinale am Samstag benötigt. Das war alles. Ich besorg sie ihm immer.«

Grace starrte Cullen eine Sekunde verständnislos an, bis es ihr dämmerte, dass er nun genügend Zeit gehabt hatte, sich eine passende Antwort auszudenken.

»Und das konnten Sie nicht per SMS oder Mail abklären?«

Cullen zuckte mit den Schultern und machte Anstalten, umständlich aufzustehen.

»Ich kann mit dem ganzen Zeug nicht umgehen, Guard. Deshalb benutze ich das verdammte Handy auch so gut wie nie. Schauen Sie sich nur meine Pranken an. Soll ich damit eine Tastatur für Zwerge bedienen?«

Cullen hielt seine riesigen Hände kurz hoch, um sein Problem am Objekt zu demonstrieren. Dann drehte er sich zu Kevin Day um und grinste ihn siegesgewiss an. Grace registrierte es.

Ursprünglich hatte sie vorgehabt, Kevin zum Training

von Galway zu schicken, um ihn gleichzeitig zu beschäftigen und aus dem Weg zu schaffen. Nun schien ihr diese Option fehl am Platz. Cullen verschwieg ganz offensichtlich etwas und seine unterschwellige Vertrautheit mit ihrem unangenehmen Kollegen war neuen Erkenntnissen im Mordfall Nolan sicherlich nicht förderlich.

»Madam?« Sir John zog sein Gesicht »für Freunde des Vereins und andere Wohltäter« hervor und setzte es vor Grace auf.

»Sie halten sich bitte zu unserer Verfügung und verlassen Galway nur nach Absprache.« Dass sie ihn bald beim Training stören würde, behielt sie vor Day für sich.

»Keine Sorge. Mich bekämen in der Woche des Connacht-Finales keine zehn Pferde aus der Stadt.« Damit winkte er den beiden müde zu und verließ den Raum.

Grace ignorierte ihren Kollegen und checkte ihre Mails auf dem Pad. Nach ein paar Sekunden räusperte sich Kevin. Sie schaute auf.

»Wir haben etwas auf dem PC gefunden«, verkündete er.

»Und?«

»Ergebnisse von Fußballspielen der letzten zehn Wochen.«

Sie seufzte. »Ist das bei einem Angestellten eines Wettbüros etwas Ungewöhnliches?«

Day grinste und schüttelte den Kopf. »Im Prinzip nicht. Doch erstens haben die Garda-Hacker diese Daten in seinem höchst privaten und zehnmal gesicherten Account ausfindig gemacht, und zweitens sind es die Ergebnisse der vierten Liga von Litauen.«

»Litauen hat eine vierte Liga?«

Zum ersten Mal lachte Day ein ehrliches, herzhaftes Lachen in ihrer Anwesenheit. Dann nickte er amüsiert. »Aber was noch erstaunlicher ist: Nolan hatte in fast allen Fällen die Ergebnisse, noch bevor überhaupt gespielt wurde.«

Grace blickte nun interessiert auf. »Und wie kamt ihr darauf?«

Day zog seine Lesebrille aus der Jackentasche und begann sie zwischen den Fingern zu drehen. Er genoss den Augenblick, das war offensichtlich, und sie gönnte es ihm.

»Nun, ich könnte jetzt behaupten, es sei meine geniale Intuition gewesen, die mich auf den rechten Pfad führte. Aber so bin ich ja gar nicht, Grace.«

»Sondern?« Welches Spiel spielte er?, fragte sie sich.

»Unter unseren Computerspezialisten ist ein Mann namens Rimas, ein Typ aus Litauen, den hast du vielleicht schon mal gesehen. Ein ziemlich blasser Kerl mit großen abstehenden Ohren.«

Sie verneinte.

»Er heißt witzigerweise Tolkien mit Nachnamen, was ein alter baltischer Name ist. Bedeutet so viel wie Makler oder Dolmetscher.«

»Komm bitte zum Punkt.«

Kevin schaute einen Moment leicht verwirrt, fuhr dann jedoch fort. »Rimas kannte die meisten Vereine auf Nolans Liste, und als er darauf ein Spiel sah, bei dem ein Cousin von ihm mitgespielt hatte, ist es ihm aufgefallen. Danach haben wir alle Termine abgeglichen und ziemlich gestaunt.«

Grace lehnte sich in ihrem Sessel zurück und ließ ihre Augen auf ihrem Kollegen ruhen. »Gute Arbeit, Kevin. Geht doch. Bleib dran.«

Sie schaute kurz auf die Uhr und stand dann auf. Er folgte ihr.

»Ich hab noch einen Termin im Vernehmungsraum. Kommst du mit?«

Über sein Gesicht glitt ein begeistertes Lächeln. »Gern. Wer ist es denn?«

»Noch einmal Ronan Coyne.«

Da winkte er plötzlich ab und schlug die andere Richtung

ein. Grace hielt verblüfft inne. Sie hatte ihm eine kleine Friedenspfeife reichen wollen.

»Hab ganz vergessen, dir den Bericht über die Befragung in der Nachbarschaft zu schreiben. Den wolltest du doch so dringend haben, oder? Tut mir leid, aber das geht vor.«

»Kevin, was soll das?«

Doch statt einer Antwort war er bereits um die Ecke gehuscht und in seinem Büro verschwunden. Grace runzelte die Stirn.

14

»Ronan, warum haben Sie uns verschwiegen, dass sie Tom Nolan im Verdacht hatten, etwas zu verbergen oder Sie zu hintergehen?«

Auch wenn er Rorys Zwillingsbruder war, musste sie ihn selbstverständlich genauso behandeln wie jeden anderen Verdächtigen oder Zeugen.

Ronan zuckte hilflos mit den Schultern.

»Ich hab es nicht bewusst verschwiegen, Grace, glauben Sie mir. Ich dachte nur, dass es Ihnen nicht weiterhelfen würde, wenn ich Ihnen von einem Bauchgefühl erzähle.«

»Wie gut kannten Sie ihn?« Sie saß ihm am Verhörtisch gegenüber und wollte freundlich und verbindlich bleiben.

»Nicht besonders gut. Er war zwar von Anfang an bei mir, als ich vor elf Jahren den Laden aufmachte, doch Tom war nicht sehr gesellig, er ging nach der Arbeit lieber zu sich nach Hause.«

Ronan schaute Grace offen an. Sofort musste sie an Nolans minimalistisch eingerichtete Wohnung denken. Es fiel ihr schwer, sich vorzustellen, dass es jemanden dort hinziehen konnte.

»Wer hat ihn Ihnen empfohlen?«

Ronan zögerte einen Moment, bevor er weitersprach. »Das kann ich Ihnen gar nicht mehr so genau sagen. Ich inserierte, glaube ich, und auf einmal war er da, stellte sich vor, und ich fand ihn auf Anhieb geeignet.«

»Was hatte er denn vorher gemacht?«

»Ich meine, Tom hat als Landwirt gearbeitet, auf der heimischen Farm. Als seine Eltern kurz hintereinander starben, konnte oder wollte er allein nicht mehr weitermachen. Er war jung und zog in die Stadt. Er hatte keine Familie.«

Grace notierte seine Aussage auf ihrem Pad. Tom Nolans Geschichte war kein Einzelfall hier auf der Insel, das wusste sie. Besonders an der Westküste lebten viele unverheiratete Bauern. Es gab einfach nicht genügend Frauen, die zu dem harten und wenig abwechslungsreichen Leben auf einem Hof bereit gewesen wären. Einige der Farmer versuchten beim jährlichen Bauern-Junggesellen-Kuppelwochenende von Ballinasloe ihr Glück. Andere kämpften sich allein durchs Leben. Der Rest trank sich ins Jenseits. Die Selbstmordrate unter Männern an der irischen Westküste war eine der höchsten in Europa.

Grace bückte sich und zog das gerahmte Bild aus der Tasche, das sie aus der Wohnung des Opfers mitgenommen hatte, und hielt es ihm hin.

»Ist das die Farm?«

Ronan betrachtete es aufmerksam, bevor er nickte. »Ich war mehrfach in seiner kleinen Wohnung in Salthill und hab das Foto dort stehen sehen. Einmal fragte ich ihn direkt danach, und er sagte, ja, das sei sein Zuhause gewesen.«

»Wo liegt der Hof?«

»Ich glaube, in der Nähe von Letterfrack, irgendwo an der Straße nach Westport.«

»Wenn man von Letterfrack kommt, hinter Kylemore Abbey?«

Ronan hob bedauernd die Schultern. »Ich war nie da, es gab ja keinen Grund dafür.«

»Was passierte mit dem Hof?«

Ronan wich ihrem Blick aus. Stattdessen heftete er seine Augen auf die graue Stoffjalousie, die vor dem schmalen Fenster halb heruntergezogen war.

»Ich habe keine Ahnung. Vermutlich hat er ihn verkauft. Weshalb interessiert Sie das so, wenn ich fragen darf?«

Grace stand auf und ging um den Tisch herum. Dann blieb sie neben ihm stehen und blickte auf ihn hinab.

»Wenn ich ganz ehrlich bin, habe ich keinen Schimmer, warum ich das frage. Aber sagen Sie das außer Ihrem Bruder bitte niemandem hier weiter. Es ist nur auf einmal ständig von dem kleinen Ort Letterfrack die Rede. Und das weckt meine Neugierde gewaltig.«

Ronan verzog sein Gesicht zu einem sympathischen Lächeln. Es herrschte Stille im Raum. Er war kahl und wie die meisten dieser Verhörzimmer trostlos und fast unmöbliert. Man sollte diese Räume gemütlicher gestalten, fand Grace, dann wären alle entspannter. Sie wusste, dass hier niemand entspannt sein sollte, und bedauerte diese Taktik, denn sie hielt sie für falsch. Menschen, die locker waren, ließen sich unter Umständen auch mal gehen. Unentspannte Zeugen dagegen waren meist auf der Hut.

»Wer schließt Wetten ab beim Gaelic Football, dem irischsten aller Spiele, Ronan?«

»Wie meinen Sie das – wer darauf setzt?«

»Wo kommen die Wetten her? Nur aus Irland?«

»Nein, selbstverständlich auch aus England, aus den USA, aus Australien.«

»Ich drücke mich präziser aus: Kommen auch Wetteinsätze von außerhalb der irischen Diaspora?«

Nur etwa ein Zehntel oder noch weniger der Bevölkerung irischer Herkunft lebte tatsächlich zu Hause auf der Grünen Insel. Die meisten waren überall auf der Welt verstreut. Armut, Hunger und politische Unterdrückung durch die britische Kolonialmacht hatten sie seit Jahrhunderten aus ihrer Heimat vertrieben. In der Zeit des keltischen Tigers, des sagenhaften irischen Wirtschaftsbooms zwischen 1996 und 2010, kehrten viele Iren aus dem Ausland zurück. Doch seit dem Zusammenbruch danach war die Zahl der irischen Auswanderer wieder drastisch gestiegen.

»An welche Länder denken Sie?« Ronan klang ernsthaft unsicher.

Grace ging unruhig um den Tisch herum und setzte sich auf den Stuhl, der ihm gegenüber stand.

»Vielleicht …« Sie hielt einen Moment inne, dann richtete sie ihren Blick prüfend auf ihn. »… Singapur, Südkorea oder China?« Sie hatte, nachdem Peter ihr von den Wechselwetten erzählt hatte, in die seine Mutter involviert war, ein wenig recherchiert. Es waren diese drei Länder, in denen man die Geldgeber, die Drahtzieher für die meisten dieser Internetwetten vermutete.

Ronan schaute sie überrascht an und errötete dann. Als er schwieg, setzte sie hinzu: »Länder, wo man noch nie vom gälischen Fußball gehört hat und auch seine Regeln nicht kennt. Wo man nicht weiß, ob der Ball dabei gekickt wird oder geworfen. Wo man nicht einmal ahnt, wie dieser Ball aussieht.«

Ronan wollte nun in seine Jacketttasche greifen, sah jedoch das Nichtraucherschild an der Wand. Daher faltete der passionierte Pfeifenraucher seine Hände auf der Plastikauflage des Tisches vor ihm zusammen.

»Ja. Das gibt es seit einiger Zeit.« Er hörte sich bedrückt an.

Ihr Handy summte kurz in ihrer Tasche und kündigte

eine SMS an. Sie zog es heraus und warf einen Blick darauf. Es war Rory, der eine neue Spur aufgetan hatte und sich nun dorthin begeben würde. Grace fragte kurz nach dem Ort. Dann wandte sie sich wieder seinem Bruder zu, der nun wie ein Häufchen Elend vor ihr saß.

»Wir bekommen in letzter Zeit immer mehr Wetten rein, die offensichtlich in diesen Ländern platziert wurden. Fragen Sie mich nicht, warum. Obwohl – das meiste für Gaelic bekommt wohl …« Er brach ab.

»Pattie Burke und ihr kleines Wettbüro für die gälische Welt, hab ich recht?«

Grace schenkte ihm ein zuckersüßes Lächeln.

In Ronans Gesicht spiegelte sich eine Mischung aus Verblüffung und Anerkennung, als er nickte.

»Wir kriegen eher die Pferde, aber die sind sowieso viel spannender. Bald sind ja die Races!« Ronan Coyne stand die Vorfreude ins Gesicht geschrieben. Der Stress, den er während der Vernehmung empfand, schien vorübergehend von ihm abgefallen.

»Koreaner und Chinesen haben keinen Schimmer von diesen ganzen merkwürdigen Sportarten. Aber den müssen sie ja auch gar nicht haben, oder? Bei Ihnen und Pattie kann man schließlich auch Wechselwetten platzieren, nicht wahr?«

»Was Sie alles wissen, Kompliment!«

Grace schmunzelte in sich hinein. Da summte wieder das Handy, das sie diesmal vor sich auf den Tisch gelegt hatte. Sie beugte sich darüber und las Rorys Antwort. *»Nach Cong zu Murray Finnegan.«* Sofort verfinsterte sich ihr Gesicht. Was sollte das nun? Was hatte Murray mit ihrem Fall zu tun?

»Möchten Sie sonst noch etwas wissen, Grace? Ich würde jetzt gerne gehen.«

Sie sah keinen Grund, ihn noch länger zu befragen. Da

fiel ihr noch etwas ein, was zwar nicht wichtig, aber interessant war.

»Haben Sie mal Nolans Nachbarin kennengelernt?«

Ronan nickte und lächelte sofort. »Miss Boyle, sicher. Die nette alte Lehrerin.«

Grace gratulierte sich zu ihrer Menschenkenntnis.

»Die kann niemand austricksen«, fuhr Nolan fort. »Nicht dass Tom das versucht hätte. Die schaut ganz genau hin. Nur ihr Gedächtnis schwächelt ab und zu. Aber wer weiß, wie wir in dem Alter beinander sind.« Er reichte Grace die Hand zum Abschied und drückte sie fest.

»Eins wollte ich Ihnen noch sagen. Keine Ahnung, ob Ihnen das weiterhilft, da wir ja noch nicht wissen, warum man Tom …« Er konnte es nicht aussprechen.

Grace schaute ihn erwartungsvoll an. Ronan hatte die Tür fast erreicht und drückte schon die Klinke herunter.

»Diese Wetten, äh, die Wechselwetten aus Übersee für Wettkämpfe hier vor Ort …«

»Ja, Ronan?« Sie war gespannt.

»Ich habe viel darüber nachgedacht, weil sie uns alteingesessenen Wettbüros echtes Kopfzerbrechen bereiten. Sie können meines Erachtens nur über einen längeren Zeitraum funktionieren, wenn eine wichtige Voraussetzung erfüllt ist.«

Grace schluckte und musste ihre Aufregung kontrollieren.

»Und die wäre?«

»Diese Leute, die da wetten«, er blieb bewusst vage in seiner Formulierung, »die müssen sich auf absolut verlässliche Informationen über das Geschehen hier vor Ort stützen, um wirklich viel Geld machen zu können. Und das heißt …« Er brach abrupt ab, als hätte er Angst vor seinem eigenen Gedanken.

Grace nahm den Faden sofort auf und führte ihn weiter:

»Das heißt, dass es hier jemanden geben muss, der nicht nur Zugang zu diesen Informationen hat, sondern sie auch zeitnah weiterleitet. Und dass jemand das Geschehen hier in Irland manipuliert. Ein Oberpuppenspieler, bei dem alle Fäden zusammenlaufen.«

Grace schaute Coyne triumphierend an.

»Danke, Ronan.« Sie drückte ihm noch einmal die Hand, während er sie wie vom Donner gerührt anstarrte.

15

Die alte Standuhr aus dunklem Mahagoniholz tickte vernehmbar, doch nicht aufdringlich. Rory saß in Murrays behaglichem Frühstücksraum. »Morning Room« hatten die Viktorianer einst ihr kleines, freundliches Speisezimmer genannt, das die frühe Sonne, so sie sich zeigen sollte, zum Verweilen einlud, um den Morgenblues zu verscheuchen. Er konnte sich gar nicht entscheiden, nach welchem der raffiniert belegten Schnittchen auf der Etagere er zuerst greifen sollte. Er wusste zwar, dass Grace das Patenkind ihres verhassten Onkels nicht besonders leiden konnte, aber deswegen musste er das kulinarische Angebot des Hauses doch nicht zwangsläufig ablehnen. Er warf einen Blick auf die verführerischen, mit Puderzucker bestäubten Fruchtpies ganz unten und goss sich Earl Grey aus der Silberkanne ein.

Man hatte ihn gebeten, hier kurz auf den Herrn des Hauses zu warten, der noch in den Ställen war, und ihm die Wartezeit entsprechend versüßt.

Ob das Bild der aufgewühlten See, das ihm gegenüber an der Wand hing, ein Turner war? Und wenn ja, ein echter? Rory wollte es sich gerade aus der Nähe betrachten, als er feste Schritte vor der Tür hörte, die eine Sekunde später aufgerissen wurde.

Der Kommissar hatte den Mund voll feiner Rinderzunge mit Meerrettich, als eine hochgewachsene Dame in schwarzem Overall und Gummistiefeln den Raum betrat. Sie trug ein Kopftuch, unter dem Kinn geknotet, wie die englische Königin es gerne trug, wenn sie in Landwirtschaft machte. Die Frau, die ungefähr in Graces Alter war, lachte über das ganze sommersprossige Gesicht und kam mit ausgestrecktem Arm auf ihn zu. Rory erhob sich heftig kauend und gleichzeitig schluckend und erlitt einen Hustenanfall.

»Bleiben Sie um Gottes willen sitzen, Guard, und essen Sie ganz in Ruhe. Alices Sandwiches sind legendär.« Sie warf sich ihm gegenüber auf das breite grüne Samt-Chesterfield und riss sich das Kopftuch ab. Sie trug einen hellbraunen Pferdeschwanz.

»Murray kommt sofort. Ich bin Phoebe.« Sie hielt ihm die Hand hin, und Rory drückte sie, nachdem er sich die Finger gründlich an einer der Stoffservietten abgewischt hatte.

»Ich bin Kommissar Coyne von Garda Galway. Phoebe – und wie weiter?«

»Oh, Entschuldigung. Phoebe Swank.« Sie schenkte sich nun ebenfalls Tee in eine der Tassen ein.

Rory ließ diese Information ein paar Sekunden sacken. »*Die* Phoebe Swank?«

Die Frau schaute ihn belustigt an. Sie hatte hübsche lachende Augen, fand Rory.

»Wie meinen Sie das? Ich habe keine Autogrammkarten dabei.«

Nun lächelte Rory. »Ich meine Dr. Phoebe Swank, die berühmte Wissenschaftlerin, Veterinärmedizinerin und Expertin für …«

»… Rennpferde!« Das Letzte hatte ein Hüne mit schwarzem Vollbart gerufen, der eben ins Zimmer getreten war. Mit großen Schritten ging er auf Rory zu, um ihn zu begrüßen.

»Bleiben Sie bitte sitzen, Guard. Ich bin Murray Finnegan, wie Sie sich vielleicht schon dachten.«

Erfreut ergriff der Kommissar nun auch die Hand des Hausherrn und überlegte gleichzeitig, an wen ihn seine Gesichtszüge vage erinnerten. Doch er kam nicht darauf.

»Ich sehe, man hat Sie gut versorgt, und ich bedauere, dass ich Sie habe warten lassen. Ich war noch in den Ställen und die sind ein Stück vom Haus entfernt.« Er nahm sich ein Lachssandwich und biss vergnügt hinein.

»Phoebe haben Sie ja schon kennengelernt. Was kann ich für Gardai tun?«

Nun trotteten zwei braun-weiße Spaniels herein und rekelten sich zu Füßen ihres Herrn.

Murray lächelte, kraulte sie mit der freien Hand und richtete sich wieder auf.

»Wir sind komplett. Ich höre.«

Rory räusperte sich und spülte nach dem Hustenanfall noch ein wenig mit Tee nach. Er berichtete den beiden vom Mord an Tom Nolan und von gewissen Informationen, die er darüber hatte.

»Wir haben aus verlässlichen Quellen erfahren, dass Sie den Toten gekannt und ihn wenige Tage vor dem Mord noch getroffen haben. Trifft das zu?«

»Das war der Angestellte in diesem Wettbüro in Galway, nicht wahr?« Es war Phoebe, die nachfragte.

Rory nickte und wandte sich wieder Finnegan zu. »Können Sie mir das bestätigen?«

»Das kann ich. Ich kannte ihn weder gut noch lange, aber er hatte ein paar Fragen, und ich hab ihm, so gut ich konnte, Auskunft gegeben.«

»Um was ging es dabei?«

Phoebe Swank beobachtete Finnegan, der neben ihr saß, aufmerksam. Er machte eine wegwerfende Handbewegung.

»Es ging um Rennpferde, was sonst? Er wollte Genaueres über das Gen wissen.«

»Welches Gen?«

Ein paar Sekunden herrschte Stille im Raum. Murray antwortete nicht.

»Meinte er das Gen, mit dem Sie sich beschäftigen, Dr. Swank?«

Murray nickte an ihrer Stelle. »Genau. Nolan wollte mehr über das Speed-Gen erfahren, über das unsere reizende und überaus kompetente Phoebe schon seit Jahren forscht und über das sie zahlreiche Artikel veröffentlicht hat. Deshalb hatte ich auch überhaupt kein Problem damit, mit ihm darüber zu sprechen. Und um mehr ging es nicht. – Bitte, greifen Sie zu, Guard.«

Das ließ sich Rory nicht zweimal sagen. Diesmal wählte er einen Fruchtpie. Er biss hinein und merkte, wie ihm die Erdbeer-Rhabarberfüllung langsam am Kinn herunterlief.

»Die sind lecker, aber tückisch!« Phoebe reichte ihm schnell noch eine Serviette, die Rory dankbar ergriff. Er tupfte sich damit das Kinn ab.

»Wie kam es dazu, dass ein eher entfernter Bekannter von Ihnen derart privilegiert behandelt wurde?«

Einen Moment lang reagierte Murray unsicher. »Wie meinen Sie das?«

»Nun, Sie gaben eben an, dass Sie Nolan weder gut noch lange gekannt haben, und trotzdem bekam er eine Privataudienz bei Ihnen zum Thema Speed-Gen?«

Nun schaute auch die Veterinärin skeptisch. Murray merkte offenbar, wie er plötzlich in die Defensive geriet. Er stand auf und lief gemächlich auf und ab. Die Hunde folgten ihm mit den Augen.

»Ehrlich gesagt, weiß ich auch nicht genau, warum.«

Rory tauschte perplexe Blicke mit Phoebe Swank, der es gelang, selbst in Gummistiefeln ihre langen Beine anmutig übereinanderzuschlagen.

»Jim bat mich darum. Und da hab ich ihm den Gefallen getan.«

»Jim O'Malley?« Rory war ehrlich überrascht.

»Ja, der. Er rief mich an und bat mich, bei meinem nächsten Besuch in Galway Nolan zu treffen und ihm seine Fragen zu diesem Gen zu beantworten. Das war alles.«

Rory hatte begonnen, sich Notizen zu machen. Phoebe drehte ihren Kopf fasziniert zu den kleinen Zetteln, die er behutsam auf dem Beistelltisch ausbreitete.

»Können Sie das nachher noch entziffern, Guard?«

Rory grinste verschmitzt. »Nur ich, aber das reicht. – Hat Nolan gesagt, wozu er diese Informationen braucht?«

Murray war stehen geblieben, scheinbar, um besser nachdenken zu können. »Nein, das sagte er nicht. Aber das war auch nicht nötig.«

»Warum nicht?«

»Weil Jim es mir schon vorher erzählt hatte. Nolan, das heißt, das Büro *Turf no Surf* wollte gerne wissen, wie das Speed-Gen funktioniert, um die Chancen von unserem Pferd Gonzalez bei den Races besser einschätzen zu können.«

»Das bedeutet, Sie hätten genauso gut mit dem Eigentümer Ronan Coyne darüber reden können? Das Treffen mit Nolan war eher ein Zufall?«

Murray Finnegan warf Phoebe einen kurzen Blick zu, den Rory genau registrierte. Schließlich zuckte er die Schultern.

»Vermutlich. Aber jetzt, wo Sie es erwähnen, Guard – ich hatte tatsächlich zuerst eine Verabredung mit Ronan Coyne. Sind Sie verwandt mit ihm? Ich kenne ihn nur flüchtig, aber er sieht Ihnen ziemlich ähnlich.«

Rory gluckste innerlich. Das hätte seine Mutter, die ihre

Söhne als Kinder oft nicht auseinanderhalten konnte, sicherlich gerne gehört.

Doch er nahm sich zusammen und entgegnete: »Entfernt, hier gibt es ja zahlreiche Coynes, wie Sie wissen. Und warum wurde dann ein Treffen mit Nolan daraus?«

»Das war etwas merkwürdig. Vor allem, wenn man bedenkt, dass der Mann jetzt ermordet wurde.« Er setzte sich wieder und kratzte sich am Hinterkopf.

Rory bat ihn, sich genau zu erinnern.

Murray zögerte einen Moment und nahm dann in einem der tiefen Ledersessel vor dem Kamin Platz. Er stützte die Hände auf die Knie und überlegte. Phoebe beobachtete ihn genau, sagte jedoch nichts.

»Ich war mit Coyne am letzten Mittwoch, also vor einer Woche, im Spaniard's Head verabredet. Ich weiß nicht, ob Sie den Pub kennen? Urig, gutes Essen, aber etwas laut. Mitten im Zentrum.«

Rory nickte und wartete ab.

»Das war, glaube ich, für halb drei, wenn der große Ansturm dort vorbei sein würde. Ich war jedoch schon kurz vor zwei da, weil ich noch etwas von dem guten Mittagstisch abkriegen wollte. Kurz nach zwei taucht ein Typ auf, den ich noch nie gesehen hab, stellt sich als Mitarbeiter Coynes vor und bittet mich, ihn zu einem anderen Pub begleiten zu dürfen. Coyne sei verhindert und sein Stellvertreter würde dort schon auf mich warten. Ich ging also mit dem Mann, der sich nie mit Namen vorgestellt hat, in Richtung Salthill. Zehn Minuten zu Fuß. Ich war nicht sehr erbaut, da ich im Zentrum geparkt hatte und später wieder zurückmusste, aber was soll's. Dort lernte ich dann Tom Nolan kennen und der andere verschwand.«

»Würden sie ihn wiedererkennen?«

Murray überlegte einen Augenblick, bevor er langsam nickte. »Ich denke, schon.«

Rory seufzte zufrieden.

»Und dann fragte mich Nolan nach dem Speed-Gen aus, aber das ist eine längere Geschichte.«

Rory runzelte die Stirn. »Die müssen Sie zusammen mit dem Rest Ihrer Aussage in der Zentrale zu Protokoll geben, so leid es mir tut. Das Ganze hat sich als wesentlich komplexer und wichtiger herausgestellt, als wir zunächst dachten.«

»Ist dort auch Ihre neue Kollegin?«

Rory stutzte und nickte dann. »Sie meinen Grace O'Malley? Ja, sie wird das Verhör mit Ihnen fortsetzen.«

Murray grinste, stand auf und nahm sich noch ein Sandwich. Phoebe legte ihm die Hand auf den Arm.

»Ich kann dich gern begleiten, wenn du willst«, raunte sie ihm zu.

Er lächelte sie an.

Rory warf einen letzten sehnsüchtigen Blick auf die drei verbliebenen Happen, stand dann jedoch tapfer auf und verabschiedete sich von den beiden.

»Darf ich Sie mal was fragen?« Rory konnte seine Neugierde nur sehr schlecht kontrollieren. »Wofür verwenden Sie Ihr Wissen über das Speed-Gen eigentlich? Haben Sie so etwas wie eine Pferdezucht vor, um wahnsinnig erfolgreiche Rennpferde zu züchten, die alle das Speed-Gen tragen?«

Beide schauten sich erst an und brachen dann in ein Gelächter aus, das nicht verletzend klang. Rory konnte ohne Probleme mit einstimmen.

»Ich habe ja schon Gonzales, das ist ein einmaliges Pferd, das bei den Races Furore machen wird. Aber darüber hinaus, nein …«, sagte Murray.

»Nein, auch wenn es naheläge.« Phoebe wischte sich eine Träne aus dem Augenwinkel, so sehr hatte sie gelacht.

»Hier wird gar nichts gezüchtet«, fuhr Finnegan fröhlich

fort. »Wir beschäftigen uns lieber mit viel angenehmeren Dingen, Herr Kommissar!«

Rorys Gesicht war ein einziges Fragezeichen.

Da nahm Finnegan Phoebe vor seinen Augen in den Arm und küsste sie.

16

Mit diesem Anruf hatte Grace eigentlich nicht gerechnet.

»Spreche ich mit der netten Kommissarin, die sich so für meinen Nachbarn interessiert hat, Gott hab ihn selig?«

Grace lächelte darüber, dass mit »der netten Kommissarin« sie selbst gemeint war.

»Miss Boyle?«

»Ich habe immer wieder in meinem Gedächtnis gekramt, bis es mir eben eingefallen ist, als ich einkaufen war.«

»Was genau ist Ihnen eingefallen?« Grace hatte sich hingesetzt, hielt das Handy ans Ohr und scrollte auf ihrem Pad nach oben, bis sie zu der Stelle kam, wo sie den Besuch in Nolans Wohnung protokolliert hatte.

»Mir fiel wieder ein, was der junge Mann in der Hand trug, der Tom kürzlich mindestens zweimal besucht hat. Er trug eine dieser Einkaufstüten.«

»Wie man sie in Supermärkten bekommt?«

»Nein, Guard. Eine von diesen modernen altmodischen Tüten aus braunem Papier, in die man gesunde Lebensmittel steckt. Öko nennt man das, glaube ich.«

Die ältere Dame hörte sich ein kleines bisschen lehrerhaft an. Was, wie Grace nun wusste, durchaus seine Gründe hatte. Die Kommissarin überlegte kurz.

»War es eine unbedruckte, neutrale braune Einkaufstüte

oder stand etwas drauf? Können Sie sich daran noch erinnern?«

Miss Boyle schwieg ein paar Sekunden, aber nicht, wie Grace vermutete, aus Unsicherheit.

»Selbstverständlich erinnere ich mich daran. In meinem Alter ist manches leider zeitweise komplett verschwunden. Aber früher oder später taucht es auch immer wieder vollständig auf – wenn Sie wissen, was ich meine.«

Grace schmunzelte.

»Auf der großen Einkaufstüte war buntes Gemüse abgebildet. Wenn ich mich recht entsinne, waren es Lauch und Tomaten, und in großen schwarzen Lettern stand ›aus Connemara‹ daneben.« Sie sog die Luft ein, wie Grace durch das Telefon hören konnte.

»Nein, ich berichtige mich: ›Frisch aus Connemara‹.«

»Oh!« Grace musste sofort an die zweiflammige Herdplatte und die Mikrowelle in Nolans trister Junggesellenwohnung denken, die nicht auf ein engagiertes Hantieren mit frischem Biogemüse hindeuteten. Auch der spröde Deutsche auf dem Markt mit seinen Artischocken tauchte in ihrer Erinnerung wieder auf.

»Sie sagten, er sei blond gewesen?«

»Hell, habe ich gesagt. Er war rotblond, wenn ich es mir genau überlege.«

»Mit Bart?«

Nun entstand bei der pensionierten Lehrerin eine längere Denkpause.

»Sind Sie noch dran, Guard? Entschuldigen Sie mein Zögern. Aber bei rotblonden Männern sticht ein Bart nicht so sehr ins Auge. Von allen Haarfarben ist Rot die unauffälligste. Es gibt eine neue Modefarbe bei Kleidern. Da wirkt es ähnlich. Die heißt ›nude‹. Aber ich will keine irreführende Aussage machen. Sagen wir so: Falls er einen Bart trug, war der kurz und spärlich. Das ist leider alles, was ich weiß.«

»Das ist eine ganze Menge, Miss Boyle, und es bringt uns wirklich weiter.«

Grace konnte das Strahlen der sympathischen alten Dame geradezu spüren. Sie bedankte sich und legte auf.

Keine zwanzig Minuten später hatte sie Rick Kosters über das Internet gefunden und in die Zentrale bestellt. Da er sich gerade in Galway aufhielt, sagte er zu, innerhalb einer Stunde vorbeizukommen. Um was es denn gehe, hatte er noch gefragt. Und als sie ihm geantwortet hatte, dass Tom Nolan am vorigen Samstag ermordet worden sei und er ihn anscheinend gekannt habe, war er plötzlich ganz stumm geworden. »Das war einer meiner Abokunden«, hatte er noch zaghaft hinzugefügt und Grace hatte sich gewundert. Welche Abokunden?

Sie musste warten und entschloss sich, zu Rory hinüberzuschlendern, um nachzuschauen, ob er schon aus Cong zurückgekehrt war. Sie trafen gleichzeitig vor seinem Büro ein, und nachdem er sich vergewissert hatte, dass niemand auf dem Korridor war, zog er seine Vorgesetzte rasch in sein Zimmer und schloss die Tür.

»Was wolltest du bei Murray Finnegan?«, platzte sie sofort heraus.

Grace war wegen der schmutzigen Geschäfte ihres Onkels mit seinem Patensohn Murray nicht gut auf ihn zu sprechen, aber ihre Reaktion wirkte etwas übertrieben. Beruhigend legte Rory ihr den Arm auf den Rücken und bat sie, Platz zu nehmen.

»Wir haben herausgefunden, dass er Nolan wenige Tage vor seinem Tod hier in Galway getroffen hat. Deshalb war ich da und unser Gespräch war höchst interessant, in mehrfacher Hinsicht.«

Er erzählte ihr ausführlich, was er in Cong erfahren hatte, und ließ auch die attraktive Veterinärin Swank nicht aus. Sie sei in ihrem Forschungsgebiet eine Koryphäe und im Pferderennsport weltweit bekannt.

Grace hob leicht die Augenbrauen. »Tatsächlich? Auf jeden Fall sind es nützliche Neuigkeiten, gut gemacht, Rory. Aber was hat es eigentlich mit diesem Speed-Gen auf sich?«

Er beugte sich halb verschwörerisch zu seiner Chefin. »Dazu verhörst du am besten Murray selbst. Darum ging es auch bei seinem Gespräch mit Nolan. Ich habe dich schon angekündigt und Murray schien sich ehrlich auf dich zu freuen.«

Rory klang gar nicht ironisch und Grace nahm es mit einem unguten Gefühl wahr. In diesem Moment klopfte es.

»Herein!«

Der rotblonde Schopf der Gerichtsmedizinerin O'Grady erschien im Türrahmen.

»Hallo, Rory! Ach, hier bist du, Grace! Super. Bei dir wartet jemand im Zimmer. Die Tür stand offen, und als der Typ auf dem Korridor etwas verloren nach dir gefragt hat, hab ich ihn einfach zu dir reingeschickt. Ich hoffe, das war okay.« Sie hob die Hand und war schon wieder weg.

Grace stand auf, doch ehe sie ging, berichtete sie ihm noch von dem Gespräch mit Miss Boyle und ihren Beobachtungen.

»Die alte Dame war ganz schön auf zack, als sie sich schließlich erinnerte. Solche Zeugen findet man normalerweise nur selten. Aber ich geh jetzt mal und unterhalte mich mit dem Deutschen.«

»Er ist Deutscher? Woher weißt du das?«

»Ich hab neulich auf dem Markt bei ihm eingekauft. Wunderbare Artischocken und astreine Tomaten. Solche gibt es leider hier in Irland nicht häufig. Der hat sein Handwerk gelernt. Deine Kitty kauft übrigens auch bei ihm.«

Rory nickte bedächtig. »Mrs Coyne schätzt Qualität, auf jedem Gebiet. Sag ich doch.«

Sie schaute ihren Kollegen warmherzig an. »Deshalb hat sie wohl dich geheiratet, oder?«

Rory strahlte über das ganze Gesicht. Grace verabschiedete sich.

Als sie kurz darauf in den Flur zu ihrem Büro einbog, sah sie gerade noch, wie sich die Tür zu Kevin Days Zimmer schloss.

Dann betrat sie ihr eigenes Reich und wunderte sich. Das Zimmer war leer.

17

Grace war sofort klar, dass sich Kevin Day ihren Zeugen geschnappt hatte. Sie war wütend, versuchte jedoch, sich zu beherrschen. Sie durfte sich nicht von ihm provozieren lassen. Sie atmete mehrmals ein und aus und begab sich dann zum Zimmer des Kollegen. Nachdem sie geklopft hatte, dauerte es ein paar Sekunden bis Day »Herein!« rief. Sie hatte sich ihre Worte, die ruhig und souverän klingen sollten, bereits zurechtgelegt. Auf das, was sie bei Day erwartete, war sie allerdings nicht vorbereitet.

Kevin Day war allein in seinem Büro. »Welch eine Überraschung, Grace, komm doch herein!«

Sie lächelte ihn nervös an und schloss die Tür hinter sich.

»Setz dich, was kann ich für dich tun?« Day wirkte entspannt und gab sich jovial, was sie nicht mochte und für aufgesetzt hielt. Sie schaute sich noch einmal unauffällig um, aber Rick Kosters war tatsächlich nirgends zu sehen.

»Suchst du etwas?« Er grinste, als sei sein Trick gelungen.

Grace überlegte kurz, ob sie sich lächerlich machen oder

so tun sollte, als wäre sie nur zufällig hereingeschneit. Sie entschied sich für die zweite Option.

»Ich wollte dich nur noch mal an deine Nachbarschaftsbefragung erinnern. Ich hätte das wirklich gerne schriftlich vorliegen.«

Er warf ihr einen forschenden Blick zu, öffnete dann seine Schublade und zog ein Blatt hervor, das er ihr reichte. Sie überflog es und steckte es ein.

»Hat euer Hacker eigentlich noch etwas auf Nolans Laptop entdeckt?«

»Du sprichst von Tolkien? Nein, bisher noch nicht. Er wirft sich gerade in die zweite Runde. Mal sehen, was dabei herauskommt.«

Sie nickte unschlüssig.

»Sonst noch was?« Day schien amüsiert und Grace fragte sich, was hier gespielt wurde. Die Erlösung aus dieser peinlichen Situation kam aus einer Richtung, mit der Grace niemals gerechnet hätte. Es klopfte kurz und die Tür flog auf. Es war Jim O'Malley.

»Dich habe ich gesucht, mein Mädchen!«

Grace nutzte die Gelegenheit und suchte mit dem unvermeidlichen wie unliebsamen Onkel schnell das Weite. Vor ihrem Büro wartete ein zweiter Mann auf sie.

»Das ist Fred«, stellte O'Malley ihn vor. »Fred McGuinness. Fred, das ist meine Nichte Grace. Sie leitet das Morddezernat, seit Paddy im Ruhestand ist.« Eine Spur Stolz schwang in seiner Stimme mit.

McGuinness, ein freundlicher, großer, etwas farbloser Mann Mitte vierzig, reichte ihr die Hand.

»Fred organisiert den Gaelic Football hier in Galway. Auch das Viertelfinale am Samstag. Er wollte dir etwas sagen.«

»Kommen Sie herein.« Sie hielt McGuinness einladend die Tür auf, verstellte aber ihrem Onkel den Weg, der sich noch hinter ihm hereinzwängen wollte. »Willst du mir auch etwas sagen, Onkel Jim? Oder bist nur mitgekommen, um Freds Hand zu halten?«

Jim O'Malley schaute sie einen Moment irritiert an. Offenbar hatte er immer noch nicht begriffen, dass die alten Zeiten, in denen er sich als einflussreicher Politiker jederzeit Zutritt zur Garda-Spitze und zu wertvollen Informationen verschaffen konnte, vorbei waren. Grace hatte ihn von Anfang an in die Schranken verwiesen, und genau das war es, was sie auch jetzt tat.

»Setz dich in den Warteraum, wenn du magst, oder plaudere solange mit unserem Portier.« Sie klang versöhnlich. Dann war die Tür zu.

Fred McGuinness war ein umständlicher Erzähler. Es dauerte fast zehn Minuten, bis Grace auch nur eine Ahnung davon bekam, was er loswerden wollte. Als Zeuge war er das glatte Gegenteil von Miss Boyle. Sie merkte, wie sie selbst allmählich die Konzentration verlor.

»Mir ist noch nicht ganz klar, auf was Sie hinauswollen, Mr McGuinness. Helfen Sie mir?«

McGuinness sah durchtrainiert aus. Wahrscheinlich hatte er früher selbst Gaelic gespielt.

»Ich will niemandem zu nahe treten, Guard. Wahrscheinlich gibt es eine ganz harmlose Erklärung dafür …«

»Dann wären Sie aber völlig umsonst hier.«

»Wie? Ach ja.« Er lächelte nervös.

»Habe ich Sie richtig verstanden: Tom Nolan hat Sie in den letzten zwei Monaten mehrfach …«

»Zwei Mal. Es waren genau zwei Mal.« McGuinness presste seine dünnen Lippen fest aufeinander.

»Gut. Tom Nolan hat Sie zwei Mal darauf angesprochen, dass es doch vorteilhaft sein könnte, wenn man im Voraus sicher wäre, wie ein Spiel ausgeht.« Grace musterte ihn fragend. »Und wie haben Sie darauf reagiert?«

Er starrte sie einen Moment an, als hätte er sie nicht verstanden. Dann erst antwortete er. »Gar nicht. Ich hab so getan, als hätte ich es nicht gehört.«

Grace unterdrückte ein Lächeln. Das war die typische Reaktion für einen Iren. »Beide Male?«

»Nein. Nur beim ersten Mal. Als er es ein paar Wochen später vor dem Spiel gegen Sligo wiederholte, konnte ich es nicht überhören. Da hab ich so getan, als sei da schon jemand dran.«

»Wer?«

»Ich hab nur so getan, als ob, Miss O'Malley!« Er wurde nicht laut, sondern eher nachdrücklich.

»Verstehe. Und das war's? Nolan hat sich nicht mehr deswegen gemeldet? Offenbar wollte er Ihnen vorschlagen, die Spiele zu manipulieren, oder sehen Sie das anders?«

McGuinness nickte kaum merklich.

»Warum hat er ausgerechnet Sie angesprochen? Schließlich sind Sie als Manager ja ein ziemlich hohes Tier. Damit ging er ein gewisses Risiko ein, oder?«

McGuinness hob ratlos die Schultern. »Keine Ahnung.«

»Solche Leute versuchen andere zu erpressen. Wir wissen, dass das genau so abläuft. Hat er es bei Ihnen auch versucht?«

»Nein!« McGuinness' heftige Reaktion stand stark im Gegensatz zu seinem bisherigen eher zurückhaltenden Auftreten.

»Glauben Sie, dass er es danach aufgegeben hat? Weil er Sie nicht mehr darauf ansprach?«

Diesmal fiel sein Nicken heftig aus.

Grace machte sich Notizen und sah dann wieder auf.

»Und wenn er bei jemand anderem aus dem Team mehr Glück hatte? Beim Trainer zum Beispiel, John Cullen?«

Entsetzt blickte der Mann sie an. »Sir John ist ein Ehrenmann, Guard. Das kann ich mir nicht …« Er brach ab.

Das würde sein »Warum ausgerechnet jetzt?« erklären, dachte Grace. Und laut sagte sie: »Danke, dass Sie gekommen sind. Ich möchte unbedingt zum Connacht-Finale am Samstag. Haben Sie vielleicht noch zwei Plätze für mich?«

Jetzt strahlte Fred McGuinness über das ganze Gesicht. »Auf der Ehrentribüne, es wird mir ein Vergnügen sein, Miss O'Malley.«

18

Grace hatte keinerlei Bedenken, Byrnes Anweisung, Rory im Mordfall Nolan von den laufenden Ermittlungen auszuschließen, weiterhin zu unterlaufen. Die hatte sie schon nicht gehabt, als Rory zu Murray Finnegan nach Cong gefahren war.

Nun hatte sie ihren geschätzten Kollegen gebeten, fernab vom Geschehen in Connemara zu recherchieren. Genauer gesagt, in der Nähe von Letterfrack. Sie hatte ihm das gerahmte Bild der Farm mitgegeben, das sie in Nolans Appartement gefunden hatte. Ob er wohl rauskriegen könne, wo die Farm liege und was aus ihr geworden sei?

»Ist das tatsächlich wichtig?«, hatte er sie gefragt.

Sie hatte mit den Schultern gezuckt. »Eher ein Bauchwispern, Rory.«

»Aha.« Dann hatte er gegrinst und das Bild eingesteckt. »Kann es sein, dass dein Wispern mit meiner Witwe Malone verwandt ist?« Witwe Malone war der Name, den der Polizist seinem »zweiten Gesicht« gegeben hatte, dem keltischen Fluch, der auf ihm lag. Rory sprach nicht gern über seine übersinnlichen Fähigkeiten. Eigentlich war in der Gardai-Zentrale auch nur Grace eingeweiht. Die Witwe

Malone hatte Grace im Mai bei der Suche nach ihrer verschwundenen Tochter ein wenig helfen können.

Lachend wehrte die Kommissarin ab. »Nein, auf keinen Fall. Ich könnte es auch ›weibliche Intuition‹ nennen.«

»Oh.« Von weiblicher Intuition hielt Rory eine ganze Menge.

Bald darauf war er auf der N59 in Richtung Clifden unterwegs. Es war an diesem Morgen noch bedeckt, doch er rechnete sich gute Chancen auf einen sonnigen Tag aus. Die Wolken rasten noch schneller als sonst, schien es ihm, als hätte die Sonne sie wie Wollmäuse wütend aus der Hütte gefegt. Kurz hinter Maam Cross überlegte er, ob er über Clifden mit seinen bunten Häusern und quirligen Geschäften fahren oder die kürzere Strecke über Recess nehmen sollte. Für den kleinen Umweg über die Hauptstadt von Connemara sprach eindeutig die Taschenkrebspastete in dem feinen Delikatessenladen an der Main Street. Doch damit könne er sich später belohnen, entschied er, wenn er den Besuch auf dem ehemaligen Hof der Nolans erfolgreich abgeschlossen hatte.

Er bog Richtung Connemara National Park ab und folgte der R344, die sich am langgestreckten Lough Inagh vorbei zwischen den beiden großen Bergketten der Twelve Bens und den Maam Turk Mountains hindurchschlängelte. Auf dieser verlassenen Landstraße fühlte Rory sich immer wie ein einsamer Held in einem Hollywood-Schinken, der durch die Prärie reitet. Winzig im Vergleich zur monumentalen Natur, doch gleichzeitig auch erhaben, frei und ein kleines bisschen stark.

Plötzlich musste er an den Toten denken. Sein Bruder hatte ihm in all den Jahren nur selten von Tom erzählt. Es war eine lustige Truppe gewesen, mit der er im *Turf no Surf* zusammengearbeitet hatte, und Rory wusste, dass Ronan großen Wert auf einen freundschaftlichen Umgang untereinander gelegt hatte. Nolan hatte zwar, soweit er sich erinnerte, fast immer an gemeinsamen Partys und anderen Unternehmungen teilgenommen, doch war er dabei nie in irgendeiner Weise besonders hervorgetreten. Es gab keine einzige witzige Anekdote über ihn und keinen halb peinlichen Auftritt im Suff, von dem ihm Ronan berichtet hätte. Der Mann hatte verlässlich seine Arbeit gemacht, war bei den Abrechnungen absolut korrekt gewesen, wie Ronan ihm versicherte, und stets unnahbar geblieben. Solche Menschen empfand Rory als schwer einschätzbar.

War das der Grund, weshalb Grace sich für Nolans Vergangenheit interessierte? Wollte sie dadurch mehr über seine Persönlichkeit herausfinden?

Rory genoss es, flott über Irlands leere Landstraßen zu fahren. Doch nun verlangsamte er seine Fahrt ein wenig. Seine Gedanken waren von Nolan zu seinem Zwillingsbruder Ronan gedriftet. Er gab es nur ungern zu, aber er machte sich Sorgen um ihn. Schon vor dem Mord an seinem Angestellten hatte er ihm nicht gefallen. Louise hatte den Nagel auf den Kopf getroffen, als sie bemerkte, dass ihr Onkel in letzter Zeit kaum noch lachte.

Was bedrückte ihn? Ronans Antwort neulich beim Abendessen hatte Rory nicht ganz zufriedengestellt. Doch die Mitarbeiter von Ronans Wettbüro hatten entweder ausweichend oder negativ geantwortet, als sie befragt worden waren, ob sie den Eindruck hätten, dass Tom Nolan etwas zu verbergen hatte. Nur Ronan selbst schien davon auszugehen. War das ein echtes Gefühl oder ein Trick, den er anwandte? Und wenn es ein Trick war, was hatte der dann zu bedeuten?

Rory empfand plötzlich die Enge seines Hemdkragens und öffnete den obersten Knopf. Wie gut kannte er seinen Bruder wirklich? Wenn er ganz ehrlich war, musste er zugeben, dass er, seit er nicht nur Guard, sondern auch Ehemann und begeisterter Vater geworden war, den Kontakt zu dem ehemals engsten Vertrauten in seinem Leben zwar nicht verloren, doch deutlich zurückgefahren hatte. Aus reinen Zeitgründen.

Solange ihre Mutter noch lebte, die vor drei Jahren plötzlich Mitte sechzig an einem Herzinfarkt gestorben war, hatten die beiden Brüder sie regelmäßig jede Woche in der Nähe von Roundstone besucht, meist gemeinsam, wenn sie es einrichten konnten. Sie hatte sich immer gefreut, wenn ihre Jungs zusammen bei ihr waren, so wie früher.

Seit dem Tod der Mutter sahen sich die Brüder nur noch selten. Für gewöhnlich luden er und Kitty ihn zum Essen zu sich ein, und Ronan, der wie sein Bruder gutes Essen schätzte, aber selbst nicht kochte, kam immer gern. Auch liebte er die große Familie, denn er hatte selbst keine. Eine frühere Beziehung war nach wenigen Jahren in die Brüche gegangen, noch bevor geheiratet wurde, und seither blieb Ronan Coyne ohne Partner. Zumindest sahen Rory und seine Frau nie einen anderen Menschen bei ihm.

Manchmal spekulierte Rory darüber, ob sein Bruder homosexuell sei, aber auch dafür hatte er keinerlei konkrete Anhaltspunkte. Und was noch vor zwanzig Jahren in Irland ein absolutes Tabuthema war und bis 1993 unter Strafe stand, war auch seit der Anerkennung gleichgeschlechtlicher Partnerschaften vor wenigen Jahren nichts, worüber man hier offen diskutierte. Gemäß der uralten irischen Tradition, bloß kein unerfreuliches Thema anzuschneiden, sondern lieber weiter über das Wetter zu plaudern, hatte Rory auch nie bei seinem Bruder nachgehakt.

Als er schließlich Letterfrack erreichte, fühlte er sich ziemlich schlecht und verunsichert. Ihm war eben erst aufgegangen, wie wenig er Ronan wirklich kannte. Nachdem er vor dem kleinen Landsupermarkt geparkt hatte, schaute er sich verblüfft um. Auch im winzigen Letterfrack hatte sich offenbar der tote Tiger wieder zaghaft aufgerappelt. Rory zählte zwei neue Pubs, einen davon sogar mit integrierter Kunstgalerie und Fischrestaurant.

Im Supermarkt zeigte er allen Angestellten das Bild des Hofes. Es gab nur zwei junge Leute, die dort an der Kasse saßen oder offenbar gelangweilt Regale auffüllten. Der eine kam aus Lettland und sprach schlecht Englisch. Das Mädchen im schwarzen Outfit und mit einer Menge Piercings sah sich das Foto genau an und fummelte dabei die ganze Zeit an seinem Nasenring herum, dessen Einstichstelle schon rot entzündet war. Rory war in diesem Moment dankbar, dass bisher keine seiner sechs Töchter den Wunsch nach Körperpiercings oder Tätowierungen geäußert hatte.

»Nö, nie gesehen, Guard. Tut mir leid, echt«, sagte das Mädchen schließlich und gab ihm das Foto zurück.

Er bedankte sich, und während er noch überlegte, wohin er sich als Nächstes wenden sollte, drang auf einmal wieder die Stimme des jungen Mädchens zu ihm.

»Wissen Sie, wo die Werkstätten sind, Guard?« Sie zeigte auf das imposante alte Gebäude aus roten Ziegeln auf der anderen Straßenseite. Natürlich kannte Rory das langgestreckte viktorianische Gebäude, das nun eine moderne Fachschule für Möbeldesign beherbergte. Früher war die St Joseph's Industrial School eine berüchtigte »Besserungsanstalt« der katholischen Kirche gewesen und die Geschichten, die sich um dieses Haus rankten, waren abscheulich und blutig. Es war ein Arbeitshaus für verwaiste Kinder, die man bettelnd auf der Straße aufgegriffen hatte, und für Jugendliche, die mit dem Gesetz in Konflikt geraten waren. In Rorys Kindheit hatte diese Anstalt noch existiert und er konnte sich gut daran erinnern, dass manche Lehrer ihnen, wenn sie nicht folgsam waren, düster mit St Joseph's in Letterfrack gedroht hatten. Wie das gewirkt hatte! Seine Mutter hatte sich damals beim Schulrektor darüber beschwert. Erst 1974 wurde diese Einrichtung endlich geschlossen.

Wo einst die Ställe und Werkstätten lagen, wo man die Kinder wie Gefangene bewacht und zu unmenschlicher Arbeit gezwungen hatte, waren heute schicke Ateliers, die eine bunte Mischung ansässiger Künstler und ambitionierter Handwerker nutzen konnten.

»Die Werkstatt mit der blauen Tür ist es, Guard, da arbeitet Paddy. Der weiß und kennt alles und jeden hier. Zeigen Sie ihm mal das Foto.« Sie riss einen Karton mit Haferflocken auf und drehte ihm schon wieder den Rücken zu.

»Ich danke dir!«, sagte Rory vergnügt und überquerte die Straße, um zu den Werkstätten hinüberzuschlendern.

Nun strahlte die Sonne herab und das Licht verlieh selbst dem Gebäude mit der düsteren Vergangenheit einen fast überirdischen Glanz.

19

Paddy war nicht nur ein unerschöpflicher Quell zahlreicher lokaler Legenden und Geschichten, wie Rory schnell merkte, sondern er braute auch einen vortrefflichen Tee. Paddy malte nicht, er war Tischler und verfügte offenbar trotz seiner geschätzten Mitte siebzig noch über eine ungebrochene Schaffenskraft. Der schwarzhaarige Mann mit dem silbernen Vollbart trug auch im Haus seine Tweedkappe mit Schirm, die von Flecken übersät war und noch aus der Zeit vor der irischen Unabhängigkeit zu stammen schien. An einer Stelle wies sie sogar ein uraltes Pflaster auf, als habe sich die Kappe irgendwo geschnitten.

Der Tischler versorgte den Inspector mit einem Humpen

Tee, in dem ein Löffel nicht kippen würde, und verfrachtete Rory dann auf eine schmale schlichte Bank aus hellem Holz, die gleichzeitig wie eine Truhe aussah. Rory nahm einen ersten Schluck, der ihm unglaublich guttat. Schließlich reichte er Paddy die gerahmte Fotografie, die der unter dem Licht einer starken Werkstattlampe eingehend betrachtete.

Rory sah sich um. Die Decke der Werkstatt war nicht sehr hoch und die hell getünchten Wände konnten die Düsterheit des Raumes nur zum Teil ausgleichen. Es gab halb fertige Kommoden und einen zierlichen Sekretär, der Rory spontan gefiel. Besonders aber interessierte ihn das Möbelstück, auf dem er saß. Er stand auf und bückte sich, um den Öffnungsmechanismus der Truhe zu untersuchen.

»Darf ich, Paddy?«

»Sicher, Guard. Sie müssen auf den Messingknopf rechts an der Seite drücken. Damit lösen Sie die Feder und das Ding lässt sich aufklappen.«

Rory folgte seinen Instruktionen und tatsächlich öffnete sich der Riegel mit einem leisen Klicken. Neugierig steckte Rory seinen Kopf in die Truhe. Von außen konnte man kurz darauf ein dumpfes Pfeifen im Inneren der Truhe vernehmen. Wenig später tauchte der leicht gerötete Kopf des Polizisten wieder auf.

»Meine Güte! Ist das etwa ein echter …?«

Paddy hatte die Fotografie auf den Tisch gelegt und schaute amüsiert in Rorys Richtung. »Und was denken Sie, Guard?«

Rory streckte sich und nahm einen weiteren Schluck Tee. »Ich hab in meinem Leben nur einen einzigen davon gesehen, und damals war ich noch sehr klein.« Er umrundete das Möbelstück und betrachtete es von allen Seiten. »Mein Onkel Seamus auf Clare Island hat mal einen besessen, wenn ich mich recht erinnere. Wir Kinder waren fasziniert davon, wie Sie sich denken können. Eigentlich war es so ähnlich wie ein Schrank, und wenn Gäste kamen, wurde es zu einer Sitzbank und sogar zum Gästebett, in dem wir Kinder schlafen durften, und schließlich …« Er hielt einen Moment inne, wie um sich zu sammeln. »… und dann war es das letzte Bett – ein Bett, in dem man bestattet wird.«

Paddy nickte zustimmend. »Genau. Die Dinger kommen anscheinend wieder in Mode. Dies ist die dritte Bestellung in einem Jahr. Der hier geht sogar in die Stadt, nach Galway.« Er deutete stolz auf die fein gearbeitete Truhe.

»Es gibt bestimmt nicht mehr viele, die sich noch daran erinnern, wie die gemacht werden, hab ich recht?«

Wieder nickte der Mann. Er schenkte sich Tee nach und antwortete in einem gemächlichen Tonfall.

»Oben in Louisburgh sitzt noch einer, bisschen jünger als ich, der sie noch herstellt, und dann müsste ich schon nachdenken. Aber Sie sind eigentlich wegen diesem Hof hier, oder?«

Rory war zu ihm getreten und schaute über seine Schulter. Der Tischler hatte das Bild wieder in die Hand genommen.

»Das ist der Hof der Nolans. Der liegt ungefähr vier Kilometer nördlich von hier an der Westport Road, hinter Kylemore Abbey. Da ist ein See, der Kylemore Lough, bei dem muss man rechts abbiegen und dem Weg einen guten Kilometer folgen. Der Hof ist von der Straße nicht einsehbar und ein paar Ställe liegen noch ein Stück höher, ganz versteckt. Die waren für die Schafe im Winter.« Er schüttelte den Kopf. »Ich hab da erst vor Kurzem neue Türen eingebaut. Massiv. Fand ich komisch. Was für ein Aufwand! Dabei weiß ich gar nicht, ob es sie überhaupt noch gibt.«

»Wen …?«

»Na, die Schafe.«

»Bewirtschaften die Nolans den Hof noch?« Rory blieb vor dem Tischler stehen und sah ihm in die Augen.

Paddy lachte und winkte ab. »Nein, die sind alle beide gestorben. Das muss über zehn Jahre her sein.« Er strich mit der linken Hand vorsichtig über die Schreibtischplatte, an der er gerade arbeitete.

»Hatten sie keine Kinder?«

Paddy schaute plötzlich skeptisch. »Worauf wollen Sie hinaus?«

Rory zuckte treuherzig die Schultern. »Wir haben da eine Leiche in Galway …«

»Ich hab's gelesen Guard, deshalb frage ich. Das war der Sohn. Der einzige. Mehr Kinder hatten die nicht.«

»Weiß man, warum er den Hof nicht übernehmen wollte? Angeblich kannte er sich doch ganz gut aus und hätte was draus machen können. Er war ja damals höchstens Ende zwanzig, oder?«

Paddy strich sich bedächtig über den Bart.

»Ich glaube, Guard, er hatte einfach kein Interesse. Mein jüngster Sohn ist mit ihm zur Schule gegangen und die Jungs quatschten ab und zu mal miteinander. Nee, Tom hatte keine Lust auf die Knochenarbeit auf einem Hof, was das ja hier ist, so einen Hof zu bewirtschaften. Hut ab, wer das heute noch macht. Trotz der angeblich immer sprudelnden Subventionen der EU. Tom wollte, was alle wollen: wenig arbeiten und viel Geld verdienen. Tja, und dann hat er so geendet, schade um ihn. War kein übler Junge. Ich hab ihn vor ein paar Monaten noch gesprochen. Da stand er auf einmal aus heiterem Himmel hier in der Werkstatt mit seinem Tischchen.«

Paddy hatte sich wieder seinem Schreibtisch zugewandt, doch Rory war auf einmal wie elektrisiert.

»Und was wollte er … mit diesem Tischchen?«, setzte er nach kurzem Überlegen noch hinzu.

Paddy erzählte ihm die Geschichte. Es war wohl ein Erbstück gewesen, das Nolan nach dem Tod seiner Eltern mit nach Galway genommen hatte. Es hatte eine Art Geheimfach, das schon seit Ewigkeiten nicht mehr funktionierte. Tom gab Paddy den Auftrag, diesen Tisch zu reparieren.

»Toms Mutter hat ihn mir vor über dreißig Jahren mal gezeigt und mich gefragt, ob man ihn wieder herrichten könne. Das konnte man natürlich, aber es kam nicht dazu – warum, weiß ich nicht mehr. Und dann stand Tom Nolan auf einmal hier und bat mich um das Gleiche.«

Er ließ das Erbstück hier, der Tischler zog eine neue Feder ein und dann holte Tom es ein paar Wochen später ab, nachdem Paddy ihn in seinem Wettbüro angerufen hatte. Tom war sehr zufrieden und verschwand mit seinem Tischchen.

»Sonst hat er nichts gesagt?«

Paddy baute sich vor Rory auf, verschränkte die Arme und grinste. »Wenn Sie glauben, dass er mir auch noch verraten hat, was er in seinem schicken Geheimfach verstecken wollte, muss ich Sie leider enttäuschen, Guard.«

Rory blinzelte ihn an. »Einen Versuch war's wert, finde ich.«

Blitzschnell zog er einen seiner Zettel aus der Uniformjacke und notierte sich etwas darauf. Dann hob er den Kopf.

»Und was ist aus dem Hof geworden, Paddy?«

Der Tischler hatte sich zwei Nägel in den Mund gesteckt und antwortete nicht sofort. Schließlich drehte er sich um und legte die Nägel auf den Tisch.

»Der stand lange zum Verkauf. Es ist wirklich schwer, heutzutage eine Farm hier loszuwerden. Und diese Farm war gut in Schuss, es war eine Schande. Je länger so eine Farm brachliegt, desto schwieriger wird es natürlich für den Nachfolger.« Er hob seine Tasse und nahm noch einen Schluck. Er schaute auf einmal amüsiert. »Tom konnte sein Glück gar nicht fassen, als er sie vor vier Jahren endlich verkaufen konnte. Keine Ahnung, was für ein Deal das war, aber alle waren anscheinend zufrieden damit. Und der neue Besitzer hat den Hof astrein wieder hingekriegt, besser als zuvor, das muss man ihm lassen, obwohl er nicht von hier stammt.«

»Sie meinen, nicht aus Connemara?«

Paddy grinste. »Nicht aus Irland. Er heißt Rick, kommt aus Deutschland und macht ganz auf Öko. Aber das Zeug schmeckt, wenn man Gemüse mag. So wie früher.« Und damit haute er einen Nagel in die Platte.

20

Ganz unten an der Eingangstür zum Atelier hatte Grace Dixis Privatadresse auf einem bunten Visitenkärtchen gefunden. Sie wohnte in der Claddagh, der alten keltischen Siedlung von Galway, kaum zehn Minuten zu Fuß von der Polizeizentrale entfernt. Das Haus lag in einer kleinen Straße, Claddagh Place Nummer 10, die zum Flussufer führte. Grace traute ihren Augen nicht, als sie näher kam. Wie konnte sie dieses Gebäude bisher übersehen haben? Es war wohl früher einmal ein schlichtes einstöckiges Einfamilienhaus gewesen, klein und kompakt, doch jetzt glitzerte es bunt in der Sonne, als wären seine Mauern über und über mit Juwelen besetzt. Doch als sie noch ein Stück näher kam, entdeckte sie, dass es sich dabei natürlich nicht um Edelsteine, sondern um winzige bunte Glasscherben handelte, die dem Haus als Verputz dienten. Die bogenförmige Eingangstür erinnerte mit ihrer Bleiglasverzierung an ein Kirchenfenster und wurde zu beiden Seiten von kobaltblauen Pinguinen aus Keramik bewacht, die Perlmuttkrönchen trugen. Es war ein Haus wie aus einem Märchenbuch.

Wenn man ganz nah an der Hauswand stand, war der Eindruck etwas krude, denn man erkannte die Scherben als

Scherben. Trat man jedoch ein wenig zurück, war das Bild ein ganz anderes: Dann sah man das funkelnde Schloss, dessen Eingang nicht nur von den freundlichen Pinguinen, sondern auch von einer Hecke aus dunkelroten Rosen beschützt wurde, die sich dornröschenhaft um den Eingangsbereich rankten.

Nachdem die Kommissarin sich wieder gefangen hatte, betätigte sie schmunzelnd den altmodischen, metallenen Türklopfer in Form eines Pferdekopfes. Sie konnte es kaum erwarten, das Innere des Hauses zu betreten. Doch es rührte sich nichts. Sie hatte sich nicht bei Dixi angekündigt. Nach dreimaligem Klopfen gab sie auf und kehrte wieder zur Straße um. Kurz bevor sie knapp eine Minute später auf die St Nicholas Road abbiegen wollte, blickte sie noch einmal zurück, wie um sich zu vergewissern, dass sie das Haus tatsächlich gesehen und sich nicht nur eingebildet hatte.

Da stand er, genau vor dem Märchentor. Woher war er gekommen? Sie hatte ihn nicht die Straße entlanggehen sehen. Er musste aus Dixis Haus getreten sein. Sie winkte ihm zu. Unsicher hob er den Arm, um ihr zu signalisieren, dass sie auf ihn warten möge.

Bald darauf hatte er sie mit schnellen Schritten erreicht. Es war der deutsche Ökobauer.

Grace hatte ihre Lippen leicht gespitzt und war gespannt, was er vorbringen würde. Sie sah ihn wütend an. »Ich hatte Sie in mein Büro in der Gardai-Zentrale bestellt. Wo waren Sie?«

»Es tut mir so leid, Ms O'Malley. Oder sagt man besser ›Superintendent‹? Ich wollte Sie nicht versetzen.« Der Deutsche hörte sich wie Marlene Dietrich in ihren besten Zeiten an, fand sie.

»Wo sind Sie denn hingelaufen? Die Kollegin hat Sie doch zu mir ins Zimmer gesetzt und Ihnen gesagt, dass ich jede Minute zurückkomme.«

Er blickte sie verblüfft an. »Ich war gar nicht bei Ihnen. Es ist mir etwas dazwischengekommen. Ich war jetzt erst auf dem Weg ins Revier.«

»Sie waren überhaupt nicht in der Gardai-Zentrale?«

Grace konnte es nicht glauben. Steckte der Ökobauer etwa mit Day unter einer Decke? Oder litt die Gerichtsmedizinerin unter Halluzinationen?

Sie warf ihm einen abschätzenden Blick zu. »Kommen Sie mit.«

Sie liefen zusammen in Richtung Corrib-Brücke.

»Was hatten Sie in diesem Märchenhaus zu tun? Sie heißen Rick Kosters, nicht wahr?«

Er nickte. »Was meinen Sie denn mit ›Märchenhaus‹?«

Grace blieb stehen und schaute ihn herausfordernd an.

»Herr Kosters«, sie hatte bewusst die deutsche Anrede gewählt, »wie würden Sie denn das Haus beschreiben, vor dem Sie vorhin standen? Das mit den funkelnden Steinen wie aus Tausendundeiner Nacht?« Sie lächelte nicht. Irgendwie hatte sie das Gefühl, gerade hinters Licht geführt zu werden. Nur wusste sie nicht, von wem und warum.

»Ich habe in der Nachbarschaft die Abotüte abgeliefert.«

»Genau wie bei Tom Nolan?«

Wieder nickte der rotblonde Mann. Sein dürftiger Bart wirkte wie ein rötlicher Schatten und war nur bei genauem Hinsehen zu erkennen.

Grace runzelte die Stirn. »Wie funktioniert das mit Ihrer Gemüsetasche eigentlich?«

Zum ersten Mal kam der Ökobauer in Fahrt. Er erklärte, dass das Konzept in seiner Heimat Deutschland schon lange erfolgreich sei. Die Kunden der Abotüte bekämen jede Woche eine Tasche voller Gemüse, Obst und Kräuter der Saison und seien so immer mit frischen Nahrungsmitteln versorgt, die ökologisch einwandfrei seien und gut schmeckten. Rick hörte sich stolz an.

»Aber die Kunden wissen vorher nicht, was genau sie bekommen? Es ist wie eine Wundertüte?«, fragte Grace nach, während sie die Kreuzung überquerten.

Rick Kosters nickte.

»Interessant. Und wer bestellt so ein Abo?«

Der Bauer überlegte einen Moment. »Familien, die Wert auf gesundes Essen legen, aber auch Singles, die keine Zeit zum Einkaufen haben und es auch samstags nicht auf den Markt schaffen. Typische Stadtmenschen sind der Großteil unserer Abonnenten. Auf dem Land hat es sich noch nicht durchgesetzt.«

Sie hatten die Zentrale schon fast erreicht und Grace verlangsamte ihren Schritt. »Ich vermute, es handelt sich um Menschen, die gern gesund kochen und sich auch Zeit dafür nehmen.«

»Ja, das stimmt«, bestätigte Rick, während er sich bückte, um seinen rechten Turnschuh zuzubinden.

Wenig später hatten sie die Zentrale erreicht. Sie gingen an der Eingangspforte vorbei und Grace winkte dem Portier zu. Rick schaute unterdessen interessiert auf das schwarze Brett gegenüber dem Glaskasten. Im Dienst war »Paddy, der Blinde«, wie die Kollegen ihn nannten. Paddy hatte zwar nichts an den Augen, sah aber nie genau hin, wurde gemunkelt. An ihm kam jeder problemlos vorbei. Wieso man ausgerechnet diesen Mann zur Kontrolle der viertgrößten Polizeistation Irlands auserkoren hatte, war Grace bisher ein Rätsel geblieben.

In ihrem Büro bot sie Kosters einen Sessel an. Er schaute sich unsicher um.

»Seit wann hatte Tom Nolan Ihre Gemüsetüte denn abonniert?«

»Das weiß ich nicht genau. Ich meine, dass er sie schon etwa drei Monate lang bekam.«

»Führen Sie darüber keine Bücher oder Listen in Ihrem Computer?« Grace hatte keine Ironie in der Stimme und ihr Gegenüber schien das genau zu registrieren.

»Natürlich haben wir Listen. Meine Schwester kümmert sich darum. Ich bin für den praktischen Teil zuständig. Ich befasse mich hauptsächlich mit dem Anbau und der Ernte und habe auch den größten Teil der Auslieferung übernommen. Ich müsste sie fragen.«

»Tun Sie das bitte.«

Vermutlich war das die missmutige Mausgraue mit den strähnigen Haaren, die Grace an seinem Stand angesprochen hatte.

Sie hatte das Klopfen nicht wahrgenommen und war deshalb überrascht, als Kevin Day in der Tür stand. Er starrte abwechselnd sie und ihren Zeugen an. Grace beobachtete die beiden scharf. Day konnte ein verdammt guter Schauspieler sein, wenn er sich vernünftig auf die Rolle vorbereiten konnte, das hatte sie bereits erfahren dürfen. Wenn er allerdings bei spontanen Auftritten wie diesem überhaupt nicht vorbereitet war, spielte er nur mittelmäßig bis richtig schlecht.

Trotzdem war sie nicht sicher, ob sich die beiden schon einmal über den Weg gelaufen waren.

»Kennt ihr euch?« Irgendetwas musste sie schließlich sagen.

Kosters blinzelte unsicher und schüttelte fast unmerklich den Kopf.

Day musterte sein Gegenüber. »Sind Sie nicht der mit dem Ökostand am Markt? Haben wir nicht diese Abotüte von Ihnen? Ich meine, ich habe Sie mal von Weitem gesehen.«

Interessant, dachte Grace.

Kosters schaute auf. »Das kann gut sein. Wir sind die Einzigen in Galway mit diesem Service.«

»Super Qualität. Meine Frau und ich sind beide Vegetarier und schätzen gutes Gemüse sehr.«

»Danke, Inspector.«

So erfuhr Grace ganz nebenbei, dass der ungeliebte Kollege nicht nur verheiratet war, sondern offenbar auch kein Fleisch aß.

»Kann ich dich gleich noch sprechen, Grace, wenn du hier fertig bist?«

Sie nickte etwas verwirrt und wandte sich dann wieder dem Zeugen zu. Day hatte die Tür hinter sich zugezogen.

»Wie oft waren Sie bei Nolan zu Hause?«

Kosters zögerte, als müsste er genau nachdenken. »Ich glaube, zwei oder drei Mal«, sagte er schließlich.

Das deckte sich mit der Aussage der Nachbarin, die jedoch möglicherweise nicht alle Gemüsezustellungen mitbekommen hatte.

Grace legte den Kopf schief. »Das macht aber keine drei Monate aus.«

Kosters fuhr sich durch das kurze Haar und nickte. »Ich hab sie ihm meistens in der Stadt vorbeigebracht.«

»Sie sind zu ihm ins Wettbüro gegangen?«

Er wich ihrem Blick aus. »Nicht direkt, wir trafen uns in seiner Mittagspause in irgendwelchen Cafés. Ich wusste nicht, wo und als was er gearbeitet hat. Er hat es mir nicht gesagt. Wieso?«

Grace überging seine Frage. Sie sollte sich nicht zu lange mit diesem Ökobauern aufhalten, der dem Mordopfer ja wahrscheinlich nur Gemüsetüten gebracht hatte. Obwohl es genau dieser Punkt war, der sie beschäftigte. Es passte einfach nicht zu Nolans Küchenausstattung.

»Wie gut kannten Sie Tom Nolan?«

Ihr Handy trommelte in die Pause hinein, die entstanden war. Sie schaute kurz darauf und sah, dass es Rory war. Sie würde ihn gleich zurückrufen und drückte ihn weg.

»Nicht besonders gut. Eher flüchtig.«

Grace stand auf und der Deutsche ebenfalls, er wirkte erleichtert und verabschiedete sich.

»Ich erwarte von Ihnen, dass Sie mir das genaue Anfangsdatum des Abonnements möglichst rasch mitteilen, denken Sie bitte daran«, rief sie ihm noch hinterher, als er schon fast durch die Tür war. Da schob sich eine vage Erinnerung in ihr Bewusstsein und sie rief ihn zurück.

Sein Gesicht erschien wieder im Türrahmen. Wirkte er nervös oder bildete sie sich das nur ein?

Grace fixierte ihn. »Wie heißen denn die Nachbarn des Märchenhauses in Claddagh Place, wo Sie die Gemüsetüte ausgeliefert haben, als wir uns vorhin trafen?«

Er schwieg und verzog dann sein Gesicht zu etwas, das man mit etwas Fantasie als Lächeln bezeichnen konnte.

»Tut mir leid, Ms O'Malley. Ich sagte schon, darum kümmert sich meine Schwester. Ich weiß nur, dass ich vor dieses Haus eine Tasche hinstellen muss, also nur die Adresse. Aber wenn es Sie interessiert, frage ich deswegen auch nach.«

»Bitte.«

Damit war Rick Kosters verschwunden.

21

Kevin Day hatte nichts wirklich Wichtiges zu berichten gehabt. Er sei an was dran und werde sie auf dem Laufenden halten. Tolkien sei in Hochform, hatte er noch geheimnisvoll hinzugesetzt. Grace hatte das Gefühl, dass er sich nur wichtigmachen wollte. Day hatte das Ergebnis der Untersuchung des Geheimfachs inzwischen schon erhalten. Dass sie als Leiterin der Ermittlung nicht zumindest eine Kopie davon bekommen hatte, ärgerte sie.

Außer Papier, gängiges Druckerpapier, sei wohl nichts in dem Fach gewesen. Die winzige Spur einer Perle hatte man noch gefunden, aber die konnte uralt gewesen sein. Darüber hinaus gab es noch einen schwachen Hinweis auf eine Flüssigkeit, die vor langer Zeit ins Holz gesickert war. Aber was es war, habe die Spurensicherung bisher nicht feststellen können.

Grace war nun auf dem Weg zu Rory nach Hause. Ronan Coyne hatte sie angerufen und gebeten, bei seinem Bruder nochmals mit ihr sprechen zu dürfen. Auf ihre Frage, warum er nicht in die Zentrale kommen wolle, hatte er nur gequält geantwortet. Er habe keine Lust, mit Day zu reden, falls der dort auftauchen sollte. Da hatte sie eingewilligt.

Mittlerweile war es sehr warm geworden und sie zog sich an der Ampel die dünne Jacke aus und warf sie auf die Rückbank. Als sie vor dem grau-weißen Einfamilienhaus der Coynes parkte, bewunderte sie den blumenübersäten Vorgarten. Kitty hatte offenbar einen grünen Daumen.

Ronan sah übernächtigt und blass aus. Seine Pfeife hatte er neben sich auf den Beistelltisch gelegt, auf dem Kitty ihnen Tee mit Scones und selbst gemachter schwarzer Johannisbeermarmelade servierte. Er kam gleich zum Thema und Kitty entfernte sich. Rory war noch nicht aus Letterfrack zurück und Grace fiel wieder ein, dass sie ihn hatte anrufen wollen. Nun würde er jeden Moment hier sein.

Sie schob sich die braunen Locken aus dem Gesicht und schaute Ronan auffordernd an. Er durfte auf keinen Fall merken, dass sie ihm nicht hundertprozentig traute. Durfte Rory das merken?

Ronan schluckte und strich sich über sein gewelltes Haar. »Ich weiß, dass meine Kollegen ausgesagt haben, sie hätten nichts davon gemerkt, dass Tom in letzter Zeit offenbar nicht nur für mich gearbeitet hat. Und ich bin mir sicher, dass sie da nichts verheimlichen.«

»Aber wie haben Sie es bemerkt, Ronan?«

Er biss in ein Scone, ohne dass die Marmelade danebentropfte. »Weil er sich anders verhielt als die ganzen Jahre zuvor und weil ich der Einzige in unserem Laden bin, der alles im Blick hat. Ich hab ihn zum Beispiel mal am Computer überrascht, wo er merkwürdige Spielergebnisse aufgerufen hatte.«

»Können Sie das konkretisieren? Um welche Spielergebnisse handelte es sich?«

Ronan zuckte unsicher mit den Schultern und begann mit seiner Pfeife zu spielen.

»Da waren zum Beispiel Namen von Sportclubs, die ich nie zuvor gehört hatte, in komischen Ländern.«

»Wo?«

»Seit einigen Jahren gibt es von Asien aus unglaubliche Manipulationen im Wettbereich. Eine Wettmafia, die weltweit agiert. Die setzen sogar auf Ergebnisse im Gaelic Football! Dabei wissen sie nicht mal, wie das gespielt wird.«

»Das müssen sie auch nicht.«

»Wie? Sie haben recht, Grace. Das müssen sie nicht. Aber sie müssen vor Ort jemanden haben, der ihnen die richtigen Ergebnisse liefert. Ich hab mich bei Kollegen, die mehr darüber wissen, mal schlaugemacht. Diese Mafia hat in ganz Europa solche Leute: in Irland, in der Schweiz, in Deutschland, auf dem Balkan, in England, Litauen. Das sind die Länder, die mir genannt wurden. Sobald sie einen Spieler oder einen Schiedsrichter an der Angel haben, tauschen sie sich untereinander aus und es geht los. Und dann brauchen sie in jedem Land noch jemanden, der die Informationen rasch weitergibt.«

Grace nickte vorsichtig. »Und Sie glauben, das war Tom Nolan?«

»Wer sonst?«

»Und warum hätte man ihn dann umbringen wollen?«

Ronan schwieg und nahm einen Schluck Tee.

»Das wäre doch höchst unklug, Ronan, oder? Man räumt niemanden aus dem Weg, den man dringend vor Ort braucht, so kurz vor dem Viertelfinale am Samstag oder vor den Galway Races am Ende des Monats. Warum gerade jetzt?«

»Das hat auch Sir John gesagt.«

Ronan hatte recht. Genau das waren seine Worte gewesen und nun war Grace sich auch absolut sicher, was sie zu bedeuten hatten.

»Es sei denn …« Sie verstummte.

Ronan schaute sie aufmerksam an, sagte aber nichts.

Grace stand auf und wollte ihre Jacke nehmen. »Ich danke Ihnen, Ronan. Ihre Aussage war wirklich wichtig. Oder gibt es noch etwas, was Sie hinzufügen wollen?«

Er steckte seine kalte Pfeife in die Tasche und stand ebenfalls auf. »Nein, das ist alles. Ich melde mich, wenn es etwas gibt. Bei Ihnen direkt.« Die letzten Worte hatte er besonders betont.

Grace lächelte.

Als sie beide an der Küche vorbeikamen, stand dort Rory über eine alte Karte gebeugt, die er auf dem Esstisch ausgebreitet hatte. Er hob überrascht den Kopf. »Was macht ihr denn hier?«

Ronan lächelte und hob den Arm. »Ich musste dringend mal mit deiner Kollegin reden. Bis bald, Bruderherz! Wusste ja gar nicht, dass du schon hier bist. Grüß mir deine Frau und die Mädels.«

Rory winkte zurück und Ronan verschwand durch die Tür. Kitty war nirgends zu sehen.

Als Grace hörte, dass er weggefahren war, ging sie zu ihrem Kollegen in die gemütliche Küche.

»Entschuldigung, Rory, dass ich deinen Anruf nicht angenommen habe. Ich war gerade im Verhör und wollte nicht unterbrechen. Dann hab ich es glatt vergessen, dich zurückzurufen.«

»Macht nichts, Grace. Ich hab mich mal auf dem Hof umgesehen und leider niemanden außer dem Hund angetroffen. Da bin ich lieber wieder zurück, um dir zu berichten, und bin nicht über Clifden gefahren. Die Krebspastete harrt also noch auf mein Kommen.« Er schenkte ihr einen treuherzigen Rory-Blick und sie musste lachen.

»Was hast du in Letterfrack rausgefunden?«

Rory berichtete ihr von dem interessanten Treffen mit Paddy dem Tischler, seiner Einschätzung, was die beruflichen Ambitionen Nolans betraf, und seinem Geheimfachreparaturauftrag.

»Wusste der Tischler irgendwas über den Hof?« Grace beugte sich nun ebenfalls über die Karte. Sie zeigte den Connemara National Park, an dessen Rand auch der Hof der Nolans lag.

»Tja, das klang nicht besonders interessant. Nolan hat nach dem Tod der Eltern versucht, den Hof zu verkaufen, hat aber zunächst niemanden gefunden. Die Farm lag also ein paar Jahre lang brach. Später hat den Hof ein Deutscher übernommen, der ihn jetzt ökologisch bewirtschaftet. Ein gewisser Kosters.« Den Namen hatte er sich auf einem kleinen Zettel notiert, den er aus der Brusttasche des hellen Uniformhemds gezogen hatte.

Wie vom Blitz getroffen starrte Grace ihn an. »Was sagst du da? Weißt du, wen ich gerade verhört habe, als du angerufen hast?«

Sie erzählte ihm von Rick Kosters, seiner Abotüte und dass auch Nolan sein Kunde gewesen war – obwohl sie sich das kaum vorstellen konnte.

»Wenn ich in einer Wohnung keinerlei Anzeichen dafür

finde, dass dort aktiv gekocht wird – keinen Backofen, nur zwei Junggesellenkochplatten und eine Mikrowelle –, dann ist es doch ziemlich verwunderlich, wenn ihr Bewohner sich einmal die Woche frisches Biogemüse liefern lässt, oder?«

Rory musste ihr beipflichten. Er wiegte nachdenklich den Kopf.

»Hatte er gute Messer?«, fragte der begeisterte Hobbykoch schließlich.

»Keine Ahnung, ich kann mich nicht entsinnen. Die Frage stellte sich nicht, als ich sein Appartement durchsuchte.«

Dann erzählte Rory Grace noch einmal ausführlich von Murray Finnegan, dessen Treffen mit Nolan und dem Speed-Gen. Kitty kam hinzu und Rory legte zärtlich den Arm um seine Frau.

»Aber eigentlich ist nicht Murray der Experte, sondern die Veterinärin. Phoebe Swank. Sie ist eine Koryphäe auf dem Gebiet, wusstest du das, Grace?« Rory schien immer noch sehr beeindruckt zu sein. »Nette Frau, sehr sympathisch und bodenständig, aber …«

»Was aber?«

Rory machte ein nachdenkliches Gesicht. »Aber ich glaube nicht, dass sie da draußen forscht. Dafür hat sie ihr Labor irgendwo in Monaghan. Sie verfolgt dort eher erotische Interessen, hatte ich den Eindruck. Ist ja auch in Ordnung.« An dieser Stelle gab er Kitty einen schmatzenden Kuss auf die Wange.

Grace zog die Augenbrauen hoch. »Wie darf ich das verstehen?«

»Phoebe Swank und Murray sind ein Paar, und wenn du mich fragst, ein sehr hübsches Paar. Irgendwie passen sie zusammen.«

22

Grace konnte sich nicht erinnern, wann sie das letzte Mal ein Gaelic-Football-Spiel gesehen hatte. Sie war, wie Peter ihr geraten hatte, zu Galways letztem Trainingsspiel vor dem Connacht-Finale am Samstag gekommen.

Die Kommissarin hatte sich noch nie für Sport interessiert, weder für die traditionellen irischen Sportarten wie Hurling oder Gaelic noch für die, die der Rest der Welt mit großer Begeisterung verfolgte.

Die zweite Spielzeit von fünfunddreißig Minuten war fast vorbei und die dreißig Männer – pro Mannschaft waren es jeweils fünfzehn – wirkten erschöpft. Gaelic war ein äußerst schnelles Spiel. Der Ball, der wie ein großer Volleyball aussah, konnte gekickt, aber auch mit der Hand geschlagen werden. Allerdings durfte man ihn unter keinen Umständen werfen. Graces Bruder Dara hatte es mal eine Zeitlang als Jugendlicher gespielt, doch das war schon lange her.

Unten rechts am Spielfeldrand stand Sir John, er schrie ab und zu mit seiner Fistelstimme in Richtung Feld und gestikulierte wild. Neben ihm hockte Fred McGuinness, der das Match gespannt und schweigsam verfolgte, und auf der Bank saßen fünfzehn Ersatzspieler, von denen aber nur eine Handvoll eingewechselt werden durfte. Zwei von ihnen, die am weitesten rechts saßen, unterhielten sich, ohne auf das Spiel zu achten. Obwohl sie ziemlich weit von Grace entfernt waren, meinte sie zu erkennen, dass sie sich über etwas stritten.

Auf der gegenüberliegenden Seite des Feldes stand eine weitere Gruppe von Männern, die das Spiel beobachteten. Grace konnte sie nicht genau sehen. Einer davon schien der Pfeife rauchende Ronan Coyne zu sein, der andere vielleicht

Rick Kosters – doch was sollte der hier? – und der Dritte, war das etwa Kevin Day?

Etwas abseits stand noch ein älterer Mann, er ging leicht gekrümmt und schnäuzte sich gerade. Es war Hilary. Was machte der denn hier?

Grace fotografierte diese Gruppe. Im selben Moment drehte sich Sir John um und warf ihr einen argwöhnischen Blick zu.

Irgendetwas stimmte hier nicht. Es lag etwas Gefährliches in der Luft, man konnte es fast greifen. Kurz darauf ertönte der Schlusspfiff. Der Torwart schlenderte an seinen Mitspielern vorbei, um zu den Ersatzleuten zu gelangen. Ein kräftiger Half-Back zerrte an seinem Trikot und es gelang ihm, ihn kurz aufzuhalten. Er sprach leise auf den Torwart ein, bis der lachte und sich endgültig losriss.

Grace merkte, wie auch Hilary diese Szene interessiert beobachtete. Nun spazierte Ronan, den Grace jetzt eindeutig erkannte, über den gepflegten Rasen auf den Schiedsrichter zu. Er legte ihm die Hand auf die Schulter und sie wechselten ein paar Worte. Sir John hatte inzwischen den Großteil seiner Mannschaft um sich geschart und redete eindringlich auf sie ein. Ab und zu warf er einen Blick in Graces Richtung, wie um zu überprüfen, ob sie noch da war.

Was ging hier vor?, fragte sich Grace. In zwei Tagen würde das wichtige Viertelfinale stattfinden, und hier, so hatte sie zumindest den Eindruck, liefen unterschwellig Vorbereitungen ab für … ja, wofür eigentlich?

»Sie schauen so kritisch drein, Superintendent.« Es war McGuinness, der plötzlich neben ihr stand und sie freundlich und mit korrektem Dienstgrad ansprach, was die wenigsten Iren taten. Der Manager des Clubs war ihr viel angenehmer als Sir John, der Trainer. Sympathie und Abneigung durften zwar nicht in ihre Ermittlungen einfließen, aber Grace hätte im Gegensatz zu vielen ihrer Kollegen auf

Nachfrage durchaus zugegeben, dass wie bei allen menschlichen Begegnungen auch bei polizeilichen Ermittlungen Gefühle mit ins Spiel kamen, die man allerdings streng kontrollieren musste.

»Ich versuche mich nur an die Regeln zu erinnern. Es ist schon so lange her, dass ich ein Spiel gesehen habe, und ich will ja schließlich übermorgen wissen, was hier auf dem Platz passiert.«

»Das weiß man vorher nie.«

Prüfend sah sie ihn von der Seite her an. »Was meinen Sie damit?«

»Beim Gaelic haben wir es nach wie vor mit echtem Sportgeist und fairen Wettkämpfen zu tun. Da versucht keiner, das Ergebnis auf illegale Weise zu beeinflussen, wie bei fast allen anderen Sportarten auf dieser Welt. Zumindest schätze ich das so ein.« McGuinness schaute sich um. Als er niemanden in Hörweite entdecken konnte, fuhr er fort.

»Sie hatten mir von der Sache mit Nolan erzählt. Natürlich hört man immer wieder von solchen Versuchen, aber die haben hier bei uns keine Chance. Glauben Sie mir, Guard. Man muss diese Leute unbedingt stoppen, ihnen das Handwerk legen.« Seine Stimme war auf einmal schneidend.

Grace bemerkte, wie seine Augenlider zuckten. Hinter seiner zur Schau getragenen Ausgeglichenheit verbarg er ein cholerisches Temperament, so viel stand für sie fest.

»Unter allen Umständen und mit allen Mitteln?«

Er sah sie einen Moment lang unsicher an, dann verzog er seinen Mund zu einem freundlichen Lächeln. »Mit legalen Mitteln, selbstverständlich. Nur mit legalen.« Seine Stimme war wieder weich und angenehm.

»Wovon sprichst du, Fred?«

Grace drehte sich überrascht um. Diese Stimme kannte sie nicht. Es war der Half-Back, der Verteidiger, der eben den Torwart aufgehalten hatte. Der stämmige junge Mann mit den Sommersprossen im Gesicht und auf den Unterarmen musterte McGuinness herausfordernd, während er sich mit einem Handtuch abtrocknete.

»Meinst du etwa die Betäubungsnummer wie in Italien?«

Grace schaute ihn fragend an.

»Da haben sie die Verteidigung vor dem Spiel sediert. Oder war es der Torwart, den sie so betäubt hatten, dass er nicht mehr halten, aber gerade noch stehen konnte? Sechs Top-Vereine im italienischen Fußball waren betroffen. Und alles nur wegen der Scheißwetten.«

»Aber Olli, darum geht es doch gar nicht!«

Der Verteidiger grinste breit. »Nicht? Worum dann? Etwa um die Magen-Darm-Bazillen?« Jetzt wandte er sich an Grace. »Entschuldigen Sie, wer sind Sie eigentlich?«

Grace stellte sich vor. Er schaute sie einen Moment verblüfft an, dann huschte ein zufriedenes Lächeln über sein Gesicht.

»Mensch, da kriegen wir doch tatsächlich Bodyguards von Gardai! Das war schon immer mein Traum. Hat Garda noch andere Kolleginnen wie Sie?«

Fred gab ihm einen freundschaftlichen Klaps auf den Rücken. Grace grinste.

»Das ist Oliver Murtagh, unser bester hinterer Verteidiger. Der Spaßvogel unserer Truppe.«

»Der allerdings auch nicht alles allein schaffen kann …« Murtagh grinste breit.

»Olli!« Fred war für einen Moment laut geworden, so dass sich einige der anderen Spieler in ihrer Nähe kurz zu ihnen umdrehten. Sie musterten Grace neugierig.

»Haben Sie mal was von dem legendären Spiel Maribor gegen Brügge im Jahr 2011 gehört, auch ›Das Wunder von Maribor‹ genannt, Guard?«

Sie schüttelte die Locken. »Das war sicher nicht in der

Gaelic League«, schmunzelte sie. Was der Mann zu erzählen hatte, war höchst interessant. Irgendwie musste sie den Spaßvogel am Reden halten, auch wenn es seinem Manager offenbar nicht gefiel.

Oliver war einen Schritt näher an sie herangetreten und hatte vertraulich den Kopf gesenkt. »Richtig. Das Spiel ging ins Reich der Märchen und Fabeln ein, weil da Dinge passierten, die eigentlich gar nicht passieren können. Das war Zauberei! Genau wie das Blitzeis am Elfmeterpunkt zwischen den deutschen Bayern und den mit den gelb-schwarzen Bienentrikots 2015. Ach, wie gut, dass niemand weiß … und dabei ist es völlig egal, ob es sich um Gaelic oder ganz normalen Fußball handelt. Das Prinzip, nach dem die vorgehen, ist immer das gleiche …«

»Halt deine große Klappe!« Sir John war hinter ihnen aufgetaucht und seine Pranke war in Murtaghs Nacken gelandet. Er zog ihn am Trikot leicht nach oben. Röte schoss dem Spieler ins Gesicht.

»Ab mit dir in die Kabine!« Der Trainer stieß Murtagh vor sich her, der wie ein bockiger Arbeitsgaul seine Hufe in den Sand zu graben schien. Doch Sir John gewann die Oberhand.

Grace sah ihnen hinterher, die Augen zu schmalen Schlitzen verengt. Dann wandte sie sich wieder McGuinness zu. »Wissen Sie vielleicht, was mir Ihr Half-Back damit sagen wollte?«

Der Manager hatte ihr offenbar nicht zugehört. Er starrte noch immer den Trainer an, der seinen Verteidiger vor sich hertrieb. McGuinness sah aus, als würde er unter Schock stehen. Nach ein paar Sekunden fing er sich wieder.

»Nein, keine Ahnung, Superintendent. Nach dem Training und so kurz vor dem Entscheidungsspiel sind die meisten total von der Rolle. Nehmen Sie es nicht so ernst, was auch immer er da gebrabbelt hat. – Sie entschuldigen mich.«

Mit diesen Worten folgte er den Spielern, die sich nun fast alle vom Platz zurückgezogen hatten, in die Kabine.

Grace schaute sich um. Auch Ronan und der Schiedsrichter waren nicht mehr zu sehen, obwohl sie sich nicht erinnern konnte, dass sie an ihr vorbeigegangen waren.

Nur einer war noch da und starrte sie vom Penalty-Punkt auf dem Feld aus an. Er grinste und winkte ihr sogar. Es war Hilary.

23

Am Abend war Grace mit Peter im Spaniard's Head verabredet. Sie war etwas früh dran. Als sie den kleinen Schankraum betrat, in dem die Bar stand, gab es kaum ein Durchkommen. Fitz bediente freundlich lächelnd und trotz des Andrangs ganz entspannt und winkte ihr von Weitem zu. Sie winkte zurück und schaute sich nach einem freien Tisch um. In dem Moment tauchte Fiona aus der Küche auf und balancierte routiniert vier Teller auf beiden Armen durch die Menge. Wie immer trug sie auffällige Ohrgehänge, heute in Form eines üppigen Obstsalats. Ihre hünenhafte Gestalt überragte die der meisten Gäste, auch der männlichen, und als sie Grace erblickte, bedeutete sie ihr mit einer Grimasse, ihr zu folgen. Sobald Fitz' Kollegin die bestellten selbst gemachten Burger und die Spinatlasagne serviert hatte, kehrte sie zu Grace zurück und schob sie in den zweiten Schankraum im hinteren Bereich des Lokals, der nach zwei Seiten hin offen war. Sie drängelte sich bis zum letzten Tisch hindurch, an dem bereits ein junger Mann saß und erwartungsvoll zu ihnen aufschaute.

»Das ist mein Cousin Padraic Riordan. – Padraic, das ist

Grace O'Malley«, stellte Fiona die beiden einander vor. Fiona war immer sehr direkt. »Padraic würde dich gern sprechen, Grace.« Damit drehte sie sich auf dem Absatz um und zwängte sich durch die Menge zurück zur Küche.

Der Mann war vermutlich erst Anfang zwanzig, mit einem offenen Blick und einem kindlichen, flächigen Gesicht. Seine kurzen braunen Haare waren leicht gegelt, mit einem akkurat gezogenen Scheitel, wie es nach dem Zweiten Weltkrieg in Mode gewesen war. Aber vielleicht war das auch schon wieder Avantgarde und Grace hatte es noch nicht mitbekommen. Er trug eine dunkelblaue Strickjacke und Jeans. Vor ihm auf dem Tisch lag ein Zellophantütchen mit einer Handvoll Zahnstocher, wie man sie häufig in Imbissbuden bekam. Er hatte sich einen herausgeangelt und spielte damit.

Der Mann kam sofort zur Sache, was Grace gefiel. Das lag offenbar in der Familie. »Es geht um den Toten. Um Nolan. Ich kannte ihn.« Wie zur Bekräftigung seiner Aussage nahm er einen großen Schluck Guinness.

»Und?« Grace blieb abwartend, aber aufmerksam vor seinem Tisch stehen.

»Ich kannte ihn sogar recht gut.« Er brach ein Stück des Zahnstochers mit den Zähnen ab und legte es neben sein Glas.

»Ach was? Dann hatte Nolan also Freunde?« Grace musterte ihn neugierig.

»Nein, Guard, der blieb lieber für sich. Aber wir kannten uns über die Pferde. Er hat oft meinen Rat geholt, bevor er setzte.«

»Sie kennen sich aus mit Pferden?«

Padraic Riordan schaute überrascht auf, als sie das sagte. »Ich bin Pavee, Guard. Das haben wir im Blut.« Dabei schaute er ihr ohne Hochmut, doch selbstbewusst in die Augen.

Sie hatte es geahnt, schon als sie Fiona zum ersten Mal gesehen hatte. Diese Frau war eine Traveller, sie stammte von den irischen Fahrenden ab, von denen heutzutage immer mehr sesshaft wurden, sei es aus eigener Entscheidung, sei es aus Angst vor weiterer Ausgrenzung und Diskriminierung. Man sagte den Travellers ein besonderes musikalisches Talent nach und große Kenntnis in der Pferdezucht. Die Pavee, wie sie sich selbst in ihrer eigenen Sprache, dem Shelta, nannten, kannten sich mit Pferden aus wie niemand sonst.

»Auf welche Pferde setzte Tom Nolan denn?« Grace ging um den Tisch herum und überlegte, ob sie Platz nehmen sollte. Als hätte er ihre Gedanken erraten, rutschte er ein Stück zur Seite.

Wieder knipste er ein Stück von dem Zahnstocher ab und legte die restlichen beiden Teile neben das erste. Eine Sekunde lang starrte Grace verwundert auf die drei fast gleich großen Holzstückchen auf dem Tisch. Sie wartete auf seine Antwort.

»Auf gute natürlich, und die habe ich ihm genannt.«

»Auch wenn ich Ihnen Ihre Fähigkeiten in diesem Bereich nicht absprechen möchte – aber das klingt ja fast so, als hätten Sie das zweite Gesicht ...« Und in Gedanken setzte sie hinzu: »... oder pflegten die Bekanntschaft der Witwe Malone.«

Riordan lachte. »Nein, aber ich schau mich gut um, guck mir die Tiere genau an, kenne ihren Stammbaum und die Jockeys und weiß, was für Probleme die Leute haben. Letztendlich geht es aber immer um das einzelne Tier und was es für Chancen unter seinen Konkurrenten im Rennen hat.« Er legte den Kopf schräg und strich sich den akkuraten Scheitel noch glatter. »Wenn Nolan oder irgendjemand anderes einen Tipp haben wollte, kam er im Allgemeinen zu mir. Bis er es eben nicht mehr tat. Seit zwei, drei Monaten ging

Nolan mir aus dem Weg. Zuerst habe ich es gar nicht bemerkt. Bei den großen Rennen in Punchestown im Frühjahr war er krank. Angeblich, habe ich mir hinterher gedacht.«

Der Strom von durstigen, aufgekratzten Gästen vor ihren Augen riss nicht ab. Da der Raum zwei Ein- und Ausgänge hatte, bildete er eine laute Durchgangsschleuse für alle, die auf der Suche nach einem Platz, einem Flirt oder einem Drink waren, oder nach allem zusammen.

Riordan fischte ein neues Holzstäbchen aus dem Zellophan und steckte es sich zwischen die vorderen Schneidezähne.

»Sie geben Tipps gegen Bares, vermute ich?« Grace hatte einen Moment ihren Blick durch das Lokal schweifen lassen, um nachzusehen, ob sie Peter entdecken konnte. Dann konzentrierte sie sich wieder auf das Gespräch mit Fionas Cousin.

Er nickte. »Ich habe schließlich meine Auslagen.«

»Das ist Ihr gutes Recht. Fahren Sie bitte fort, es ist sehr wichtig, was Sie mir erzählen.« Nun hatte sie sich auf der Bank neben ihm niedergelassen und ließ ihn nicht aus den Augen.

Riordan hatte seit dieser Zeit das Gefühl, dass Nolan nicht mehr nur für *Turf no Surf* arbeitete, sondern sich auch anderweitig betätigte. Dafür hatte er keine Beweise und es ging ihn auch nichts an, doch in der vorhergehenden Woche, kurz bevor Nolan starb, war er über zwei Dinge gestolpert. Sie schienen auf den ersten Blick nichts miteinander zu tun zu haben. Zuerst war ein alter Kumpel zu ihm gekommen und wollte ihn überreden, bei einem lukrativen Deal mitzumachen. Dabei könne gar nichts schiefgehen. Man müsse sich nur Kohle leihen – er wisse auch, woher – und bei einer Online-Wette darauf setzen, dass am Samstag im Viertelfinale Galway gegen Mayo in der siebenundzwanzigsten Minute der zweiten Halbzeit ein Strafstoß zugunsten von Mayo passieren würde.

Da das äußerst unwahrscheinlich sei, werde der Gewinn enorm hoch ausfallen. Es war Nolan, der seinem Kumpel diese Wette vorgeschlagen hatte. Und damit er ihm auch glaubte, dass er in der Lage war, solche offensichtlichen Unsicherheiten sicher zu machen, hatte er ihn aufgefordert, bei zwei anderen Spielen zunächst kleinere Beträge zu setzen. Und er hatte ihm vorausgesagt, worauf er setzen müsse. Den einen der beiden Fälle hatte Riordan sich gemerkt, weil er so völlig abgedreht war. Sein Kumpel sollte auf einen Eckball setzen, der in der dreiundvierzigsten Minute bei einem Fußballspiel in Europa gegeben würde.

»Und Sie glauben nicht, wo das Spiel stattfand, Guard.«

Grace musste nicht lange überlegen. »Etwa in der vierten Fußballliga Litauens?«

Riordans Augen weiteten sich, als habe er gerade völlig unvorbereitet eine himmlische Erscheinung erblickt. Blitzschnell nahm er noch einen Schluck Bier und musste husten. Am anderen Ende des Lokals sah Grace nun Peter winken, er deutete pantomimisch an, dass er erst Drinks an der Bar holen würde.

»Und was war das Zweite, worüber Sie gestolpert sind, Mr Riordan?« Sie ließ es sich nicht anmerken, wie sehr sie seine erste Information geschockt hatte.

»Das war eine ganz andere Nummer. Vor ein paar Tagen lief mir ein anderer Kumpel aus Cork hier bei einem Gestüt über den Weg. Ein echter Seebär, wenn Sie wissen, was ich meine. Wasser ist ja nicht so mein Ding. Er war ungemein guter Laune und lud mich spontan auf ein Pint ein, weil er kurz zuvor hier in Galway eine Anzahlung auf seine olle Jolle bekommen hatte. Die wollte er schon seit zwei Jahren verscherbeln. Er hatte im Internet inseriert und war sie jetzt endlich losgeworden. Und jetzt raten Sie mal, an wen er sie vertickt hatte …« Riordan hielt kurz inne. »An Tom Nolan persönlich.«

Grace wiegte den Kopf hin und her. »Na ja, Ihre erste Information war irgendwie spektakulärer – aber trotzdem, danke für den Hinweis.«

Riordan wirkte ein wenig enttäuscht. »Das war Ihnen nicht spektakulär genug? Dann hören Sie sich mal an, wie hoch die Anzahlung war, Ma'am!«

Grace hob die Augenbrauen, als wäre sie tatsächlich interessiert.

»Es ist eine geräumige, ein wenig in die Jahre gekommene, aber schöne, hochseetaugliche Segeljacht. Nolan hat als Anzahlung schon satte hunderttausend hingelegt. Den Rest wollte er nach den Races begleichen.«

»Oh.« Grace hatte es nur gehaucht. Der Geräuschpegel um sie herum stieg immer höher. Aus einem Raum nebenan waren die Akkorde eines Banjos zu hören, das anscheinend gerade gestimmt wurde. Es musste auf halb zehn zugehen. »Warum haben Sie mich nicht in der Zentrale aufgesucht? Da hätten wir es ruhiger gehabt als hier.«

Er signalisierte ihr mit einem Finger am rechten Ohr, dass er sie nicht verstanden habe, was sie zum Schmunzeln brachte. Sie lehnte sich zu ihm hinüber und schrie ihm fast ins Ohr. Als es bei ihm angekommen war, schüttelte er nur den Kopf.

»Pavees und Gardai? Nee, Guard, das haut nicht hin. Das bin ich unserem Ruf schuldig. So ist es gerade recht. Als ich Fitz und Fiona von Nolan erzählte, sagten sie sofort, dass ich mit Ihnen sprechen soll, und schlugen den Pub als Treffpunkt vor. Ist doch in Ordnung hier.« Er schaute sich zufrieden um.

Peter blieb vorerst verschwunden.

»Sie müssten mir das Ganze aber im Revier zu Protokoll geben, Mr Riordan.«

Er verzog das Gesicht. »Wenn's sein muss«, nuschelte er.

Grace lehnte sich wieder zu ihm hinüber. »Sagen Sie,

Tom mischte doch offenbar in der illegalen Wettszene mit. Wo gibt es denn mehr abzusahnen? Beim Fußball oder bei Pferderennen?«

Riordan streifte sie kurz mit einem Blick, bevor er sein Glas ansetzte und das letzte Viertel in einem Zug herunterspülte. Dann wischte er seine Lippen mit dem Handrücken ab und schaute sie leicht amüsiert an.

»Das kommt darauf an, wie viel gesetzt wurde, und vor allem, wer bei der Sache mit im Spiel ist.« Riordan sah sich kurz um.

»Wie meinen Sie das?« Grace musste sich, um näher an Riordans Ohr zu sein, leicht drehen und hatte die beiden Ausgänge nicht mehr im Blick.

»Beim Gaelic müssen Sie erst mal einen ›Runner‹ finden, der das Team auf Schwachstellen abklopft und …«

»Was ist, bitte, ein Runner?«, unterbrach ihn Grace. Diesen Cousin hatte ihr der Himmel geschickt.

Riordan seufzte wie ein Grundschullehrer, der lernschwachen Erstklässlern das Einmaleins beibringen musste und sich dabei unendlich langweilte.

»Ich vermute, dass Nolan diese Aufgabe in den letzten Monaten übernommen hat. Ein Runner versucht herauszufinden, wer in einem Team für dumme Sachen anfällig ist. Zocken und Wettschulden spielen dabei eine große Rolle, dicht gefolgt von Drogen und Frauengeschichten. Wenn er ein Opfer gefunden hat, arrangiert der Runner ein kleines Tauschgeschäft. Dabei kann niemand verlieren außer die Ehrlichkeit und, ach ja, der ganz normale Sportfan natürlich, der ein spannendes und faires Spiel oder Rennen erwartet.« Riordan sah sie prüfend an. »Habe ich Ihre Frage damit beantwortet?«

Grace nickte und der junge Mann lehnte sich auf der Bank zurück und schloss die Augen, um sich besser konzentrieren zu können.

»Hinter allem steckt die Mafia in Asien, die, seit es das Internet gibt, massiv in Wettkämpfe auf der ganzen Welt eingreift und sie manipuliert.«

»Das wissen wir.«

Er warf ihr einen missbilligenden Blick zu, als ob sie gerade den dramaturgischen Ablauf gestört hätte, den er von vornherein festgelegt hatte.

»Die Mafia braucht in jedem Land einen Vertrauensmann, der dort alles kennt und kontrolliert und bei dem die Fäden zusammenlaufen. Der kassiert meist sechzig Prozent, der Geldgeber in Asien dreißig und für den Runner bleiben zehn Prozent vom Gewinn übrig. Diese Online- und Wechselwetten sind wahre Gelddruckmaschinen. Ich vergaß, dass der Vertrauensmann ja sämtliche Auslagen tilgt, das heißt, er …«

In diesem Moment riss Riordan die Augen auf und verstummte mitten im Satz. Sein Blick wanderte blitzschnell von einem Ausgang zum anderen und er schlug wie ertappt die Augen nieder. Er war plötzlich ganz bleich geworden und Grace meinte, einzelne Schweißperlen auf der Stirn des jungen Mannes zu entdecken. Sie drehte sich langsam um und registrierte eine neue Gruppe von Menschen, die durch beide Türen hereindrängte.

Grace durchlebte ein Wechselbad der Gefühle, als sie sah, wer sich da auf einmal mitten im Raum befand. Auf der einen Seite hatte Dixi das Lokal betreten, dicht gefolgt von Hilary. Auf der anderen stand Murray Finnegan, eine große, dunkelhaarige Frau ganz vertraut im Arm. Als dann hinter Hilary auch noch Peter auftauchte und Grace mit einem Pintglas zuwinkte, war ihre Verwirrung perfekt.

Doch warum hatte Riordan mitten im Satz innegehalten und ihn nicht beendet? Als sie sich wieder zu ihm umdrehte, war sein Platz leer.

24

Noch bevor Peter sich mit dem Glas in der Hand durch die dichte Menschenmenge zu ihr durchkämpfen konnte, hatte sich eine zierliche Frau zu Grace durchgeboxt. Sie trug einen blauen, spitz zulaufenden Hut aus Filz, der Peter an die Hüte der Weißclowns aus seiner Kindheit erinnerte. Peter beobachtete leicht konsterniert, dass die Frau tatsächlich eine verdeckte, unauffällige Form des Boxens anwandte, um zu ihrem Ziel zu gelangen. Dort angekommen, ließ sie sich strahlend auf den Platz neben Grace fallen, der kurz zuvor noch von einem jungen Mann besetzt gewesen war, mit dem sich die Kommissarin intensiv unterhalten hatte.

Grace begrüßte sie zu seiner Überraschung überaus herzlich. Er hatte nicht geahnt, dass sie hier eine Freundin hatte, aber es sah für ihn ganz danach aus. Grace winkte ihm ein wenig verzweifelt zu und er beeilte sich, zu ihr zu gelangen, bevor der Platz anderweitig belegt war. Kaum hatte er sich hingesetzt, da hatte sie ihm die Frau auch schon vorgestellt. Sie hieß Dixi und war Hutmacherin.

Grace verwickelte die Modistin sofort in ein Gespräch. Peter atmete tief ein und schaute sich um. Zwar gab es keinen Zigarettenqualm mehr in irischen Pubs, aber die Luft war von Alkohol gesättigt. Es roch leicht säuerlich nach Bier und süßrauchig nach Whiskey. Hilary, der ungepflegte Alte, der immer bei Fitz an der Bar herumhing und direkt hinter Dixi den Raum betreten hatte, war nun verschwunden. Vermutlich hatte er sich in Richtung Bar abgesetzt. Komisch, dass er von dieser Seite, mitten im Getümmel den Schankraum betreten hatte, wenn sein eigentliches Ziel die Theke darstellte, fand Peter.

Nun setzte die Band nebenan ein und ein blitzschneller Jig aus Fidel, Tin Whistle und Banjo erfüllte den Raum.

Manchmal liebte er die Atmosphäre irischer Pubs. In ihnen konnte man Gast und Gastgeber zugleich sein, je nachdem, wie man sich gerade fühlte. Der Pub war für Generationen von Iren Wohnzimmer, Informationsbörse, Zufluchtsort und Spielplatz gewesen und ersetzte ihnen den Fernseher, lange bevor er erfunden wurde. Für manche war er auch zum Gefängnis geworden. Der irische Pub barg ein dankbares Publikum für wunderbar gewobene Geschichten, bot aber auch die Möglichkeit des stillen Konsums in einer Einsamkeit, die inmitten der Menschenmenge fast unbegreiflich wirkte. Man konnte Teil dieser Menge werden und gleichzeitig anonym bleiben. Der Pub bot Unterhaltung und Ablenkung und verlangte nicht mehr als einen Eintrittspreis in Form eines Getränks. Für viele Iren war ein Pint Guinness immer noch wohlfeiler, als das eigene Cottage einen Abend lang zu beheizen. Dabei gab es hier, wie jeder Ire wusste, sogar Menschen, die sich nicht mehr genau erinnern konnten, ob sie überhaupt noch ein eigenes Zuhause besaßen.

In irischen Pubs wurde gelacht, geschwiegen, gesungen, geredet und gespielt. Es wurden Köpfe zusammengesteckt, Geschäfte abgewickelt, Verschwörungen ausgeheckt und zufällig mitgehört, Tipps, Gerüchte und Einschätzungen weitergereicht. Hier konnten Liebe und Hass, Ehen und Freundschaften fürs Leben entstehen. Gutes wie Böses wurde hier in die Welt gesetzt. Der Pub war die optimale Kulisse dafür.

Der irische Pub, und daran musste Peter, der früher viel herumgereist war, jetzt denken, war Irlands erfolgreichster Exportartikel und gleichzeitig das größte Mogelpaket aller Zeiten. Man konnte Guinness und die typischen Gläser, in denen es serviert wurde, nach Sansibar und Feuerland verfrachten – Peter selbst hatte seinen Augen nicht getraut, als er in Zentralasien, kurz vor der Grenze zur Mongolei, mitten in der Steppe auf ein Schild mit einem Kleeblatt und dem Irish-Pub-Schriftzug über der Tür gestoßen war. Doch die Menschen, die dem irischen Pub zu seinem sagenhaften weltweiten Ruf verholfen hatten, und seine Atmosphäre und die Szenen, die sich ohne festgelegtes Drehbuch seit Jahrzehnten jeden Abend dort abspielten, waren nicht exportierbar. Höchstens irische Auswanderer in den Enklaven in Boston oder Brisbane konnten das Stück so gut spielen wie die Iren zu Hause. Peter musste grinsen. Diese Einmaligkeit im scheinbar leicht Reproduzierbaren gefiel ihm. Der irische Pub war eben nicht zu klonen. Ihn gab es nur im Original.

Peter hatte den Satz, der wohl gerade gefallen war, glatt verpasst, als er aus seinen Gedanken hochschreckte.

Grace schaute zu dem großen, dunkelhaarigen Mann auf, der plötzlich neben ihr stand. Alle Farbe war aus ihrem Gesicht gewichen.

»Hallo, Murray, ich bin mir nicht sicher, ob ich mich auch freue, dich hier zu sehen«, antwortete sie nüchtern. Das klang in Peters Ohren noch eine Spur ablehnender und kühler, als sie ihn selbst bei ihrer ersten Begegnung im Frühjahr auf Inis Meáin begrüßt hatte. Sofort stieg Eifersucht in ihm hoch.

Sein Blick erfasste den Mann und seine Begleiterin, eine elegante, hochgewachsene Frau. Es war offenbar Murray Finnegan, Jim O'Malleys Patensohn, Baulöwe aus Cong und treibende Kraft hinter einem monströsen Luxusferienpark am Lough Corrib, den er selbst geplant hatte.

Peter war nicht der Einzige, der seine Augen abschätzend auf den, wie er zugeben musste, ziemlich gut aussehenden Bärtigen gerichtet hatte – auch die neue Freundin von Grace, Dixi, taxierte ihn und seine Begleiterin neugierig von oben bis unten.

»Darf ich euch …dir …?« Einen Moment lang zögerte

Murray, ob er sich an alle drei wenden sollte, sprach dann aber nur Grace an. »Darf ich dir Phoebe Swank vorstellen?«

Phoebe trat einen Schritt näher, beugte sich herunter, ergriff auf freundlich energische Art Graces Hand und schüttelte sie. Grace wirkte etwas ratlos.

»Phoebe Swank, nicht zu fassen! Die berühmte Pferdeforscherin! Ich wollte Sie schon immer mal kennenlernen.« Es war Dixi, die sich, ganz offensichtlich begeistert, nun selbst vorstellte. Peter folgte ihrem Beispiel.

»Sie sind Peter Burke, der Privatdetektiv?« Murray lächelte einnehmend. Er tauschte mit der Veterinärin einen vielsagenden Blick, der Peter nicht entging.

»Ich habe viel von Ihnen gehört«, fügte Murray hinzu, und als Peter nichts erwiderte, »nur Gutes, Peter, nur Gutes. Sie sollen der Beste auf Ihrem Gebiet sein.«

Murray nippte an seinem Lager und warf nun einen Blick in die Runde. Irgendwie, so schien es Peter, war die Stimmung gründlich verdorben, auch wenn alle versuchten, locker und entspannt zu wirken, mit Ausnahme von Grace, die sich nicht die Mühe machte, ihre schlechte Laune zu verbergen.

Peter fielen seine Gedanken von eben wieder ein, was den irischen Pub betraf. Dies schien in der Tat ein Spiel zu sein, eine Farce, die ein Drehbuch hatte und irgendwann mit einer unglaublichen Pointe enden würde. Doch sie waren noch lange nicht beim letzten Akt angelangt.

Die Situation schien sich noch einen Deut zu verschärfen, als zwei Plätze an ihrem Tisch frei wurden und Murray und seine Begleitung sich unglaublich behände darauf niederließen. Das war für Peter das Signal, aufzustehen. Er wollte hier weg.

»Du willst doch nicht etwa gehen?«, fragte Grace und etwas in ihrer Stimme wirkte so verletzlich, dass er es nicht übers Herz brachte, sein Vorhaben in die Tat umzusetzen.

»Nein, Graínne, ich wollte uns nur ein paar Drinks holen. Was darf ich dir mitbringen?«

Sie bat um ein großes Glas Weißwein.

Die Theke, zu der er einige Minuten brauchte, war wie zu erwarten dicht belagert. Während er geduldig wartete, bis er an der Reihe war, dachte er über die drei Gäste nach, die so unerwartet wie offenbar unerwünscht hier eingetroffen waren. Zumindest war das bei Murray der Fall, da war er sich sicher. Seine Anwesenheit verunsicherte Grace. Aber wieso?

Da fühlte er plötzlich eine Hand auf seiner Schulter, die ihn federleicht berührte. Als er sich umdrehte, sah er genau in Phoebe Swanks braune Augen.

»Ich muss Sie sprechen, Peter, es ist wirklich dringend.« Ihre Stimme, die eben noch fröhlich geklungen hatte, wirkte bedrückt.

»Aber nicht hier und jetzt, Dr. Swank.«

Nun lächelte sie wieder. »Bitte, ich heiße Phoebe, und nein, ich dachte eher an morgen früh, gegen zehn, wenn Ihnen das recht ist. In Ihrem Büro.« Sie sah sich plötzlich um, als fühlte sie sich beobachtet und gehetzt.

»Mein Anliegen ist so … so delikat, dass ich Sie um absolute Diskretion bitten muss, und …«, an dieser Stelle machte sie eine lange Pause und warf einen Blick zurück zu dem Raum, in dem die anderen saßen. »Und ich möchte nicht, dass uns jemand dabei zuhört.« Dann drückte sie ihm ihre Visitenkarte in die Hand und kehrte in den Nebenraum zurück. Sie wartete nicht einmal ab, ob er zusagen würde.

25

Es war schon nach elf Uhr und es hatte immer noch niemand an seine grüne Tür geklopft. Allmählich glaubte er, dass Phoebe Swank ihr Interesse an einem Gespräch mit ihm verloren hatte, und er überlegte sich, ob er seine Mutter anrufen sollte. Seit ihrem Streit hatten sie keinen Kontakt mehr miteinander gehabt, was ihm nicht gefiel und, wenn er ehrlich war, auch etwas beunruhigte. Er hatte Pattie bei ihrem – in seinen Augen – halbseidenen Business ertappt und konnte sich des Eindrucks nicht erwehren, dass sie ihm nicht die ganze Wahrheit und das gesamte Ausmaß ihres kleinen gälischen Wettbetriebs gebeichtet hatte.

Während er sich einen Kaffee in seiner neuen, chromblitzenden Espressomaschine zubereitete, zog er die Karte von Phoebe Swank aus der Brusttasche seines hellgrauen Polohemds und studierte sie genauer. Plötzlich vernahm er ein Klopfen. Sie war also doch noch gekommen. Er zog die Augenbrauen leicht in die Höhe, lächelte und steckte die Karte wieder ein. Dann stellte er eine zweite kleine Tasse unter die Maschine.

Wenig später stand die Veterinärin in seinem Büro und steuerte, ohne zu zögern, den Kordsessel an, den auch Grace immer wählte, wenn sie ihn besuchte. Phoebe Swank trug heute eine Brille. Sie war schätzungsweise Ende dreißig, für eine Irin recht groß, mit einer athletischen Figur, breiten Schultern und schmalen Hüften. Sie trug eng anliegende Jeans und eine weite Bluse in Seegrün, die ihr weich bis über die Oberschenkel fiel. Die Haare waren locker hochgesteckt. Eine Frau, die sich offenbar gern im »Casual Countrylook« der englischen Oberschicht kleidete, was einen Hang zu Gummistiefeln, Wachsjacken und Seidenkopftüchern sowie den Verzicht auf Make-up tagsüber bedeutete.

Peter reichte ihr die Tasse, die sie erfreut entgegennahm.

»Wenn Sie Zucker möchten, hole ich schnell welchen«, fügte er hinzu.

Phoebe schüttelte abwehrend den Kopf und nahm einen Schluck Kaffee. Sie hatte es sich auf dem Sessel direkt am Fenster bequem gemacht. Peter hatte hinter seinem Schreibtisch Platz genommen. Er beobachtete sie genau, während sie trank.

Dann stellte sie die Tasse auf seinem Schreibtisch ab und sah ihn an. »Ich möchte mich dafür entschuldigen, dass ich Sie gestern Abend im Pub so überfallen habe. Das ist sonst nicht meine Art.«

Peter beruhigte sie. Er habe sich überhaupt nicht von ihr »überfallen« gefühlt. Dass er trotzdem in höchstem Maße überrascht gewesen war, behielt er für sich.

»Was kann ich für Sie tun, Phoebe?« Seine Stimme klang warm und rau zugleich. »Sie wissen sicher, dass mein Spezialgebiet als studierter Ökonom Wirtschaftsdelikte sind, oder?«

Sie nickte vage und zupfte verlegen am breiten Lederband ihrer Armbanduhr.

»Handelt es sich denn um eine solche Angelegenheit?«

»Ja, zum Teil, Mr Burke.«

»Peter, bitte. Aber …?« Seine Stimme verlor sich.

»Ich würde es unter Umständen als einen Fall von wissenschaftlicher Betriebsspionage bezeichnen.«

Nicht schon wieder, dachte er und drehte sich auf seinem Stuhl. »Nicht unbedingt mein Gebiet, Phoebe«, erwiderte er.

»Aber haben Sie Garda nicht auch im Fall McDoughall im vergangenen Mai weitergeholfen, als es ebenfalls um Forschungsergebnisse ging?«

Peter schaute sie lange und durchdringend an, bis sie die Augen niederschlug. Offenbar hatte sie gemerkt, dass sie einen Fehler begangen hatte.

»Das hat nirgendwo in der Zeitung gestanden. Wo haben Sie diese Information her?« Er war immer noch höflich, und wie er selbst erstaunt bemerkte, fand er sie trotz allem äußerst sympathisch.

Sie schlug sich mit der Hand an die Stirn. »Ach, jetzt hab ich's vermasselt. Tut mir leid. Ich hab's natürlich von Murray und der hat es von …«

»Onkel Jim«, beendete Peter ihren Satz. Dann musste er lachen.

»Und der hat es von Garda ganz oben. Von Byrne.« Auch sie klang wieder vergnügt.

»Galway ist wirklich ein Nest. Von wegen ›kleine Weltstadt am Meer‹. Hier kann man absolut nichts verbergen oder unter den Teppich kehren. Es ist ein Wunder, dass es hier überhaupt ernst zu nehmende Kriminalität gibt, finden Sie nicht auch? Wo man doch auf Schritt und Tritt Gefahr läuft, enttarnt zu werden, weil alle immer alles wissen und bestens informiert zu sein scheinen.« Peter hatte seine kleine sarkastische Tirade gegen Galway in amüsiertem Tonfall herausgesprudelt, ohne groß nachzudenken.

Phoebe sah ihn verwundert an. »Wie Sie das so sagen … Aber eigentlich haben Sie nicht unrecht. Jeder weiß alles von jedem. Oder fast alles. Das sagt zumindest Murray – ich bin ja nicht von hier. Stimmt, im Grunde müsste Galway eine verbrechensfreie Zone sein.« Mit dieser Schlussfolgerung baute sie sich eine Brücke zurück zu dem, was sie von ihm wollte.

»Das bringt mich zu meinem Anliegen. Entscheiden Sie selbst, ob Sie sich damit befassen mögen oder nicht.« Das klang, wie wenn sie einen Pferdebesitzer vor die Wahl stellte, das gebrochene Bein eines edlen Rosses mit ungewissem Ausgang zu operieren oder das Tier lieber sanft einzuschläfern.

»Wie Sie vielleicht wissen, leite ich ein kleines Forschungsinstitut namens *Equipool* in der Grafschaft Kildare, kurz vor Dublin.«

Peter nickte. »Dort, wo die irische Pferdezucht ihr Herz hat. Und ihre Brieftasche. Ich dachte, Sie arbeiten hier oben in Monaghan?«

»Früher waren wir hier. Jetzt arbeitet unser kleines Team von erfahrenen Veterinären, Genetikern, Züchtern und Reitern in Kildare. Wir erforschen das sogenannte Speed-Gen, das die Schnelligkeit eines Rennpferds bestimmt. 2010 hatten wir den Durchbruch und konnten dieses Gen zum ersten Mal identifizieren, vielleicht haben Sie davon gehört?«

Peter nickte. »Das hat damals wie eine Bombe eingeschlagen und die Rennwelt und die gesamte Pferdezucht verändert. Oder ist das mal wieder von den Medien aufgebauscht worden?«

Phoebe lächelte dünn und suchte seinen Blick. »Sie sind exzellent informiert. Oder haben Sie sich gestern Abend noch schnell kundig gemacht?«

Peter reagierte nicht darauf und schwieg.

»Nein, wir haben eher versucht, den Ball flach zu halten«, fuhr sie fort, »und alles ziemlich heruntergespielt. Es geht übrigens bei diesem Gen nicht darum, dass das Pferd mit dem besten Speed-Gen auch am schnellsten läuft, wie es in der Öffentlichkeit häufig dargestellt wird. Es geht vielmehr darum, früh genug herauszufinden, auf welcher Distanz das Pferd die besten Ergebnisse liefert. Gen C:C für die kurze, Gen T: T für die lange und T:C für die mittlere Distanz.«

Wollte sie sich wichtigmachen oder was sollte das?

Peter wurde allmählich ungehalten. »Das habe ich tatsächlich schon in Ihren Veröffentlichungen gelesen. Kommen Sie bitte zum Punkt.«

Ihre Blicke trafen sich. Sie schlug ihre Beine übereinander. Diesmal trug sie keine Gummistiefel, sondern eierschalenfarbene Mokassins.

»Wie Sie dann sicher auch wissen, kommt das Geld, das man als Eigentümer mit einem wertvollen Rennpferd machen kann, nicht aus dem Rennen selbst, sondern später aus der Zucht«, fuhr sie fort. »Allerdings bestimmen die Siege, die ein Pferd vorweisen kann, hinterher seinen Marktwert. Insofern sind die Rennen natürlich von größter Wichtigkeit. Nur ein Pferd, das siegen kann, wird einen hohen Preis als Zuchthengst oder -stute erzielen.«

»Das ist nachvollziehbar. Aber was hat das mit mir zu tun?« Seine Stimme klang aufreizend unbeteiligt.

Da stand sie plötzlich auf und ging zwei Schritte auf ihn zu. Erstaunt schaute er zu ihr hoch. Was käme jetzt? Phoebe Swank erschien ihm unberechenbar.

»Es geht um Gonzales, einen wunderbaren Araber, der bei den Races hier laufen soll. Und zwar beim Hauptrennen, den Hurdles. Es wird eins seiner letzten Rennen sein, bevor er dann in die Zucht geht, und daher ist es immens wichtig, dass er gut abschneidet. Nein, dass er sogar siegt. Francis Doherty, einer unserer erfahrensten Jockeys, wird ihn reiten. Er ist mit Gonzales gerade auf einem kleinen Gestüt nicht weit von hier. Dort trainieren sie.«

Langsam verlor Peter die Geduld, auch wenn er Phoebe Swank als durchaus angenehmen Besuch empfand.

»Phoebe, was soll ich für Sie tun?« Er versuchte nach wie vor freundlich zu bleiben.

Sie seufzte, kehrte ans Fenster zurück und ließ sich wieder in den Sessel fallen, als sei sie komplett erschöpft. Für einen Moment sah sie ratlos aus. Schließlich hob und senkte sie die kräftigen Schultern, die einen gewissen Gegensatz zu ihrem schmalen Körper bildeten, und atmete tief durch.

»Ich weiß es nicht.« Ihre Stimme erstarb.

»Sie wissen es nicht?«

»Das heißt, doch, natürlich. Aber die Sache ist äußerst

merkwürdig. Francis berichtet schon seit Tagen davon, dass sich Gonzales verändert hat. Ich habe ihn mehrmals untersucht, kann aber vom tiermedizinischen Standpunkt aus nichts an ihm feststellen. Seine Werte sind konstant, das Allgemeinbefinden ist optimal, er frisst gut und seine Ausscheidungen sind völlig normal. Nur Francis behauptet, das Tier sei nicht in Ordnung. Irgendetwas gehe vor. Er kann es aber nicht benennen. Ich werde noch verrückt!« Sie seufzte.

Einen Moment lang dachte Peter, dass sie gleich anfangen würde zu heulen, aber sie fing sich wieder. Oder überschätzte er sie als Schauspielerin?

»Peter, bitte sehen Sie sich in dem Gestüt für mich um. Sprechen Sie mit Doherty, mit allen dort. Treten Sie aber nicht als Detektiv auf. Überlegen Sie sich eine Tarnung und ich werde alles andere für Sie in die Wege leiten und sie unterstützen. Sie haben sicher als Privatdetektiv Ihren Tagessatz – und ich lege noch zwei Tausender am Schluss drauf.«

Das Geld konnte er verdammt gut gebrauchen und er musste zugeben, dass ihn dieser Auftrag im Milieu der Pferderennen reizte.

»Und wenn ich auch nichts finde?«

Sie lächelte wieder ganz entspannt. »Dann haben wir alles versucht. Es wäre furchtbar, aber möglicherweise auch beruhigend, und mehr können wir nicht tun. Nehmen Sie an?«

Peter stand auf und sie tat es ihm gleich.

»Einen Moment, mal langsam, Frau Doktor. Sind Sie eigentlich die Eigentümerin des Pferdes?«

Sie zögerte. »Nicht ganz, aber …«

»Wem gehört Gonzales?« Peter klang nun einen Deut schärfer.

Sie seufzte. »Murray Finnegan, Jim O'Malley … und mir.«

»Das heißt, ich arbeite auch für Mr Finnegan?«

Phoebe schien instinktiv zu ahnen, dass das ihre Chancen schmälern würde. Und Peter ahnte, dass es Grace aus irgendeinem Grund nicht gefallen würde, wenn sie von der Sache erführe.

»Wir teilen uns die Verantwortung und die Kosten. – Bitte, Peter.«

Er zögerte und kratzte sich am Hinterkopf. Es herrschte Stille. Niemand sagte etwas. Er schaute sie an, als hätte er sie noch nie gesehen. Sie hielt seinem Blick stand. Schließlich zog ein Lächeln über sein jungenhaftes Gesicht.

»Wissen Sie übrigens, warum unser Nest Galway, wo jeder jeden kennt und niemand etwas lange verbergen kann, warum Galway trotzdem keine verbrechensfreie Zone ist?«

Sie lächelte nun ebenfalls. »Verraten Sie es mir?«

»Weil es doch immer wieder Menschen gibt, die vor aller Augen kaltblütig und wohlkalkuliert Verbrechen planen und durchführen. Niemand in ihrer Umgebung käme auch nur im Entferntesten darauf, dass sie Verbrecher sind. Sie haben sich eine perfekt sitzende Maske zugelegt, die sie auf- und abziehen, je nachdem wann sie sie gerade brauchen. Kennen Sie solche Menschen, Phoebe?«

Er war ein paar Schritte zurückgetreten, um sie genau zu beobachten, als sie nach ein paar Sekunden antwortete.

»Ich weiß es nicht, Peter. Ich werde darüber nachdenken.«

26

Grace fuhr auf der N59 in Richtung Clifden. Sie hatte sich entschieden, den Hof des deutschen Biobauern ohne vorherige Ankündigung aufzusuchen. Die Tatsache, dass Tom Nolan den elterlichen Hof offenbar an Kosters verkauft hatte und dass er ihn daher schon länger kennen musste, erschien ihr wichtig. Kosters hatte es vorgezogen, das nicht zu erwähnen.

Wo aber lag das Geheimnis, wenn es denn eins gab?

Nachdem sie Oughterard hinter sich gelassen hatte, entspannte sie sich etwas. Bevor sie aufgebrochen war, hatte Peter Burke angerufen und nachgefragt, ob es bei ihrem gemeinsamen Besuch des Provinzfinales am folgenden Nachmittag bleibe. Selbstverständlich, sie freue sich darauf. Und sie war mehr als gespannt, ob es in der siebenundzwanzigsten Minute der zweiten Hälfte für Mayo einen Strafstoß geben würde. Aber das behielt sie zunächst für sich. Ihr Besuch des Gaelic-Football-Spiels war eindeutig ein dienstlicher Termin. Am Ende hatte Peter noch angedeutet, dass er vorher kurz mit ihr über seine Mutter sprechen wolle.

»Aber diesmal ungestört«, hatte er hinzugesetzt und dabei leicht vorwurfsvoll geklungen.

»Tut mir leid wegen gestern, Peter, im Pub. Ich war wirklich nur mit dir dort verabredet und du kannst dir gar nicht vorstellen, wie unangenehm mir das alles war.«

»Das glaube ich dir sofort. Ich hab dich selten so unentspannt erlebt.«

»Wie meinst du das?«

Er schwieg einen Moment, als wolle er seine Worte genau abwägen. Doch dann wechselte er abrupt das Thema. »Ich mache mir Sorgen wegen Pattie.«

»Kommt sie auch morgen zum Finale?«, hatte sie ihn schnell gefragt.

Er war davon ausgegangen und hatte ihr erklärt, dass er seine Mutter unbedingt noch anrufen wolle. Danach hatte er sich verabschiedet und sie war losgefahren, nicht ohne Rory eine Nachricht zu hinterlassen. Leider war er nicht in seinem Büro gewesen.

In Maam Cross entschied sie sich spontan, rechts abzubiegen und die längere Strecke über Maam Village und Leenane zu nehmen, um von Norden her auf den Hof zu gelangen. Es war eine ihrer Lieblingsstrecken und sie hatte das Gefühl, dass sie dringend etwas mehr Zeit zum Nachdenken brauchte. Die Maum Turk Mountains ragten majestätisch am Horizont empor, obwohl sie nicht mehr als siebenhundert Meter hoch waren. Diese Berge waren kahl wie fast alle Erhebungen hier. Jetzt im Sommer waren sie von einem tiefgrünen Pelz überzogen, der silbergraue Flecken aufwies, als habe sich die Bergkette an diesen Stellen über die Jahrtausende hinweg seufzend abgewetzt. Ellenbogenflecken einer uralten Landschaft. Der Himmel war zwar noch blau, doch zeigten sich Richtung Atlantik bereits erste bauschige Wolkenformationen, die rasch ins Landesinnere drängten. Irische Wolken waren die schnellsten, die Grace jemals hatte beobachten können. Es schien, als würden sie auf ihrem langen Weg über den weiten Nordatlantik richtig Fahrt aufnehmen, und wenn sie hier an der Westküste auf die zackigen Felsen trafen, wurden die schweren Wolken unbarmherzig aufgerissen. Grace fand, das hatte etwas Dramatisches.

Sie konzentrierte sich auf ihre Gedanken. Die Landschaft, die sie durchquerte, bot Anregung und Ruhe, eine merkwürdige Mischung, wie Grace sie schon seit ihrer Jugend empfunden hatte. Damals war sie mit ihrem Vater und ihrem Bruder Dara häufig in diese Gegend gekommen, um zu angeln.

Die Fuchsienbäume hatten jetzt im Juli bereits begonnen, ihre pinkfarbenen Zweige am Rand der gewundenen Straßen Westirlands auszuspannen. Größere, wildere, buntere Fuchsien hatte Grace nirgendwo fern der Grünen Insel entdecken können und sie hatte mitleidig lächeln müssen, als sie einmal in Kopenhagen in einem Blumenladen die kleinen Töpfe mit ihren traurigen Schwestern erblickt hatte.

Was hatte Padraic Riordan am Abend zuvor veranlasst, ohne Verabschiedung und in Windeseile zu verschwinden? Er musste jemanden gesehen haben, dem er nicht hatte begegnen wollen. Vielleicht wollte er auch nicht, dass diese Person ihn mit ihr, der Kommissarin, im Gespräch überraschte. Nur, hätte er dann nicht die diskretere Umgebung ihres Büros einem solchen öffentlichen Treffpunkt vorziehen müssen, trotz aller Vorbehalte der Traveller Community der Polizei gegenüber? Sie saugte an ihrer Unterlippe.

Hoppla, sie musste hart auf die Bremse treten. Ein Stück weit vor ihr auf der Straße kauerte eine kleine Schaffamilie: ein Mutterschaf mit zwei Lämmern. Alle drei saßen völlig entspannt, die knochigen schwarzen Beine mit den zierlichen Hufen graziös von sich gestreckt, mitten auf der Straße. In aller Ruhe kauten sie Grasreste und ihr leicht empörter Gesichtsausdruck vermittelte den Eindruck, als hätten sie das alles schon einmal gesehen.

Grace hielt erst an und fuhr dann im Schritttempo und in großem Bogen an ihnen vorbei. Schafe, hatte Grace schon immer gefunden, waren grandios und weitgehend unterschätzt. Wer diese Tiere für dumm hielt, war ihnen glatt aufgesessen.

Wer hatte Riordan am Abend gestört? Dixi O'Hara oder Hilary? Nein, mit Hilary hätte Riordan in jedem Fall rechnen müssen, der war sozusagen an Fitz' Tresen festgeklebt. Und Dixi? Das ergab für sie keinen rechten Sinn. Was hätte er von einer Hutmacherin zu befürchten? Grace seufzte und hielt an der Kreuzung in Maam an. Sollte sie hier kurz unterbrechen und sich im einzigen Pub weit und breit ein wenig stärken? Sie entschied sich dagegen und bog links in Richtung Leenane ab. Dieser Ort war viel besser für eine Rast geeignet. Ja, am einzigen Fjord Irlands, am Killary

Harbour würde sie eine Pause einlegen. Als das Dorf hinter ihr lag, gab sie wieder Gas und überlegte weiter. Den Wegweiser nach rechts zum Ort Cong hatte sie auch registriert. Dort lebte Murray.

Murray Finnegan und diese Tierärztin kamen für sie eher in Betracht. Grace atmete durch und versuchte, objektiv zu bleiben. Aber so war es nun einmal: Die beiden hatten etwas mit Pferden zu tun und Riordan hatte ebenfalls ziemlich viel Ahnung von Pferden – auch wenn sie dieses Thema gestern nur gestreift hatten. Grace versuchte sich genau an die Situation im Pub zu erinnern, aber sie kam nicht weiter. Sie fluchte.

Links von ihr lag nun das Maam Turk Valley, das sich zwischen den Twelve Bens und den Maam Turk Mountains hindurchschlängelte. Ein malerisches Tal, für die Kelten ein heiliges Tal, dessen vorchristliche Steinkreise und heilige Quellen auch heute noch Gläubige zu Gebet und Meditation einluden.

Rory hatte ihr den Weg zum Hof des Biobauern genau beschrieben. Als sie über eine Stunde später von der Hauptstraße auf den Schotterweg am See entlang einbog, war es so dunkel geworden, dass sie fast glaubte, es wäre schon die Dämmerung und sie hätte Stunden verloren, Stunden, in denen sie aus der Zeit gefallen sein musste. Aber das stimmte nicht. Die Uhr im Auto zeigte auf kurz nach eins, es war genauso spät, wie sie erwartet hatte.

Als sie auf den Hof fuhr, lag er düster und verlassen da. Er sah fast so aus wie auf dem Bild, das sie bei Nolan mitgenommen hatte. Gepflegt, aber irgendwie seelenlos. Ein Schaudern durchflutete ihren Körper, als sie aus dem Wagen stieg.

27

Das Haupthaus, auf das Grace nun zuging, hatte wohl erst vor Kurzem einen frischen Anstrich erhalten. Es war, wie es im Westen Tradition ist, weiß getüncht. Auf einem an die Hauswand montierten Brett an einem Fenster im ersten Stock hatte jemand einen Blumenkasten angebracht, ihn jedoch nicht bepflanzt.

Grace sah sich um, konnte aber keinen Menschen auf dem weitläufigen Gehöft entdecken. In einiger Entfernung stand ein kleiner Traktor mit einem Hänger, hinter einer niedrigen Backsteinmauer mit einem eisernen Tor vermutete sie den Gemüsegarten. Vor dem Haus parkte kein anderes Auto. Sie kehrte zu ihrem Wagen zurück und betätigte zweimal die Hupe. Eine gespenstische Stille lag über allem, die durch das Jaulen der Hupe noch verstärkt wurde.

Keine Reaktion. Also schlenderte sie zur Haustür und klopfte. Eine Klingel fand sie nicht. Als sie sich nochmals umschaute, trottete hinten an den Gärten ein schwarz-weißer Border Collie vorbei. Dann blieb er stehen und fixierte sie aus der Entfernung. Einen Moment später war der Hund offenbar zu dem Entschluss gekommen, dass sie weder eine Bedrohung noch eine interessante Abwechslung darstellte, und setzte seinen Weg fort.

Sie drückte auf die Klinke und merkte, dass die Tür verschlossen war. Das war für diesen Teil Irlands ungewöhnlich und deutete darauf hin, dass die Bewohner des Hofes tatsächlich fort waren und vorgehabt hatten, länger wegzubleiben. War man nur auf dem Feld, im Garten oder bei den Tieren, einkaufen oder beim Nachbarn, ließ man in der Regel sein Haus im Westen Irlands unverschlossen.

Grace beschloss, hinter dem Haus, wo das Grundstück an einen See grenzte, nach Leben zu suchen. Als sie die Rückseite des Gebäudes erreicht hatte, fiel ihr Blick auf zwei große, moderne Gewächshäuser, die man direkt ans Haupthaus angebaut hatte, mit einem kurzen gläsernen Verbindungsgang. Sehr teuer und mit modernster Technik ausgestattet. Aber auch hier wirkte alles wie ausgestorben und sie musste sich fast zwingen, weiterzugehen. Die geisterhafte Leere des Hofes war ihr unheimlich, als lauerte hier jemand auf sie. Irgendetwas gefiel ihr hier nicht. Das ist ein ganz normaler Hof, geführt von einem überkorrekten Biobauern, redete sie sich ein.

Die Sonne war nun komplett verschwunden und das dunkle Wolkenungetüm, das sich vor sie geschoben hatte, verdüsterte alles. Das Dämmerlicht wirkte nun beinahe surreal. Grace schreckte auf. Irgendwo hatte sie eine Tür schlagen hören. Sie hielt einen Moment inne und atmete flach. Doch nichts geschah, und nachdem sie ein paar Sekunden gewartet hatte, setzte sie ganz langsam und vorsichtig, nach allen Seiten blickend, ihren Erkundungsgang fort. Sicherheitshalber tastete sie nach ihrer Dienstwaffe, die sie jederzeit hätte ziehen können.

Als sie den Zwischengang erreicht hatte, entdeckte sie die Tür zum ersten Gewächshaus. Als sie sie gerade öffnen wollte, hatte sie plötzlich den Eindruck, dass sich etwas im Haupthaus bewegt hatte. Sie hielt inne und konzentrierte sich voll und ganz auf das Haus, beobachtete jede Falte der Vorhänge an den Fenstern und hielt den Atem an, um jedes noch so leise Geräusch zu orten. Aber es gab nichts zu hören oder zu sehen. Sie musste sich getäuscht haben.

Grace atmete aus und betrat das Gewächshaus. Hier fühlte sie sich besser und sie war sicher, dass das mit der leicht schwülen Wärme und dem angenehmen Geruch zu tun hatte, den die Gemüse verströmten, die hier angebaut wurden. Da gab es kleine dunkelgrüne Zucchini, rund wie Golfbälle, wie Grace sie bisher nur in Spanien gesehen hatte, und weiter hinten standen fast zwei Meter hohe Artischocken.

Als ihr Blick die Auberginen streifte, war es wieder da: das untrügliche Gefühl, dass sie beobachtet wurde. Sie erstarrte. Dann drehte sie sich blitzschnell um und überflog die Fenster des Hauses. Nichts. Grace zog ihr Handy aus der Jackentasche und schickte Rory eine SMS, nur für den Fall der Fälle. Dann setzte sie ihren Weg fort und betrat durch eine Tür im hinteren Bereich des Gebäudes das zweite Gewächshaus. Hier schlug ihr ein süßer Duft von Pfirsichen, Aprikosen, Trauben und halb reifen Feigen entgegen, den sie tief einatmete. Der Duft war schwer und würzig zugleich, doch barg er auch eine Spur von drohender Fäulnis.

Welch eine Zauberei an der irischen Atlantikküste! Bereitwillig schaute sie sich um und war dadurch von ihrer Furcht und Überkonzentration abgelenkt. Sie erinnerte sich noch genau, wie ihre Mutter Liv, eine leidenschaftliche Köchin, in Graces Kindheit immer verzweifelt war, wenn sie die Sommerferien bei den Großeltern auf Achill Island verbrachten. Nichts sei im Garten, hatte sie geschimpft, außer Kartoffeln, Möhren, Kohl und Zwiebeln. Einmal hatte Liv aus dem nahen Westport triumphierend eine Knoblauchknolle mitgebracht und ein wunderbares Gericht gezaubert, in dem die Großeltern unsicher herumgestochert hatten. Das musste an die fünfundzwanzig Jahre her sein. Wie hatte sich Irland verändert.

»Was suchen Sie hier?« Die Stimme der Frau klang metallisch scharf und unfreundlich.

Langsam drehte sich Grace um. Es war die Mausgraue mit den strähnigen Haaren vom Markt. Sie trug eine Latzhose in einer undefinierbaren Farbe, darunter ein olivfarbenes T-Shirt, und stützte sich auf einen Spaten, als hätte sie schon stundenlang dagestanden.

Grace überlegte einen Moment und ging dann auf sie zu.

Den Dienstausweis hatte sie bereits gezogen und streckte ihn ihr entgegen.

»Grace O'Malley, Garda Galway. Ich suche Rick Kosters.«

Die andere musterte sie von oben bis unten. Schließlich verzog sie ihr Gesicht zu einer leicht schiefen Grimasse, die, wie Grace kurzzeitig in Erwägung zog, vielleicht ein Lächeln andeuten sollte.

»Roman ist noch unterwegs. Ich weiß nicht, wie lange er weg sein wird.«

»Roman?«

Die Frau machte eine wegwerfende Handbewegung und stellte den Spaten vorsichtig an die Wand, als könnte sie sich nun endlich von ihm befreien, da keine Gefahr mehr drohte.

»Er hat sich in Rick umgetauft, als wir nach Irland zogen. Roman bedeutet ja auf Englisch Römer und das fand er wohl unpassend.« Sie verstummte und musterte Grace ungeniert.

»Sind Sie seine Frau?« Die Frage lag nahe, da sie offenbar beide gemeinsam hierhergezogen waren. Doch dann fiel ihr ein, dass er eine Schwester erwähnt hatte, die die Buchhaltung machte.

Die Mausgraue schüttelte energisch den Kopf und bückte sich, um eine kleine gelbe Blume zwischen den Steinplatten am Boden auszurupfen.

»Nein, er ist mein Bruder.« Sie richtete sich auf und schaute Grace dabei genau an. »Mein kleiner Bruder.«

»Und wer sind Sie?«

»Kordula Kosters. Aber hier nennen mich alle Cynthia.«

»Und warum?« Kordula-Cynthia hob die Schultern und ließ sie dann so langsam sinken, als müsste sie sie mühsam herunterdrücken.

»Keine Ahnung. Wer weiß schon, was in irischen Hirnen vorgeht?«

Sie merkte wohl zu spät, dass das unter Umständen keine freundliche Bemerkung einer Irin gegenüber war.

»Das meine ich nicht böse, ich wollte Sie nicht beleidigen.« Es wurde nicht besser.

Grace wechselte das Thema. »Ihr Bruder hat ausgesagt, dass Sie die Buchführung und die Bestellungen in Ihrer Firma betreuen. Ich hätte da ein paar Fragen.«

Die Frau blickte zunächst skeptisch drein, bedeutete Grace dann aber, ihr ins Haus zu folgen. Sie zog einen dicken Schlüsselbund aus der Latzhose und sperrte die Haustür auf.

»Schließen Sie immer ab? Ich dachte, hier kann man noch alles offen lassen.« Cynthia antwortete nicht.

»Ich habe Sie etwas gefragt, Ms Kosters.«

Da drehte sich die andere um und nuschelte etwas in ihre Richtung, es klang wie: »Wir sind das so gewöhnt.«

Gleich als sie eintrat, stieg Grace ein eigentümlicher Geruch in die Nase. Süß und gleichzeitig sauer und bitter, nicht direkt abstoßend, aber auch nicht angenehm. Faulig war vielleicht das beste Wort dafür.

»Was ist das?«

Kosters' Schwester schien nicht zu wissen, wovon sie sprach. Ihr Blick blieb verständnislos.

»Na, dieser Geruch. Merken Sie das nicht? Oder sind Sie das auch gewöhnt?«

»Der war schon da, als wir kamen.« Damit sperrte sie die Tür zum Büro auf, die eigentümlicherweise auch abgeschlossen war. Das Haus war eine Festung, dachte Grace.

Drinnen leuchtete jedoch der Bildschirm eines hochgefahrenen Computers. Kordula setzte sich auf den Drehstuhl und strich sich die Haare schwungvoll hinter die Ohren. »So, was genau wollen Sie wissen?«

Es hörte sich an wie eine der berühmten drei Fragen, die man frei hatte, bevor man in den Schlund der Hölle rutschte. Dies war eindeutig Frage drei.

»Tom Nolan. War er Ihr Kunde?«

Frau Kosters rief eine Liste auf und studierte sie genau. Der Bildschirm war so gedreht, dass Grace keinen Einblick hatte.

»Ja. Da ist er.«

»Womit haben Sie ihn beliefert?«

»Das Übliche.«

»Und das wäre?«

Kordula Kosters machte runde Augen, was sie wie ein böser Troll aussehen ließ.

»Die Abotüte. Jede Woche zwei Kilo Gemüse, keinen Salat und nichts Scharfes. Steht hier extra dabei. Dazu noch Kartoffeln.«

Grace machte sich Notizen in ihr Pad. »Und seit wann beliefern Sie ihn?«

Die Frau seufzte. »Das steht hier nicht.«

Sie faltete die Hände über dem Bauch und Grace runzelte die Stirn.

»Ihr Bruder sagte, dass Sie das alles aufschreiben würden.«

»Er lügt. Oder, netter ausgedrückt, er hat eine gute Meinung von mir.«

Sie kicherte ein wenig, was Grace verwunderte. Sie konnte diese Frau kaum mit einer freundlichen oder gar albernen Regung in Verbindung bringen. Plötzlich kam ihr ein anderer Gedanke.

»Wen beliefern Sie in der Claddagh?«

»In der Claddagh? Moment.« Sie scrollte den Bildschirm herunter und machte dabei ein angestrengtes Gesicht. Sie biss sich auf die Unterlippe, während sie ihre Augen über die Liste schweifen ließ.

»Ach, gut. Da haben wir's ja. Das sind die Sweeneys.« Kordula schaute wieder auf und schien zufrieden. Sie kratzte sich am Scheitel.

»Die genaue Adresse, bitte.«

Die Deutsche beugte sich näher zum Rechner, als wäre der Schriftgrad gerade vor ihren Augen verkleinert worden.

»Claddagh Avenue, Nummer 12.«

»Danke.« Grace hatte sich im Büro umgeschaut. Im Grunde war es kein Büro, sondern eine Ansammlung verschiedener vollgestopfter Regale, die einen mit Papieren überladenen Schreibtisch umgaben. Außer dem niedrigen Drehstuhl ohne Lehne gab es keine andere Sitzgelegenheit im Raum.

»Wann haben Sie den Hof gekauft?«

Kordula Kosters rutschte auf dem Stuhl herum und schaute kurz auf eine Uhr an der Wand, die stehen geblieben war.

»Das muss so vor drei, vier Jahren gewesen sein, warum fragen Sie?«

»Und von wem haben Sie den Hof gekauft?«

»Das lief über einen Makler, soweit ich weiß.«

In dem Moment öffnete sich die Tür und Kordulas Bruder stand im Rahmen. Er wirkte gehetzt. Da er offenbar ihren Wagen gesehen hatte, war er über den Besuch nicht gänzlich überrascht, doch verriet der Schatten, der über sein Gesicht huschte, dass er nicht unbedingt mit Garda gerechnet hatte. Er warf seiner Schwester einen kurzen Blick zu, der Unsicherheit verriet.

»Guten Tag, Mr Kosters. Ich fragte gerade Ihre Schwester, von wem Sie damals den Hof gekauft haben.«

Er fuhr sich in den Kragen seines grauen T-Shirts.

»Das lief über die *Irish Rural,* die vermittelt Höfe in ganz Irland. Wir haben uns ein paar davon angeschaut und uns dann für diesen hier entschieden. Er war am besten in Schuss, obwohl er schon ein paar Jahre lang nicht mehr betrieben wurde, und die Größe stimmte.«

»Und der Eigentümer des Hofes?«

Wieder tauschten die Geschwister Blicke aus.

»Ich glaube, die Familie hieß Nolan. Ja, ich erinnere mich.«

Rick war abwartend in der Tür stehen geblieben. Nun trat Grace einen Schritt auf ihn zu, ihre Augen funkelten.

»Für wie dumm halten Sie uns, Mr Kosters? Es war derselbe Tom Nolan, den Sie schon seit einiger Zeit mit Ihrer Abotüte versorgen. Tom Nolan, den wir letzten Montagmorgen tot aufgefunden haben. Wieso haben Sie uns verschwiegen, dass Sie ihn schon durch den Hofkauf kannten?« Ihre dunkle Stimme klang ruhig, doch gleichzeitig brannte sie.

»Ich hielt es nicht für wichtig, Frau Kommissarin. Schließlich haben wir uns nur einmal kurz beim Notar gesehen. Als die Kaufverträge unterzeichnet wurden. Alles andere lief über die *Irish Rural*. Sie können sich dort erkundigen. Als wir vor ein paar Monaten auf dem Samstagsmarkt ins Gespräch kamen und er sich für unser Gemüseabo interessierte, erkannte ich ihn erst gar nicht. Erst als er mir seinen Namen und die Adresse für unsere Lieferung nannte, wurde es mir bewusst.«

Er hörte sich aufrichtig an. Trotzdem blieb Grace skeptisch. Dann richtete sie ihren Blick auf seine Schwester, die wie geistesabwesend auf den Computer-Bildschirm starrte. Grace räusperte sich.

»Ich würde gerne noch wissen, warum Sie sich damals entschlossen haben, nach Irland zu ziehen, um sich hier eine Existenz aufzubauen.«

Ricks Augenbrauen rutschten in die Höhe. Kordula blickte plötzlich auf und schien auch mental wieder in den Raum zurückgekehrt zu sein. Sie schaute ihren Bruder auffordernd an. Irgendetwas in ihrem Gesicht wirkte, so schien es Grace, verzweifelt.

»Aber …« Er stotterte und setzte neu an. »Wir waren in

unserer Heimat nicht zufrieden. Deutschland ist eng. Die ökologische Landwirtschaft ist ein schwieriges Feld, da wollen sich heutzutage viele tummeln. Die Konkurrenz in Deutschland ist im Vergleich zu hier nicht unerheblich. Können Sie das nachvollziehen?«

Grace nickte und blieb abwartend. »Ich kann Ihnen folgen. Nur kamen Sie vor drei, vier Jahren hier in ein Land, das gerade wirtschaftlich am Boden lag und sozusagen auf den Gnadenschuss wartete.«

Nun kam Leben in Kordula. »Genau deshalb dachten wir uns, mein Bruder und ich, dass es hier jetzt bestimmt gute Chancen für einen Neuanfang gibt. Die Preise für Häuser und Höfe waren nach Jahren des keltischen Tiger-Booms gerade komplett in den Keller gefallen. Viele kehrten diesem Land den Rücken zu, was für uns ein Glücksfall war. Sie wissen vielleicht, was Irland für viele Deutsche bedeutet …«

Grace schwieg gespannt, während sie von einem zum anderen blickte.

»Es ist ein Sehnsuchtsland. Irland ist für uns Deutsche das absolute Sehnsuchtsland.« Sie schluckte, bevor sie ihre Augen, die sich mit Tränen gefüllt hatten, auf Grace richtete.

28

»Frank!«

Der Junge brüllte durch den riesigen Stall. Zwei Vollblüter, ein Fuchs und ein Apfelschimmel, hoben die schmalen, samtigen Köpfe und blähten die Nüstern. Es schien sie in ihrer Mittagsruhe zu stören, die schläfrig schwül über den Ställen hing. Ein paar Sekunden später rannte der stämmige Kerl mit dem rot-schwarz karierten Baumwollhemd an den Boxen vorbei ans andere Ende des Stalls. Dort hielt er inne, stemmte beide Arme in die Hüften und blinzelte durchs Tor.

»Frank?«

Nun klang der Junge, der vielleicht vierzehn oder fünfzehn sein mochte, unsicher. Er ging nach draußen und spähte in alle Richtungen. Dann winkte er Peter, ihm zu folgen. Peter schlenderte gemächlich durch den Stall und sah sich aufmerksam um. Es gab auf beiden Seiten vier geräumige Pferdeboxen, von denen im Augenblick nur zwei besetzt waren. Vor jeder Box war ein Schild angebracht mit dem Namen des Tieres und verschiedenen kryptischen Buchstaben, deren Bedeutung Peter nicht kannte. Waren es vielleicht Angaben zum Pferd oder Anweisungen für das richtige Futter in irgendeinem Geheimcode? Peter kratzte sich hinter dem linken Ohr und setzte seinen Weg fort. Womöglich hatte er doch zu schnell zugesagt, sich hier in dem kleinen Gestüt umzusehen. Doch Phoebe Swanks ungewöhnlicher Auftrag hatte ihn gereizt. Und er gestand sich eine Schwäche für rätselhafte Damen ein.

»Sie sind dahinten, Mister.«

Das war an ihn gerichtet. Der Junge zeigte mit ausgestrecktem Arm auf ein Pferd und seinen Jockey, die ungefähr zweihundert Meter entfernt von ihnen langsam davontrotteten. Peter beobachtete, wie der Reiter das Pferd anhielt und in ihre Richtung blickte. Der Junge winkte windmühlenartig mit beiden Armen. Der Jockey korrigierte seine Richtung und trabte nun auf sie zu.

Peter spürte, wie sich ein Hauch von Nervosität bei ihm bemerkbar machte. Würde Doherty ihm seine Legende abkaufen? Doherty lebte für Pferde. Peter hatte seit dem Tag zuvor nur sehr wenig Zeit gehabt, sich vorzubereiten. Das musste er möglichst rasch nachholen. Doch jetzt musste er improvisieren und bluffen. Beides beherrschte er normalerweise ganz gut. Und er hoffte, dass Phoebe ihn bei Doherty überzeugend angekündigt hatte. Ihre Auskunft über ihn würde der Jockey nicht so schnell anzweifeln, zumindest hoffte er das.

Der Hengst war pechschwarz, drahtig, erstaunlicherweise nicht so groß, wie er erwartet hatte, und bildschön. Er schimmerte matt. Sein Reiter war klein, dünn und blass und hatte eine kesse Himmelsfahrtsnase, die seinem Gesicht etwas Fröhliches verlieh. Er lächelte zusätzlich.

»Das ist Francis Doherty und das ist Gonzales«, stellte der Junge die beiden vor. Als er den Namen des Pferdes nannte, schwang eindeutig Stolz und Bewunderung mit.

»Und das hier ist Peter Fyfe, den Phoebe geschickt hat«, fuhr der Junge, an Doherty gewandt, fort. »Du wüsstest schon Bescheid, hat sie gesagt.« Die Art und Weise, wie er das betonte, ließ Peter erkennen, dass er ahnungslos war und enttäuscht, nicht ins Vertrauen gezogen worden zu sein.

»Danke, Paul.« Doherty nickte ihm freundlich zu und bedeutete Peter, ihm zu folgen. Nach ein paar Metern, als sie außerhalb der Sichtweite des Stalljungen waren, saß er ab und gab Peter die Hand. Sein Händedruck war schlaff und weich. Der Mann musste seine ganze Kraft offenbar in die wenigen Minuten stecken, die für ein Rennen nötig waren. Ansonsten vergeudete er sie nicht. Nun strich er dem Pferd liebevoll über die Flanke.

»Phoebe sagt, dass Sie unsere letzte Hoffnung sind.« Seine Stimme klang schwach.

Peter winkte ab. »Ich kann keine Wunder vollbringen, darauf habe ich Dr. Swank mehrmals hingewiesen. Aber ich schau mir den Knaben gerne mal an. Zunächst ganz in Ruhe und ungestört, bitte, Frank. Darf ich Frank sagen?«

Der Jockey nickte und zog seine Kappe ab.

»Und danach unterhalten wir beide uns. In Ordnung?«

Wieder nickte der Mann, dessen Alter Peter kaum hätte bestimmen können. Diese zierlichen Jockeys wirkten irgendwie alterslos. Vielleicht lag das an ihren fast kindlichen Körpern, vielleicht auch an ihrer schlichten und gleichzeitig eleganten Kluft, die Peter an eine Schuluniform aus grauer Vorzeit erinnerte.

Doherty führte Gonzales schweigend neben ihm zum Stall zurück.

»Möchten Sie ihn in der Box sehen oder lieber hier draußen? Ich könnte ihn für Sie festbinden. Dafür ist diese Stange ja gedacht.« Doherty zeigte auf ein langes Holzgeländer.

Peter schwankte. Es war eindeutig ein Vorteil, unbeobachtet zu sein, doch die Vorstellung, mit diesem Pferd allein in einem abgeschlossenen Raum zu sein, behagte ihm auch nicht. Schließlich schluckte er seine Angst hinunter.

»Bringen Sie ihn bitte in den Stall. Ich schau ihn mir drinnen an.«

Doherty führte Gonzales in die Box gegenüber dem Fuchs und wandte sich zum Gehen. »Ich bin drüben in der Küche, wenn Sie mich suchen.«

Damit verschwand er. Peter bewegte sich, so vorsichtig er konnte und in größtmöglichem Abstand zu dem Pferd, das sich zu seiner Erleichterung anscheinend weder von ihm bedrängt noch gestört fühlte. Er umrundete das Tier und sog seine Ausdünstungen ein, die er interessanterweise als sehr angenehm empfand. Gonzales stand fast reglos da, nur ein leichtes Zittern seines Halses verriet seine aufmerksame Anspannung.

Vorsichtig streckte Peter die Hand aus und streichelte das Tier, indem er mit seinem Handrücken über seine Nüstern strich. Gonzales ließ es geschehen und richtete seine großen braunen Augen auf den Gast in seiner Box, als würde er ihm einen großzügigen Gefallen gewähren. Peter hatte von Pferden keine Ahnung und einen Heidenrespekt. Was er jedoch wusste, war, dass er in diesem Moment schätzungsweise über eine Million Euro sanft liebkoste. Plötzlich schüttelte sich der Hengst, Peter trat blitzschnell einen Schritt zurück und landete unsanft an der Tür.

»Gonzales tut Ihnen nichts, Mister. Aber das müssten Sie eigentlich wissen.«

Der Stalljunge war wie aus dem Nichts auf der anderen Seite des Ganges aufgetaucht und striegelte den Fuchs, als hätte er in den letzten Stunden nie etwas anderes getan. Peter hatte ihn nicht bemerkt. Der Junge warf ihm einen kecken Blick zu.

»Ich weiß, warum Sie hier sind, auch wenn mir niemand etwas erzählt hat.«

Peter lächelte ihn an und zeigte keinerlei Unsicherheit. »So? Und weshalb bin ich hier?«

Der Stalljunge hatte aufgehört, den Fuchs zu striegeln, und wandte sich nun der gegenüberliegenden Box zu.

»Wegen Gonzales. Geht ihm nicht so gut seit ein paar Tagen, einer Woche oder so. Und bald sind ja die Races. Da muss er alles geben.«

»Und wie zeigt sich das? Du hast doch sicher 'ne Menge Ahnung von Pferden, das seh ich auf den ersten Blick. Wie heißt du?«

»Paul.« Er grinste über das ganze Gesicht, gab dem Fuchs einen liebevollen Klaps und schlüpfte aus der Box, die er sorgfältig mit einem Riegel verschloss. Dann kam er zu Peter, der die Box von Gonzales nun auch verriegelt hatte und in den mittleren Stallgang getreten war. Paul war ein mittelgroßer, untersetzter Teenager mit einem treuherzigen, fast mädchenhaften Gesicht.

»Er steht ab und zu neben sich. Wissen Sie, was ich

meine? Er ist da und gleichzeitig nicht da. Die glauben, ich hab sie nicht alle. Das denken hier alle, außer Frank und Phoebe. Die nehmen mich ernst.«

Nachdenklich betrachtete Peter erst den Jungen, dann das Pferd, dessen Kopf in der oberen Türhälfte sichtbar war. Gonzales schien die Unterhaltung aufmerksam zu verfolgen.

»Ich glaub dir sofort, Paul. Aber was genau meinst du mit ›er steht neben sich‹? Ist er abgelenkt oder ist er langsam in seinen Reaktionen?«

Paul überlegte einen Moment, bevor er antwortete.

»Nein, langsam ist er nicht. Zumindest behauptet Frank, dass er das nicht ist, und der muss es schließlich wissen. Nein, er wirkt eher abgelenkt. Manchmal guckt er so komisch, ein bisschen vorwurfsvoll, als wollte er was erklären und niemand hört ihm zu. Du sprichst ihn an und er guckt einfach durch dich hindurch. Wie ich schon gesagt hab, er steht irgendwie neben sich. – Hey, Alter! Was geht ab? Mir kannst du es sagen.« Er war auf Gonzales zugegangen und tätschelte ihm liebevoll das lange Nasenbein. Die beiden wirkten sehr vertraut miteinander. Das Pferd machte einen erfreuten Eindruck und schien dem Jungen sogar ein Lächeln zu schenken. Es zog kurz die Lippen hoch und zeigte sein erstaunliches Pferdegebiss.

Paul schaute sich kurz um, bevor er näher kam und Peter etwas zuflüsterte.

»Phoebe hat sein Blut untersucht. Nichts. Alles normal, sagt sie. Aber der kriegt was, glauben Sie mir. Irgendjemand gibt dem was, und das ist so neu und unbekannt, dass man nicht draufkommen kann. Wie wollen Sie auf was testen, wenn Sie es gar nicht kennen, hm?«

»Misstraust du hier jemandem, Paul? Ist dir hier in letzter Zeit irgendwas Ungewöhnliches aufgefallen?«

Pauls Miene verdüsterte sich. Wieder schaute er in alle Richtungen. Weit und breit war niemand zu sehen. Trotzdem bewegte sich der Junge vorsichtig, als wäre er auf der Hut.

»Sagen Sie es bitte nicht weiter, aber ich werde ab jetzt bei ihm schlafen. Ich krieg den, der unserem Gonzales was will!« Der Entschluss des Jungen stand offenbar fest. Den würde er sich auch nicht ausreden lassen, da war Peter sich sicher. Und das Unbehagen, das er darüber empfand, tauchte gleichzeitig auf und blieb.

»Paul, ich glaube nicht, dass das wirklich nötig ist. Aber ich bin auf deine Hilfe angewiesen.«

Der Junge hielt seinen Kopf so, als wolle er Witterung aufnehmen. Witterung, so schien es Peter auf einmal, nach dem Bösen, das er irgendwo hier in der Nähe vermutete.

»Mister. Ich helfe Ihnen, wo ich kann.«

Peter lächelte ihn an und strich sich kurz über das unrasierte Kinn. »Gab es hier auf dem Hof in der letzten Zeit, sagen wir, in den letzten acht oder zehn Tagen etwas Neues? Etwas, was es sonst nicht gab, irgendeine kleine Veränderung?«

»Bei den Pferden?«

Peter nickte. »Ja, auch bei den Pferden. Aber ich spreche von überall auf dem Hof.«

»Überall?«

Paul zögerte. Als ihm nichts einfiel, erwiderte er: »Warum interessieren Sie sich für den ganzen Hof? Ich dachte, Sie sind nur für die Pferde zuständig? Sie sollen doch der beste Pferdepsycho der Welt sein. Sie sind so undercover und geheim, dass man Sie noch nicht mal googeln kann. Peter Fyfe ist nur Ihr Deckname.« Paul klang sehr beeindruckt.

Peter legte verschwörerisch den Finger auf seine geschlossenen Lippen, als wollte er dieses Geheimnis wirklich nur mit dem Jungen teilen.

In diesem Moment tauchte der Jockey am Ende der Stallgasse auf.

»Alles okay, Peter? Wollen wir uns jetzt mal unterhalten? Ich muss bald weg.«

Peter nickte und wollte sich gerade von Paul verabschieden, der immer noch in Gedanken versunken zu sein schien, als sich plötzlich das Gesicht des Jungen aufhellte.

»Ich hab's!«

Fragend schaute Peter ihn an.

»In der Küche!«

Doherty kam näher, da Peter bei dem Jungen stehen geblieben war, und schaute ihn ebenfalls überrascht an.

»Was ist in der Küche?«

Jetzt zögerte Paul erneut. »In der Küche gab es was Neues.« Er hörte sich nicht mehr so sicher an. »Wahrscheinlich hat es gar nichts zu bedeuten und alle denken mal wieder, ich spinne. Aber seit etwa zwei Wochen bekommen wir das Gemüse fürs Haus von einem neuen Lieferservice. Statt aus Westport kommt es jetzt aus Connemara.«

»Aha. Das ist interessant«, entgegnete Peter. »Aber du hast sicher recht, das hat mit den Pferden nichts zu tun. Die bekommen ja Spezialfutter. Trotzdem, deine Beobachtungsgabe ist wirklich eins a!« Er hielt den Daumen hoch und drehte sich um.

Paul lächelte verlegen und wühlte mit dem rechten Absatz im Sand. Dabei schaute er zu Boden. Der Jockey warf ihm einen aufmerksamen Blick zu.

»Auf dem Wagen sind eine Stange Lauch und ein paar Tomaten drauf«, murmelte der Junge noch, während Peter mit dem Jockey im Haus verschwand.

29

Auf dem Rückweg nach Galway hatte Grace kurz bei dem viel gelobten österreichischen Metzger in Oughterard angehalten und zwei Kalbsschnitzel gekauft. Sie hatte fast vergessen, dass sie Dixi zum Abendessen eingeladen hatte. Eigentlich passte ihr das nicht in den Kram, denn ihre neue Wohnung war weit davon entfernt, gemütlich zu sein. Die Küche funktionierte zwar schon und sah einigermaßen einladend aus, aber alles andere war eher ein Provisorium.

Zu Hause bereitete sie schnell den dänischen Kartoffelsalat ihrer Mutter vor, der passte gut zu den Kalbsschnitzeln, die sie auf Wiener Art servieren wollte. Sie stellte Wein kalt, hielt auch eine Flasche italienischen Roten bereit, und während sie sich frischmachte, ging ihr nochmals dieser gespenstische Hof durch den Kopf. Sie war froh, ihn selbst in Augenschein genommen zu haben, denn irgendetwas stimmte daran nicht. Oder war es nur sein Eigentümer Rick Kosters, dem sie misstraute? Er log sie an oder sagte nur die halbe Wahrheit, das war für sie offensichtlich. Zwischen ihm und seiner Schwester gab es eindeutig Spannungen, da musste sie ansetzen.

Wenig später stand Dixi in ihrer Küche und schaute sich neugierig um. Es war schon weit nach acht Uhr, als sie kam. Sie streckte ihr eine dunkelpinke Pfingstrose entgegen, bei der Grace erst in dem Moment, als sie sie ihr übergab, bemerkte, dass sie aus Stoff war. Verblüfft drehte Grace die pralle Blüte in ihrer Hand.

»Mein Gott, die ist ja … künstlich! Das hätte ich nicht gedacht.«

Dixi musterte sie amüsiert und ging auf den gedeckten Esstisch zu. An diesem Abend trug sie ein schlichtes schwarzes kurzes Kleid mit einem weißen Bubikragen, ohne

Applikationen und Zierteile. Die fransigen Haare waren mit einem schwarzen Samtreifen wie aus den fünfziger Jahren gebändigt. Dixi wirkte sehr brav.

»Wird sie dadurch weniger schön für dich? Kann ich meinen Stoffbeutel hier hinhängen, damit ich ihn später nicht vergesse?«

Grace nickte und Dixi ließ ihren geblümten Beutel an der Garderobe im Flur.

»Warum sollte sie mir nicht gefallen? Nur weil sie nicht echt ist?«

»Sie ist echt. Nur weil sie nicht als Pflanze gewachsen ist, bedeutet das nicht, dass sie künstlich ist. Als Stoffblume ist sie in höchstem Maße echt. Ich habe sie selbst angefertigt und mir die Peonie in der Natur als Inspiration gewählt. Wo soll ich sitzen?« Ihr Zeigefinger pendelte zwischen den beiden Plätzen wie ein Metronom hin und her.

Grace lachte. »Wo du willst und ich finde sie wirklich wunderschön!«

»Du kannst sie als Schmuck an ein Kleid heften oder an einer Jacke tragen. Sie passt zu dir. Du bist auch echt.«

»Du etwa nicht?«

Dixis Blick flackerte für den Bruchteil einer Sekunde und sie blinzelte. Dann lächelte sie Grace an, und während sie Platz nahm, entgegnete sie in liebenswürdigem Ton: »Ich bin das, was du siehst, Grace.«

»Dixi O'Hara. Die Hutmacherin.«

Dixi deutete eine Verneigung an und Grace servierte als ersten Gang Oliven, Schinken, Tomaten und Brot. Zu mehr war sie in der Eile nicht gekommen. Sie prosteten sich zu und aßen eine Weile schweigend.

»Bist du morgen beim Connacht-Finale?«, fragte Grace ihren Gast nach ein paar Minuten.

Dixi nickte heftig mit vollem Mund.

»Spiel oder Spaß?«

Dixi schaute sie überrascht an und antwortete dann: »Das trenne ich nicht. Wenn du meinst, ob mich das Spiel ernsthaft interessiert, dann kann ich dir verraten, dass jedes Spiel seinen Reiz hat. Gaelic hat durchaus eine gewisse Anziehungskraft auf jemanden wie mich. Es kommt nur auf den Blickwinkel an, aus dem man es betrachtet.«

»Und der wäre?«

Dixi legte das Besteck zur Seite, lehnte sich zurück und sah sie mit einer Mischung aus Belustigung und spielerischer Provokation an.

»Ich habe drei – A, B und C.«

»Soll ich mir wieder einen davon aussuchen?«

Dixi lächelte sie an und Grace schenkte ihnen nach. Dixi hob ihr Glas und ließ den roten Wein, für den sie sich entschieden hatte, geschickt an der bauchigen Glaswand entlangrollen.

»A wäre der rein merkantile Blickwinkel: Welche Frau trägt was auf dem Kopf und hat sie es bei mir gekauft? Nur so für den Überblick. Ist aber beim Gaelic ziemlich unspektakulär, im Vergleich zu den Races.«

Grace nippte an ihrem Weißwein, grinste und sah sie dann über den Glasrand hinweg an.

»B ist der Nervenkitzel: Ich werde kurz vorher bei Ronan eine klitzekleine Wette platzieren und mir selbst die Daumen drücken.«

»Auf wen setzt du?«

Dixi schmunzelte. »Auf Erfahrung natürlich.«

Grace war einen Sekunde lang irritiert. Dann schluckte sie. »Und C?«

»Willst du das wirklich wissen?«

Grace nickte und registrierte, dass Dixi auch mit ihr spielte. Aber es machte ihr nichts aus. Sie spürte, dass sie das sogar ein wenig genoss. Dixi war hochintelligent und eine würdige Sparringspartnerin.

»Wer wird als Nächstes umgebracht?«

Dixi hatte es so ausgesprochen, dass Grace nicht imstande war zu sagen, ob es ernst gemeint war oder nicht. Stattdessen schwieg sie und wartete ab. Ihr Gegenüber fixierte sie einen Moment und fuhr dann langsam fort.

»Ich will Gardai nicht zu nahe treten und habe wirklich keinen Schimmer, wie weit ihr in euren Ermittlungen seid. Aber als Laie, als unbeteiligte, doch interessierte Bürgerin Galways würde ich mal vermuten, dass es das noch nicht war. Das kann man schon an der spärlichen Berichterstattung erkennen. Nolan scheint mir …«, hier zögerte sie einen Moment, wie um das richtige Wort zu finden, »die Spitze des Eisbergs zu sein oder, vielleicht trifft es das ja eher: ein Bauernopfer.« Sie tupfte sich mit der Stoffserviette vorsichtig den Mund ab und lächelte Grace an.

»Habe ich recht?«

Grace zögerte, bevor sie ihr antwortete. »Mag sein, dass du recht hast und dass es tatsächlich noch nicht zu Ende ist. Aber du kannst mir glauben, dass wir alles tun, was in unserer Macht steht, um einen zweiten Mord zu verhindern.«

»Das glaub ich dir sofort, nur wie wollt ihr das anstellen, wenn ihr komplett im Dunkeln tappt? Ihr wisst ja offenbar weder, wer der Täter ist, noch habt ihr ein greifbares Motiv, oder?«

Grace fand das Gespräch mit ihrer neuen Freundin zwar spannend und auch durchaus hilfreich, was ihre eigenen Überlegungen zu dem Fall betraf, doch hütete sie sich, ihr als Außenstehender irgendetwas preiszugeben. Selbst Peter gegenüber blieb sie da eher zugeknöpft. Alles andere wäre unprofessionell gewesen.

»Das stimmt, wir tappen noch ziemlich im Dunkeln. Aber erfahrungsgemäß wird das nicht so bleiben. Jeder Verbrecher macht mal einen Fehler.« Grace warf Dixi einen kurzen Blick zu, stand auf und räumte die Vorspeiseteller ab. Dixi blieb sitzen und schenkte sich nach.

Grace schaltete den Gasherd an und ließ für die Schnitzel Butterschmalz in die Pfanne gleiten.

»Hast du keine Angst, dass du selbst mal einen Fehler machst, Grace?«

Die Kommissarin schüttelte lachend den Kopf. »Ich mache dauernd Fehler, nur versuche ich sie auf mein Privatleben zu beschränken und die Garda-Arbeit weitgehend davon zu verschonen.«

»Und das klappt?« Dixi klang wieder belustigt.

»Mein Händchen für Männer könnte besser sein.«

»Meins auch.«

Nun waren sie auf dem scheinbar sicheren Terrain der Frauengespräche gelandet.

Kurz darauf legte Grace zwei knusprig gebratene Schnitzel auf die Teller, die sie nach dänischer Art mit Zitrone, Anchovis und Kapern garniert hatte. Dazu reichte sie den Kartoffelsalat. Beide aßen wieder schweigend.

»Gott, ist das gut!«, bekam Dixi schließlich unter heftigem Kauen und Schlucken heraus. Sie hatte das Essen regelrecht verschlungen.

»Ich hätte nie gedacht, dass du so hervorragend kochen kannst.«

Grace warf ihr einen amüsierten Blick zu. »Ich kann nur ein paar Sachen, aber die ganz gut. Warst du nicht mal mit Fitz zusammen oder bist du das nicht immer noch?«

Das hatte sie sie schon die ganze Zeit fragen wollen. Das Messer in ihrer Hand schwebte halb in der Luft bei der Frage.

Dixi zögerte einen Moment, dann lachte sie über das ganze Gesicht. »Das beschäftigt dich schon länger, hab ich recht?«

Diese Frau war ungeheuerlich, aber Grace mochte sie.

»Vertrauen gegen Vertrauen«, fuhr Dixi fort. »Ich werde dir diese Frage gern beantworten, aber nur, wenn du mir auch eine beantwortest. Und zwar auch eine Frage, die Männer betrifft. Abgemacht?«

Grace nickte, unsicher geworden. Was jetzt wohl kam? Sie stand auf und holte sich die Weißweinflasche aus dem Kühlschrank. Dann schenkte sie sich nach. In dem Moment meldete sich Dixis Handy. Grace warf ihr einen kurzen Blick zu, und während sie die Flasche in den Kühlschrank zurückstellte, bemerkte sie, dass Dixi ihr Handy hervorzog und einen Blick auf das Display warf. Als es aufhörte zu klingeln, steckte sie es wieder weg. Grace kehrte an den Tisch zurück und sie prosteten sich zu.

»Ich muss bald aufbrechen. Tut mir leid. Also, hör zu.« Dixi hatte sich zurückgelehnt und beobachtete sie. »Fitz und ich standen uns tatsächlich einmal nahe, näher als jetzt zumindest. Wir hatten vor ungefähr einem Jahr so etwas wie eine Beziehung. Du weißt, was ich meine.«

»Ihr wart ein Liebespaar.«

Dixi zögerte einen Moment und nickte dann fast unmerklich.

»Es hielt jedoch nicht lang, nur ein paar Wochen. Die Gründe für unsere Trennung stehen hier nicht zur Debatte und waren auch nicht dramatisch. Deshalb haben wir auch heute ein unverkrampftes, ja fast freundschaftliches Verhältnis zueinander. Wenn du dich traust, kannst du ihn ja mal fragen.«

Sie zwinkerte Grace zu und nippte an ihrem Glas.

»Und was ist mit D? Weißt du noch?«

Dixi verschluckte sich. »Was meinst du?«

»Als ich dich neulich mit dem verletzten Hund aufgegabelt habe, hast du mir noch eine Antwort D angeboten. Dass du dich mit deinem Freund gestritten hast und wütend aus dem Auto geflüchtet bist, bevor du den Hund gefunden hast.«

Einen Moment lang schien die Hutmacherin verblüfft, fasste sich dann aber wieder. Sie machte eine wegwerfende Handbewegung.

»Ach der! Die Sache lief nur ganz kurz, dann hat er mich genervt. Das war jemand aus Westport. Gavin, ein Anwalt.«

»Und was willst du von mir wissen?« Graces Stimme klang rauer als sonst. Sie versuchte, ihre Unsicherheit zu verbergen.

»Du hattest mal was mit Murray Finnegan. Stimmt's?«

Überrascht riss Grace die Augen auf. Sie hätte alles darauf gewettet, dass sich Dixis Frage um Peter Burke drehen würde. Es herrschte Stille in der Küche. Egal, was sie antworten würde, sie traute Dixi zu, die Wahrheit zu erkennen.

»Ja, aber das ist schon lange her.« Sie klang, als ob sie sich hoch konzentrieren müsste, um sich zu erinnern.

Dixi ließ ein paar Sekunden verstreichen, ehe sie ihr Glas hob und Grace anlächelte. »Du hast eine vierzehnjährige Tochter, nicht wahr?«

30

»Sarah, ich versuche nun schon seit Stunden, Pattie zu erreichen und komme einfach nicht weiter. Sie geht nicht ans Telefon. Wo ist sie?« Peters Stimme klang nervös. Es war Viertel nach zehn am Freitagabend, und nachdem Peter seine Mutter nicht erreichen konnte, hatte er die junge Frau auf Inis Meáin angerufen, die ihr seit Jahren bei der Betreuung der Gäste zur Hand ging.

»Sie ist heute Morgen mit dem Achtuhrboot zum Festland rüber. Mein Vater hat sie zur Fähre gebracht. Ist sie nicht bei dir?«

Peter war nach dem Besuch auf dem Gestüt im Spaniard's Head eingekehrt und lief nun mit dem Handy am Ohr unruhig vor dem Pub auf und ab.

»Bei mir?«

»Sie hat Dad gesagt, dass sie zuerst dich besuchen und dann noch irgendwo hinfahren wollte. Wohin, weiß ich nicht.«

Ratlos fuhr er sich durchs Haar. Pattie hatte mit keinem Wort angedeutet, dass sie ihn besuchen wollte. Seit ihrem Streit vor knapp einer Woche hatte zwischen ihnen Funkstille geherrscht. Bis Peter sich schließlich ein Herz gefasst hatte, weil er ihrer beider Verhalten nun doch etwas kindisch fand, und seit dem Morgen versucht hatte, seine Mutter auf dem Handy zu erreichen. Zwei Nachrichten über die App, die sie beide benutzten, hatte er auch schon abgesetzt.

»Ist irgendwas?«, fragte Sarah nach.

»Nein, mach dir keine Sorgen«, wiegelte Peter ab.

»Du machst dir Sorgen, nicht ich. Sie war gut gelaunt wie immer, hat Dad gesagt, und sie hatte ihren kleinen Gucci-Koffer dabei. Das ist doch ein gutes Zeichen, oder?«

Er dachte nach. Mit dem kleinen Koffer verreiste sie normalerweise auf Kurztrips übers Wochenende. Ob das ein gutes Zeichen war, vermochte er nicht zu sagen. Er schluckte. Dass sie bisher nicht bei ihm aufgetaucht war und offenbar auch nicht versucht hatte, mit ihm Kontakt aufzunehmen, um ihren Besuch anzukündigen, behagte ihm gar nicht. Pattie fragte vorher immer an, ob es ihm recht sei, wenn sie vorbeischaute. Wenn er ehrlich war, empfand er ihr Verhalten gerade als beunruhigend.

»Und sie hat wirklich behauptet, sie würde zuerst mich besuchen? Hier in Galway?«

»Wo sonst?«, kam Sarahs Antwort sofort zurück.

»Und wann wollte sie wieder zurück sein?«

Sarah schwieg.

»Bist du noch da?« Peter merkte, wie er immer unruhiger wurde.

»Klar doch. Sie hat nicht gesagt, wann sie heimkommt. Aber am Dienstag kriegen wir Stammgäste, da muss sie unbedingt hier sein.«

Plötzlich kam Peter ein neuer Gedanke. »Aber wir haben doch jetzt Wochenende. Da ist das Haus in der Saison doch immer voll.«

Wieder entstand am anderen Ende der Leitung eine Pause.

»Hmm.« Sarah sagte nichts weiter. Das Mädchen schien nachzudenken. Schließlich hatte sie offenbar einen Entschluss gefasst.

»Das Haus war tatsächlich ausgebucht, Peter. Aber ich musste am Mittwoch alle Gäste kontaktieren und sämtliche Buchungen canceln. War nicht so toll.«

»Du musstest was? Allen Gästen absagen?«

»Jop!« Man konnte ihrer Stimme anhören, dass sie deshalb ziemlich sauer gewesen war.

»Mit welcher Begründung?«

»Die berühmt-berüchtigte irische Sommergrippe. Hochansteckend.« Sie schnaubte verächtlich ins Telefon.

Peter war fassungslos. Seine Mutter war eine äußerst geschäftstüchtige Frau, deren Erfolg auf professionelle Verlässlichkeit und auf Herzlichkeit basierte. Es musste etwas Ungeheuerliches passiert sein, dass sie die langfristige Buchung ihrer Gäste mit einer Lüge stornierte und den finanziellen Verlust in Kauf nahm. Hatte es damit zu tun, dass er ihr gälisches Wettbüro kurz zuvor enttarnt hatte?

»Ich gehe mal davon aus, dass sie kerngesund ist.«

Nun ertönte ein müdes Lachen. »Sie sah frisch wie der junge Frühling aus, als sie aufs Boot stieg, falls es dich beruhigt.«

Es bewirkte das glatte Gegenteil.

»Danke, Sarah.« Er wollte sich schon verabschieden, als ihm noch etwas einfiel.

»Falls sie sich bei dir melden sollte, richte ihr bitte aus, dass sie mich anrufen soll. Es ist dringend, ja?«

»Klar doch. Bis dann.« Sie hatte das Gespräch beendet.

Peter steckte sein Handy in die Jacketttasche und überlegte, was er nun unternehmen sollte, um sich Klarheit zu verschaffen. Zunächst musste er abwarten. Wahrscheinlich gab es eine undramatische Erklärung für ihr Verhalten. Nur wollte ihm keine einfallen. Eine heimliche Liebschaft? Warum nicht? Seine Mutter war mit Anfang sechzig immer noch eine attraktive Frau. Trotzdem konnte er sich nicht vorstellen, dass sie für eine neue Beziehung ihre Wochenendgäste enttäuschen würde. Dann hätte sie ihr heimliches Rendezvous auf die Mitte der Woche gelegt, wo ihr luxuriöses Bed and Breakfast weniger gebucht war.

»Kommst du mit rein, Peter?« Rory stand plötzlich neben ihm und legte ihm zur Begrüßung die Hand auf den Arm.

»Ich will dir ja nicht zu nahe treten, aber du siehst etwas unschlüssig aus. Vielleicht kann ich dich zu einem Pint überreden? Mrs Coyne hat mich noch etwas unter die Leute geschickt, damit sie ihre Ruhe hat.« Rory grinste freundlich.

Peter war froh, dass Graces Kollege in seinem Freizeitlook aufgetaucht war, er trug rote und helle Blautöne.

»Wolltest du auch ins Spaniard's Head?«

Peter stand immer noch verloren da. Schließlich nahm er sich zusammen und nickte.

»Na, dann komm!«

Peter ging ihm voraus. Der Privatdetektiv war ein ganzes Stück größer als der Inspector, der sozusagen in seinem Windschatten segelte. Es war schon halb elf, und alle Schankräume des beliebten Pubs waren brechend voll an diesem Freitagabend. Dixi stand an der einen Seite der

Theke und unterhielt sich angeregt mit Fionas Vetter Padraic Riordan.

Peter hatte sich gerade halb durch den Hauptraum mit der Bar gezwängt, als er Rorys Hand an seinem Rücken spürte. Er blieb unsicher stehen. Ohne ein Wort zu sagen, dirigierte Rory ihn sanft in den ersten Raum links. Rory blieb gleich am Eingang stehen, hob den Finger an die Lippen und deutete mit dem Kopf in Richtung Schankraum zurück.

Dort, direkt neben dem Zugang zur Küche, saßen drei Männer um einen kleinen Tisch herum. Rory lugte verstohlen um die Ecke und beobachtete sie. Er versuchte offenbar, seine Anwesenheit zu verbergen, was Peter zunächst verwunderte. Nachdem er die drei Männer jedoch genauer in Augenschein genommen hatte, begann er, Rorys Zurückhaltung zu begreifen. Es waren Rorys Bruder Ronan und Sir John, der Trainer des Gaelic-Teams, das in der alles entscheidenden Fußballschlacht am folgenden Tag als Favorit gehandelt wurde und gegen den ewigen Angstgegner, den Nachbarn Mayo, gewinnen wollte.

»Wer ist der dritte Mann?«, flüsterte Peter Rory zu, obwohl der Geräuschpegel so hoch war, dass kein Umstehender selbst ein lautes Rufen hätte verstehen können.

»Was meinst du?«, kam es prompt von Rory zurück.

In diesem Moment erschien Fitz mit zwei Tellern in der Hand in der Küchentür. Peter beobachtete, wie der Gastwirt einen Moment zögerte und sich nicht von der Stelle rührte. Da begann Sir John, den anderen etwas zu erzählen. Ronan hörte mit zusammengekniffenen Augen zu, der dritte Mann schüttelte nur den Kopf.

Peter drehte sich zu Rory um und schaute ihn fragend an. Der zuckte mit den Schultern. Dann geschah etwas Merkwürdiges. Nach kurzem Zögern steuerte der Wirt auf den Nachbartisch der drei Männer zu, um das bestellte Essen dort abzuliefern. Fitz verharrte wieder einen Moment zu lange. Peter war sich sicher, dass er das, was Sir John den anderen erklärte, nun mithören konnte.

»Wer ist der Dritte?«, zischte Peter Rory nochmals zu.

Rorys Miene verriet, dass er keine Ahnung hatte. Der dritte Mann war schlank, schätzungsweise Anfang vierzig, hatte halblange, rotblonde Locken und einen wilden Bart. Er und die beiden anderen nahmen offenbar sonst niemanden in dem lauten und überfüllten Pub wahr. Auch Fitz neben ihrem Tisch blieb für sie unsichtbar.

Nach ein paar Sekunden kam wieder Leben in den Wirt und er kehrte zur Bar zurück, wo er Ordnung machte und einige Gläser verräumte.

Peters Blick fiel auf Riordan, der eingekeilt in einem Pulk von Menschen an der Theke stand. Er bearbeitete hektisch sein Handy. Dixi, mit der er bis eben noch gesprochen hatte, war wohl inzwischen gegangen.

Weiter oben, am Kopfende der Theke, genau unter dem immer laufenden stummen Fernsehapparat, saß noch ein weiterer aufmerksamer Beobachter des Geschehens. Es war Hilary. Er hielt sein fast volles Guinness an den Mund und fixierte über den Rand des Pintglases hinweg das Grüppchen in der entgegengesetzten Ecke.

Als Peter zu dem Dreiertisch zurücksah, bemerkte er, dass der korpulente Sir John nun ebenfalls sein Handy gezogen hatte und mit seinen klobigen Fingern blitzschnell die Tastatur bearbeitete.

»Aha«, raunte Rory. »Sag ich's doch.« Ihm war die Szene ebenfalls aufgefallen.

»Sie scheinen sich über irgendwas nicht einig zu sein«, mutmaßte Peter.

Rory spähte noch einmal um die Ecke.

»Wusstest du, dass Ronan hier ist? Mit Sir John?«, fragte Peter.

Rory schüttelte unglücklich den Kopf. Peter hätte ihm gern kameradschaftlich die Schulter gedrückt, aber das war im Gedränge nicht möglich.

Plötzlich kam Bewegung in die Gruppe. Peter und Rory beobachteten, wie der Bärtige sich von seinen beiden Gesprächspartnern verabschiedete und in Windeseile mit gesenktem Kopf den Weg zum Ausgang einschlug.

Auch Riordan an der Theke hatte diesen schnellen Abgang interessiert verfolgt. Als Peter wieder den Blick in die andere Richtung wandte, um das Verhalten der beiden Übriggebliebenen zu verfolgen, erstarrte er. Fitz stand mit dem Rücken zu ihnen in der Küchentür und hielt irgendetwas in der Hand. Ob es auch ein Handy war? Peter konnte es nicht erkennen.

Im nächsten Moment eilte ein groß gewachsener Mann quer durch den Pub, er war ganz offensichtlich im Begriff, den Platz des verschwundenen dritten Mannes einzunehmen. Mit einem Pint in der Hand rutschte er auf den Stuhl neben Ronan und schaute beide Männer neugierig an. Es war Fred McGuinness.

31

An diesem Samstagmorgen ergriff Grace schon gleich nach dem Aufstehen eine unerklärliche Unruhe. Sie hatte schlecht geschlafen; wirre Träume hatten sie die ganze Nacht hindurch immer wieder aufschrecken lassen.

Dixi war am Abend zuvor nicht sehr lange geblieben. Sie hatte sich kurz vor zehn, nachdem sie eine weitere SMS erreicht hatte, rasch verabschiedet mit dem Hinweis, sie müsse nach dem Hilferuf einer Stammkundin dringend noch ein Hutgebilde namens »Fedrige Sünde« für das Gaelic-Finale am nächsten Morgen reparieren. Dort werde man sich sehen.

Grace war erschöpft ins Bett gefallen. Sie hatte bewusst alle Gedanken, die um den Biohof und seine Betreiber kreisten, weggeschoben, genau wie das ungute Gefühl, das sie im Zusammenhang mit dem Finale verspürte.

Grace seufzte und warf einen flüchtigen Blick auf ihre Armbanduhr. Peter würde sie in einer halben Stunde abholen. Sie wollten zusammen über den Markt bummeln und er sollte noch eine hoffentlich nützliche kleine Recherche für sie dort durchführen. Danach hatten sie vor, irgendwo eine Kleinigkeit zu essen, um dann gemeinsam zum Stadion zu fahren.

Grace stand vor ihrem kleinen Kleiderschrank und überlegte, was sie anziehen sollte. In dem Moment klingelte ihr Handy.

Als sie die Stimme erkannte, breitete sich sofort eine angenehme Wärme in ihrem ganzen Körper aus.

»Hallo, Grace, wie geht es dir?«

Sie strahlte.

»Danke, mein Schatz. Ganz okay. Und dir?« Das »mein Schatz« war ihr einfach herausgerutscht, und ihre Tochter schien es entweder gnädig zu überhören oder sie war so entspannt, dass sie es annehmen konnte, ohne zu maulen.

»Super. Dänemark ist echt abgedreht.«

Grace musste schmunzeln bei dem Gedanken, dass ihre Tochter Roisin das puppenstubenartige Aarhus für abgedreht hielt. Vor knapp fünf Wochen war sie nach einem exzellenten irischen Schulabschluss zu Graces Mutter Liv nach Jylland gezogen. Das hatte Liv selbst vorgeschlagen, erst einmal auf Probe für ein halbes Jahr. Die Vierzehnjährige war bei ihren Pflegeeltern, Graces Bruder Dara und seiner Frau Oonagh, bei denen sie von Geburt an lebte, offenbar in letzter Zeit nicht glücklich gewesen. Die Streitigkeiten der beiden, die sich meist um Geld drehten, hatten sie mehr und mehr entfremdet. Auch ihr Ziehbruder Declan, an dem Roisin sehr hing, hatte nichts daran ändern können. Die Pubertät hatte bei ihr mit aller Macht und ohne Rücksicht auf irgendein Familienmitglied zugeschlagen. So schätzten es Grace und Oonagh zumindest ein und alle, auch Grace, waren mit Livs Vorschlag sehr einverstanden gewesen.

Nun war Roisin also bei der dänischen Großmutter und rief zum zweiten Mal ihre Mutter an, die sie eher als eine Tante betrachtete und auch so behandelte. Ein Umstand, an dem Grace selbst nicht ganz unschuldig war.

»Ich kann schon richtig gut Dänisch, Grace, und Oma zeigt mir alles, was hier so abgeht.«

Grace dachte amüsiert an ihre exzentrische Mutter in den eleganten Herrenanzügen, mit dem Gehstock mit dem Entenknauf, auf den sie wegen ihrer Gehbehinderung angewiesen war, und ihre abenteuerliche, rot gefärbte Mähne. Zweifelsfrei würde ihre Mutter Roisin überall dorthin mitnehmen, wo es in Aarhus »abging«, wie Roisin es genannt hatte.

»Wie geht's denn Liv?«

»Ach, super. Sie schickt dir viele Grüße. Sie will selbst mal die Tage bei dir anrufen, hat sie gesagt. Sie findet es echt gut, dass ich jetzt bei ihr wohne.«

»Na, dann sind ja alle zufrieden. Vermisst du Declan nicht?«

Bewusst hatte sie nur den Sohn ihres Bruders genannt. Dara und ihre Schwägerin erwähnte sie besser nicht, die hatten Roisin zuletzt wohl ziemlich genervt.

»Doch, ein bisschen schon. Aber ich hab hier so viele neue Freunde gefunden, dass ich auf 'nen Zehnjährigen im Augenblick ganz gut verzichten kann.«

Ihre Tochter reagierte pragmatisch, was Grace gefiel.

»Ich hab ihm gestern eine Mail geschickt und ihm alles genau erklärt.« Roisin war offenbar in Plauderlaune, was schon länger nicht mehr der Fall gewesen war.

»Was erklärt?« Grace musste grinsen und schenkte sich in der Küche ein Glas frischen Mangosaft ein, den sie sich zuvor gepresst hatte.

»Na, auf was es ankommt, wenn man umzieht.«

»Und auf was kommt es an?«

»Dass du schnell Freunde findest. Dazu habe ich alles Mögliche im Internet gefunden. Wer meine Hobbys teilt, wer wo hingeht, wo die coolsten Locations sind. So was.«

»Nur zieht Declan nicht um.«

Es entstand eine kleine Pause in der Leitung zwischen Irlands Westküste und Dänemarks Ostküste.

»Aha. Die haben dir also noch nichts gesagt. Aber das wundert mich jetzt nicht so wirklich.«

Grace verschluckte sich an ihrem Mangosaft. Sie begann zu husten und drehte sich vom Hörer weg. »'tschuldigung, Roisin.«

Ihre Tochter wartete geduldig.

»Wer hat mir bisher nichts gesagt?« Graces Stimme kiekste und war noch nicht vollständig einsatzfähig.

»Dara und Oonagh.«

»Und was sollten sie mir verraten?« Wieder entstand eine Pause. »Roisin, bist du noch da?«

»Ist eh egal, du erfährst es ja doch. Sie ziehen nach Achill.«

Grace riss die Augen auf. Der Clan der O'Malleys stammte von Achill Island in der Grafschaft Mayo. Aber ihr Familienzweig hatte, seit sie sich erinnern konnte, von Achill Abstand gehalten. Ihr verstorbener Vater Shaun hatte nach dem Tod der Eltern vor knapp zwanzig Jahren seiner Heimat komplett den Rücken gekehrt und war bis zu seinem eigenen frühen Tod nicht mehr dorthin zurückgegangen. Mit den beiden Brüdern hatte er keinen Umgang gepflegt. Patrick, der Zweitälteste, war nach Australien ausgewandert, und Jim, den Jüngsten, der ein einflussreicher Politiker geworden war, hatte Shaun immer verachtet. Das Herrenhaus, das ihm als dem Ältesten zustand, hatte Shaun selbst verschmäht und seinen Kindern überschrieben. Dara und Grace hatten sich später ebenfalls darauf geeinigt, das große alte Haus leer stehen zu lassen. Die Erträge aus der Pacht des Landes nutzten sie für die Ausbildung ihrer Kinder. Bis der Tod des keltischen Tigers diese Einkünfte entscheidend geschmälert hatte. Lieber sollte das Haus verrotten, als dass einer von ihnen dort eingezogen wäre. So war es zwischen ihnen Konsens gewesen. Nun erfuhr Grace von ihrer Tochter, dass diese Abmachung offenbar nicht mehr galt. Es verunsicherte sie sehr, wie sie sich eingestehen musste.

»Bist du noch dran, Grace?«

»Ja.«

»Ich glaube, Dara hat Angst, es dir zu sagen.« Wieder traf ihre Tochter den Nagel auf den Kopf.

»Wann wollen sie da hinziehen? Weißt du das auch?«

»Keine Ahnung, aber das Haus muss doch erst mal renoviert werden, oder?«

Nach Graces Kenntnisstand musste es von Grund auf saniert werden. Mit einer bloßen Renovierung wäre es nicht getan. Es hatte zwanzig Jahre lang leer gestanden. Die Löcher im Dach waren zwar notdürftig repariert worden, um größeren Schaden zu verhindern, aber Nagetiere und Ungeziefer der unangenehmen Sorte hatten sich dort ein Stelldichein gegeben. Grace schauderte, als sie daran dachte.

»Ich muss jetzt Schluss machen, Grace. Wir machen mit 'ner Clique eine fette Party heute Mittag am Strand.«

»Weiß Großmutter von diesen Umzugsplänen?«

»Keine Ahnung. Ich weiß es von Declan. Aber jetzt muss ich wirklich weg.«

Grace schluckte. »Viel Spaß, Roisin, und schön, dass du angerufen hast. Gib Oma einen Kuss.«

Nachdem Roisin das Gespräch beendet hatte, stand Grace für einen Moment ratlos in der Küche. Was sollte das nun wieder? Es fühlte sich, wie sie zugeben musste, sehr gut an, nach Monaten des Schweigens und der Missverständnisse endlich wieder einen Zugang zu Roisin gefunden zu haben. Offenbar tat ihr der Aufenthalt bei ihrer Mutter wirklich gut. Doch Daras und Oonaghs neue Pläne gefielen ihr nicht. Sie und ihr Bruder hatten nie etwas mit dem alten Haus auf Achill Island zu tun haben wollen. Zu düster waren die Erinnerungen an die Machenschaften des mächtigsten Clans des Countys während der schmerzhaften Zeit der Kolonisation durch die Briten.

Gedankenverloren stellte Grace das Frühstücksgeschirr in die Spülmaschine, als ihr Handy sich wieder meldete. Diesmal war es Peter.

»Hi. Ich hole dich in einer Viertelstunde ab. Es bleibt doch dabei, oder?«

Sie wischte sich mit dem Ärmel ihres gelben T-Shirts über die Stirn.

»Klar doch.« Nun musste sie sich beeilen.

»Ist etwas? Du hörst dich komisch an.«

»Hm. Ich hab grad etwas erfahren und weiß nicht, wie ich damit umgehen soll. Privat, nicht dienstlich, Peter.«

»Dann sind wir ja schon zu zweit. Bis gleich«, erwiderte der Privatdetektiv.

32

»Ich habe keine Ahnung, wo sie steckt! Das kenn ich nicht von ihr.« Peter versuchte, vor Grace nicht zu aufgeregt zu klingen. Schließlich war seine Mutter eine erwachsene Frau und musste sich nicht bei ihrem Sohn abmelden, wenn sie beschlossen hatte, eine Reise zu unternehmen.

Sie schlugen den längeren Weg zum Stadtzentrum ein, der über die Lower Canal Road an der großen grauen Kathedrale St Nicholas's vorbeiführte. Die runde Kuppel, die an die Kuppel des Petersdoms erinnerte, war schon aus großer Entfernung ein gut sichtbares Erkennungszeichen der Stadt Galway.

»Sie hat gestern anscheinend direkt nach ihrer Ankunft hier einen Flieger nach London genommen, das habe ich heute Morgen herausgefunden.«

»Was will sie in London?«

Peter schüttelte den Kopf. »Ich hab keinen Schimmer.«

»Vermutlich hat es etwas mit ihrem Wettbüro zu tun und der Tatsache, dass du dahintergekommen bist, oder?« Grace musterte ihn aufmerksam von der Seite.

Er blieb mitten auf dem Bürgersteig stehen. »Und wenn es mit Tom Nolans Tod zusammenhängt? Das würde zeitlich genauso passen.«

Grace nickte zögerlich, dann setzten sie ihren Weg fort.

»Was hast du bei Gonzales herausgefunden? Du warst doch gestern dort.«

Sie erwähnte mit keinem Wort, dass sie das nicht von ihm selbst, sondern in einem kurzen Telefongespräch von Rory erfahren hatte.

Peter warf ihr einen nervösen Blick zu, erzählte ihr dann aber von seiner Undercover-Recherche als vorgeblicher Pferdepsychologe.

Sie musste grinsen. »Den haben sie dir abgenommen? Selbst der Jockey – wie heißt er doch gleich?«

»Francis Doherty. Ja, anscheinend.« Dabei war er sich gar nicht sicher gewesen.

Er setzte seinen Bericht fort. »Da ist etwas im Busch, Grace, das kann man förmlich greifen. Was mit dem Pferd los ist, weiß ich nicht, ich kenne mich ja nicht aus mit Pferden. Aber ich mache mir ehrlich gesagt etwas Sorgen um den Jungen, den Stallburschen. Der hat angekündigt, dass er die Tage bis zu den Races bei dem Pferd übernachten will, um mögliche Angriffe auf Gonzales zu verhindern. Das gefällt mir gar nicht.«

Grace war mitten auf der Brücke stehen geblieben und sah ihn an. Menschenmassen schoben sich an ihnen vorbei, die ihnen kaum auswichen, da sich hier alles zusammendrängte. Galway war zum Bersten voll.

Sie strich sich eine Strähne aus der Stirn und lächelte ihn an. »Dazu fällt mir Padraic Riordan ein, Fionas Cousin. Der wollte mich im Pub in die Abgründe der Online-Wetten einweihen. Vielleicht sollte sich der mal Gonzales anschauen. Der hat echt Ahnung. Ist ein Pavee.«

Peter nahm sie sanft am Arm und schob sie weiter. »Gute Idee. Die sind schließlich von Kindesbeinen an mit Pferden zusammen. Aber vielleicht kennt er ihn ja schon. Der Hengst ist bekannt wie ein bunter …« Er zögerte. »… wie ein bunter Gaul. Dabei ist er pechschwarz. Wie erreicht man diesen Riordan? Über Fiona? – Und wie gesagt, die Sache mit dem Stalljungen gefällt mir nicht.«

Sie hatten soeben den Samstagsmarkt erreicht und Grace lenkte ihn in Richtung des Gemüsestands von Kosters. Wenige Meter davor blieb sie stehen.

»Und das hier, Peter, gefällt *mir* nicht. Ich war gestern auf dem Hof von diesen Leuten hier, in der Nähe von Letterfrack. Es ist übrigens das ehemalige Anwesen der Nolans.«

Peter hob kurz die Augenbrauen. »Wollen wir hier was kaufen?«

Sie lächelte ihn leicht rätselhaft an. »Ich nicht. Aber du. Siehst du die Frau hinter der Kasse? An die wendest du dich.«

Er nickte und sie gab ihm genaue Instruktionen.

»Ich warte vor Mulligan's Käseladen gegenüber der Kirche auf dich und schau bei deinem Auftritt unauffällig zu.« Grace tauchte in ihrem feuerroten Top und den schwarzen Hosen in der Menge unter.

Peter stellte sich in die Schlange und reckte den Kopf, konnte aber außer der Frau niemanden sonst an dem Gemüsestand erkennen. Schließlich war er an der Reihe.

»Ja?« Kordula klang mürrisch. Dass sie immer so klang, konnte er nicht wissen. Er warf ihr einen überraschten Blick zu, denn Iren sind meistens sehr freundlich.

»Eigentlich wollte ich nur einen Rat.«

Sie legte ihren Kopf leicht schief, ohne etwas zu sagen.

»Ich interessiere mich für Ihre Abotüte, weiß aber nicht, ob die für mich überhaupt infrage kommt.«

Sie musterte ihn misstrauisch. Er wartete ein paar Sekunden auf eine Antwort, die aber nicht kam.

»Ich bin unregelmäßig zu Hause und koche daher nicht so häufig. Wenn, dann schiebe ich eher etwas in die Mikrowelle.«

»Und?«

Nun schaute er ihr direkt ins Gesicht, was sie offenbar so unangenehm fand, dass sie sich auf der Stelle von ihm abwandte.

»Eigentlich würde ich mich lieber gesund ernähren, vollwertig. Meinen Sie, Ihre Abotüte wäre etwas für mich?«

Kordula Kosters trat einen Schritt zurück und begann, in den Taschen ihrer altmodischen graugrünen Strickjacke zu kramen. Schließlich sah sie wieder auf, als habe sie erwartet, dass er in der Zwischenzeit unauffällig verschwunden wäre.

Aber Peter stand immer noch vor ihrem Stand und lächelte sie erwartungsvoll an.

»Tut mir leid, wir nehmen keine neuen Abonnenten mehr an.«

»Oh.« Peter bedauerte das, sosehr er es vermochte.

»Der Nächste, bitte.«

Hinter ihm hatte sich ein junges Paar mit einem Hund angestellt, das nun nach vorne kam. Peter rückte unwillig zur Seite. Aber er hatte noch nicht aufgegeben.

»Seit wann denn nicht mehr? Freunde von mir haben doch auch noch eine Tüte bekommen!« Er klang nun eindeutig vorwurfsvoll.

Kordula seufzte. »Das muss aber schon eine Weile her sein.«

»Ich glaube, Sie haben sie vor einem halben Jahr zum ersten Mal beliefert.«

Nun nickte die Frau bestätigend, während sie für das Pärchen Erdbeeren abwog.

»Das erklärt es. Wir haben seit vier Monaten Lieferstopp und können seitdem niemand Neuen mehr als Abonnenten aufnehmen. Wir kommen im Moment einfach nicht nach. Versuchen Sie's vielleicht noch mal Ende des Jahres, wenn wir die kommenden Monate durchplanen.«

Sie reichte dem Paar neben ihm die Papiertüte mit den Erdbeeren und schenkte ihm keinerlei Beachtung mehr.

Peter schaute sich um. Von Rick Kosters war keine Spur zu sehen.

Grace hatte die Szene von Weitem beobachtet und wartete gespannt auf das, was er zu berichten hatte.

»Sehr gut. Das passt«, stellte sie fest. »Ich danke dir.«

In diesem Moment winkte Dixi sie zu sich heran und Peter und Grace steuerten nun auf den aufwendig gedrechselten Stand mit den bunten Hutkreationen zu, nur ein paar Meter neben dem Käseladen.

Dixi begrüßte sie überschwänglich. Sie trug einen kanariengelben Frack und einen grünen Zylinder und wirkte wie der jüngsten Hollywoodverfilmung von Alice im Wunderland entsprungen.

»Na, was macht der Notfall?«, fragte Grace sie lachend.

Für einen Moment wich die Heiterkeit aus Dixis Gesicht und ihre Augen schienen nervös hin und her zu flattern. Dann kehrte ihr Lächeln jedoch zurück.

»Oh, da bin ich noch dran. Du meinst die ›Fedrige Sünde‹?«

»Genau die.«

Dixi erklärte, dass sie den Marktstand eigentlich in ein paar Minuten einpacken wollte, um den Hut fertig zu machen und dann rechtzeitig zum Finale des Gaelic aufzutauchen.

»Ich hab bei Ronan schon was gesetzt, ich bin ganz aufgeregt.« Sie zeigte eine Reihe perfekter Zähne.

»Auf wen?«, fragte Peter neugierig.

Dixi lächelte maliziös. »Mayo.« Sie ließ sich das Wort auf der Zunge zergehen.

»Da ist aber jemand optimistisch!«

Statt Peter zu antworten, bückte sie sich und wühlte in einem ihrer Kartons.

»Bis später, Dixi!« Lachend zog Grace Peter mit sich, was er gern geschehen ließ. Sie hatten einen Eckplatz in einem feinen Restaurant in einer Gasse reserviert, die von der Quai Street abging, und freuten sich schon auf den frischen Fisch dort. Bis dorthin war es nur ein kurzer Weg. Als Grace sich noch einmal kurz umdrehte, sah sie keine Dixi mehr. Das Dutzend Hüte stand verwaist da.

»Sie ist weg, Peter, komisch.«

»Sie wird gleich wieder auftauchen. Hier klaut doch niemand was, schon gar nicht verrückte Hüte.«

Grace überlegte. »Das meine ich nicht. – Wart mal.«

Sie ging den Weg, den sie gerade gegangen waren, bis zur

Ecke zurück und spähte angestrengt in das Marktgetümmel. Der gelbe Frack würde überall herausstechen. Kurz darauf entdeckte sie Dixi. Sie war offenbar in ein angeregtes Gespräch mit Kordula vertieft. Dixi lächelte wie immer, Kordulas Miene blieb – auch wie immer – ausdruckslos, fast versteinert.

Nachdenklich kehrte Grace zu Peter zurück und erzählte ihm, was sie gesehen hatte.

»Warum ist sie zu Kosters an den Stand gerannt? Das ist doch merkwürdig …« Peter schien zu überlegen.

»Nicht, wenn sie nur irgendetwas wissen wollte.« Grace nagte an ihrer Unterlippe.

»Sie könnte zum Beispiel beobachtet haben, dass ich kurz zuvor da war, ohne was zu kaufen.« Diesmal ruhte sein Blick länger auf ihr.

»Wahrscheinlich hat sie sich nur die letzten leckeren Erdbeeren zurücklegen lassen.« Grace lachte und gab ihm einen freundschaftlichen Klaps auf die Schulter.

Dann setzten sie ihren Weg durch die Innenstadt fort. Sie versuchten, ihre Unterhaltung wiederaufzunehmen, was an einem Samstag mitten in Galway gar nicht so einfach war. Alle paar Meter traf entweder Peter oder Grace jemanden im Getümmel, den sie kannten.

Schließlich hatte Grace genug und schwenkte in eine ruhigere Seitenstraße ein.

»Ich wollte noch mit dir über Day sprechen«, sagte sie.

»Was ist mit ihm? Macht er immer noch Schwierigkeiten? Die üblichen dummen Sprüche?«

»Ich hab das Gefühl, dass er mir irgendetwas verheimlicht. Oberflächlich betrachtet wirkt er sehr kooperativ, vermutlich weil Byrne ein Auge auf ihn hat, aber … ich weiß es nicht. Ich trau ihm nicht über den Weg.« Sie zuckte ratlos die Schultern und er hätte sie am liebsten in den Arm genommen. Stattdessen wandte er sich ab.

Bald darauf hatten sie das kleine Restaurant erreicht und ohne Umschweife bestellt. Beide hatten sich für krosse Fish & Chips aus Schellfisch entschieden, dazu Erbsbrei. Vorher wollten sie noch einen Teller riesiger Galway Bay Austern essen, doch die waren leider schon aus.

»Und was ist mit Rory, der arbeitet doch genau wie ich undercover für dich an diesem Fall?«

Grace nickte und schenkte ihnen Wasser aus der Karaffe ein, die gerade von der Kellnerin serviert worden war.

»Rory ist sehr hilfreich, er hat wichtige Sachen ausgegraben. Nur...« Sie brach ab. Einen Moment lang schwiegen sie. Dann ergriff Peter das Wort.

»Wie konsequent ermittelt man, wenn der eigene Bruder vielleicht in der Sache mit drinhängt?«

Sie sah ihn aufmerksam an und schüttelte den Kopf. Da erzählte er ihr ausführlich vom Abend zuvor, wie er in Begleitung von Rory das Spaniard's Head besucht hatte.

Als er geendet hatte, strahlte sie ihn an. Sie wirkte erleichtert. In dem Moment wurde der knusprige Schellfisch im Bierteig gebracht, umrahmt von dicken, selbst geschnittenen Pommes frites. Der Erbsbrei glänzte im Töpfchen giftig grün, so wie er sein sollte, gewürzt mit einem Hauch von Minze, die ihnen sanft in die Nase stieg.

»Du scheinst dich über etwas zu freuen, Grace.«

»Rory hat mir heute Morgen am Telefon alles bis ins kleinste Detail genau so geschildert wie du jetzt auch. Das finde ich äußerst beruhigend.« Sie nahm sich eine Pommes und biss die Spitze ab.

»Ich finde nur merkwürdig, wie Fitz reagiert hat. Der muss doch gehört haben, was dort am Tisch besprochen wurde. Ich muss ihn dringend danach fragen.«

Peter schnitt durch die knusprige Panade des Fisches und legte das weiße, gläsern schimmernde Fleisch frei. Er sog den feinen Fischduft ein und nickte zustimmend.

»Gestern gab es dazu leider keine Möglichkeit mehr. Es war die Hölle los. Aber er kommt doch heute auch zum Finale. Da können wir ihn fragen. – Au!«

»Was ist?«

»Eine Gräte. Damit habe ich nicht gerechnet.«

Sie nahm sich mit dem Löffel eine große Portion Erbsbrei, die auf ihrem weißen Teller wie eine grüne Oase leuchtete, und schaute ihn durchdringend an. »Man muss grundsätzlich mit allem rechnen.«

33

Als Grace und Peter sich mit Hunderten von aufgeregten und vergnügten Menschen durch den Eingangstunnel kämpften, schallte ihnen aus unzähligen Kehlen schon die Fan-Hymne von Galway entgegen: »The Fields of Athenry«. Kurz darauf traten sie ins Licht und schauten sich um. Grace hatte ihre Ehrentickets aus der Tasche gezogen.

Alle sechsundzwanzigtausendeinhundert Plätze des neu renovierten Pearse Stadion in Salthill schienen besetzt und die Stimmung war ausgelassen und erwartungsvoll und besaß dennoch auch einen dunkleren Unterton, eine Mischung aus Nervosität und Aggression. Grace spürte das sofort, als sie auf der Suche nach ihrem Platz mit Peter durch die Ränge und Reihen irrte.

»Guck mal, da sitzt Rorys gesamte Familie!« Sie winkte ihrem Kollegen, Kitty und den Töchtern zu, die in bunter Sommerkleidung zu siebt nebeneinandersaßen. Nur Brenda, die Zweitjüngste, trug als Einzige das dunkelrotweiße Trikot von Galway. Rory hielt ein üppiges Sandwich in der Hand und zwinkerte ihr gut gelaunt zu.

Zwei Reihen über Rory saß ihr Chef Robin Byrne mit drei Kumpeln. Einer von ihnen goss gerade eine goldbraune Flüssigkeit in die Plastikbecher der drei anderen. Grace tippte auf hochwertigen Whiskey, den sich die Freundesclique wohlweislich mitgebracht hatte, um von dem mittelmäßigen Getränkeangebot des Stadions unabhängig zu sein. Byrne bemerkte sie nicht oder übersah sie absichtlich.

Peter beugte sich tief zur nächsten Sitzreihe hinunter und verglich die Buchstaben daran mit den Tickets, die Grace ihm überlassen hatte. Sie sah sich weiter um. Es musste noch ein Stück weiter in der Mitte sein.

»Gráinne!« Eine helle Frauenstimme drang an ihr Ohr. Sie ahnte bereits, dass es sich um ihre Kollegin, die junge Gerichtsmedizinerin Aisling O'Grady handeln musste, die sie grundsätzlich mit der irischen Variante ihres Vornamens anredete.

Suchend ließ sie ihren Blick über das Publikum schweifen. O'Grady war aufgestanden und winkte mit beiden Armen wild in ihre Richtung. Links von ihr saß ein Paar mittleren Alters. Ihre Eltern, vermutete Grace, obwohl Aisling keinem von beiden im Entferntesten ähnlich sah. Rechts von der Pathologin saß ein gut aussehender junger Mann mit dunkelbraunem Bart und Brille. Ob das Aislings Freund war?, überlegte Grace. Sie besaß Geschmack, fand sie und musste schmunzeln.

Durch den Lautsprecher wurden nun verschiedene Ansagen gemacht. Zuerst auf Irisch, dann auf Englisch.

»Hier entlang, Grace!« Peter führte sie durch eine Absperrung und hielt dem Kontrolleur die Tickets vor die Nase, die sie zum Eintritt in den abgetrennten VIP-Bereich berechtigten.

Unten am Spielfeldrand entdeckte Grace die hagere Gestalt von Fred McGuinness. Unruhig lief er auf und ab und telefonierte hektisch. Er schien sehr aufgeregt, aber wahrscheinlich war das für den Manager eines Teams, das vor einem wichtigen Spiel stand, ganz normal. Noch war keines der beiden Teams zu sehen. Auf der Bank hatte es sich nur der schwitzende Sir John mit zwei anderen Männern bequem gemacht. Vermutlich war der eine davon ein Arzt, denn er hatte einen größeren Arztkoffer vor sich stehen. Komisch, dass McGuinness nicht in Sir Johns Nähe saß. Für einen Manager hätte das doch nahegelegen.

Grace beobachtete, wie sich stattdessen Ronan Coyne nun der Trainerbank näherte, aber von Sir John nicht weiter beachtet wurde. Kurz bevor er die Bank erreicht hatte, drehte Ronan jedoch ab und verlor sich aus ihrem Blickfeld.

»Ich vermute, unsere Plätze liegen hier unten, Grace. Reihe B. Irgendwo in der Mitte.«

»Oh nein.«

Fragend wandte er sich ihr zu. »Wie bitte?«

»Guck mal, wer da sitzt.« Sie deutete mit dem Kopf zu den gepolsterten Sitzen, wo eine ältere Dame in dunkelblauem Kostüm und mit schickem Strohhut eine rot-grüne Mayo-Fahne schwenkte. Neben ihr saßen drei Kinder in rot-grünen T-Shirts.

Ratlos zuckte Peter die Schultern.

»Das ist meine Tante Mary mit ihren Enkeln. Gleich wird sicherlich … ah, da ist er ja schon.«

Nun schob sich Jim O'Malleys korpulente Statur die Sitzreihe entlang auf seine Frau und die Enkel zu. Als Vorsitzender der regierenden Partei der Grafschaft Galway trug er, obwohl er wie alle O'Malleys aus Mayo stammte, natürlich ein dunkelrotes Galway-Trikot und balancierte ein Glas Sekt in der einen Hand und einen Beutel mit Popcorn in der anderen. Keuchend ließ er sich neben seiner Frau nieder und reichte ihr fast anmutig den Sekt. Dann drehte er sich um und sah Grace knapp hinter sich stehen.

»Gráinne!« Er lachte über das ganze Gesicht.

Grace erbleichte.

»Keine Sorge, unsere Plätze sind etwas weiter links«, raunte Peter ihr zu. »Wir müssen nicht bei deiner Familie sitzen.«

Grace war erleichtert und winkte in Richtung ihrer Verwandten, als sie Phoebe Swank mit Murray Finnegan auf sich zukommen sah. Die Veterinärin sah umwerfend aus, das musste Grace zugeben. Sie trug ein schwarzgrundiges Sommerkleid mit riesigen Rosen und auf ihrem zusammengesteckten Haar saß eine Schildkappe aus schwarzem Stroh, geschmückt mit den gleichen Rosen. Grace vermutete, dass das eine Kreation von Dixi war. Mittlerweile erkannte sie ihre Handschrift. Sie zupfte Peter am Arm und merkte, dass auch er Phoebe fasziniert anstarrte. Das ärgerte sie, auch wenn sie versuchte, es sich nicht anmerken zu lassen.

»Komm, hier lang, Peter, wir gehen außen rum. Ich habe keine Lust, denen allen die Hand zu schütteln.«

Er folgte ihr rasch, als sie die Tribünentreppe eilig hochstapfte. Aus den Augenwinkeln registrierte sie, wie sich Murray mit seiner Begleitung nun neben Onkel Jim niederließ und nach ihr umdrehte. Jetzt hatten die Mayo-Fans, die größtenteils auf der gegenüberliegenden Tribüne saßen, den Song »The Green and Red of Mayo« angestimmt. Fetzen des Liedes wehten zu ihnen herüber. Die Spannung stieg, das merkte man.

Als sie den oberen Verbindungsgang erreicht hatten, stieß Grace plötzlich mit einer Frau zusammen, die sie nicht bemerkt hatte.

»Entschuldigung«, murmelte Grace und hob den Kopf. Es war Kordula Kosters. Kordula starrte sie einen Moment an. Ihr sonst so ausdrucksloses Gesicht wirkte fast panisch verzerrt. Obwohl ihr die Frau nicht sympathisch war, hatte Grace das Gefühl, ihr helfen zu müssen.

»Frau Kosters? Ist irgendwas? Kann ich Ihnen helfen?«

Die Angesprochene sah sich nur gehetzt um.

Grace war auf sie zugetreten und hatte ihr die Hand auf die Schulter gelegt. Sie konnte spüren, wie die magere Frau am ganzen Körper zitterte. Ihre dünnen Haare hatte sie heute zu zwei Zöpfchen geflochten, die ihrem Aussehen nichts Leichtes oder Unbekümmertes, sondern eher etwas Verlorenes verliehen, als habe man sie irgendwo vergessen oder gedankenlos abgestellt.

»Haben Sie meinen Bruder gesehen? Ist Roman hier vorbeigekommen?« Kordula ließ ihren Blick über die Ränge schweifen und suchte sie verzweifelt ab.

Grace schüttelte den Kopf. »Nein, aber ich bin gerade erst angekommen. Soll ich ihm etwas ausrichten, falls ich ihn sehe? Einen Treffpunkt mit Ihnen, zum Beispiel – aber dafür gibt es ja Handys. Wie dumm von mir.«

Die Frau riss die Augen auf, als habe Grace gerade etwas völlig Unzumutbares vorgeschlagen. »Nein, schon gut.« Sie riss sich los und hastete weiter den Gang entlang.

Peter trat neben Grace.

»Sie hat etwas Gespenstisches an sich«, stellte er fest. »Was wollte sie denn?«

Grace zuckte mit den Schultern. »Sie war auf der Suche nach ihrem Bruder und schien mir ziemlich in Panik zu sein.«

Gemeinsam setzten sie ihren Weg fort. Plötzlich hörte Grace eine bekannte Stimme in der Reihe über sich.

»Das nenne ich aber mal einen selbstlosen Einsatz im Dienst unseres Landes.«

Grace schaute auf und blickte direkt in das Gesicht ihres Kollegen Kevin Day, der gerade vergnügt einen Früchteriegel aus dem Papier wickelte.

»Ich liege doch sicher richtig in der Annahme, dass dir Gaelic absolut schnuppe ist, oder?«

Grace blinzelte irritiert. Day saß gegen die Sonne. Er sah

in seinem grauen Sommeranzug aus wie aus dem Ei gepellt. Neben ihm saß eine strahlende Blondine mit großer Sonnenbrille, die sie in dem Moment abnahm.

»Darf ich vorstellen? Meine Frau Valerie.«

»Hi.« Grace nickte den beiden zu und drängte weiter. Doch bevor sie sich entfernen konnte, hatte Kevins Frau schon ihre Hand geschnappt und drückte sie.

»Freut mich sehr, Sie kennenzulernen. Kevin hat mir schon viel von Ihnen erzählt.«

Grace nickte verwirrt. Sie wusste nicht, wie sie das interpretieren sollte, und hatte etwas Mühe, sich aus dem Griff der Blondine zu befreien.

»Sie entschuldigen. Es geht gleich los und wir müssen noch zu unseren Plätzen. Viel Spaß!«

Kurz darauf ließ sie sich atemlos neben Peter auf ihren Sitz fallen. Die Ansage durch die Lautsprecher kündigte gerade die Mannschaften an, die soeben das Spielfeld betraten. Dahinter folgte der Schiedsrichter, ein großer Kerl mit zerzausten roten Locken und Bart. Zwei Linienrichter begleiteten ihn und vier Umpires, die, wie Grace sich dunkel erinnern konnte, ausschließlich für die Kontrolle der Tore zuständig waren.

Die Fans jubelten, Sprechchöre erklangen.

»Weißt du, dass die erste historische Erwähnung dieses Spiels 1527 hier in Galway war?« Peter bot ihr einen Zitronendrops an, den sie dankbar annahm.

»Echt?« Während sie langsam das Bonbon auswickelte, überlegte Grace, ob sie ernsthaftes Interesse heucheln sollte, entschied sich aber dagegen. Sie war aus dienstlichen Gründen hier, wie Day ganz korrekt festgestellt hatte.

»Schau mal, da drüben sitzt ja Fitz!« Sie deutete mit dem Finger auf die Galerie, gar nicht so weit von ihnen, wo der Wirt des Spaniard's Head gerade neben Fiona, Hilary und Dixi Platz genommen hatte. Alle waren sie da, wirklich alle.

Nur Fionas Vetter, Padraic Riordan, hatte Grace noch nicht entdeckt. Aber das hatte nichts zu bedeuten. Er konnte auch irgendwo in der Menge stecken. Für den Bruchteil einer Sekunde schien es Grace, als würden alle auf etwas warten, das gar nicht mit dem Spiel zu tun hatte. Etwas, das unweigerlich eintreffen würde, bedrohlich und dramatisch. Doch dann riss sie sich zusammen. Das war Unsinn.

»Dixi trägt ja wieder ein witziges Teil auf dem Kopf«, kommentierte Peter das Gebilde. »Diese feuerroten Federn sehen aus wie ein Nest!«

Ob das wohl die »Fedrige Sünde« ist?, schoss es Grace durch den Kopf. Aber die war doch für eine Kundin gewesen, hatte Dixi betont.

»Vielleicht hat sie sich vertan und die Gelegenheit verwechselt?«

»Wie meinst du das?« Grace klang amüsiert.

»Na, sie scheint mir eher für die Galway Races ausgestattet«, fuhr Peter fort. »Schon allein der Hut – und schau mal, sie hält sich ein Fernglas vor die Augen! Das Spiel ist so schnell, dass sie es damit bestimmt nicht verfolgen kann.«

»Ich muss Fitz unbedingt in der Pause sprechen, Peter«, sagte Grace leise.

Aber Peter zeigte keinerlei Reaktion. Stattdessen holte er sein Smartphone aus der Jacketttasche. Er hatte offenbar eine SMS erhalten. Er warf einen Blick auf das Handy und erbleichte.

»Was hast du, Peter?«

Er hustete und warf ihr einen Blick zu, der seine Nervosität verriet. »Rory hat mir eben eine Nachricht geschickt.«

»Und?«

Er hielt ihr das Handy hin und ihre Augenbrauen rutschten für einen Moment nach oben.

Der dritte Mann im Pub gestern war der Schiedsrichter!, stand auf dem Display.

34

Das Spiel war, wie erwartet, blitzschnell, hart und spannend. Grace hatte sich ursprünglich vorgenommen, eher auf die Atmosphäre im Stadion zu achten, kam aber nicht umhin, den irrwitzigen Balltricks der Spieler Bewunderung zu zollen.

Der Favorit Galway war meist in der Offensive. Mayo kämpfte verbissen, aber auch fintenreich, um nicht zu stark ins Hintertreffen zu geraten, und schlug sich tapfer. Es stand Galway 1–6, Mayo 0–7. Das war knapp. Tore wurden dreimal so hoch gewertet wie Schüsse über das hohe Tor, die nur mit einem Punkt belohnt wurden.

»Mayo hat seit fast fünfzig Jahren das Connacht-Finale nicht mehr gewonnen. Das wäre eine echte Sensation und an die glaube ich nicht«, kommentierte Peter in der Pause. »Willst du mal rüber zu Fitz? Ich hol uns was zu trinken. Magst du Limo oder Bier?«

»Wasser, bitte.« Sie war schon aufgestanden und hatte gerade die Treppe erreicht, als eine Nachricht auf ihrem Handy eintraf.

Fitz hatte sie gesandt. Er hatte sie entdeckt und wollte sie ebenfalls dringend sprechen. Grace verschwand in der Menge.

Es war schwerer, als sie gedacht hatte, sich in der kurzen Spielpause zu den Tribünen auf der anderen Seite des Stadions durchzukämpfen. Grace hatte den Weg unterschätzt. Als sie das Gedränge vor der Bar und den Toiletten registrierte, entschloss sie sich umzukehren, denn die Musik aus dem Lautsprecher war schon der Ansage des Stadionsprechers gewichen. Die Mannschaften mussten jeden Moment auf das Feld zurückkehren. Ein kurzer Blick zum Spielfeld ließ sie überrascht innehalten. Fred McGuinness war in einem Gespräch mit einem anderen Mann auf dem Platz offenbar in Wut geraten. Wer es war, konnte Grace nicht erkennen, denn er wurde von einem Pfeiler verdeckt. McGuinness brüllte den anderen mit hochrotem Kopf an. Dann rannte er in den Tunnel, hinter dem die Umkleidekabinen lagen. Grace wollte gerade weiterlaufen, als jemand sie an der Schulter festhielt. Sie wirbelte herum. Es war Rory und sofort entspannte sie sich.

»Grace? Tut mir leid, dass ich dich erschreckt habe. Das wollte ich nicht!«

Grace lächelte wieder. »Ist nicht deine Schuld, Rory. Irgendwie bin ich total nervös. Die Spannung hier macht mich noch wahnsinnig.«

Rory nickte. In beiden Händen trug er Flaschen mit bunter Limonade, die eindeutig für seine Töchter bestimmt waren.

»Dieses Spiel ist echt unglaublich spannend, das hätte ich von Mayo nicht gedacht. Aber letzten Endes haben sie keine Chance. Ich bin auch schon ganz verrückt und bilde mir die wildesten Sachen ein«, versuchte er sie zu trösten. »Zuerst dachte ich, der da unten mit McGuinness streitet, wäre mein Bruder, aber dann war es dieser Bio-Heini von Nolans Hof, du weißt schon, wen ich meine. Und Ronan stand bloß ein paar Meter daneben.«

»Kosters? Was hat der auf dem Spielfeld verloren? Seine Schwester sucht ihn, wie komisch.« Sie warf ihm einen zweifelnden Blick von der Seite zu. Doch Rory täuschte sich im Allgemeinen nicht.

»Und dann habe ich auch noch Pattie Burke gesehen.«

»Pattie?« Dass die angeblich gerade in London war, behielt sie im Augenblick für sich.

Rory begleitete sie noch die paar Treppen hinunter zu Peter, als sie beide überrascht stehen blieben.

»Das bilde ich mir aber jetzt nicht ein. Du siehst es auch,

oder?« Er deutete mit dem Kopf ein paar Reihen weiter auf Aisling O'Grady, die gerade im Gespräch mit Valerie und Kevin Day war. Alle drei lachten. Kurz bevor sie sich verabschiedete, drückte sie Graces verhasstem Kollegen noch einen Zettel in die Hand und zwinkerte ihm zu. Danach verschwand sie in der Menge. Day schaute sich kurz um, dann las er den Zettel, grinste, faltete ihn zusammen und steckte ihn in seine Brusttasche.

Grace wusste nicht, was sie davon halten sollte. Rory verabschiedete sich hastig, denn das Spiel ging weiter. Die Teams waren schon wieder auf dem Rasen. Grace eilte zu Peter und erzählte ihm rasch, wen Rory erspäht hatte.

»Was? Meine Mutter? Das kann nicht sein! Ist sich Rory sicher?«

Doch Graces Antwort ging im Lärm der Zuschauer unter.

Ein Aufschrei ging durch die Menge. Ein Spieler aus dem Galway-Team bekam wegen eines leichten Fouls eine gelbe Karte. Es gab einen Freistoß für Mayo hinter der Zwanzig-Meter-Linie.

Das Spiel wurde immer schneller und, wie es schien, auch aggressiver. Die Fouls häuften sich.

»Was zum Teufel ist mit Murtagh los? Der hätte den Ball doch kriegen müssen!«

Der nächste Aufschrei, diesmal ein lautes Wehklagen, wogte durch die Menge der Galway-Fans. Mayo hatte ein Tor geschossen und zog gleichauf.

Tatsächlich stand der bullige Half-Back einem Schlafwandler gleich und kalkweiß wie eine Wand auf dem Spielfeld und bewegte sich wie in Zeitlupe. Grace war auf einmal wie elektrisiert. Sie hatte Sir John genau ins Auge gefasst, der unten am Spielfeldrand aufgesprungen war und, statt seinen Spielern, die wie begossene Pudel planlos herumliefen, etwas zuzubrüllen, auf seine Armbanduhr blickte. Von den fünfunddreißig Minuten waren noch fünfzehn zu spielen. Grace überschlug es im Kopf. Bis zur siebenundzwanzigsten Minute waren es noch genau sieben Minuten … Falls es tatsächlich passieren würde.

Ihr fielen die raffinierten Spielmanipulationen ein, die der Half-Back ihr vor zwei Tagen aufgezählt hatte. Sie biss sich auf die Unterlippe. Dann fiel ihr Blick wieder auf die Reihe, in der Fitz, Fiona und Dixi Platz genommen hatten. Sie stutzte. Der Platz, auf dem Fitz in der ersten Hälfte des Spiels gesessen hatte, war nun leer. Warum hatte er sie wohl per SMS um eine Unterredung gebeten? Sie hatte es in der kurzen Pause nicht zu ihm geschafft. Sie fing an, sich Sorgen zu machen. Noch vier Minuten.

Der rotblonde Schiedsrichter, der mysteriöse dritte Mann aus dem Spaniard's Head, pfiff einen harten, doch gut kombinierten Angriff von Galway ab. Buhrufe ertönten um sie herum. Die Stimmung drohte zu kippen.

»Warum hat er abgepfiffen?«, fragte Grace.

»Gute Frage«, entgegnete der Privatdetektiv und strich sich nervös übers Kinn. Noch zwei Minuten.

Mayo bekam einen Freistoß und der rechte Full-Forward bewegte sich mit drei Schritten durch das Mittelfeld. Beim vierten musste er den Ball spielen. Noch eine Minute. Grace merkte, wie sie den Atem anhielt. Da passierte es: Auf dem Weg zum Tor wurde der rechte Full-Forward des Mayo-Teams im Strafraum vom zweiten Verteidiger zu Fall gebracht. Sir John brüllte heiser etwas in Richtung Torwart. Er war aufgesprungen und sein Kopf glühte feuerrot. Alle Spieler von Galway, die auf der Ersatzbank warteten, drängten sich aufgeregt am Spielfeldrand.

Grace hörte, wie die Mayo-Fans auf der gegenüberliegenden Tribüne pfiffen und johlten. Die Galway-Fans um sie herum starrten ungläubig auf das Spielfeld. Der Schock schien die meisten von ihnen gelähmt zu haben.

Der Schiedsrichter wies auf den Dreizehn-Meter-Punkt

vor dem Galway-Tor. Dann zeigte er dem zweiten Half-Back die schwarze Karte. Ein Raunen ging durch das Stadion.

»Oh Mann, der gibt ihm die Zecke!«, stöhnte auch Peter.

»Die Zecke?« Grace hatte diesen Begriff noch nie gehört.

»Ist erst 2014 eingeführt worden. Die schwarze Karte gilt für besonders schwere Fouls. Damit muss der Spieler den Platz sofort verlassen und darf natürlich nicht ersetzt werden. Die ist noch schlimmer als die rote Karte«, erklärte Peter ihr schnell.

Während sich der Mayo-Mittelfeldspieler den Ball für den Strafstoß zurechtlegte, beobachtete Grace die anderen Spieler, die sich hinter der Zwanzig-Meter-Linie versammelt hatten. Dabei fiel ihr Oliver Murtagh auf. Er wirkte unter all den hochnervösen Galway-Spielern irgendwie unbeteiligt. Merkwürdig, fand Grace. Sie schubste Peter sanft an.

»Schau dir mal Murtagh an. Der verhält sich wirklich komisch. Bei dem stimmt was nicht. Der ist da, aber irgendwie auch nicht da.«

Peter nahm seinen Blick nicht vom Spielfeld. »Wie Gonzales.«

»Das Pferd? Das versteh ich nicht.« Sie hatte sich zu ihm gedreht und blickte ihn verwundert von der Seite an.

Er lächelte und strich sich über das dunkle Haar. »Der scheint völlig abwesend zu sein.«

In diesem Moment verwandelte Mayo den Strafstoß. Die Fans jubelten und stimmten sofort einen triumphierenden Song an.

Peter schüttelte den Kopf. »Ich glaube es einfach nicht! Das darf doch nicht wahr sein!«

Grace zupfte ihn am Ärmel und beugte sich verschwörerisch zu ihm hinüber.

»Wir sind uns aber einig, dass es sich hierbei nicht um ein Wunder handelt, oder?«

Ihre Blicke trafen sich.

»Es passierte, genau wie angekündigt, in der siebenundzwanzigsten Minute der zweiten Halbzeit. Ich bin beeindruckt von so viel Präzision. Ob es mir in meinem Mordfall wirklich weiterhilft, weiß ich allerdings noch nicht.«

Das Spiel ging nun in seine allerletzten Minuten und Galway bäumte sich noch einmal auf, um eine Verlängerung zu erzwingen. Mayos Mannschaft segelte auf einer riesigen Woge der Unterstützung ihrer Fans, die ihr Glück kaum fassen konnten.

Peter und Grace unterhielten sich leise über das, was sie eben gesehen hatten.

»In der Mannschaft von Galway muss es irgendwo stinken.«

»Nicht nur in der Mannschaft. Auch mit dem Schiedsrichter ist irgendwas faul. Der hat einen völlig korrekten Galway-Angriff abgepfiffen. Punkt eins, damit hat alles angefangen – und es war perfektes Timing.«

»Murtagh wird als stärkster Verteidiger gezielt ausgeschaltet. In der Halbzeitpause. Vorher hat er ganz normal gespielt. Punkt zwei.«

Peter nickte. »Stimmt. Also muss es der zweite Half-Back gewesen sein, Murtaghs Pendant sozusagen.«

»Der hatte den Auftrag zu handeln, koste es, was es wolle. Auch wenn er dafür eine Zecke kassieren muss. Und was ist mit dem Torwart?«

Grace erinnerte sich an die Szene beim Abschlusstraining, als sie Zeuge der wortlosen Auseinandersetzung zwischen Murtagh und dem Galway-Torwart geworden war. Sie war sich sicher.

»Der hängt auch mit drin. Er hätte immerhin eine Chance gehabt, den Strafstoß zu halten, und dieses Risiko durften sie nicht eingehen. Das war Punkt drei.«

Als kurz darauf der Schlusspfiff ertönte, schienen die Fans auf der Galway-Seite wie vor den Kopf gestoßen.

»Mayo 2–12 – Galway 1–14. Ich fasse es nicht!« Der ältere Fan in Weinrot neben ihnen sank verzweifelt in sich zusammen und wurde von den Umstehenden, deren Gesichter wie versteinert wirkten, gestützt.

Grace und Peter beschlossen, nach Fitz zu suchen, und machten sich auf den Weg zu seinem Platz im gegnerischen Lager.

Mitten im Getümmel lief ihnen Rory über den Weg.

»Ganz schön heftig, nicht wahr? Was meint ihr dazu?«, fragte er mit gerunzelter Stirn.

Grace sah sich vorsichtig nach allen Seiten um, bevor sie ihm antwortete.

»Spannend. Besonders die siebenundzwanzigste Minute. Aber, wenn du mich fragst, ging das nicht mit rechten Dingen zu.« Mehr äußerte sie nicht. Sie merkte, dass sie trotz allem doch ein Problem damit zu haben schien, dass ihr geschätzter Kollege einen Zwillingsbruder besaß, dessen Beteiligung an einem unaufgeklärten Mordfall fraglich blieb.

Peter trat näher an Rory heran. »Hast du wirklich vorhin meine Mutter gesehen?«

Rory kratzte sich am Hals, als müsste er genau nachdenken. »Ich glaube schon. Aber ich war zugegebenermaßen ziemlich weit weg von ihr und auch etwas abgelenkt. Wieso fragst du?«

Peter versuchte seine Unsicherheit zu überspielen. »Wo hast du sie gesehen?«

»Sie kam aus der Damentoilette und schaute sich kurz um, bevor sie aus meinem Blickfeld verschwand. Hast du sie aus den Augen verloren?«

Peter schwieg und nickte dann in Gedanken versunken.

Grace trieb ihn zur Eile an, als die Ansage zur Siegerehrung durch das Stadion hallte. Bald darauf hatten sie die

Sitzreihe erreicht, wo sie den Wirt des Spaniard's Head zu Beginn des Spiels noch gesehen hatten. Dort saßen Dixi und Fiona. Beide Frauen schauten wie gebannt auf das Spielfeld. Dixi hatte wieder ihr Fernglas in der Hand. Erst jetzt bemerkte Grace, dass sich Hilary durch die Reihen quälte und genau auf sie zusteuerte. Blitzschnell versuchte sie, einen Fluchtweg auszumachen, doch da hatte er sie schon erreicht.

»Gut, dich zu sehen, Ms O'Malley!«

Es verwunderte sie nicht zum ersten Mal, wie selbstverständlich er plumpe Vertrautheit mit höflicher Distanz in ihrer Anrede verwob.

»Was ist?« Sie versuchte uninteressiert zu klingen.

»Fitz! Du musst dich um ihn kümmern!« Etwas in seiner Stimme war anders als sonst. Der gemeine und unverschämte Unterton, den er häufig pflegte, fehlte. Aber was genau war es?

»Er ist seit der Halbzeitpause nicht mehr hier aufgetaucht.« Er zeigte mit dem schmutzigen Zeigefinger auf den leeren Platz in der Reihe hinter sich.

»Dabei wollte er nur mal kurz aufs Klo. Und danach rüber zu dir. Er wollte euch unbedingt etwas sagen.«

In dem Moment wusste sie es: In Hilarys Stimme schwang Besorgnis mit und noch etwas – schiere Angst.

35

Die Nachricht über den Fund einer männlichen Leiche nicht weit vom Stadion erreichte Grace kurz nach acht Uhr abends, als sie schon zu Hause war.

Direkt nach dem Spiel war Grace, einer Eingebung folgend, dass sich Fitz möglicherweise in den Pub zurückgezogen haben könnte, mit Peter zum Spaniard's Head gelaufen. Sie hatten den Wagen auf dem Parkplatz des Stadions stehen lassen, um den Stau nach dem Spiel zu vermeiden. Sie hatten beide einen Happen essen wollen, doch nun verspürte Grace nicht den geringsten Appetit. Sie machte sich große Sorgen um Fitz und Peter stimmte ihr nachdenklich zu. Sein Verschwinden war mehr als merkwürdig.

Während der halben Stunde auf dem Weg von Salthill zum Pub hatte Peter immer und immer wieder versucht, seine Mutter auf dem Handy zu erreichen. Doch außer ihrer Ansage auf der Mailbox, die er selbst mit verzweifelten Botschaften komplett gefüllt haben musste, bekam er nichts zu hören.

»Habt ihr keine Freunde in London, bei denen Pattie normalerweise unterkommt, wenn sie mal dort ist?«

Peter versuchte sich zu konzentrieren. »Doch, du hast recht. Sie hat dort eine Freundin namens Julia, bei der war sie schon öfter.«

»Hast du Julias Telefonnummer und Adresse?«

Peter überlegte. »Ich bin mir nicht sicher, vielleicht.«

Sie hatten zu Fuß erstaunlich schnell das Zentrum erreicht und hetzten nun über die Corrib-Brücke.

»Ich an deiner Stelle würde dem nachgehen«, riet sie ihm. »Aber lass uns jetzt mal beeilen. Ich denke wirklich die ganze Zeit an Fitz. Ihm muss etwas zugestoßen sein. Er wollte mich in der Pause doch dringend sprechen!«

Sie konnte unglaublich schnell laufen, und obwohl er längere Beine hatte, fiel es ihm nicht leicht, mit ihrem Tempo mitzuhalten.

Als sie das Spaniard's Head betraten, sahen sie auf den ersten Blick, dass Fitz nicht da war. Fiona starrte sie von hinter der Theke aus an. Ihr Gesicht spiegelte Sorge, Angst und

Ratlosigkeit. Noch bevor Grace sie etwas fragen konnte, schüttelte sie heftig den Kopf, so dass ihre schwarzen Perlohrringe, die ihr bis auf die Schultern reichten, hin und her schwangen.

»Was genau hat er gesagt, bevor er in der Halbzeitpause verschwand?« Grace versuchte kühl und ruhig zu bleiben. Sie musste ihre eigene Angst kontrollieren. Hier trat sie als Kommissarin auf, nicht als Fitz' gute Freundin.

Fiona dachte nach. Ein sympathisch aussehender junger Mann, den Grace und Peter noch nie zuvor gesehen hatten, half hinter der Theke und zapfte unermüdlich Bier, um dem großen Andrang der Gäste nach dem Spiel Herr zu werden.

Fiona wischte sich erschöpft mit dem Handrücken über die Stirn. »Nichts, Grace. Er hat nichts gesagt. Außer ›ich bin mal kurz weg‹ oder etwas in der Richtung.«

»Hat er erwähnt, dass er mich treffen wollte?«

»Nicht direkt.«

»Wie meinst du das?«

»Irgendwann in der ersten Halbzeit hatte er dich und Peter auf der anderen Seite entdeckt. Ihr habt ja nicht so weit weg von uns gesessen. Er war sich allerdings nicht ganz sicher.«

»Und?«

Die Barfrau runzelte die Stirn. In diesem Moment trat der junge Mann zu ihr. »Haben wir Rosé, Fiona?«

Sie nickte und deutete auf einen Weinkühlschrank schräg hinter ihr. »Es gibt französischen Tavel und einen hellen Spätburgunder von der Mosel.«

Der junge Mann bedankte sich und öffnete die Kühlschranktür.

Fiona seufzte und fuhr fort. »Fitz bat Dixi um ihr Fernglas und wirkte ziemlich erleichtert, als er euch sah.«

Peter und Grace wechselten einen kurzen Blick.

»Und dann?«

»Das war's. An mehr kann ich mich nicht erinnern.«

Grace zögerte einen Augenblick und schaute sich um. Das Ende der Theke war von einer Gruppe ausgelassen feiernder Mayo-Fans belagert. Sie schwangen die rot-grüne Mayo-Fahne. Der Stammplatz des Schankwirts war verwaist.

»Wo steckt Hilary?« Für einen kurzen Moment hatte Grace das Gefühl, als wäre Fiona diese Frage unangenehm.

Doch als die Barfrau antwortete, lag keinerlei Abwehr in ihrer Stimme. »Er ist draußen im Pearse Stadion geblieben und wollte dort nach Fitz suchen. Er ist genauso besorgt wie wir alle.« Fiona klang sachlich.

Grace kam zum ersten Mal der Gedanke, dass Hilary vielleicht mehr als nur ein unangenehm riechender, aufdringlicher Alter war, der Fitz unter Druck setzte und seine neugierigen Augen überallhin wandern ließ. Der seine rote Alkoholikernase in Sachen steckte, die ihn nichts angingen, und sich mehr Freiheiten herausnahm, als ihm eigentlich zustanden. Er schien hilfsbereiter zu sein, als sie es ihm zugetraut hätte.

»Grace? Hast du mich gehört?« Fiona hatte ihr offenbar eine Frage gestellt, doch die Kommissarin war zu sehr in ihren Gedanken vertieft gewesen.

»Selbstverständlich haben wir ihn zigmal auf seinem Handy angerufen. Aber es springt nur die Mailbox an.«

Grace nickte und wandte sich an Peter, der neben ihr stand und immer noch auf seinem Smartphone herumtippte. Offenbar ließ ihm seine verschwundene Mutter keine Ruhe. Grace streifte kurz der Gedanke, dass nun schon zwei Menschen vermisst wurden. Das musste ein Zufall sein.

»Gut, im Moment können wir nichts tun. Wenn er sich bis morgen früh nicht gemeldet hat, geben wir eine Suchmeldung raus.«

Sie machte sich eine Notiz im Kopf, Rory anzurufen. Das

hier war eindeutig ein Fall für die Witwe Malone, Rorys zweites Gesicht. »Mit Orten kennt sich die Witwe aus«, hatte er schon häufig versichert, »da funktioniert sie wie ein exzellenter keltischer Profiler.«

»Noch etwas, Fiona.« Grace beugte sich zu ihr hinüber, um nicht zu laut sprechen zu müssen, denn der Geräuschpegel im Pub war wieder heftig gestiegen. »Ich muss dringend mit deinem Vetter Padraic reden. Wenn es geht, noch heute. Hast du seine Nummer?«

Sie nickte, wirkte aber irgendwie unangenehm berührt, als die Kommissarin ihren Cousin erwähnte. Sie schickte ihr sofort die Nummer über ihr Handy.

»War er eigentlich beim Finale?«

Fiona runzelte die Stirn. »Komisch, dass du das erwähnst, ich habe ihn dort nicht gesehen.«

»Ich auch nicht, aber bei über zwanzigtausend Menschen hat das nicht unbedingt was zu bedeuten. Da übersieht man leicht jemanden.«

Fiona schüttelte heftig den Kopf. »Nicht ihn!«

»Und warum nicht? Er ist nicht sehr groß, dein Vetter.«

Fiona räusperte sich und griff nach einem Glas, das sie unter fließendem Wasser abwusch. »Er hängt bei solchen Events immer mit den gleichen Typen rum. Die gehören zur Familie, äh, im weitesten Sinne …«

Also andere Traveller, fügte Grace in Gedanken hinzu.

»… und ein paar davon sind einfach Kumpels, die sich für Pferde und Wetten und so was interessieren. Ich kenn die, zumindest vom Sehen.«

Grace rückte interessiert ein Stück näher, während Peter offenbar einen Bekannten an der Bar getroffen hatte, mit dem er sich unterhielt.

»Die hab ich gesehen«, sagte Fiona. »An der Bar oben bei den VIP-Rängen. Das ist ihr Stammplatz, denn da haben sie alles im Blick. Die kommen nicht wegen des Spiels. Aber

Padraic war nicht dabei.« Sie füllte sich nun das Glas mit Wasser und nahm einen Schluck.

»Ich hab sie in der Pause nach ihm gefragt, aber niemand wusste, wo er war.«

»Also warst du in der Pause auch unterwegs, wie Fitz?«

Fiona schenkte ihr einen überraschten Blick. »Klar doch. Muss ja auch mal pullern. Fitz war aber nicht auf dem Damenklo.«

Fiona hörte sich jetzt eindeutig gereizt bis beleidigt an. Grace verspürte keine Lust, sie wieder freundlicher zu stimmen, bedankte sich bei ihr und wandte sich wieder ab.

Grace schaute auf die Uhr. Es war kurz vor sechs. Sie verabschiedete sich von Peter mit dem Hinweis, dass sie jetzt nach Hause gehen wolle. Sie war müde und wollte dringend alles, was um das Spiel herum passiert war, auf dem Laptop festhalten, solange es noch frisch war. Außerdem wollte sie sich mit Riordan in Verbindung setzen.

»Bitte, ruf mich an, wenn du Kontakt zu Pattie hast, ja?« Er nickte geistesabwesend. »Und wenn du was von Fitz hörst, natürlich auch«, setzte sie hinzu. Dann drückte sie ihn kurz und bahnte sich einen Weg aus dem Pub.

Zu Hause angekommen, stellte sie fest, dass sie äußerst nervös und unruhig war. Ausgiebiges Duschen half ihr manchmal in solchen Situationen. Doch zunächst wollte sie Riordan anrufen. Immerhin hatte er ihr die Spielmanipulation, deren Zeugen sie heute geworden waren, haargenau vorausgesagt. Irgendjemand musste es ihm erzählt haben. Zumindest hatte er das behauptet. Schwebte er deshalb auch in Gefahr? Sie wählte seine Nummer, aber niemand nahm ab. Schließlich schickte sie ihm eine Nachricht, dass er sich umgehend bei ihr melden solle, egal, zu welcher Uhrzeit. Sie formulierte es so, dass kein Zweifel daran bestehen konnte, dass dies eine offizielle Garda-Vorladung war.

Dann duschte sie lange. Wo war Fitz? Sie zermarterte sich den Kopf darüber, was wohl mit ihm geschehen war. Was genau hatte er zufällig in seinem Pub mitgehört? Was wollte er ihr heute mitteilen? Hatte das vielleicht irgendjemand mitbekommen? Wer hatte ihn davon abgehalten? Denn dass jemand ihn daran hindern wollte, mit ihr zu sprechen, schien Grace offensichtlich. Sie musste unbedingt Rory anrufen.

Nachdem sie sich abgetrocknet hatte und in ihren scharlachroten Seidenmorgenrock geschlüpft war, zog sie sich mit ihrem Notebook auf das Sofa zurück. Die Seite, die sie suchte, war noch nicht einmal ganz hochgefahren, als sie schon vor Erschöpfung eingenickt war.

Es war acht Uhr, als der Trommelwirbel ihres Handytons sie weckte. Verschlafen griff sie danach und hauchte ein mattes »Ja?« ins Gerät.

»Grace? Ich störe ungern.« Days unangenehme Stimme ertönte. Sofort war sie hellwach und setzte sich aufrecht hin.

»Was ist, Kevin?« Sie ahnte, was nun kommen würde, und merkte, wie ihr Körper anfing zu zittern. Gott sei Dank konnte er sie jetzt nicht sehen. Sie bemühte sich, ruhig zu klingen.

»Es wurde eine männliche Leiche gefunden, nicht weit vom Parkplatz am Stadion. Fremdeinwirkung. Ich bin schon vor Ort.«

Grace atmete tief durch. Die Nachricht traf sie so sehr, dass sie sich nicht einmal fragte, wieso man ihren Kollegen und nicht sie als Chefin zuerst zum Tatort gerufen hatte.

»Wer ist es, Kevin?«

Er schien einen Moment am anderen Ende zu überlegen, wie er es formulieren sollte. »Es ist John Cullen, bekannt als Sir John. Der Trainer von Galway. Und auch wenn sie heute verloren haben und viele Fans sehr enttäuscht sind, geht das doch entschieden zu weit.«

Wieder atmete Grace tief durch. Sie hatte seine Witze schon immer für geschmacklos gehalten.

36

Eine halbe Stunde später war Grace am Tatort. Es war nach wie vor hell, und die Rechtsmedizinerin, noch in denselben weinroten Jeans und dem weißen T-Shirt, das sie beim Finale getragen hatte, kniete mit ihrem Koffer neben der Leiche. Es roch nach frisch gemähter Wiese, was Grace als merkwürdig auffiel, da keine in der Nähe zu sein schien. Die Leiche lag in einem Gestrüpp.

Aisling schaute auf und lächelte, als Grace neben sie trat. »Gut, dass du da bist, Grace.«

Die Kommissarin nickte kühl. Der Zettel, den O'Grady ihrem Kollegen Day am Nachmittag heimlich zugesteckt hatte, kam ihr unwillkürlich in den Sinn.

Die Spurensicherung hatte den Fundort bereits großräumig mit einem Band abgesperrt und untersuchte mit einer Handvoll weiß gekleideter Kollegen das Terrain. In einiger Entfernung hinter dem gestreiften Plastikband hatte sich eine große Menge Schaulustiger versammelt.

»Er ist erschossen worden. Man kann das Einschussloch hier gut erkennen. Von vorn. Mitten ins Herz. So ähnlich wie Nolan. Der Mörder muss gewusst haben, dass er zu seinem Auto gehen wollte, das da drüben geparkt war.« Aisling hielt kurz in der Untersuchung inne und zeigte auf einen dunkelroten Volvo, der knapp dreißig Meter entfernt in einer ausschließlich für den Club reservierten Parkbucht stand.

»Woher weißt du das?«

»Das hat Day gesagt«, antwortete sie ungerührt, ohne aufzuschauen.

Grace schluckte. »Aha. Und wo ist Day? Ich kann ihn hier nirgendwo entdecken.«

Aisling sprang behände auf und klopfte sich Dreck von

den Knien. Sie strich sich eine rote Strähne aus dem Gesicht, die ihr über die sommersprossige Wange gerutscht war.

»Ich meine, er hat vor ein paar Minuten erwähnt, dass er ins Büro drüben gehen will oder in die Umkleidekabinen.« Sie wies auf den lang gestreckten Bau am Ende des Stadions mit dem auffälligen, weit nach vorne gezogenen Flachdach, der die Hauptränge und Kabinen, hinten die Verwaltungsbüros beherbergte.

Im gleichen Moment schlüpfte jemand unter dem Absperrband hindurch und eilte dann flott auf sie zu. Es war Rory in seinem Freizeitlook. Als er Grace und die Rechtsmedizinerin erreicht hatte, schnaufte er ein wenig und bückte sich sofort zur Leiche hinunter.

»Mein Gott! Cullen. Sag ich doch.« Fragend warf er den Blick auf Grace. Hatte er auch geglaubt, dass es sich um Fitz handelte?

»Wer hat ihn gefunden?«

»Day hat die Nachricht jedenfalls als Erster bekommen.«

Nachdem sie sich auf dem Weg hierher etwas beruhigt hatte und erleichtert darüber war, dass es sich bei der männlichen Leiche nicht um den vermissten Fitz handelte, war Wut in ihr hochgestiegen. Ganz offensichtlich hatte man sie übergangen. Als Chefin des Dezernats für Kapitalverbrechen hätte man sie sofort zum Fundort der Leiche rufen müssen. Nicht den ihr unterstellten Kollegen Day. Sie hatte ihr Handy mehrmals überprüft. Auch wenn sie eingenickt war, es war keine Nachricht an sie eingegangen. Jemand hatte Kevin Bescheid gegeben. Und nun wollte sie wissen, wer das gewesen war und aus welchem Grund.

Zornig stapfte sie in Richtung des Hauptgebäudes direkt am Stadion. Rory tauschte einen flüchtigen Blick mit der Rechtsmedizinerin, rannte Grace dann aber hinterher und hielt sie am Ärmel fest.

»Das muss nicht unbedingt etwas zu bedeuten haben, Grace.«

»Nein?« Ihre dunkle Stimme klang gereizt. Sie setzte ihren Weg zügig fort und Rory trabte neben ihr her.

»Wem kann ich hier überhaupt noch trauen?«, zischte sie. »Du hast doch vorhin auch gesehen, wie O'Grady ihm diesen Zettel zugesteckt hat, oder?«

Er runzelte die Stirn und schaute sie einen Moment zweifelnd an. »Aber das hat doch bestimmt nichts mit dem Mord an Cullen zu tun.«

Sie sah ihn skeptisch von der Seite an, während sie beide weiterhasteten.

»Das habe ich auch nicht behauptet. Fest steht jedoch, dass es unter meinen Mitarbeitern Verbindungen gibt, von denen ich ausgeschlossen bin. Mit Ausnahme von dir …« Sie war plötzlich stehen geblieben und beobachtete ihn einen Moment lang angriffslustig. »Von wem weißt du eigentlich, dass wir eine Leiche haben?«

»Äh.« Rory zögerte und kratzte sich am Hinterkopf.

»Sag schon! Von mir hast du es nicht erfahren.«

»Colin hat mir eine SMS geschickt.« Rory klang wie ein kleiner Junge.

»Colin? Von der Spurensicherung?«

Rory nickte. Sie hatten den Verwaltungstrakt erreicht.

»Stört es dich, wenn ich dabei bin, Grace? Robyn braucht ja nicht unbedingt davon zu erfahren.« Er hörte sich kleinlaut an und brachte Grace damit zum Schmunzeln.

Sie legte ihm die rechte Hand auf die Schulter. Ein Stück von ihrer Gelassenheit war zurückgekehrt.

»Nein, Rory, es stört mich nicht, dass du hier bist, ganz im Gegenteil, und das weißt du. Ich reagiere nur etwas empfindlich, wenn ich als Leiterin des Dezernats hier am Tatort erscheine und die halbe Zentrale schon am Werk ist. Das kannst du sicher verstehen.«

Ihr Kollege nickte betreten und hielt ihr die Tür auf. Im Gang standen viele Menschen, die aufgeregt miteinander redeten, manche schrien sich sogar an. Die beiden Kommissare bahnten sich einen Weg zu einem Büro am Ende des Gangs, das von einem uniformierten Guard bewacht wurde. Niemand schien sie zu beachten. Als sie die Tür erreicht hatten, grüßte der Guard und machte sofort Platz.

»Day ist schon drin und verhört gerade«, raunte er ihnen noch zu.

Graces Miene war wie versteinert.

In einem ungelüfteten Büroraum lehnte ein entspannt aussehender Kevin Day im beinahe faltenlosen grauen Anzug an der Seitenwand. Er blickte kaum hoch, als sie eintraten. Vor ihm saß, aufrecht und schweigend, der bleiche Fred McGuinness.

»Danke, Kevin. Ich übernehme jetzt.« Grace bemühte sich, neutral zu klingen.

»Es wäre sinnvoll, wenn ich dieses Verhör auch abschließen würde.« Day schien ebenfalls bemüht, unaufgeregt zu wirken.

»Überlass die Entscheidung bitte mir, was sinnvoll ist und was nicht. Ich wäre dir sehr verbunden, wenn du uns nun allein lassen würdest. Wir reden später.«

Wütend funkelte er sie an. Dann warf er noch einen Blick auf Rory, der betreten zu Boden sah, und verließ schließlich mit einem arroganten Grinsen den Raum. Grace setzte sich McGuinness gegenüber, holte ihr Aufnahmegerät hervor und lächelte ihn an. Sie wusste, dass Day sich rächen würde.

»Ich möchte jetzt bitte noch einmal genau erfahren, was sich hier abgespielt hat und was Sie mit der ganzen Sache zu tun haben.«

Die Miene des Managers blieb unbewegt. Er schien durch Grace hindurchzuschauen.

»Mr McGuinness? Was ist passiert?«, insistierte sie.

»Nichts.« Seine Antwort kam völlig emotionslos.

»Gut, dann schildern Sie mir bitte den Ablauf der Ereignisse aus Ihrer Sicht.«

In diesem Moment flog die Tür auf und ein weiterer Guard streckte den Kopf herein. Er schwitzte stark und von seinem roten Gesicht rannen ihm dünne Bächlein in den Kragen. Gleichzeitig war auch wieder das aufgeregte Stimmengewirr auf dem Gang zu hören. Grace warf ihm einen ungeduldigen Blick zu.

»Tut mir leid, ich will Sie ja nicht stören«, rief er gehetzt, als wäre jemand hinter ihm her. »Aber wer verhört denn jetzt den Zeugen, der die Leiche gefunden hat? Der wartet schon über eine Stunde nebenan. Kevin ist einfach abgehauen.«

Rory reagierte sofort. »Ich übernehme das.« Er folgte dem Guard und verließ den Raum.

Grace wandte sich wieder Fred McGuinness zu. »Nun, Mr McGuinness?«

Der Manager fing stockend an zu erzählen. Nach dem Spiel habe im Galway-Lager absolutes Chaos geherrscht. Die Spieler hätten sich mit Sir John, ihm und ein paar anderen Funktionären in die Umkleidekabinen zurückgezogen und allen Außenstehenden den Eintritt verwehrt. Alle seien natürlich niedergeschlagen und enttäuscht gewesen.

»Wie verhielt sich Cullen?«

Der Manager warf ihr einen fragenden Blick zu. »Wie meinen Sie das?«

»Genau, wie ich es sage. Wie verhielt er sich?«

Offenbar hatte Sir John sich entgegen seinem bekannt polterigen Temperament zurückgehalten und in der Kabine kaum etwas gesagt.

»Stand er unter Schock?«

McGuinness schien zu überlegen. »Nein. Ich denke

nicht«, antwortete er schließlich. »Er wirkte gefasst. Enttäuscht, aber erstaunlich gelassen.«

»Glauben Sie, dass Cullen in etwas verwickelt war, das, sagen wir, Manipulationen begünstigt haben könnte?«

Dazu schwieg McGuinness hartnäckig, doch sein Gesichtsausdruck verriet höchste Anspannung und Wut, die er zu unterdrücken versuchte.

»Sie haben beim Abschlusstraining unmissverständlich Ihre kompromisslose Haltung dazu kundgetan. Jeder, der in solche Unregelmäßigkeiten verstrickt sei, sei Ihr erklärter Feind.« Grace sah ihn fragend an.

»Und ob!«, brach es aus McGuinness hervor. »Das ist ein Verbrechen am Sport, an der Fairness und an den Fans!«

Die Kommissarin beobachtete ihn genau. »Wie haben die Spieler auf diese Niederlage reagiert? Ich werde sie selbstverständlich auch einzeln vernehmen, möchte aber zunächst Ihre Einschätzung dazu hören.«

McGuinness wirkte nun um einiges kooperativer. Er berichtete, dass die Spieler verständlicherweise am Boden zerstört gewesen seien. Einige hätten sogar geweint, andere hätten es offenbar noch gar nicht fassen können. Er wischte sich müde über das Gesicht und knöpfte dann den obersten Knopf an seinem Polohemd auf.

»Und wie verhielt sich Oliver Murtagh?«

»Murtagh?« McGuinness musste schlucken. »Murtagh hat sich zunächst in der Toilette eingesperrt. Wir haben ihn nach diesem unschönen Zwischenfall in Ruhe gelassen.«

»Welchem Zwischenfall?«

McGuinness merkte offenbar, dass er etwas gesagt hatte, was er eigentlich nicht hatte preisgeben wollen. Nun war es zu spät. Er zuckte mit den Schultern.

»Murtagh und Walsh, der Half-Back auf der anderen Seite, sind aneinandergeraten. Murtagh ging es offensichtlich nicht gut. Er fühlte sich in der zweiten Halbzeit aus unerklärlichen Gründen körperlich nicht fit. Und nach der Niederlage sind ihm wohl die Nerven durchgegangen. Er ist sonst nicht so.«

»Wie?«, hakte Grace nach.

Murtagh hatte Walsh angegriffen und ihm einen Kinnhaken verpasst. Der andere Verteidiger war wohl zu Boden gegangen und Murtagh hatte sich kochend vor Wut auf ihn gestürzt. Da hatten jedoch die übrigen Spieler eingegriffen und ihn weggezerrt. Danach war er zur Toilette gerannt. McGuinness hatte ihn später nicht mehr gesehen.

Grace setzte auf ihrem Gerät einen Memopunkt, damit sie diese wichtige Aussage sofort wiederfinden würde.

»Was hat Sir John gemacht?«

Wieder hob er seinen Blick. »Nichts.« Er klang tonlos, als würde ihn das alles auf einmal überhaupt nicht mehr interessieren.

»Aber er war noch da?«

McGuinness nickte. Seine Stirn war gerunzelt. »Etwa eine Minute später erhielt Sir John eine Nachricht auf seinem Handy«, fuhr er fort. »Das sei die Presse, erklärte er, er müsse nun dringend zu einem Interview. Sir John bat mich, auf die Jungs aufzupassen, wie er es nannte, bis er wieder zurück sei. Damit sie keinen Unsinn anstellten, wie Murtagh zuvor. Und dann ging er.«

»Und Sie haben auf die Jungs aufgepasst.« Ihr Blick fiel auf einmal auf das Bild gegenüber, ein Mannschaftsfoto aus früheren Zeiten. Es war in Schwarz-Weiß und die Männer trugen kesse Haartollen und längere Hosen, die ihnen fast bis zum Knie reichten. McGuinness folgte ihrem Blick und antwortete ihr, ohne sie anzuschauen.

»Nein, ich bekam etwas später auch eine Nachricht. Ein Kollege aus dem Vorstand kam kurz herein und sagte, dass es auf dem Parkplatz wohl Unruhe gegeben hätte. Er bat mich, nachschauen zu gehen.«

»Unruhe?« Grace bekam eine Gänsehaut. Sie hasste die Neigung der Iren, schreckliche Dinge zu verharmlosen. Selbst den jahrelangen blutigen Bürgerkrieg im Norden mit Tausenden von Opfern hatten sie als »Unruhe« bezeichnet.

»Ein Junge hatte anscheinend beobachtet, wie dort ein paar Wagen demoliert wurden. Ich bin jedenfalls sofort rausgelaufen. Und wenn ich ehrlich bin, war ich auch ganz froh, der gedrückten Stimmung in der Kabine zu entkommen.«

»Was passierte dann?«

McGuinness zögerte einen Moment und atmete tief durch.

Er habe auf dem Weg zum Parkplatz mit zwei, drei Leuten geredet, die ihrer Enttäuschung Luft machen wollten, und sei dann schätzungsweise fünf Minuten später auf dem Parkplatz eingetroffen.

»Und was war dort los?«

»Nichts, was nach Vandalismus oder Zerstörung aussah. Jedenfalls konnte ich nichts finden. Ich bin um ein paar Autos herumgelaufen, hab mich gewundert und bin dann wieder zurück.«

»Waren Sie auch am Volvo von Cullen?«

McGuinness sah einen Moment lang hilflos aus. »Ja, ich denke, schon. Der war ja auch dort geparkt. Aber ich kann mich nicht mehr genau erinnern.«

Grace drängte nicht weiter, sondern wartete. Als er nichts weiter sagte, fuhr sie fort. »Haben Sie Cullen dort oder auf dem Weg dorthin gesehen?«

Er schüttelte heftig den Kopf.

»Und was passierte dann?«

»Ich ging ins Hauptbüro, um mich mit dem Vorstand abzustimmen. Die Presse machte Druck. Sie wollten ein Statement.«

»Und Cullen? Haben Sie ihn danach noch gesehen?«

Er schüttelte den Kopf, machte jedoch den Eindruck, als versuche er sich an etwas zu erinnern, das ihm partout nicht einfallen wollte.

»Wir haben noch ein paar Minuten auf Cullen gewartet, aber als er nicht auftauchte, haben wir einfach mit der Presse angefangen.«

»Wann erfuhren Sie von seinem Tod?«

»Wie bitte?«

Grace wiederholte die Frage.

»Erst danach.«

Grace runzelte die Stirn. »Nach der Pressekonferenz?«

Jetzt knetete der Manager nervös seine Finger.

»Erst als Connor in die Pressekonferenz geplatzt ist und mich da rausgeholt hat.«

»Warum? «

»Warum?«

»Hatte man Cullen da gefunden?«

Er starrte sie an. »Nein! Connor hat in meinem Büro nach Versicherungsunterlagen gesucht und in meiner Schreibtischschublade eine Waffe gefunden. Die zeigte er mir. Ich hatte so etwas noch nie zuvor gesehen. Wir beide nicht. Nur im Film.«

»Sie haben die Waffe beide angefasst?«

Erstaunt schaute er sie an. »Selbstverständlich! Wir konnten ja nicht ahnen, dass damit jemand vielleicht erst vor Kurzem erschossen worden war.«

»Wir wissen noch nicht, ob Cullen mit dieser Waffe getötet wurde. Wie kam sie Ihrer Meinung nach dorthin?«

McGuinness wirkte zunächst ruhig, als er ihr antwortete. »Der Raum war die ganze Zeit unverschlossen. Wie übrigens alle Zimmer auf der Etage. Jemand hat die Waffe in mein Büro gelegt. Hier rannten Tausende von Leuten nach dem Spiel aufgescheucht herum.« Die Aufregung in seiner

Stimme stieg nun merklich an. »Wir hatten schließlich gerade verloren. Es herrschte absolutes Chaos!«

Grace registrierte, dass er den Ernst der Lage offenbar noch nicht erkannt hatte oder nicht erkennen wollte.

»Sie haben meinem Kollegen Kevin Day gegenüber ausgesagt, dass alle wussten, dass John Cullen zu seinem geparkten Wagen gehen wollte.«

»Habe ich nicht. Niemand wusste, dass Cullen da draußen war. Alle waren der Meinung, dass er noch interviewt wurde.«

Das musste sie unbedingt abklären. Mit wem hatte der Ermordete geredet und wie lange? Und war er danach sofort zum Parkplatz gegangen?

McGuinness rutschte nun unruhig auf seinem Stuhl hin und her. »Kann ich jetzt gehen, Ms O'Malley?«

Sie schaute verärgert auf und nickte schließlich. »Bitte, halten Sie sich zu unserer Verfügung und verlassen Sie die Stadt nicht. Ich möchte Sie morgen früh um zehn in der Zentrale sehen. Dann nehmen wir das ausführliche Protokoll auf.«

Erleichtert stand der hagere Mann auf, doch dann zögerte er einen Moment. »Ms O'Malley. Glauben Sie, ich spiele Ihnen was vor, bringe Cullen um und lege mir dann selbst noch die Waffe ins Büro?«

Grace schaute ihn an und erhob sich dann ebenfalls, um ins Nebenzimmer zu gehen, wo Rory im Moment noch den weiteren Zeugen verhörte.

»Es ist unerheblich, was ich zum jetzigen Zeitpunkt glaube. Aber wenn Sie schon von einem Spiel reden – bei diesem Spiel hier kommt es wie so oft darauf an, wie weit man mit seinem Einsatz gehen will.«

»Das verstehe ich nicht ganz.«

»Und vom Einsatz hängt der Gewinn ab, nicht wahr? Das Abwägen zwischen Risiko und Gewinn ist, wenn ich mich recht erinnere, die Grundvoraussetzung für jedes Spiel. Je größer das Risiko ist, das man eingeht, umso größer könnte der Gewinn ausfallen. – Bis morgen, Mr McGuinness.«

37

Als Grace den Nebenraum betrat, blieb sie beim Anblick des Zeugen abrupt stehen. Damit hatte sie nicht gerechnet. Auf einem schäbigen, dunkelbraunen Kunstledersofa saß mit übereinandergeschlagenen Beinen Hilary und blickte ihr erwartungsvoll entgegen. Rory hatte es sich auf der Tischkante gemütlich gemacht, rutschte jedoch, als er sie sah, vom Tisch herunter.

»Grace, Hilary hat Cullens Leiche gefunden.« Er wandte sich dem alten Mann zu. »Wollen Sie das selbst noch einmal schildern oder soll ich es kurz zusammenfassen?«

Zu ihrer Überraschung erteilte der Alte mit einer höflichen Geste Rory das Wort.

Angetrieben durch die Sorge um Fitz, hatte er sich entschieden, statt nach dem Spiel in den Pub zurückzukehren, sich lieber in der Nähe des Stadions noch einmal umzusehen und nach ihm zu suchen.

»Gab es dafür einen besonderen Grund? Ich meine, warum haben Sie ihn hier beim Stadion vermutet?« Grace drehte sich nun voll zu dem Alten hin und belohnte ihn mit einem Lächeln.

Er runzelte zunächst die Stirn. »Nein. Die Parkplätze waren so gut oder schlecht wie irgendein anderer Ort in der Nähe. Es war eher eine zufällige Entscheidung, Ms O'Malley. Irgendwo musste ich mit der Suche anfangen.«

So zahm hatte Hilary noch nie geklungen. Trotzdem nahm sie ihm diese Begründung nicht so ganz ab. Sie machte sich eine gedankliche Notiz und bat ihn, selbst fortzufahren.

Er habe unschlüssig an der Ausfahrt des großen Parkplatzes gestanden, als ihn ein Blick zu den Privatstellplätzen des Gaelic-Verbands neugierig gemacht habe. Die lagen genau neben der Ausfahrt und boten für etwa zwanzig Wagen Platz.

»Was genau hat Sie neugierig gemacht?«

Nun zwinkerte Hilary ihr zu. »Der Streit. Hinten bei den Büschen stand eine Gruppe von Männern und stritt laut und heftig.«

»Worüber?«

Hilary grinste breit. »Na, dreimal dürfen Sie raten. Auch wenn man sich nicht mit Gaelic auskennt – das hätte sogar ein Blinder und Ahnungsloser mitkriegen können. Ich rede von der Schiebung.«

»Konnten Sie jemanden aus der Gruppe erkennen?«

Hilary nickte. »Es war die Clique, mit der Riordan immer rumhängt.«

»Fionas Cousin?«

Er nickte noch einmal.

»War der auch dabei?«

Diesmal schüttelte er den Kopf. »Den habe ich während des gesamten Spiels nicht gesehen. Fiona und ich fanden das ulkig.«

Grace zog bei dieser Wortwahl die Augenbrauen leicht nach oben.

»Im Gegensatz zu Fitz' Abwesenheit nach der Halbzeitpause. Die fanden Sie überhaupt nicht ulkig.«

Überrascht schaute er sie an.

»Nein«, stieß er schließlich zwischen den Zähnen hervor.

»Fahren Sie bitte fort. Oder willst du weitermachen, Rory?«

Rory winkte ab und setzte sich wieder. Er fuhr sich mit dem Finger in den Halsausschnitt seines bunten T-Shirts. Es war schwül im Raum. Er schwitzte.

»Die beschimpften sich gegenseitig. Ich war zu weit weg, um Details mitzukriegen, aber es ging wohl darum, wer für das Debakel verantwortlich sei. Das fand ich spannend. Deshalb schlich ich von den Autos verdeckt noch ein Stück näher heran, um besser verstehen zu können, was sie sagten.« Hilary holte tief Luft. »Aber dummerweise sahen sie mich und verschwanden ganz schnell durch den Eingang vom Hauptparkplatz.«

»Und dann?« Rory hatte inzwischen sein leichtes, himmelblaues Jackett ausgezogen und über die Stuhllehne gehängt.

»Während ich mir noch überlegte, wohin ich als Nächstes gehen sollte, tauchte McGuinness auf.«

Rory hatte eins seiner Zettelchen vor sich ausgerollt, das er nun in Windeseile mit seiner kleinen gestochenen Handschrift füllte.

»Er steuerte ebenfalls die Büsche am Ende des Parkplatzes an, dann bückte er sich und ich konnte nichts mehr sehen.« Hilary schwieg abwartend.

»Fahren Sie bitte fort. Was Sie aussagen, ist für uns von größter Wichtigkeit, wie Sie sich denken können.«

»Aber gerne doch – ich genieße jede Sekunde bei der Ausübung meiner staatsbürgerlichen Pflichten, indem ich Gardai helfe, wo ich kann.« Er deutete im Sitzen eine kleine Verbeugung an. »Als McGuinness sich wieder erhob, war er leichenblass. Er schaute sich um, doch er sah mich nicht, denn ich hatte mich hinter einen der Wagen geduckt. Dann verschwand er blitzschnell in Richtung Hauptgebäude.«

»Trug er etwas in den Händen?«

»Sie meinen 'ne Knarre?«

Grace nickte.

Er schüttelte den Kopf. »Nicht, dass ich wüsste. Allerdings trug er eine dieser Regenjacken mit den großen Taschen. Sie wissen schon, die das ganze Team trägt, wenn es bei den Trainings schüttet.«

»Er hätte also eine Pistole in eine dieser Taschen stecken können, ohne dass es aufgefallen wäre?«, mischte sich nun Rory vom Tisch aus ein.

Hilary hob den Kopf und drehte ihn in seine Richtung. Dann nickte er zustimmend.

»Was passierte danach?«

Er habe ein paar Minuten verstreichen lassen, falls einer der jungen Männer noch mal zurückgekommen wäre, und dann habe er ebenfalls die Büsche angesteuert.

»Dabei haben Sie Cullens Leiche entdeckt?«, fragte Grace.

»Nicht sofort. Man konnte sie nicht sofort sehen. Man musste schon zwei, drei Schritte durchs Gestrüpp machen.«

Grace erinnerte sich an den Fundort der Leiche, den sie genau inspiziert hatte, und nickte.

»Ich ging einfach zu der Stelle, wo McGuinness sich gebückt hatte. Da musste doch etwas sein, oder? Und genau dort lag Sir John. Erschossen.«

»Sie haben dann sofort Garda informiert?«

Hilary grinste. »Ich besitze keins von diesen neumodischen Handys. Aber ich blieb einfach stehen, wo ich war, und rief, so laut ich konnte. Es gingen ja immer noch viele Gaelic-Fans vorbei. Ich hab die gebeten, ganz schnell Garda und 'nen Arzt zu rufen.«

So viel Geistesgegenwart hatte sie ihm nicht zugetraut. Doch Hilary war nicht so simpel gestrickt, wie sie vermutet hatte.

»Dachten Sie, dass er noch am Leben war?«

»Nein, das war selbst für einen Laien wie mich klar. Ich wollte schnell ein paar Zeugen haben. Ich habe nämlich keine Lust, Schwierigkeiten zu bekommen.«

»Ziemlich schlau, Hilary. Wie heißen Sie übrigens mit Nachnamen?«

Der Alte schaute sie von unten mit seinen rot geäderten Augen an, was ihm etwas Hinterhältiges verlieh, das mit Sicherheit nicht beabsichtigt war. Rory hatte auch aufgeschaut und Grace merkte, dass ihn das ebenfalls brennend interessierte.

»Mein Familienname ist Sheehan.«

Rory strahlte. »Oh, dann stammen Sie also auch aus dem County Limerick!«

Grace warf ihm einen überraschten Blick zu. »Wieso ›auch‹, Rory?«

Er zuckte leicht mit den Schultern. »Genau wie Fitz.«

Die Kommissarin wiegte nachdenklich den Kopf. Hilary reagierte nicht auf Rorys Einwurf. Vielmehr bemühte er sich, den Faden schnell wiederaufzunehmen.

»Kurz darauf kamen die Sanitäter mit eurem Kollegen von Garda im Schlepptau. Der war wohl unter den Zuschauern gewesen, irgendjemand hatte ihm Bescheid gesagt.«

»Kevin Day?«, fragte Grace und merkte, wie sie vor Scham rot wurde. Dass Day so schnell informiert worden war, war offenbar nur ein echter Zufall gewesen.

»Keine Ahnung, wie er heißt. Der mit dem Bart und dem hochnäsigen Gesichtsausdruck.«

Rory grinste. »Exzellente Beschreibung von Day!«

»Rory!« Grace war die Situation peinlich, nicht zuletzt, weil sie selbst dem Kollegen fälschlich unterstellt hatte, mal wieder seine Kompetenzen überschritten zu haben.

»Den Rest wissen wir. Wir müssen Sie bitten, das alles noch einmal zu Protokoll zu geben. Morgen um elf, Mr Sheehan?«

Hilary nickte und stand auf. Er trat einen Schritt auf sie zu und wieder bemerkte sie seinen abstoßenden Körpergeruch.

»Und was ist mit Fitz? Der ist immer noch verschwunden!« Er sah sie an, mit einer Mischung aus Misstrauen und Verzweiflung.

»Das bereitet uns genau wie Ihnen große Sorgen.«

Hilary war nicht sehr groß und ging schon etwas gebückt. Er tappte an Grace vorbei und sprach nun Rory an, der direkt hinter ihr stand. »Inspector Coyne, ich will Ihnen wirklich nicht zu nahe treten, aber vielleicht sollten Sie Ihrem Bruder mal besser auf den Zahn fühlen!«

Rory erbleichte.

»Der saß nämlich vorgestern mit Sir John und dem Schiedsrichter im Spaniard's Head am Tisch und hat irgendwas ausgekungelt. Ich hab sie die ganze Zeit beobachtet! Und Fitz stand genau daneben. Und wenn ich mir das Spiel heute so anschaue, dann kann ich mir schon denken, was die drei zu bereden hatten.«

Rory war nun aufgestanden und einen Schritt näher gekommen. Er schwieg zunächst und wollte dann doch etwas loswerden.

»Glauben Sie wirklich, da werden massive Spielmanipulationen vor aller Augen in einem Pub verabredet, Hilary?«

Hilary grinste ihn breit an. »Das ist die beste Tarnung, Guard! So was macht heute niemand mehr über diesen albernen elektronischen Schnickschnack, den alle möglichen Leute hacken und knacken können. Nee, so was bespricht man am besten in einem rappelvollen, lauten irischen Pub!«

»Fitz muss etwas mitbekommen haben und nun ist er spurlos verschwunden. Einer von den dreien aus dem Pub wurde ermordet und der zweite hat heute vor den Augen der ganzen Nation ein wichtiges Spiel manipuliert. Ziemlich merkwürdig …« Während Rory sprach, hielt er seine Augen auf Hilary gerichtet.

»Ja, und Ihr Bruder, Guard Coyne, war als Dritter mit dabei und, wenn mich nicht alles täuscht, führt er ein bekanntes Wettunternehmen und sein Stellvertreter ist unlängst auf abscheuliche Weise zu Tode gekommen.« Nun wandte er sich wieder an Grace. »Da kann ich Ihnen wohl nur eines raten, Ms O'Malley: Finden Sie schleunigst die Mörder der beiden – und vor allem finden Sie Fitz, bevor der auch noch umgebracht wird. Und suchen Sie sich bessere Unterstützung dafür. Der hier wird Ihnen bei den Ermittlungen wenig nützlich sein!« Er deutete mit dem ausgestreckten Zeigefinger auf Rory.

38

»Ich habe eben in den Nachrichten gehört, dass der Gaelic-Trainer ermordet wurde. Deshalb rufe ich an, Peter.«

»Wo bist du, Pattie?« Peter ließ sich auf sein Bett fallen und ein Gefühl der Erleichterung durchströmte ihn. Er wusste, dass er auf keinen Fall vorwurfsvoll reagieren durfte.

»Ich bin im Ausland, bei Freunden. Du musst dir um Gottes willen keine Sorgen machen. Das hast du hoffentlich auch nicht getan?« Sie klang wie immer, amüsiert und locker. Aber da war noch etwas anderes, das spürte er.

»Ich hab mich nur gewundert, dass du so plötzlich verschwunden warst.« Er wartete drei Sekunden, ehe er weitersprach. »Aber Sorgen hab ich mir keine gemacht. Du bist ja groß, Mama. In welchem Land bist du denn? In Frankreich? Oder machst du dir ein schönes langes Wochenende in Florenz?« Er wollte ebenfalls betont locker wirken und hatte schon das Wort »Kanalinseln« auf der Zunge, rief sich aber zurück, da er ahnte, dass er damit sofort die Stimmung zwischen ihnen verderben würde. Alderney wäre bestimmt ein Reizwort gewesen.

Sie klang vage, als sie ihm antwortete. »Ich bin bei einer Freundin in London, war eine spontane Idee.«

»Hm.«

Beide spürten, dass sie sehr darauf bedacht waren, bloß kein falsches Wort einzuflechten oder eine unbequeme Frage zu stellen. Warum rief sie ihn jetzt plötzlich an? Er beschloss, sie nicht am Telefon zur Rede zu stellen. Irgendwie hatte er Angst um seine Mutter und wollte sie bald wieder heil bei sich in der Nähe haben.

»Wie lange hast du vor zu bleiben?«

»Das kommt darauf an.«

Er schluckte die Frage »worauf?« hinunter. »Sarah meinte, dass du am Dienstag wieder zurück sein musst, wegen der Gäste.«

»Das stimmt. Aber ich hab noch was zu erledigen.«

Wieder fragte er nicht genauer nach. Ein paar Sekunden verstrichen, ohne dass einer von ihnen etwas sagte.

»Was ist mit dem Trainer passiert?« Pattie Burke hatte nun die Initiative ergriffen, sie hörte sich atemlos und besorgt an. Sie musste die Nachrichten auf dem irischen Sender RTE gehört haben. Das war nicht viel gewesen. Oder hatten sie es schon in der BBC gebracht?

»Er ist erschossen worden. Mehr weiß ich auch nicht. Sie sind ganz am Anfang der Ermittlungen.« Peter hatte sich aufgesetzt und versuchte sich mit der freien Hand ein Glas Wasser auf dem Nachttisch einzugießen, was ihm gründlich misslang. Er schüttete die Hälfte daneben.

»Warum interessierst du dich so für den Tod des Trainers, Mutter? Kanntest du ihn?«

Wieder entstand eine Pause.

»Bist du noch dran?« Peter klang eher verzweifelt als wütend.

»Ja, Peter. Reg dich nicht auf.«

Er atmete tief durch. Schließlich war er hier derjenige, der ruhig war. Zumindest bildete er sich das ein.

»Nein, ich kannte ihn nicht. In der BBC sagten sie vorhin, dass es kurz vor seinem Tod zu …« Hier zögerte sie. »… zu Unregelmäßigkeiten im Connacht-Finale gekommen sei. Und dass der Mord am Trainer irgendwie damit in Zusammenhang stehen könnte. Da dachte ich, ihr habt in Irland bestimmt schon mehr Informationen.«

Er runzelte die Stirn. »Damit hast du meine Frage aber immer noch nicht beantwortet. Warum interessierst du dich so für diesen Mordfall? So sehr, dass du mich nach einigen Tagen Funkstille sogar extra deswegen anrufst? Nachdem ich dir ich weiß nicht wie viele Nachrichten auf der Mailbox hinterlassen habe.«

Wieder hüllte sie sich in Schweigen, was ihn schier verrückt machte. Was verbarg seine Mutter vor ihm? Kannte sie sich im Wettmilieu am Ende viel besser aus, als er ihr jemals zugetraut hätte? War sie doch mehr darin verstrickt, als sie versucht hatte, ihm gegenüber darzustellen?

»Pattie, hast du vielleicht eine Ahnung, in welche Machenschaften John Cullen verwickelt war und wer für den Mord an ihm verantwortlich ist?«

Diesmal kam ihre Antwort prompt und unmissverständlich. »Nein, Peter. Ich weiß nichts darüber. Ich melde mich wieder. Bis bald.«

Sie hatte aufgelegt und er wusste, dass sie log. Augenblicklich fuhr er seinen Computer hoch und ging auf die Seite der BBC. Es dauerte nicht lange und er hatte die Kurzmeldung der Briten von vor einer halben Stunde auf dem Schirm. Der Bericht dauerte genau zwei Minuten und Peter sah ihn sich dreimal an.

Der Mord an John Cullen nach dem Gaelic-Finale wurde erwähnt und man zeigte ein Archivbild von ihm. Dann wurden Ausschnitte aus dem Spiel Galway gegen Mayo gesendet und das Endergebnis eingeblendet. Der Sprecher sagte, dass das Galway-Team, dessen Trainer der Ermordete gewesen sei, als eindeutiger Favorit unerwartet verloren habe. Dass es bei diesem Spiel möglicherweise zu Unregelmäßigkeiten gekommen war, wurde nicht einmal angedeutet. Und dass der Mord an Cullen damit zusammenhängen könnte, auch nicht.

Erschöpft ließ Peter sich wieder auf sein Bett fallen. Nun war er völlig durcheinander.

39

Kleine Wellen, durch einen sanften Wind angefacht, schwappten an den Rand des Teiches. Feine Gräser mit fedrigen Spitzen, die wie geklöppelt aussahen und einem Erwachsenen bis zum Knie reichten, umsäumten das Biotop am Stadtrand von Galway. Es war spät am Samstagabend, aber es war noch hell.

»Am liebsten mag er diese kleinen Larven, die ich im Angelgeschäft in Salthill auftreiben konnte.« Ronan hockte am Rand des Beckens und bröselte Fischfutter aus einem Beutel in den künstlichen Teich. Gespannt beobachteten die Brüder die Wasseroberfläche. Rory hatte sich weit über das Wasser gebeugt, um nichts zu verpassen. Er konnte den Lachs, den er einst vor dem Angelhaken gerettet hatte, nirgendwo entdecken.

»Meinst du, Lionel sieht meinen Schatten und lässt sich deshalb nicht blicken?« Ronan ließ weiter die gelblichen Fischfutterlarven in den Teich fallen.

»Keine Ahnung«, murmelte er. Dann fügte er hinzu:

»Lachse sind ziemlich schlau, sie können sich erinnern, hab ich irgendwo mal gelesen.«

»Aber sie machen Fehler, sonst würde man sie nicht schnappen. Fliegenfischen ist eine merkwürdige Form, sich Lebenszeit zu vertreiben, findest du nicht, Ronan?«

Ronan hob kurz seinen Kopf mit den kurzen dunklen Locken und warf seinem Zwillingsbruder einen Blick zu. »Dein früherer Chef O'Neill hat mal behauptet, es sei die beste Erholung für den nachdenklichen Mann.«

Rory wunderte sich einen Moment, dass sein Bruder auf Graces Vorgänger im Amt anspielte, der bis zu seiner Pensionierung vor wenigen Monaten jahrzehntelang die Abteilung für Kapitalverbrechen in Galway geleitet hatte.

»Ich bin auch ein nachdenklicher Mann. Aber O'Neill hat einen Knall«, entgegnete Rory seelenruhig. »Der lebt ausschließlich fürs Fliegenfischen. Ich wusste nicht, dass ihr euch kanntet.«

Ronan warf noch ein paar Larven ins Wasser und schwieg.

»Ich vermute, Lionel hockt ganz hinten in der Ecke und lacht sich was ins Kiemchen. Woher kanntet ihr euch?«, fragte Rory.

»Über ein paar gemeinsame Bekannte. Aber O'Neill kannte doch jeder. Bin ihm ein paarmal über den Weg gelaufen. Im Pub«, setzte er noch hinzu.

Rory ging nun neben seinem Bruder in die Hocke.

»Im Pub?« Er kratzte sich am Hinterkopf. Das wurde ja immer komischer. O'Neill war Pioneer, und zwar einer der ganz harten Sorte, erinnerte er sich. In einer Gesellschaft wie der irischen, in der sich vieles um den gemeinsamen Genuss alkoholischer Getränke drehte, spielten die »Pioniere«, wie sie sich selbst seit über hundert Jahren nannten, im Kampf gegen den Alkoholismus eine wichtige Rolle. Die Mitglieder dieser hoch angesehenen Vereinigung mussten Abstinenz bis zum Tod geloben und die berühmte Nadel tragen, die sie für jeden sichtbar als Antialkoholiker auswies. O'Neill hatte diese Nadel nie am Revers getragen, fiel Rory ein. Vielleicht weil er es im Dienst als hinderlich erachtete?

»Da bewegt sich etwas, Rory!« Ronan zeigte mit dem Finger auf die Mitte des Teiches, wo nun winzige Wellen sichtbar wurden, die lediglich für ein geübtes Auge zu erkennen waren.

»Er hat ja nichts zu befürchten. Gib mir bitte noch ein paar Larven, Ronan. Ich will ihn locken. Aber ob er wirklich weiß, dass hier niemand nach ihm angelt?« Rory klang skeptisch und Ronan reichte ihm die Tüte, ohne ihn anzuschauen.

»Fliegenfischen ist die Kunst der Verführung.«

»Wer sagt das?« Ronan klang verblüfft, starrte aber immer noch unverwandt auf das Wasser vor ihm.

Rory zuckte mit den Schultern. Irgendwo hatte er das mal gelesen. Ronan schien seine Gedanken zu erraten.

»Du liest zu viel, Bruderherz.«

»Besser zu viel lesen als zu viel angeln oder zu viel spielen.« Das Letzte war ihm nicht zufällig herausgerutscht.

Ronan lachte auf. »Angeln und spielen sind eng miteinander verwandt, finde ich.«

»So? Erklär es mir.« Rory war gespannt.

Ronan stand langsam auf und streckte sich. »Wie beim Spiel gibt es auch beim Angeln zwei Parteien, von denen eine den Sieg davontragen wird.«

»Du meinst den Fisch und den Angler?«

Ronan nickte. »Der Angler will bei diesem Spiel den Fisch bekommen. Aber auch der Fisch ist ein Spieler. Er ist auf der Suche nach Nahrung und hat die Wahl. Der Angler will den Fisch überlisten und sucht nach Strategien. Jeder muss sich in den anderen hineinversetzen.«

»Der Fisch in den Angler?«

»Nein. Aber er muss das riskante Angebot, das ihm vom Angler gemacht wird, abwägen.«

Rory überlegte. »Fahr fort. Das ist interessant.«

»Der Angler muss dem Fisch ein Angebot unterbreiten, das attraktiv genug ist, um in Erwägung gezogen zu werden. Wie bei einem Spiel. Man wirft dem Spieler einen Köder hin und verspricht ihm damit einen saftigen Gewinn.«

»Die Fliege. Genau.«

»Aber sie ist aus Fell, Federn oder Plastik. Sie ist nicht echt.«

Rory nickte zustimmend. »Dieses Risiko muss der Fisch eingehen. Es könnte auch ein saftiges Insekt sein, das sich auf der Wasseroberfläche niedergelassen hat, um seine Eier zu legen. Das wäre eine fette und leckere Beute.«

Auf einmal fuhr Rory hoch. »Da, er hat zugeschnappt! Lionel hat sich die Larven geholt!«

Er freute sich wie ein kleiner Junge und klatschte vor Begeisterung in die Hände. Dann wandte er sich wieder seinem Bruder zu und wurde ernst. »Der Angler gaukelt dem Fisch also etwas vor. Er trickst ihn aus. Er spielt mit dem hungrigen Fisch.«

Ronan nickte langsam. Rory trat nah an ihn heran, so dass er den Atem seines Bruders hören konnte, der immer schneller wurde.

»Bist du auch ein Gaukler, Ronan?« Seine Stimme klang auf einmal weich.

Ronan wich seinem Blick aus und blickte ins dunkle Wasser. »Ich bin sicher, Tom Nolan war der Fisch«, flüsterte er statt einer Antwort.

40

Mehr war von Ronan nicht zu erfahren. Nachdem er vehement bestritten hatte, irgendetwas zu wissen, was für den Fall relevant sein könnte, und behauptet hatte, seinen ehemaligen Kollegen rein gefühlsmäßig vielleicht doch eher als Köder anzusehen, den sein Mörder oder dessen Auftraggeber benutzt hatte, sagte Ronan kein einziges Wort mehr. Auch was das Gespräch betraf, das Rory und Peter am Freitagabend im Spaniard's Head beobachtet hatten, zwischen Ronan, Cullen und dem Schiedsrichter. Das sei ein harmloses sportliches Seemannsgarn gewesen und habe sich ausschließlich um Galways Chancen im All Ireland Finale im September in Dublin gedreht. Wenn es dann gegen Ulster, Leinster oder Munster gehe. Da habe natürlich noch jeder an einen Sieg am nächsten Tag geglaubt.

Als Rory Grace am nächsten Morgen detailliert über das Gespräch mit seinem Bruder am Fischteich informierte, war er immer noch enttäuscht und verwirrt, und Grace merkte ihm das auch an. Beide saßen mit ihrem ziegelroten Tee aus dem Automaten bereits um acht Uhr in Graces hellem Büro und trugen alles zusammen, was sie in den beiden Mordfällen bisher in Erfahrung gebracht hatten. Grace hoffte inständig, dass Kevin an diesem Sonntagmorgen nicht hier auftauchen und Rorys Anwesenheit hinterfragen würde.

»Vielleicht weiß er wirklich nichts, Grace.« Rory klang selbst nicht überzeugt und warf ihr einen hilfesuchenden Blick zu, den sie auffing.

»Er weiß etwas, Rory, und du weißt, dass er etwas weiß. Was und wie viel er genau weiß, dafür würde ich meine Hand nicht ins Feuer legen. Hat er deiner Meinung nach Angst?«

Diese Frage hatte Rory bereits in der Nacht zuvor ausführlich mit Mrs Coyne diskutiert. Beide waren zu dem Schluss gekommen, dass Ronan ziemlich viel Angst hatte, doch aus unerklärlichen Gründen Garda nicht genug traute, um sich Rory anzuvertrauen.

Grace griff sich den Pappbecher mit dem nun schon kalten Rest des Tees und schluckte ihn tapfer herunter. »Kommen wir zu dem, was wir über Cullen wissen.«

Cullen war, das hatten die Nachforschungen bestätigt, am Samstag zu keinem Interview gerufen worden. Da sein Handy verschwunden war, hatte man alle infrage kommenden Medien kontaktiert und festgestellt, dass keiner der üblichen Verdächtigen, denen der Trainer sonst Interviews gab, sich mit ihm verabredet hatte. Entweder hatte Cullen gelogen und war zu einem anderen Treffen gegangen, höchstwahrscheinlich mit seinem Mörder, oder man hatte den mysteriösen Journalisten einfach noch nicht ausfindig gemacht. Grace und Rory tippten auf die erste Variante. Cullen war von seinem Mörder zu irgendeinem Zeitpunkt auf den Parkplatz bestellt worden. Vielleicht schon in den letzten Minuten des Spiels.

»Hätte das auch McGuinness sein können?«, fragte Rory.

Grace nickte. »Sicher. Wir haben bisher nur seine Aussage, dass er ohne Grund nach draußen gerufen wurde. Man hat den Jungen, der ihn über den angeblichen Vandalismus auf dem Parkplatz informiert haben will, bisher ebenfalls noch nicht identifizieren können.«

Ob die Waffe, die man in seinem Büro fand, tatsächlich die Mordwaffe war, konnte noch nicht geklärt werden. Dazu mussten sie auf die Laborergebnisse warten, die erst am Montag eintreffen würden. Dann würde sich auch herausstellen, ob die Tatwaffe mit der vom Mord an Nolan identisch war. Und was es mit allen anderen Spuren vom Tatort und seiner Wohnung auf sich hatte. O'Grady arbeitete im Moment noch in der Rechtsmedizin.

»Was ist mit Murtagh? Haben wir den erreichen können?«

Grace nickte. »Er ist heute für ein Uhr aufs Revier einbestellt, etwas früher als der Rest der beiden Mannschaften. Die müssen wir in Gruppen verhören. Du, Kevin und ich.«

Grace merkte sofort, dass ihm die Nennung seines Namens im Zusammenhang mit den anstehenden Verhören gefiel.

»Ich auch?«

Die Kommissarin nickte voller Überzeugung. »Du auch, Rory. Sonst schaffen wir es nicht. Und wenn Byrne im Dreieck springt! Da fällt mir ein – der Schiedsrichter! Wir müssen unbedingt auch den Schiedsrichter verhören. Wie heißt der überhaupt?«

Rory zog ein weiteres Zettelchen aus seiner Hosentasche und rollte es auseinander. Er studierte es eingehend.

»Ich hab's gleich«, stöhnte er.

Grace wartete geduldig.

»Genau, sag ich doch: Hamilton.«

»Hamilton? Das ist kein irischer Name.«

Rory schaute sie treuherzig an. »Stimmt. Die Hamiltons stammen aus England und kamen im dreizehnten Jahrhundert über Schottland zu uns. Der Typ hat es im Gaelic Football bestimmt nicht leicht mit so einem Namen. Und dann noch mit dem Vornamen Hamish, schottischer geht's wohl nicht. Tapferer Bursche, trotz allem«, fügte er noch hinzu.

Grace musste unwillkürlich lächeln.

»Es gibt nichts Neues von Fitz, oder?« Rory hatte die Frage gestellt und Grace schüttelte betroffen den Kopf.

»Als man gestern die Leiche von Cullen fand, dachte ich, dass er es wäre.«

Rory schaute sie mitfühlend an und nickte. »Ging mir ähnlich«, murmelte er. Plötzlich sprang die Tür auf und Kevin Day stand vor ihnen. Belustigt musterte er seine beiden Kollegen.

»Da schau mal einer an! Am Sonntagmorgen um halb neun … Ich bin beeindruckt. Wenn ihr in unseren beiden Mordfällen genauso erfolgreich wie engagiert seid, dann kann sich Byrne ja beruhigt zurücklehnen.« Er schaute provozierend von einem zum andern. »Dass ihr seine Anweisungen permanent ignoriert, steht allerdings auf einem ganz anderen Blatt.«

Damit drehte er sich um, ließ die Tür offen stehen und schlenderte gemütlich den Korridor entlang zu seinem Büro.

Grace meinte, ein Pfeifen wahrzunehmen. Dann hörten beide, wie seine Tür geschlossen wurde. Sie wechselten wütende Blicke.

41

Als Fitz zu sich kam, wusste er nicht, wo er war. Alles um ihn herum war pechschwarz. Ihm war kotzübel und er wollte sich schon aufrichten, falls er sich übergeben musste. Dabei merkte er, dass das nicht ging. Obwohl er keine Fesseln an Händen und Füßen spürte, konnte er sich nicht bewegen. Er sank wieder auf das Lager, auf das man ihn gelegt hatte, konnte aber nichts erkennen, da alles um ihn herum in gespenstische Dunkelheit getaucht war. Er spürte, dass er in einem niedrigen Raum liegen musste. Er hob seinen schmerzenden Kopf und atmete tief ein. Was war das für ein Geruch? Waren hier etwa Tiere? Menschen? Verrottetes, fauliges Stroh? Sein Herz pochte. Er wusste nicht, wie lange er schon hier lag. Was genau war geschehen?

Er fühlte sich unendlich erschöpft, merkte jedoch, dass man ihn nicht geknebelt hatte. Was konnte das bedeuten?, fragte er sich. Entweder wollte man ihn so schnell wie möglich beseitigen oder es war niemand in der Nähe, der es hören könnte, wenn er schrie.

Wer waren seine Entführer? Oder handelte es sich nur um einen einzigen?

Fitz drehte sich auf seinem undefinierbaren Lager, dem ein muffiger und fast scharfer Geruch entströmte. In seinem Kopf hämmerte es. Er versuchte sich so weit zu erinnern, wie es ihm möglich war, doch sein Gedächtnis funktionierte nicht. Es war, als sei sein Hirn nichts als eine weiche, glitschige Masse, die seinen Kopf lediglich füllte, statt die notwendigen Verknüpfungen wie auf einem gut geölten Schaltbrett vorzunehmen. Als ob seine Gedanken, sobald er versuchte, sie zu abgegrenzten, klaren Worten zu ordnen, wie Wachs zerfließen würden, das man zu nah an offenes Feuer geschoben hatte.

Wenn er für den Bruchteil einer Sekunde glaubte, einen Gedanken schließlich fest umrissen zu haben, so wie man ein Insekt einsperrte, in einem grandiosen Willensakt, der höchste Konzentration erforderte, merkte er kurz darauf, dass alles wieder verschwunden war. Manchmal so leicht, als wäre es davongeflogen, manchmal zäher, als hätte es sich wie ein dicker Ölteppich ausgebreitet. Doch zurück blieb nichts.

42

Nachdem Peter vor der Pforte angehalten hatte, bis man ihn mit dem Security Scanner überprüft und das Tor geöffnet hatte, war er den Weg in Richtung Haupthaus über den feinen, knirschenden Kies gefahren. Den Geländewagen hatte er direkt vor dem kleineren Gebäude geparkt, wo auch die Küche lag, in der Jockey Francis Doherty bei seinem Besuch am vergangenen Freitag zum Teetrinken verschwunden war. Dort wollte Peter heute seinen zweiten Rundgang beginnen, bevor er den Weg zu den Ställen einschlug. Der Stalljunge Paul hatte da etwas erwähnt, was ihn interessierte und ihm nicht mehr aus dem Kopf ging, auch wenn es nicht direkt mit den Pferden zu tun hatte. Vielleicht gab es trotzdem Zusammenhänge.

Das Haus war ein einstöckiges graues Gebäude aus dem späten neunzehnten Jahrhundert, das, wie er nachgelesen hatte, einst als Jagdlodge erbaut worden war und dem bald darauf ein kleines Gestüt angeschlossen wurde. Es hatte schon immer ganz offiziell zum Herrenhaus in Cong gehört, das Murray Finnegan vor einigen Jahren als Wohnsitz erworben hatte. Über das große Gelände verstreut, gab es außerdem noch zahlreiche Nebengebäude, die sowohl Teil des Gestüts als auch des landwirtschaftlichen Betriebs gewesen waren, der bis vor wenigen Jahren hier existierte.

Peter schaute sich um und konnte außer zwei Fahrrädern und einem grünen Lieferwagen kein anderes Gefährt ausmachen. Es herrschte eine friedliche Ruhe und er empfand es als angenehm, die weiche, fast samtig feuchte Luft einzuatmen, die hier landeinwärts weniger salzig und jodhaltig war als in Galway, das direkt am Meer lag. Der große See Lough Mask war nicht weit, genau wie der mächtige Lough Corrib, und rings um die Lodge überzogen saftige Wiesen und Felder die sanft gewellte Landschaft. Wie Trittbretter für Riesen waren über beide Seen unzählige baumbestandene Inselchen verteilt, die der Seenlandschaft etwas Bizarres verliehen. Hier, in den etwas weiter nördlich gelegenen Grafschaften, wirkte Irland tatsächlich wie ein Werbefilm für Butter und Käse. Dabei sah dieses Land, zumindest fernab von den Städten, wirklich fast überall noch so aus.

Normalerweise nahm Peter das nicht mehr wahr. In diesem Moment jedoch fiel es ihm plötzlich wieder auf.

Peter klopfte an eine Tür mit je zwei Säulen rechts und links, die der Haupteingang zu sein schien. Er schaute sich um. Niemand war zu sehen, auch hinten bei den Ställen rührte sich nichts. Es war kurz nach zehn. Ob sie alle zur Messe waren? Noch vor fünfzehn Jahren hätte man sich einen unangemeldeten Besuch bei wem auch immer an einem Sonntag um diese Uhrzeit mit Sicherheit sparen können. Alle hätten mit Mann und Maus in der nächsten Kirche gesessen. Peter gehörte mit Mitte dreißig vielleicht zur letzten Generation von Iren, die in ihrer Kindheit noch an jeder Kirche, an der sie vorbeikamen, und sei es auf einer Fahrt mit dem Bus, gehorsam das Kreuz geschlagen hatten. Das tat heute, selbst an der immer noch traditionell orientierten Westküste, niemand mehr. Die Kinder seiner Cousine auf Achill, die sechzehn und achtzehn waren, hatten, als er sie danach fragte, ungläubig geschaut und sich dann verunsicherte Blicke zugeworfen, als hätte der alte Onkel Wahnvorstellungen.

Plötzlich wurde die Tür mit einem Schwung geöffnet und eine dralle, fröhliche junge Frau mit einem geflochtenen braunen Zopf stand vor ihm.

»Je früher der Morgen, desto schöner die Gäste!«, flötete sie und strahlte ihn an. »Kommen Sie herein! Ich heiße Kerry.«

Sie hielt ihm die Tür auf und Peter lächelte ebenfalls freundlich. Dann folgte er ihr in eine geräumige Küche, die von einem cremefarbenen AGA-Herd dominiert wurde. Diese uralte, momentan wieder angesagte und sündhaft teure Herd-Heizungskombination wurde in fast allen irischen und englischen Herrenhäusern und Schlössern benutzt. Ein gusseiserner AGA verströmte Behaglichkeit und war mit seinen großen Kochplatten ein hervorragendes Arbeitsgerät für einen guten Koch. Ob Kerry die Köchin in diesem Haus war, wusste Peter nicht.

»Bitte setzen Sie sich!«, lud sie ihn freundlich ein. Sie hatte sich schon einen Becher geschnappt, den sie auf der Stelle mit Tee füllte und ihm reichte. »Zucker steht auf dem Tisch. Sie sind Peter Fyfe. Ich habe Sie am Freitag mit Paul und Frank gesehen. Sie sind wegen Gonzales hier.«

Erst dann setzte sie sich zu ihm und lachte über das ganze sommersprossige Gesicht. Er nahm einen Schluck, der heißer war, als er erwartet hatte, und setzte den Becher dann grinsend ab.

»Sie wissen ja schon alles. Da brauch ich ja gar nichts mehr zu sagen!« In solchen Augenblicken liebte er seine Heimat von ganzem Herzen und er bedauerte nur, dass er selbst nicht mit offenen Karten spielen durfte und sich bei dieser sympathischen Person unter einem falschen Namen vorstellen musste. Aber Job war Job.

»Frank ist noch nicht da, der kommt erst nach der Messe.«

Aha, irgendjemand ging natürlich immer noch hin; auf den Jockey hätte er nicht unbedingt getippt.

»Und Paul?«

»Den hab ich heute noch nicht gesehen. Aber ich vermute mal, dass er irgendwo bei den Ställen ist. Der wird sicher bald auftauchen. Sonntags gehen wir alles etwas langsamer an. Haben Sie Hunger? Ich brate Ihnen schnell ein paar Eier mit Speck und Blutwurst.«

Sie war schon aufgestanden, doch Peter konnte sie gerade noch bremsen. Er sprang auf und legte ihr sanft die Hand auf die Schulter.

»Danke, Kerry, aber ich hab schon gefrühstückt. Ich wollte Sie eigentlich nur etwas fragen.«

Überrascht drehte sie sich zu ihm um. »Mich?«

Er lächelte sie aufmunternd an und überlegte sich, wie er

die Frage formulieren sollte, ohne damit seine Legende zu gefährden.

»Tja.« Er wand sich und Kerry war zu nett, um Verdacht zu schöpfen.

In dem Moment ging die Tür auf und eine Frau stolperte mit einem Stapel leichter Holzkisten auf dem Arm in die Küche. Ihr Gesicht konnte er im ersten Augenblick nicht sehen. Der angenehm süßliche Duft von Erdbeeren und Tomaten erfüllte sofort den Raum.

»Stell's auf den Tisch! Wart, ich helf dir!« Kerry griff geschickt in den Kistenstapel und half der Frau, ihn sicher abzustellen.

Die Frau trat schweigend und ohne sich zu bedanken zurück, als Peter sie erkannte. Es war Kordula Kosters. Ob sie sich wohl auch vom Markt noch an ihn erinnerte?

»Das ist unsere Gemüsehändlerin, Cynthia. Und das ist Peter, der …« Doch da fiel Kerry offenbar ein, dass die Anwesenheit des Pferdeexperten sicher hochgeheim war. »Äh, er hilft ab und zu mal bei den Pferden.«

Kordula nickte ihm zu, wobei sie seinem Blick auswich, und verschwand blitzschnell wieder durch die Tür, die sie recht heftig hinter sich schloss.

Peter schaute Kerry verwundert an. »Ist sie immer so schweigsam und schnell?«

Kerry schien auch verblüfft zu sein, anscheinend hatte sie noch mit ihr plaudern wollen. Sie hob leicht ihre runden Schultern. »Na ja, ich kenn sie noch nicht so lange. Die beliefern uns erst seit zwei Wochen. Aber sie haben tolle Produkte. Dr. Swank hat sie entdeckt. Eigentlich wollte ich ja noch was nachbestellen. Aber das mach ich jetzt wohl besser online.«

Sie überprüfte den Inhalt der drei Kisten. Als von Peter keine Reaktion kam, drehte sie den Kopf zu ihm und lächelte entschuldigend. »Sie ist eben keine Irin.«

Es war eine Erklärung für die Schweigsamkeit und Unhöflichkeit der anderen, die der jungen Frau wohl umfassend genug erschien.

»Wo Paul heute nur bleibt?« Kerry steckte den Kopf aus dem Fenster und lugte hinaus.

»Wohnt er hier?« Peter begann sich augenblicklich Sorgen um den Jungen zu machen.

Kerry lächelte. »Eigentlich nicht. Er lebt bei seinen Eltern im Dorf Cong. Aber im Moment wohnt er bei uns, weil bis zu den Races so viel anliegt.«

»Wo schläft er denn?«

Kerry zog die Augenbrauen zusammen. »Na, eigentlich im Dienstbotentrakt. Da haben sie ein paar Zimmer hergerichtet. Aber wenn Sie mich fragen, verbringt er seine Nächte bei den Pferden im Stall.« Sie kicherte, doch Peter merkte, wie seine Unruhe immer stärker wurde.

»Ich geh gleich mal rüber zu den Ställen und schau nach, ob da alles in Ordnung ist. Aber vorher habe ich noch eine Frage an Sie.«

Kerry beugte sich zu ihm. »Bitte, gerne.«

»Wissen Sie, warum man hier auf dem Hof den Gemüselieferanten gewechselt hat?«

Sie schüttelte stumm den Kopf.

»Haben diese Leute Zugang zu den Ställen?«

Wieder schüttelte sie den Kopf und sagte nichts dazu.

Peter atmete tief aus und wandte sich zur Tür. »Gut. Vielen Dank. Ich bin dann mal drüben. Falls Paul oder Frank auftauchen, sagen Sie ihnen bitte Bescheid! Ich muss die beiden sprechen.«

Kerry nickte begeistert.

»Warten Sie, Peter!« Sie lief ihm hinterher, als er schon fast durch die Haustür war. »Cynthia hat natürlich den Sicherheitscode für die Einfahrt bekommen, wie alle unsere Lieferanten.«

43

Als Erstes überprüfte Peter die Riegel und Schlösser an den Ställen. Sie waren, wie er rasch herausfand, nicht zusätzlich gesichert. Mit dem Eingangscode am Haupttor konnte man sich Zutritt zum gesamten Gelände verschaffen, zu allen Ställen und Nebengebäuden. Das musste sich ändern, notierte er sich im Kopf und auf seinem Smartphone. Zumindest die Ställe mussten dringend ein Extraschloss erhalten.

Paul hatte tatsächlich bei Gonzales in der Box geschlafen und rieb sich, als Peter näher kam, noch ganz benommen die Augen. Beim Anblick des Jungen verspürte Peter Erleichterung, doch gleichzeitig unverminderte Sorge.

»Gut, dich zu sehen, Paul! Was macht unser Hengst?«

Paul grinste, rappelte sich auf und rollte dann seinen Schlafsack zusammen. Das Pferd stand ruhig in der Box und schaute Peter beinahe prüfend aus seinen braunen Augen an, als wisse es alles. Peter schaute Gonzales ratlos an. Er mochte den warmen Stallgeruch und sog ihn ein.

Paul stellte sich neben ihn und streichelte den Hengst sanft. Peter war einen Schritt zurückgetreten und musterte die beiden aufmerksam, die ein sehr harmonisches Bid abgaben.

»Ich glaube, es geht ihm ganz gut«, sagte Paul. »Frank war gestern sehr zufrieden mit dem Training. Er meinte, Gonzales sei auf dem Weg der Besserung, was auch immer mit ihm los war.«

Paul tätschelte nun dem Hengst den Hals.

Peter nickte. »Das ist gut, das freut mich und Phoebe sicher auch. War sie seit Freitag hier?«

»Keine Ahnung.« Paul druckste herum. »Möglicherweise.«

»Was soll das heißen? War sie nun hier oder nicht?«

Wieder zögerte der Junge.

»Paul, ich dachte, du hilfst mir.«

Der junge Mann presste die Lippen aufeinander und blickte einen Moment zu Boden. »Also gut. Ich hab schon fast geschlafen gestern Abend, als ich einen Wagen hörte. Muss so gegen elf gewesen sein, es war noch nicht richtig dunkel.«

Wenn das Wetter schön und klar war, wurde es an der Westküste erst nach zehn Uhr und nur ganz langsam dunkel. Das wusste Peter natürlich. Die Dämmerung, die die Landschaft dann in ein milchig weiches hellgraues Licht tauchte, konnte sich ewig hinziehen.

»Ich ging zur Stalltür und öffnete sie einen kleinen Spalt. Da sah ich den Wagen.«

Peter runzelte die Stirn. »Was für einen Wagen? Wem gehörte er?«

»Das will ich doch die ganze Zeit schon sagen, Mister!« Er pustete mit den Backen Atem aus, was seinem Gesicht etwas Puttenartiges verlieh. »Ich konnte ihn nicht genau erkennen, aber er sah von Weitem wie Phoebes Geländewagen aus. Er hielt nur kurz an und dann fuhren sie weiter.«

»Wohin?«

Paul hob die Schultern. »Ich hab keinen Schimmer. Da gibt es viele Möglichkeiten. Der Wagen ist erst mal hinter dem Haupthaus verschwunden. Von da kann man rüber zu den alten Scheunen oder hoch zu den Ställen am Berg. Aber was sollte jemand dort wollen? Da ist niemand. Die werden nicht mehr benutzt. Jedenfalls nicht, dass ich wüsste.«

»Hast du sie zurückkommen sehen?« Peter hatte nur einen einzigen Fahrweg wahrgenommen. Alles andere schienen schmale Schotterwege zu sein, die nur für Geländewagen geeignet waren, oder man fuhr einfach querfeldein, was viele hier auf dem Land taten.

»Nee. Aber Gonzales wurde auf einmal unruhig, und da mich das Ganze sowieso nichts anging, machte ich die Tür wieder dicht und ging zu ihm, um ihn zu beruhigen. Das hat eine Weile gedauert und dann hatte ich den Wagen ehrlich gesagt schon wieder vergessen und hab mich neben Gonzales aufs Stroh gehauen. Das mögen wir beide.« Paul lächelte verträumt und streichelte liebevoll den schwarzen Hengst, dem die Liebkosung des Jungen zu gefallen schien.

»Du hast ›sie‹ gesagt. Es waren also mehrere, mehr als eine Person?«

Paul riss nun die Augen weit auf. »Äh, ich denke, Sie sind wegen der Pferde hier? Sie hören sich ja an wie Garda!«

Es war der zierliche Jockey Francis Doherty, der ihn aus dieser unangenehmen Situation befreite. Plötzlich stand Doherty zögernd in der Tür, er trug seinen Helm abwartend in der rechten Hand.

»Wer ist von Garda?« Seine Stimme klang dünn.

Was für ein unscheinbarer Mensch, fuhr es Peter bei seinem Anblick durch den Kopf, und seine Stimme passte zu ihm. Von Weitem hätte man ihn fast für ein Kind halten können.

Peter lächelte. »Niemand. Schön, Sie zu sehen, Frank!« Er winkte ihm zu und der Jockey trat näher, seinen Blick skeptisch auf Paul geheftet.

»Gonzales scheint es wieder besser zu gehen, wie ich höre.«

Doherty nickte zerstreut. Er suchte offenbar nach dem Zaumzeug. »Hast du ihn noch nicht fertig?«, sagte er, an den Stalljungen gewandt. Der Jockey klang verärgert.

»Tut mir leid, Frank. Peter hat mich noch was gefragt und da dachte ich …«

»Du sollst das machen, was man dir aufträgt, Junge. Dafür bist du hier.« Doherty sagte das nicht streng, aber mit Nachdruck.

Paul war rot angelaufen und kümmerte sich sofort um den Sattel und das Zaumzeug. Der Jockey öffnete inzwischen die Box und führte Gonzales vorsichtig die Stallgasse entlang und auf den Hof hinaus.

Peter war einen Schritt zurückgetreten, um ihnen Platz zu machen. »Sie sollten dringend den Zugang zu den Ställen zusätzlich sichern. Ich hab gesehen, dass jeder, der einmal auf dem Hof ist, ohne Probleme zu den Pferden kann.«

Doherty dachte nach. Schließlich ergriff er das Wort und beobachtete Peter dabei genau.

»Wenn Sie ein Pferdeexperte sind, sollten Sie eigentlich wissen, dass das keine gute Idee ist. Die Ställe müssen im Fall einer Katastrophe, bei Feuer zum Beispiel, schnell und unkompliziert zu öffnen sein. Ohne dass man lange an einem Sicherheitspad herumfummeln muss oder jemanden auftreiben muss, der den Code kennt. Zusätzliche Sicherung ist gegen die allgemein üblichen Vorschriften auf Gestüten. Das müsste Ihnen doch bekannt sein.«

Doherty fixierte Peter mit einem abschätzigen Blick, der dem Detektiv unangenehm war. Er fühlte sich ertappt. Peter wollte das Gespräch auf sicheres Terrain zurückführen.

»Würden Sie sagen, er ist wieder ganz der Alte?«

Doherty hielt das Pferd behutsam an der Leine und betrachtete mit seinen schmalen Augen den geschmeidigen Körper des Rennpferds. Er sprach mehr zu sich selbst als zu dem Besucher.

»Das wäre zu früh. Trotzdem: Gestern war er weniger auffällig als während der ganzen Tage davor – aber ob er wieder ganz der Alte ist, wer weiß?«

»Aber du hast doch gesagt, dass er sich wieder ganz normal benommen hat!« Paul hatte den Rüffel weggesteckt und seine gute Laune wiedergefunden, während er geschickt den Sattel festzurrte.

»Hmm. So ist es wahrscheinlich, aber irgendwie habe ich ein merkwürdiges Gefühl.«

Paul hielt in seinen Bewegungen inne und schaute den Jockey verblüfft an. »Was meinst du damit, Frank?«

Peter war überaus zufrieden, dass Paul die richtigen Fragen für ihn stellte. Der Junge erledigte, ohne es zu ahnen, seine Arbeit als Privatdetektiv.

Einen Moment lang schwieg der Jockey und man konnte in der Stille das eifrige Summen der vielen Insekten hören, die sich die Ställe als kleines kulinarisches Paradies auserkoren hatten.

Dann hob Frank den Kopf und sprach in den Himmel statt zu einem der beiden Anwesenden. Seine dünne Stimme war so leise, dass Peter genau hinhören musste, um ihn zu verstehen.

»Ich hab das Gefühl, dass es noch eine riesige Überraschung geben wird mit ihm.«

Paul und Peter wechselten erstaunte Blicke.

44

Grace lag erschöpft auf ihrem Bett und dachte nach. Den ganzen Sonntag hatte sie mit Vernehmungen und der Durchsuchung der Wohnung des Mordopfers verbracht. Letzteres hatte keine neuen Erkenntnisse gebracht. John Cullen hatte in einem unauffälligen Appartement in der Nähe des Stadions gewohnt. Auch er besaß keine Familie. Die Wohnung war nicht ganz so unpersönlich wie die von Tom Nolan möbliert und wies Pokale in allen Größen und ohne jeglichen ästhetischen Geschmack auf. An den Wänden hingen zahllose gerahmte Bilder von Mannschaften mit Cullen als Spieler wie Trainer. Sir John war auf fast allen Fotos abgebildet, als gefeierter Star. Verdächtiges war nirgendwo zu finden gewesen.

McGuinness wies in der Vernehmung von sich, Sir Johns Leiche im Gebüsch am Parkplatz gesehen zu haben. Mit der Aussage Hilarys konfrontiert, ohne dass man ihm den Namen dieses Zeugen nannte, blieb er trotzdem dabei, und er habe auch selbstverständlich in seiner Regenjacke keine Waffe versteckt. Die Frage, warum er bei dem sommerlichen, trockenen Wetter diese Jacke überhaupt getragen habe, die er während des Spiels nachweislich noch nicht bei sich hatte, konnte er nicht überzeugend beantworten. Auch die Identität des Jungen, der ihn angeblich zum Parkplatz gelockt hatte, konnte nach wie vor nicht geklärt werden. McGuinness' Aussage stand also auf wackeligen Füßen.

Mittlerweile war eine Suchmeldung für Fitz durch die Medien gelaufen, doch sie hatte bisher noch keine Ergebnisse gebracht. Der beliebte Wirt war während der Halbzeitpause komplett von der Bildfläche verschwunden. Da in einem Stadion Tausende von Menschen auf engem Raum zusammengedrängt waren, blieb für Entführungen natürlich mehr Handlungsspielraum als an einsameren Orten, die leichter überschaubar waren, das wusste die Kommissarin aus Erfahrung.

Graces Handy klingelte und sie seufzte. Die Erschöpfung hatte ihre Beine schwer werden lassen und sie brauchte länger als sonst, um das Gerät, das sie auf dem Waschbecken im Badezimmer vergessen hatte, zu erreichen. Als sie es schließlich in die Hand nahm, verstummte es. Sie schaute auf das Display. Es war Dixi gewesen. Einen Moment überlegte sie, zurückzurufen. Vielleicht wusste Dixi etwas über Fitz' Verbleib. Schließlich hatten sie im Stadion ja nebeneinandergesessen. Doch dann entschied sie sich dagegen. Wenn es wichtig wäre, würde sie sich wieder melden.

Kurz darauf ließ Grace sich wieder auf ihr Bett fallen und hing ihren Gedanken nach.

Sie musste an Hilary denken. Bisher hatte sie ihn für einen unangenehmen Zeitgenossen gehalten, dessen bloße Existenz Fitz unter Druck zu setzen schien. Wann immer er bei ihm an der Bar auftauchte, schien der Wirt angespannt und nervös zu sein. Ihr kam der Alte wie eine böse Klette vor. Doch nun war er auf einmal immens besorgt um den verschwundenen Wirt und beeindruckte Grace und Rory mit genauen Beobachtungen und Schlussfolgerungen. Dass er sich mit seiner engagierten Suche nach Fitz nur seine Freibierquelle erhalten wollte, musste sie allerdings in Betracht ziehen. Aber warum hatte er ausgerechnet auf dem Parkplatz nach Fitz gesucht?

Dann fiel ihr Murtagh ein und sie schüttelte unwillkürlich den Kopf. Der bullige Verteidiger blieb ein besonderer Fall in ihren Vernehmungen. Er beharrte nach wie vor darauf, dass die ganze Sache nicht mit rechten Dingen zugegangen sei. Er habe sich nach der Pause nicht mehr fit gefühlt und sei sich sicher, dass irgendein Mittel in seiner Trinkflasche es ihm danach unmöglich gemacht habe, reaktionsschnell zu spielen. Seine Flasche sei nach dem Spiel verschwunden gewesen, was diese Vermutungen nur bestätige. Der Mannschaftsarzt habe ihn übrigens gleich untersuchen und eine Blutprobe nehmen wollen. Doch als man Cullens Leiche entdeckt habe, sei es in dem ganzen Chaos nicht mehr dazu gekommen. Grace hatte Murtagh für den nächsten Tag erneut zum Verhör bestellt, um alles noch einmal genau mit ihm durchzugehen.

Sie musste unbedingt auch Riordan sprechen. Die Tatsache, dass er während des Spiels von niemandem gesehen worden war, befeuerte ihre Fantasie.

Während sie noch darüber nachsann, warum Fionas Cousin sich immer noch nicht bei ihr gemeldet hatte, klingelte es an der Tür. Sie schaute auf die Uhr. Es war kurz vor neun Uhr abends und sie hatte einen Vierzehnstundentag hinter sich. Seufzend stand sie vom Bett auf, stolperte dabei über ihre achtlos hingeworfenen Sandalen und trat an die Gegensprechanlage. Sie drückte den Knopf und wischte sich dabei verklebte Haare aus dem Gesicht.

»Ja?«

»Ich bin's, Sergeant Sheridan.«

»Ja, und?« Grace hatte die Neue mehrmals kurz gesehen und ein paar Worte mit ihr gewechselt. Ein junges, selbstbewusstes Mädchen aus Roscommon, das erst vor Kurzem seine erste Stelle bei Garda Galway angetreten hatte. Sie war noch so neu, dass sie sich stolz mit ihrem korrekten Dienstgrad meldete. Grace lächelte, musste sie doch an ihre eigene Anfangszeit bei Garda denken.

»Was ist, Sergeant?«

»Es ist etwas für Sie abgegeben worden. Soll ich es hochbringen oder in den Briefkasten werfen?«

Grace runzelte die Augenbrauen. »Was ist es?«

»Keine Ahnung. Es ist in einem verschlossenen Umschlag und …« Sheridan brach ab, sie versuchte offenbar, mit den Fingern zu ertasten, um was es sich handelte.

»Kann sein, dass es ein USB-Stick ist. Fühlt sich zumindest so an.«

»Hmm. Wer hat es abgegeben?«

»Das wissen wir nicht. Jemand hat es, kurz nachdem Sie weg waren, beim Pförtner durch die Hauptpforte geschoben, und Ihr Name steht drauf.«

Grace atmete tief durch und überlegte. »Okay, vielen Dank, Sergeant. Werfen Sie es bitte in den Briefkasten. Prima, dass Sie es so schnell vorbeigebracht haben. Schönen Abend noch.«

»Ihnen auch.«

Dann klickte es. Grace stand auf und fuhr sich durchs

Haar. Sie zog sich ihre Gummihandschuhe über, sprang rasch ins Erdgeschoss und holte den Umschlag aus dem Briefkasten. Es war ein einfaches, schmales braunes Kuvert, auf dem in fetten Computergroßbuchstaben GRACE O'MALLEY stand.

Sobald sie die Wohnungstür wieder hinter sich geschlossen hatte, öffnete sie es und ein kleiner metallener USB-Stick, wie man ihn überall kaufen konnte, fiel heraus. Sonst nichts. Sie ließ ihn, ohne ihn zu berühren, auf ihren Schreibtisch fallen und starrte ihn ein paar Sekunden lang an.

Nun holte sie sich einen Kirschsaft aus dem Kühlschrank. Sie hatte beschlossen, sich zunächst der Vernehmung des Schiedsrichters Hamilton zu widmen, die Kevin Day geführt hatte. Der Schiedsrichter, dessen offensichtliche Fehlentscheidung Grundlage für die von Riordan angekündigte Manipulation gewesen war, musste ihrer Einschätzung nach ganz dick mit drinhängen. Sie versprach sich von seiner Aussage ziemlich viel, möglicherweise bestand eine direkte Verbindung zum Mord an dem Trainer. Danach würde der Stick drankommen.

Grace setzte sich an ihren Schreibtisch und nahm das Aufnahmegerät zur Hand. Die vollständigen Protokolle der Vernehmung würden erst am Montag oder Dienstag in schriftlicher Form vorliegen. Vorerst musste sie sich mit den Sprachaufzeichnungen zufriedengeben.

Das Verhör von Hamish Hamilton verlief ohne besondere Überraschungen: Nein, seine Entscheidung in der siebenundzwanzigsten Minute der zweiten Halbzeit sei aus seiner Sicht völlig korrekt gewesen. Ja, er kenne John Cullen selbstverständlich als langjährigen bewährten Trainer. Nein, es sei im Vorfeld niemand an ihn herangetreten, der ihn zu einer kriminellen Handlung habe anstiften wollen, und er sei auch nicht erpresst worden. Er habe am Vorabend im Spaniard's Head nicht mit dem Mordopfer und Ronan

Coyne zusammengesessen, um eine Spielmanipulation zu besprechen. An der Stelle hatte er laut gelacht. Man habe sich lediglich freundschaftlich getroffen und Erinnerungen ausgetauscht. Ja … Grace drückte auf den Haltbutton. Was war das? Sie fuhr an die Stelle zurück, ab der es interessant wurde.

»Sie saßen am Freitag vor dem Spiel gegen zehn Uhr im Spaniard's Head, zusammen mit John Cullen, dem Mordopfer, und Ronan Coyne, dem Buchmacher. Sie stritten offenbar. Zeugen wollen gehört haben, dass Sie über Spielmanipulationen diskutierten.« Hamilton brach in lautes Lachen aus.

»Das ist gut! Glauben Sie etwa, dass wir mitten unter tausend Leuten das dicke Ding lautstark herausposaunen, das knapp vierundzwanzig Stunden später vor laufenden Kameras der ganzen Nation präsentiert wird? Das ist nicht Ihr Ernst!«

Er lachte wieder laut und lange. Day sagte nichts.

»Wir kennen uns seit Langem und hatten uns rein freundschaftlich verabredet, um alte Erinnerungen auszutauschen und ein bisschen Seemannsgarn zu spinnen, an dem auch der gälische Fußball fleißig mitwebt. Das war alles, Inspector.«

»Wann und unter welchen Umständen erfuhren Sie von Cullens Tod?«

Wieder hielt Grace die Aufnahme des Verhörs an. Es waren nicht Hamiltons Antworten, die sie irritierten, sondern die Fragen. Woher wusste Day von dem Treffen im Spaniard's Head? Sowohl Peter als auch Rory hatten sie unabhängig voneinander über das Gespräch zwischen den drei Männern informiert. Doch Day war an jenem Abend nicht im Pub gewesen. Woher konnte er das wissen? Wer hatte es ihm gesagt? Sie machte sich eine Notiz. Das musste sie unbedingt herausbekommen. Aber da war noch etwas. Sie konzentrierte sich, was ihr nach den vielen Stunden, die die Ermittlungen seit dem frühen Morgen in Anspruch genommen hatten, nicht leichtfiel. Was war es gewesen, was ihr als merkwürdig aufgefallen war? Dann hatte sie es: Es war die ungewöhnliche Verwendung des Wortes »Seemannsgarn« in diesem Gespräch. Wer hatte es noch benutzt? Jemand hatte es vor Kurzem verwendet, das wusste sie. Erschöpft strich sie sich eine feine Haarsträhne aus dem Gesicht. Sie ließ sich aufs Bett sinken und fiel fast im gleichen Moment in einen komatösen Schlaf, in dem der USB-Stick auch als Traum nicht mehr auftauchte.

45

Noch bevor sie am nächsten Morgen duschte, schob Grace den USB-Stick in ihren Laptop. Es war noch keine sechs Uhr, doch sie fühlte sich wesentlich besser als am Abend zuvor. Sie hatte tief und gut geschlafen und merkte, dass ihre Lebensgeister zurückgekehrt waren.

Grace gähnte und schob das Fenster weit nach oben. Ein Blick zum Himmel verriet ihr, dass sich das irische Wetter für heute noch entscheiden musste, ob es feucht oder besser trocken blieb. Iren standen im Allgemeinen recht spät auf und bis dahin passte sich das Wetter gern an.

Sie hatte sich einen Tee aus der Küche geholt und beugte sich zum Computer. Auf dem Stick war eine einzige Datei. Eine Video-Datei. Nervös klickte sie sie an.

Das Video hatte eine Länge von dreiunddreißig Sekunden. Zuerst konnte Grace wenig darauf erkennen. Die Aufnahme stammte offenbar von einem älteren Handy, die Qualität war nicht besonders gut. Außerdem war der ganze

Film schlecht ausgeleuchtet und verwackelt. Es dauerte eine Weile, bis sie erkennen konnte, was er zeigte. Dann wurde sie blass und spulte zurück. Es war der Parkplatz, wo Cullens Leiche gefunden worden war. Und dann sah sie ihn, Sir John, wie er in der Nähe der Stelle wartete, die später als Tatort identifiziert wurde. Er schaute sich mehrmals ungeduldig um. Dann sackte er plötzlich in sich zusammen und kippte ins Gebüsch. Es dauerte fünf Sekunden und eine zweite Person näherte sich. Es war ein Mann, der sich zu dem Toten hinunterbeugte. Grace erkannte den Mann nicht sofort. Sie fluchte. Sie konnte keine Waffe in seinen Händen entdecken, doch das besagte nichts. Dann richtete er sich wieder auf, als habe er ein Geräusch vernommen, und schaute sich suchend um. Sein Blick blieb schließlich genau an der Stelle hängen, wo offenbar das Handy war, mit dem das Video aufgenommen wurde. Hier endete die Aufnahme.

Grace musste sich setzen. In ihrem Kopf drehte sich alles. Es sah ganz danach aus, als ob sie ein Video von der Ermordung des Trainers in ihrem Besitz hätte. Der Mann, der anscheinend unbewaffnet nachprüfen wollte, ob John Cullen tatsächlich tot war, könnte Rick Kosters gewesen sein, der Ökobauer, überlegte sie. Er war leider nur vage zu erkennen. Doch wer hatte das Video aufgenommen und es ihr anonym zukommen lassen? War es vielleicht der Täter?

Grace warf sich ihre rote Tasche über die Schulter, packte den Umschlag mit dem Stick hinein und machte sich auf den Weg in die Garda-Zentrale. Die Straßen waren noch menschenleer. Nur die städtische Müllabfuhr war unterwegs, um die Reste der allwöchentlichen Party in der Fußgängerzone aufzusammeln. Grace hastete durch die engen, verwinkelten Gassen, die sich spätestens in drei oder vier Stunden mit einem unablässigen Touristenstrom gefüllt haben würden.

Als sie das Polizeigebäude durch die Pforte betrat, hielt sie kurz beim Portier an. »Guten Morgen, Paddy. Sie hatten nicht zufällig gestern Abend Dienst?«

Der Pförtner blickte von seiner Zeitung auf, zwinkerte und lächelte sie an. »Doch, ich hab mir die ruhige Sonntagnachtschicht geben lassen. Aber ich werd jetzt gleich abgelöst.« Er blickte auf seine Uhr. »Mary wird jeden Moment hier sein.« Paddy faltete die Zeitung zusammen und schaute Grace einladend an.

»Dieser Umschlag wurde gestern Abend zwischen acht und neun für mich hier abgegeben.« Sie zog das braune Kuvert, das sie in durchsichtiges Plastik gewickelt hatte, heraus und hielt es dicht vor Paddys Nase. »Was wissen Sie darüber? Haben Sie es entgegengenommen?«

Paddy bemühte seine Augen, die offenbar durchaus scharf sehen konnten, und nickte dann. »Das war komisch. Wir haben da drüben ja diesen großen Briefschlitz.« Er zeigte auf die Öffnung neben der Tür. »Der ist aber aus Sicherheitsgründen seit einiger Zeit zugeklebt, was man von außen nicht sehen kann. Ich hörte zuerst ein Geräusch, als ob jemand versuchte die Klappe zu öffnen.«

Paddy schaute sie prüfend an, ob sie seinen Ausführungen auch folgen konnte. Dann fuhr er fort. »Ich stand auf, um draußen nachzuschauen, und bekam gerade noch mit, wie ein junger Mann versucht hat, diesen Umschlag da reinzustecken. Als er mich kommen sah, ließ er ihn einfach fallen und rannte weg.«

»Können Sie den jungen Mann beschreiben?«

Der Pförtner überlegte und Grace wartete geduldig.

Schließlich schüttelte er den Kopf. »Nicht wirklich. Es ging zu schnell. Es könnte auch ein älteres Kind oder ein Teenager gewesen sein. Schmächtig, kurze Haare. Das Gesicht habe ich nicht genau gesehen.«

Seinen Spitznamen trug er eben doch zu Recht. Paddy

sah einfach nichts. Grace unterdrückte ein Seufzen. »Gut, dann danke ich Ihnen sehr, Paddy. Falls Ihnen noch etwas einfällt – Sie wissen ja, wo Sie mich finden.«

Sie wandte sich zum Gehen. Da kam Mary, die Ablösung, auf hochhackigen Pumps angeklappert. Die beiden Kollegen begrüßten sich.

Grace gab den Umschlag und den Stick bei der Spurensicherung ab und setzte sich kurz darauf in ihr Auto, um nach Letterfrack zum Hof der Kosters zu fahren. Auf dem Weg dorthin informierte sie Rory über das, was auf dem Stick zu sehen war. Sie bat ihn, in der Zentrale die Augen offen zu halten.

»Und was hast du jetzt vor, Rory?« Sie hatte die Freisprechanlage aktiviert. Die Umrisse der ersten Bergzüge von Connemara flogen an ihrer Windschutzscheibe vorbei.

Rory erwiderte nichts. Dann hüstelte er. »Also, ich bin um elf mit Murtagh verabredet.«

»Gut. Ich brauche Padraic Riordan, Rory. Ganz dringend. Kannst du bitte versuchen, ihn über Fiona ausfindig zu machen?«

Als sie an Fiona dachte, fiel ihr natürlich auch Fitz wieder ein. »Irgendwelche Neuigkeiten von Fitz?«

Rory verneinte.

»Was ist mit deiner Witwe Malone, Rory? Du sagst doch immer, sie kann gut die richtigen Orte finden.«

Grace meinte, Rorys Schmunzeln zu hören.

»Klar, Grace. Ich frag Fiona nach einem Kleidungsstück von ihm. Ich melde mich.«

»Bis dann, Rory!« Sie schaltete einen Gang hoch.

»Noch was, Grace.«

»Ja?«

»Soll ich den Kollegen in Clifden oder Leenane Bescheid geben, dass du dort bist?«

»Nein, warum?«

»Sei bitte vorsichtig. Irgendwas stimmt nicht da draußen. Aber für einen Durchsuchungsbefehl reicht es hinten und vorne nicht.«

Ihr fröhlicher Gesichtsausdruck gefror.

46

Als er erwachte, war es dämmrig, und obwohl sich seine Augen rasch an das Zwielicht gewöhnten, konnte er nur leicht verschwommen wahrnehmen, was vor ihm auf dem Boden lag. Außerdem fehlte ihm seine Brille. Umdrehen konnte er sich immer noch nicht, und als er merkte, dass er an keiner Stelle gefesselt war, durchfuhr es ihn eiskalt: Man hatte ihn erst sediert und ihm dann ein Muskelrelaxans verabreicht. Ein Mittel, das sehr genau dosiert gespritzt werden musste, um den gewünschten Effekt zu erzielen. Dann konnte sich das Opfer auch ohne Fesseln nicht mehr eigenständig bewegen. Er war gelähmt. Die Nerven gaben den Bewegungsimpuls nicht mehr an die Muskeln weiter. Die Muskeln gehorchten einfach nicht. Er als Gerichtsmediziner hatte von diesem Mittel gehört. Doch wie es genau wirkte und wie es sich anfühlte, wenn man selbst das Opfer war, davon hatte er natürlich keine Ahnung.

Fitz versuchte zu sprechen. Seine Stimme krächzte. Heiserkeit war eine Nebenwirkung von Muskelrelaxantien, erinnerte er sich. Diese Mittel waren nicht nur effizient und kaum fehleranfällig, sie hinterließen auch keine Spuren, außer einem Einstich am Körper, denn sie mussten intravenös verabreicht werden. Genau das war der Punkt. Ihre Handhabung setzte ziemlich gute medizinische Kenntnisse voraus und sie mussten nach maximal drei Stunden erneuert werden.

Wenigstens versagte seine Atmung nicht und auch das Gehirn arbeitete wieder. Die Übelkeit und der Schwindel, den er bei seinem letzten Erwachen verspürt hatte, waren fast völlig verschwunden. Die Kopfschmerzen jedoch nicht, auch wenn sie nicht mehr ganz so stark waren.

Wo war er? Fitz konnte kaum etwas erkennen und nur einen Geruch wahrnehmen, der unverwechselbar von Tieren stammte. Waren es Pferde, Schafe oder Rinder, die hier einmal untergebracht waren? Das wenige, was er von seinem Lager aus sehen konnte, ließ kaum Rückschlüsse zu, aber er befand sich eindeutig in einem Stall. Ganz in seiner Nähe gab es eine Vorrichtung aus Holzstäben, in der sicher einst Stroh und Heu für die Tiere aufbewahrt worden war.

Wie lange er wohl schon hier lag? Er konnte sich nicht erinnern, was der Situation, in der er sich nun befand, unmittelbar vorausgegangen war. Er war beim Finale zwischen Galway und Mayo gewesen, das wusste er noch, zusammen mit Fiona und Hilary. Dixi hatte auch in der Nähe gesessen. Sie hatte ein Fernglas in der Hand gehabt. Was hatte es mit diesem Fernglas auf sich gehabt? Und was war dann passiert?

In dem Moment hörte er ein Geräusch von der Tür her, zumindest nahm er an, dass es eine Tür war. Es klang, als würde ein Schloss aufgesperrt. Draußen musste es jetzt hell sein, denn es fiel Licht durch das Dach und durch ein Fenster an der gegenüberliegenden Wand, das mit Brettern notdürftig zugenagelt worden war. Fitz tat so, als wäre er immer noch ohne Bewusstsein. Da wurde die Tür geöffnet und ein Lichtstrahl erhellte den kleinen düsteren Raum wie ein Scheinwerfer.

47

Als Grace in den Innenhof einbog, stand der grüne Lieferwagen direkt vor dem Haupthaus. Es war früh am Morgen, kurz nach sieben. Auch diesmal hatte sie ihren Besuch nicht angekündigt. In der letzten Stunde, auf dem Weg von Galway hierher, beschäftigten sie immer wieder die gleichen Gedanken. Wie hingen der Mord an Tom Nolan und der an John Cullen zusammen? Wenn Nolan, wie Fionas Cousin Riordan angedeutet hatte, den Runner für die organisierte Wettmafia abgegeben hatte, war Cullen dann etwa unter Druck gesetzt worden? Hatte er seine Spieler und den Schiedsrichter vielleicht mit in die Sache hineingezogen? Und in Absprache mit einigen Spielern zu einem bestimmten Zeitpunkt für das gewünschte Resultat gesorgt? Der Zeitpunkt war dabei von immenser Wichtigkeit, hatte Peter ihr erzählt. Bei Online-Wetten kam es nämlich nicht nur auf die richtige Anzahl der Tore, Strafstöße oder Eckbälle an, sondern man konnte den Gewinn enorm steigern, wenn man den genauen Zeitpunkt voraussagte.

Sie schloss die Autotür und bemerkte, genau wie bei ihrem ersten Besuch, wieder den Hund, der sie von Weitem beobachtete. Grace war einen Moment lang unschlüssig, ob sie zu ihm gehen sollte. Der Hund schien genauso unentschieden zu sein, denn er verharrte an seinem Platz, statt seine Hofrunde fortzusetzen.

Sie ging um den Wagen herum und öffnete den Kofferraum, um ihre große Umhängetasche herauszuholen. Dabei hatte sie wieder das Gefühl, dass jeder ihrer Schritte beobachtet wurde. Ihre Augen glitten an den Fenstern des Hauses entlang, doch nichts deutete darauf hin. Und es gab keine Gardinen, die sich hätten bewegen können.

Grace ging ein paar Schritte weiter und überlegte wieder.

Warum spielten Menschen, warum wetteten sie? Warum setzten sie Geld auf Sportergebnisse, auf Pferde, auf kleine Kugeln, die sich im Kreis drehten? Was war am Kartenspiel so faszinierend? Grace hielt kurz inne und biss sich leicht auf die Unterlippe. War es nur simple Gier, um möglichst schnell und ohne große Anstrengung Geld zu kassieren? Doch das konnte nicht der einzige Grund dafür sein. Es musste um Kontrolle gehen, mutmaßte sie. Wenn man spielt, will man die Zukunft beherrschen, um sich auch die Gegenwart gefügig zu machen. Man will korrekt voraussagen, was geschehen wird. Welches Pferd als Erstes durchs Ziel schießt, auf welcher Zahl die Kugel landet. Man will einen Einsatz machen, der sich auszahlen wird, und etwas riskieren, weil man sich sicher fühlt. Man will dem Zufall ein Schnippchen schlagen und braucht den besonderen Kick, der entsteht, sobald man seine Finger im Spiel hat und das Unmögliche zum Wahrscheinlichen zwingt. Mit dem Risiko jonglieren, auf dem Trapez immer höher schwingen, sich in den Salto mortale stürzen. Ohne Sicherheitsnetz.

»Guard?«

Grace zuckte zusammen. Sie hatte nicht gehört, wie Kordula Kosters die Haustür geöffnet hatte. Grace warf ihr einen Blick zu. Ihr hageres, fast verhärmtes Gesicht wirkte leicht aufgedunsen, ihre Augen und Nase waren gerötet. Sie hatte geweint.

»Darf ich hereinkommen?«

Kordula nickte und ging, ohne auf sie zu warten, voraus. Sie führte Grace diesmal ins Wohnzimmer. Wortlos bedeutete sie ihr, Platz zu nehmen. Grace schaute sich um. Die Einrichtung war unauffällig, langweilig und zweckmäßig robust. Grace nahm auf einem Sessel mit hoher Rückenlehne Platz, der durchaus bequem war. An der Wand hingen mehrere gerahmte Bilder. Die wollte sie sich später genauer ansehen.

Kordula stand abwartend an der Tür. Wieder wirkte sie gehetzt und wie auf dem Sprung. Sie war, so schien es Grace, einer von diesen Menschen, die nie zur Ruhe kamen, da sie nirgendwo hingehörten. Ein Gefühl, das ihr aus ihren eigenen jungen Jahren durchaus bekannt war.

»Als wir uns das letzte Mal sahen, am Samstag im Pearse Stadion, haben Sie Ihren Bruder gesucht. Haben Sie ihn inzwischen gefunden?«, eröffnete Grace ihre Vernehmung. Sie bat Kordula mit einer Handbewegung, sich ihr gegenüber hinzusetzen. Die Deutsche folgte augenblicklich dieser stummen Bitte.

»Ja.«

Als sie nichts weiter sagte, ergriff Grace wieder das Wort. Das würde zäh werden.

»Bitte antworten Sie mir ausführlicher. Wo haben Sie ihn schließlich getroffen, wo verbrachten Sie beide den Rest des Spiels und was machten Sie direkt im Anschluss daran?«

Die Frau starrte ins Leere und Grace war sich nicht sicher, ob ihre Fragen sie überhaupt erreicht hatten. Als sie kurz davor war, sie zu wiederholen, reagierte Kordula endlich.

»Ich traf ihn während der ersten Halbzeit im Foyer.« Sie schluckte. »Wir hatten einiges zu besprechen. Danach verließ ich das Stadion. Das war in der Halbzeitpause. Ich musste ja zu unserem Stand zurück. Der Markt dauert bis fünf Uhr nachmittags. Ich hab dann alles schon mal zusammengeräumt und in den Van gepackt. Dann habe ich meinen Bruder, wie wir verabredet hatten, in Salthill an der Uferpromenade abgeholt.«

»Wann war das? Um welche Uhrzeit genau?«

»Nach sechs vermutlich. Ich kam vor sechs dort nicht weg.« Kordula knabberte gedankenverloren an ihrem kleinen Finger.

»Und wieso an der Uferpromenade? Er war doch im Stadion geblieben, oder?«

Die Deutsche nickte. »Aber dort war kein Durchkommen. Deshalb hatte Roman vorgeschlagen, dass wir uns an der Ausfallstraße treffen. Das war einfacher.«

Sie hatte ihn Roman genannt, nicht Rick, wie ihn hier jeder nannte. Kordula, Cynthia, Roman, Rick. Was sollte das? Es war verwirrend. War das etwa beabsichtigt?

»Was hatten Sie beide im Stadion zu tun?« Ausländer traf man selten beim Gaelic Football, das wusste Grace. Es sei denn, sie begleiteten irische Freunde.

»Er interessierte sich für das Spiel. Und ich wollte ihm nur etwas sagen.«

Im Zeitalter moderner Kommunikationsmittel eine interessante Aussage, fand Grace. »Haben Sie kein Handy?«

Erstaunt blickte die andere auf. »Natürlich habe ich eins!«

»Und warum haben Sie es nicht benutzt, um ihm Ihre Nachricht mitzuteilen? Stattdessen wählten Sie den aufwendigen Weg hinaus ins Stadion, obwohl Sie eigentlich den Marktstand hätten beaufsichtigen müssen. Dann kauften Sie sich zu einem horrenden Preis eine Eintrittskarte auf dem Schwarzmarkt und zwängten sich durch die Menschenmassen, um unter den knapp fünfundzwanzigtausend Leuten Ihren Bruder zu finden?«

Kordula schwieg trotzig.

»Für wie beschränkt halten Sie Garda?« Grace hatte sich nach vorne gebeugt und bis auf wenige Zentimeter ihrem Gesicht genähert. »Ich wiederhole meine Frage: Was hatten Sie im Stadion zu suchen? Warum waren Sie da?«

Grace registrierte die bebenden Lippen der Frau.

»Ich …« Sie kämpfte mit den Tränen. »Ich wollte ihn persönlich sprechen, nicht am Telefon.« Das Letzte hatte sie geflüstert. Dann brach sie ab.

Grace ließ weiter ihren Blick auf ihr ruhen. Sie hatte sich wieder zurückgelehnt.

»Ich glaube Ihnen. Als Sie mir im Stadion über den Weg

liefen, waren Sie völlig aufgelöst und verzweifelt. Sie wussten, dass er etwas vorhatte, was Sie unter keinen Umständen gut heißen konnten, und Sie wollten ihn davon abbringen. Es war etwas, was Sie beide und Ihr gemeinsames Biohof-Projekt, Ihren großen Traum, in Gefahr bringen würde. Deshalb waren Sie da. Weil Sie ahnten, dass Sie ihn per Handy nicht überzeugen würden.«

Kordula schwieg weiter und wich dem Blick der Kommissarin aus.

»Wo ist Ihr Bruder jetzt?«

Sie schloss ihre verweinten Augen. »Irgendwo auf dem Hof, er repariert etwas, hat er gesagt, wo genau, weiß ich nicht. Das Anwesen ist ziemlich groß. Da gibt es immer irgendwas zu tun. Ich kann ihn benachrichtigen, soll ich?«

Grace nickte und lächelte ihr aufmunternd zu. Kordula fischte ein Handy aus der Tasche ihrer braunen Strickjacke und tippte eine Nummer ein. Während sie auf eine Antwort wartete, verließ sie das Zimmer.

Sofort sprang Grace auf und ging zum Kamin, über dem etliche gerahmte Fotografien an der Wand hingen. Eine davon zeigte den Hof, wie sie ihn schon kennengelernt hatte, menschenleer und merkwürdig verlassen. Es war eine Schwarz-weiß-Fotografie, die unter Umständen noch aus der Zeit der Nolans stammte. Das Foto war dem, das sie in Nolans Wohnung gefunden hatte, nicht unähnlich. Auf dem zweiten Bild war eine Familie zu sehen. Eltern und zwei Kinder, ein etwa zehnjähriges Mädchen und ein etwas kleinerer Junge. Da Grace eine gewisse Ähnlichkeit feststellen konnte, ging sie davon aus, dass es sich um die Kosters-Geschwister handelte. Die Kinder wirkten auf dem Bild irgendwie ratlos, fand sie.

Das nächste Bild war ein Luftbild und zeigte eindeutig diesen Hof in Farbe. Man konnte sehr gut das Haupthaus erkennen, in dem sie sich gerade aufhielten, dazu die Nebengebäude mit den angrenzenden Gewächshäusern. Dieses Bild musste von den Kosters in Auftrag gegeben worden sein, denn die Nolans hatten keine Gewächshäuser besessen. Weiter rechts lag der Lough Kylemore und links erstreckten sich Hügel, die zum Connemara National Park gehören mussten. In der Nähe des Seeufers lagen noch ein paar kleinere Gebäude, Ställe vielleicht. Und zwischen Ufer und Haupthaus, am rechten Bildrand, war eine Art Scheune zu sehen. Einer Eingebung folgend, zückte Grace ihr Smartphone und fotografierte diese Bilder.

Neben den Fotos hingen noch zwei andere Bilder, bei denen es sich nicht um Fotografien handelte. Das eine war ein Gemälde von einem schwarzen Spitz, einer Hundeart, die in Irland weitgehend unbekannt war. Vielleicht war es ein ehemaliger Hund der Kosters gewesen. Das zweite Bild hatte noch weniger mit dem Hof zu tun. Grace trat einen Schritt zurück, um es genauer betrachten zu können. Es handelte sich um eine Maske aus dunkelrotem Samt, kunstvoll bestickt und darüber hinaus mit feinem Strich bemalt. Sie war unter Glas ausgestellt und eindeutig keine venezianische Maske, auch wenn sie einer solchen nachempfunden schien. An irgendetwas erinnerte Grace diese Maske, doch sie wusste nicht, an was.

In diesem Moment kehrte Kordula ins Zimmer zurück. »Er kommt in ein paar Minuten. Möchten Sie einen Kaffee?«

Überrascht drehte sich die Kommissarin zu ihr um. Es war das erste Mal, dass Kordula Kosters etwas wie Höflichkeit an den Tag legte.

Grace nickte dankbar. Statt nun in die Küche zu gehen, um Wasser aufzustellen oder eine Kaffeemaschine zu bedienen, trat Kordula neben Grace. Sie deutete auf den Hund.

»Das war unser Charlie. Wir bekamen ihn, als wir noch Kinder waren.« Mit dem Kinn wies sie auf den Spitz.

»Er wurde sehr alt, fast siebzehn Jahre.« Sie klang stolz.

»Er ist erst kurz bevor wir nach Irland zogen, von uns gegangen.« Nun klang ihre Stimme leicht wehmütig.

»Ich hatte auch immer Hunde«, erwiderte Grace in ernsthaftem Ton. »Das vermisse ich sehr bei meinem Beruf. Da kann ich mir keine erlauben.« Sie hatte beschlossen, ein paar von Rorys keltischen Vernehmungsstrategien, wie sie sie insgeheim nannte, in ihren eher kühlen Stil einzuflechten und scheinbar unabsichtlich ein paar persönliche Details einfließen zu lassen. Das schien ganz gut zu funktionieren.

»Aber jetzt haben Sie doch wieder einen Hund«, stellte Grace fest. »Ich habe ihn mehrmals hier auf dem Hof gesehen.«

Die Frau neben ihr inspizierte kurz ihre abgeknabberten Fingernägel. »Ach, Booty. Der ist in Ordnung, aber er kommt nicht an Charlie heran.«

»Booty, wie in Beute?«

Kordula verzog ihr hartes Gesicht zu einem, ja, man konnte es tatsächlich Lächeln nennen.

»Nein, Booty wie in Stiefel. Es sieht so aus, als hätte er Stiefel an, zumindest einen.«

Grace runzelte kurz die Stirn.

»Und was ist das hier? Kunst?« Sie zeigte auf die rote Maske hinter dem Glasrahmen.

Sofort verschwand das verhuschte Lächeln auf Kordulas Gesicht.

»Nein. Das ist keine Kunst.« Sie wandte sich ab und sah plötzlich wieder gestresst aus.

»Es ist eine Maske«, beharrte Grace und schaute sie weiter fragend an.

»Ein Geschenk an meinen Bruder. Wir haben es nur aus Höflichkeit hier aufgehängt.«

Kordula hatte sich fast schon auf den Weg in die Küche gemacht, als sie abrupt stehen blieb.

»Das ist ein Geschenk der Hutmacherin«, ertönte auf

einmal eine männliche Stimme vom Flur her, ohne dass man den dazugehörigen Menschen sehen konnte. Es war Rick, der sich gerade die Gummistiefel auszog und kurz darauf in Socken auf der Türschwelle erschien.

Grace zog ihre Augenbrauen hoch. »Das hat Dixi gemacht?«

Sie beugte sich noch einmal näher zu dem Objekt hin. Kordula nutzte den Auftritt ihres Bruders, um in die Küche nebenan zu verschwinden. Man hörte, wie das Wasser lief.

Kosters warf Grace einen prüfenden Blick zu. »Sie kennen Dixi?«

Grace nickte. »Sie offenbar auch – und anscheinend besser als ich.«

»Wir kennen uns nur vom Markt. Sie hat ja ihren Stand nicht weit von unserem. Als wir vor ein paar Jahren hier anfingen, hat sie uns mit ein paar Behördengängen geholfen. Die wollten eigentlich keinen weiteren Gemüsestand zulassen. Dabei gab es damals noch überhaupt kein Biogemüse auf dem Markt. Dixi hat sich für uns eingesetzt. Dafür hab ich ihr auch ein paarmal geholfen, wenn sie etwas zu transportieren hatte, weil unser Van ja größer ist als ihr Wagen. Als Dank hat sie uns dann dieses Stück hier vermacht.«

»Ihre Schwester meinte, es sei ein Geschenk an Sie gewesen. Eine Maske für einen Biobauern? Das nenne ich eine ungewöhnliche Wahl, um nicht zu sagen, eine etwas bizarre, und ich verstehe es nicht.«

Rick überlegte einen Augenblick, bevor er weitersprach. »Meine Schwester mag Dixi nicht. Die ist ihr zu abgedreht. Sie will am liebsten nichts mit ihr zu tun haben. Wie kann ich Ihnen behilflich sein?«

Grace registrierte, dass sie keine richtige Antwort erhalten hatte, und beschloss, ihn zum vergangenen Samstag zu befragen.

»Ich bin wegen des Spiels da gewesen. Allein«, antwortete er. »Ich liebe Gaelic. Hurling ist auch in Ordnung, aber auf Gaelic stehe ich total. Deshalb war das Provinzfinale auch ein absolutes Muss für mich. Ich hab mir schon vor Wochen ein Ticket für einen super Platz gekauft.«

»Wo saßen Sie?«

»Äh …« Er zögerte. »Im Südrang. Irgendwo in der Mitte.«

»Wir werden das überprüfen. Sie haben das Ticket noch?«

Bedauernd schüttelte er den Kopf.

»Was haben Sie unmittelbar nach dem Spiel gemacht?«

»Ich bin nach Hause gegangen, das heißt, ich war mit meiner Schwester an der Uferpromenade verabredet. Dort wollte sie mich auflesen, damit sie nicht noch mal zum Stadion kommen musste.«

»Wann war das?«

»Ungefähr um sechs.«

»Hat Sie jemand gesehen?«

»Ich weiß es nicht. – Ms O'Malley, was soll das alles?« Rick wirkte nun verunsichert und, das hatte Grace sofort gespürt, er schien auf der Hut. Seine anfängliche Lockerheit war vollständig verflogen.

»Welche Kleidung trugen Sie am Samstag, Rick?«

»Was ich trug? Keine Ahnung. Ich erinnere mich nicht. Mich interessieren Klamotten nicht.«

Das glaubte sie ihm sofort. »Ich muss Sie bitten, mich nach Galway in die Zentrale zu begleiten. Ich werde Sie dort ausführlich vernehmen und ein Protokoll anfertigen.«

Während der letzten Minuten hatten sie vor den Bildern und Dixis Geschenk gestanden, doch nun trat Grace ein paar Schritte zurück und wandte sich der Tür zu. Sie bedeutete ihm, mitzukommen. Von Kordula und dem angekündigten Kaffee fehlte jede Spur.

Als sie den dunklen Flur erreicht hatten, fand er seine Stimme wieder.

»Was wollen Sie von mir? Ich will nicht mit Ihnen nach Galway.«

Grace schaute ihn ungerührt an. »Sie stehen im Verdacht, mehr über die Umstände zu wissen, die zum Tod von John Cullen geführt haben. Wir erwarten von Ihnen, dass Sie Garda bei den Ermittlungen behilflich sind.«

Entsetzt riss Rick die Augen auf. »Was? Da muss ein Missverständnis vorliegen!« Der Deutsche wusste offenbar genau, was Grace mit dieser Formulierung gemeint hatte: Kosters war für sie einer der Hauptverdächtigen.

In diesem Moment polterte Kordula die Treppe herunter. In der einen Hand trug sie eine der braunen Tüten mit dem »Frisch aus Connemara«-Logo. Als sie die unterste Stufe erreicht hatte, streckte sie Grace die Tüte wortlos entgegen.

»Was ist das?«

»Das sind die Klamotten, die mein Bruder am Samstag anhatte. Die waren schon in der Schmutzwäsche. Das wollten Sie doch wissen.«

Überrascht dankte die Kommissarin ihr und nahm die Tüte an sich. Kosters sagte kein Wort und schaute zu Boden.

Als sie draußen am Auto waren, drehte er sich noch einmal langsam zu seiner Schwester um und fixierte sie stumm. Abwartend stand sie in der Haustür und erwiderte seinen Blick. Keiner von beiden sprach ein Wort.

Grace holte Handschellen aus der Tasche. »Es tut mir leid, Mr Kosters, aber da ich allein bin, muss ich Sie auf der Rückbank sichern. Hiermit nehme ich Sie fest unter dem Verdacht der Mittäterschaft des Mordes an John Cullen.«

Fast verloren stand der Biobauer vor ihr, während sie ihm die Handschellen anlegte. Dann richtete er noch einmal das Wort an seine Schwester, die nach wie vor unbeweglich an der Eingangstür stand.

»Ich bin bald wieder zurück, Kordula. Glaub mir, die machen einen Fehler. Es ist ein Missverständnis.« Das

Letzte hatte er auf Deutsch gesagt. Grace konnte Deutsch verstehen. Es war dem Dänischen nicht unähnlich. Kosters klang gar nicht aufgeregt. Seine Schwester drehte sich weg und zog die Tür hinter sich zu.

Kosters nahm auf der Rückbank Platz. Grace wollte gerade die hintere Wagentür schließen, als sie den Hund bemerkte, der sich nun neugierig seinem Herrchen näherte.

»Ach, Booty, komm her!« Kosters streckte die gefesselten Hände nach dem Border Collie aus, der sofort schwanzwedelnd näher kam.

Grace stand daneben und überlegte, was wohl gerade zwischen den Geschwistern passiert war. Mit dieser Festnahme hatte weder Kordula noch Rick gerechnet. Das war für die Kommissarin offensichtlich.

»Kommen Sie, wir fahren!«

Kosters nickte und im gleichen Moment fiel ihr Blick auf den Hund, den sie noch nie so nah gesehen hatte. Und da entdeckte sie es. Den Grund für den Namen des Hundes: Der Hund war schwarz-weiß, wobei das Weiß dominierte. Nur sein linker Hinterlauf war pechschwarz, als trüge er einen Stiefel.

48

Im Polizeirevier in Galway brachte sie Kosters sofort ins Verhörzimmer. Day, Rory und Byrne waren bereits informiert. Auch über den Inhalt des Videos, das man ihr zugespielt hatte. Grace ging zunächst in ihr Büro und studierte die neuesten Ermittlungsergebnisse, die nun auf ihrem Tisch lagen. Die Kugel, die Cullen getötet hatte, stammte tatsächlich aus der Waffe, die man in McGuinness' Schreibtisch gefunden hatte. Sie wies das gleiche Kaliber auf wie die Waffe, mit der auch Tom Nolan getötet worden war. Doch das besagte tatsächlich nicht viel, denn man hätte sie dem Manager problemlos unterschieben können. Außer den Fingerabdrücken von McGuinness und seinem Kollegen, der die Pistole angeblich gefunden hatte, gab es keine weiteren auf der Waffe.

Auch das Video war aus der Spurensicherung zurück und die Kollegen hatten sich größte Mühe gegeben, die Person darin, die Grace vage als Rick Kosters identifiziert hatte, schärfer zu bekommen. Die Kommissarin schaute es sich erneut an und es schien ihr zu bestätigen, dass es sich wirklich um den Verdächtigen handelte.

Da klopfte es und kurz darauf steckte Rory seinen Kopf durch die Tür. »Du bist zurück?«

»Mit Kosters. Er wartet im Verhörraum.«

Rory zog die Augenbrauen hoch. Er schloss die Bürotür und holte einen rotbraunen Cardigan aus einer Stofftüte, die er mitgebracht hatte.

»Was ist das?« Sie musterte die Jacke und musste grinsen.

Rory steckte sie zurück in den Beutel. »Die hat mir Fiona gegeben, sie gehört Fitz.«

Grace erinnerte sich, dass Rory ihr, als Roisin verschwunden war, mal erzählt hatte, dass ein Kleidungsstück des Verschwundenen ihm helfen könne, sich auf diesen Menschen zu konzentrieren. Die Witwe Malone arbeitete wohl ähnlich wie ein Spürhund der Drogenfahndung, hatte Grace damals festgestellt.

»Und was ist mit Riordan?« Die Erwähnung von Fiona hatte sie sofort an deren Cousin erinnert, der wohl immer noch abgetaucht war.

»Der bleibt auch verschwunden. Fiona hat ihn zuletzt am Samstagmorgen im Pub gesehen, gut gelaunt und leicht aufgedreht, wie er immer ist, meinte sie. Nur warum sollte der verschwinden?«

Überrascht hob sie den Kopf. »Immerhin hat er gewusst, wann es im Finale einen Strafstoß geben würde, der zum Sieg von Mayo führt. In dieser Sache hätte ich ihm mit Sicherheit noch mal auf den Zahn gefühlt.« Sie dachte nach. »Was hast du bei Murtagh herausbekommen? Du hast dich doch mit ihm getroffen, oder?«

Rory strich sich nachdenklich über die glatt rasierte Wange. »Ja, wir haben uns die entscheidenden Minuten des Spiels noch mal zusammen angesehen. Und es war ganz merkwürdig.«

»Was?«

»Ausgerechnet das Foul, das keins war, hatte die Kamera nicht aufgenommen. Das ist doch mehr als komisch. Findest du nicht?«

Grace starrte ihn an und nickte.

»Ich hab schon mit RTE telefoniert und warte auf den Rückruf des Kameramanns. Da ist was oberfaul.«

»Gut, Rory. Sehr gut. Was sagte Murtagh sonst noch aus?«

»Cullen hat gezockt.«

»Wie, gezockt?«

Rory setzte sich auf den Stuhl Grace gegenüber und seufzte. »Genaues wusste Murtagh auch nicht. Aber es war wohl im Team bekannt, dass Sir John ein Spielteufel war. Wetten waren seine große Leidenschaft, aber auch andere Sachen. Es wurde gemunkelt, dass er regelmäßig an einer exklusiven Pokerrunde hier in der Stadt teilgenommen hat.«

»Mit wem hat Cullen denn gezockt, wissen wir das?« Sie tippte sich Notizen in ihr Pad und schaute nicht auf.

Rory zuckte mit den Schultern. »Murtagh betonte, dass er keine Ahnung habe, allerdings …« Rory brach ab.

»Allerdings?«, hakte Grace nach. Irgendetwas an Rorys Stimme war merkwürdig.

Der Kollege fuhr sich über das Gesicht. »Ich hatte den Eindruck, dass er mit dem, was er weiß, nicht rausrücken wollte … vielleicht, weil ich es war.«

»Was willst du damit sagen?« Doch sie hatte die Antwort darauf schon selbst gefunden. »Okay, ich werde ihn noch einmal selbst vernehmen. Danke.«

Plötzlich hatte sie den Eindruck, dass Rory müde war. Sie erzählte ihm von ihrem Besuch auf dem Hof. »Die beiden Kosters-Geschwister scheinen kein Verhältnis zu haben, das von gegenseitigem Vertrauen geprägt ist. Sie könnten unter Umständen sogar auf verschiedenen Seiten stehen, Rory«, schloss sie.

Erschöpft hob er den Blick. »Das kommt unter Geschwistern gar nicht so selten vor.« Mehr sagte er nicht, aber damit war auch schon alles gesagt.

»Hat Ronan nicht kürzlich den Begriff ›Seemannsgarn‹ verwendet, als er dir am Fischteich vom Gespräch der drei Männer im Spaniard's Head berichtete? Das hast du mir doch am nächsten Tag erzählt.«

Rory überlegte einen Moment. »Ja, das hat er. Ich erinnere mich, dass ich die Wortwahl merkwürdig fand, weil man das Wort heute kaum noch hört.«

Grace nickte heftig. »Im gleichen Zusammenhang benutzte es kurz darauf Hamilton. Das kann doch kein Zufall sein.«

Rory antwortete nicht. Da sprang die Tür auf und Kevin Day trat ein. Wieder hatte er nicht angeklopft. Grace war allein darüber schon ungehalten. Dass sie ihn wegen ihres Auftritts am Samstag eigentlich um Verzeihung hätte bitten müssen, hatte sie inzwischen verdrängt.

»Wir warten auf dich, Grace. Oder soll ich unseren Verdächtigen mit deiner gnädigen Erlaubnis allein verhören?«

49

Während seiner Vernehmung beharrte Kosters darauf, dass er nach dem Spiel nicht auf dem privaten Parkplatz am Stadion gewesen sei – nicht einmal in der Nähe sei er gewesen. Er sei direkt zur Uferpromenade gelaufen, was wegen der dichten Menschenmenge etwas länger gedauert habe. Grace hatte entschieden, die Existenz des Videos vorerst nicht bekanntzugeben, und Robin Byrne hatte angeordnet, dass Day, Rory, Grace und er sich das Video gemeinsam anschauen und genau analysieren sollten. Kosters verlangte nach einem Anwalt und verweigerte bis zu dessen Ankunft jede weitere Aussage. Man brachte ihn solange in einer Untersuchungszelle unter. Byrne hatte für zwei Uhr nachmittags eine Pressekonferenz anberaumt.

Auf dem Weg in ihr Dienstzimmer erhielt Grace eine SMS. Sie war von Riordan, und Grace atmete tief aus. Endlich! Er wolle sie in einer Stunde in der Nähe von Barna treffen. Sie solle allein kommen und im Spinnaker, einem Pub in der Spidall Road, auf ihn warten. Sie kannte die Gaststätte vom Vorbeifahren. Auf dem Weg zu den Aran Inseln lag sie auf der Seite zum Meer hin. Das würde sie locker schaffen, es war kurz nach zehn.

Sie hinterließ Rory eine Nachricht und machte sich umgehend auf den Weg. Als sie den kleinen Parkplatz der Zentrale überquerte, sah sie ihren Onkel Jim O'Malley auf sie zukommen. Sie fluchte und wusste gleichzeitig, dass es zu spät war, um einer Begegnung mit ihm auszuweichen.

»Gráinne!« Schon von Weitem winkte er ihr zu und strahlte über das ganze runde Gesicht. Er trug heute einen für seine Verhältnisse sehr schicken Anzug aus dunkelblauem Tuch, der ihm zur Abwechslung genau zu passen schien. Das Hemd war hellblau-weiß gestreift und als besondere Note hatte er eine dunkelblaue Krawatte um, auf der Grace winzige grüne Kleeblätter, die traditionellen irischen Shamrocks, ausmachen konnte. Obwohl man solche geschmacklichen Entgleisungen aus Graces Sicht eigentlich nur am siebzehnten März, dem St Patrick's Day und irischen Nationalfeiertag, durchgehen lassen konnte.

»Zu dir wollte ich gerade!«, rief Jim.

»Ich bin in Eile, Onkel!« Sie schloss ihren Wagen auf, um ihrem ungeliebten Verwandten möglichst schnell zu entkommen.

Doch Jim hatte sie schon keuchend erreicht und verstellte ihr den Weg.

Grace atmete genervt aus. »Ich bin auf dem Sprung zu einem wichtigen Zeugen und …«

»Im Mordfall Cullen?«

Grace seufzte und richtete den Blick auf ihn. Seine wässrig graublauen Augen schauten sie auffordernd an.

»Onkel, du weißt, dass ich dir nichts sagen darf und auch nichts sagen werde …«

Einen Moment lang schwiegen sie.

Dann startete Jim O'Malley einen neuen Versuch. »Ich bin nicht wegen Sir John hier, obwohl ich ihn ganz gut kannte …«

War das etwa ein Köder, den ihr der gerissene Politiker hinwarf?

»Okay. Du kanntest ihn. Woher und wie gut?«

»Nun, vom Sport natürlich. Ich bin ja im Verein aktiv, wie du vielleicht weißt.«

Es war ziemlich schwierig, gesellschaftliche Vereinigungen oder Sportverbände in der Grafschaft Galway ausfindig zu machen, in denen James O'Malley nicht involviert war. Ohne Jim lief nichts in der Gegend, hieß es, und je länger Grace hier war, desto deutlicher wurde ihr, wie zutreffend diese Behauptung war.

»Kanntest du ihn auch privat?«

»Wie meinst du das?«

Sie zog ihre Augenbrauen zusammen. »Wie ich es gesagt habe. Außerhalb des Vereins.«

»Na ja, wir haben da so eine gemütliche Runde … da war Sir John auch oft mit dabei.«

Grace war sofort alarmiert. Doch sie schaute ihn betont desinteressiert an. »Von dieser Runde wissen wir bereits. Du sprichst von eurer Zockerrunde. Ein erlesener Kreis, wie man hört.«

Erstaunt erwiderte er ihren Blick und nickte, er schien völlig überrumpelt zu sein. Und während er sich offenbar fragte, woher sie diese Information bekommen hatte, legte Grace nach.

»Poker, wenn ich richtig informiert bin. Seit wann gibt es diese Runde?«

Doch noch bevor sie die Stimme ihres Chefs hörte, wusste Grace, dass es die falsche Frage gewesen war. »Mit wem?«, wäre die richtige gewesen.

»Jim! Kann ich dich sprechen?« Robin Byrne stand am Haupteingang der Zentrale und schien in Eile zu sein. Er wandte sich noch schnell an Sergeant Sheridan, um ein paar Worte mit ihr zu wechseln.

Jim winkte ihm zu. »Moment, Rob, ich komme gleich.«

O'Malley trat nun etwas näher an seine Nichte heran, während sie einen Schritt zurückwich. »Ich muss dich sprechen, Graínne, wegen der Races. Irgendetwas stimmt nicht mit dem Pferd, das für mich läuft.«

»Du meinst Gonzales?«

Jim nickte. »Das ist immens wichtig für mich. Er muss gewinnen, denn danach geht er in die Zucht.« Der mächtige Jim O'Malley sah seine Nichte an wie ein bettelndes Kind. »Und irgendjemand hat da etwas sehr Hässliches vor. Glaub mir, Murray und ich sind schon ganz verzweifelt.«

Diesmal lächelte sie. »Das fällt absolut nicht in meinen Bereich, aber …«

»Ich weiß, ich weiß, aber wie wäre es mit einem kleinen Deal?«

Grace bemerkte, wie der Chef von Garda Galway sich kurz zu ihnen drehte, ehe er weiter auf Sheridan einredete. Schnell legte Jim ihr seine schwere Hand auf die Schulter. Sie schaute ihn abwartend an und hatte den Kopf zur Seite geneigt.

»Du kümmerst dich ein wenig um Gonzales und ich erzähle dir von Sir John und unserem kleinen Spieltrüppchen«, raunte er ihr zu. »Ist alles ganz harmlos, Jungskram, obwohl wir seit einiger Zeit auch ein Mädchen mit dabeihaben. Die hat O'Neill ersetzt, als der in Rente ging und wegzog. Aber wenn es dich weiterbringt … sehr gern. Wir sind doch Familie.«

Diesen letzten Satz hätte er sich besser gespart. Noch vor wenigen Wochen hätten Grace diese Worte gereicht, um ihn kommentarlos stehen zu lassen.

Stattdessen warf sie ihm einen eiskalten Blick zu, bei dem jeder außer Jim O'Malley gefröstelt hätte, und beugte sich fast komplizenhaft zu ihm hin. Dann sagte sie leise: »Du gibst mir die Informationen, die ich brauche, wozu du sowieso verpflichtet bist, und ich schaue, was ich für deinen Gaul tun kann. Aber vergiss nicht, du stehst im Wort, Onkel.«

Er hatte noch etwas auf dem Herzen, was er unbedingt loswerden wollte, bevor Byrne da war. Breitbeinig baute er sich vor ihr auf und blinzelte sie an.

»Was geht eigentlich im Haus auf Achill vor sich?«

Grace dämmerte etwas, aber sie stellte sich unwissend, was sie auch weitgehend war. Ihr Bruder Dara und Oonagh, ihre Schwägerin, hatten ihr ja bisher offiziell noch nicht mitgeteilt, dass sie an einen Umzug in ihr verlassenes

Elternhaus auf Achill Island dachten. Statt einer Antwort schaute sie ihren Onkel erwartungsvoll an.

»Mary sagte mir am Telefon, dass die Sicherung, die das Haupttor absperrt, entfernt worden sei und dass die Handwerker nun anscheinend ein und aus gehen. Ein Gerüst sei auch schon geliefert worden, aber noch nicht aufgestellt. Was bedeutet das alles?«

Das hätte sie auch gern gewusst. Doch bevor Grace antworten konnte, hatte Robin Byrne die beiden erreicht und schaute verblüfft drein, als die Kommissarin sich auf den Fahrersitz gleiten ließ, die Hand kurz zum Gruß hob und die Tür schwungvoll zuknallte.

»Vergiss die Pressekonferenz nicht, um zwei!«, rief er ihr noch zu. »Du leitest sie! Wenn du nicht da bist, muss ich Day darum bitten.«

50

Im Schankraum des Spinnaker herrschte um kurz vor elf gähnende Leere, das Lokal war eigentlich noch nicht geöffnet. Doch die Eingangstür hatte zum Lüften weit offen gestanden. Eine Frau mittleren Alters, die sich ein knallbuntes Kopftuch wie einen Turban auf dem Kopf drapiert hatte und Grace an Werbung für Bohnerwachs aus den dreißiger Jahren erinnerte, wischte gerade den Boden vor der Theke. Sie schaute auf, als die Kommissarin den Pub betrat. Die Frau stützte sich mit beiden Händen auf den Schrubber und lachte sie aus strahlenden dunklen Augen an.

»Noch nicht auf, Lady!« Sie sprach mit einem osteuropäischen Akzent. »Keiner da.«

»Ich warte hier auf jemanden, bin nur etwas zu früh dran

und möchte nichts trinken. Ist das in Ordnung? Ich setze mich hier in die Ecke, sage kein Wort und hebe die Füße hoch, wenn sie drunter wischen wollen.«

Die Frau lachte zustimmend, tauchte den Feudel in den Eimer hinter ihr und wischte über die dunkelbraunen Holzdielen.

Was würde sie Padraic Riordan fragen? Auf jeden Fall musste er mit in die Zentrale kommen, selbst wenn es ihm nicht passte. Sie würde ihn auf der Stelle ins Auto stecken, auch wenn er dagegen protestierte.

Sie hatte sich eine ganze Liste mit Fragen zurechtgelegt: Wer hatte ihm den Tipp mit der vierten baltischen Liga und der siebenunzwanzigsten Minute gegeben? Wer hatte Nolan die Jacht verkauft? Was wusste er über Cullens Zockerleidenschaft? Hatte Cullen Schulden und war daher erpressbar? Was wusste er über den Schiedsrichter Hamilton? War er selbst beim Finale gewesen, obwohl ihn niemand dort gesehen hatte? Sie schluckte. Dann fiel ihr Jim O'Malley wieder ein. Ja, sie würde Riordan auch nach Gonzales fragen.

Ein Mann steckte seinen Kopf mit einem für einen Iren ungewöhnlich lang gezwirbelten Schnauzbart durch die Küchentür und ließ seinen Blick durch das leere Lokal wandern. Als er Grace sah, verzog er das Gesicht zu einem verlegenen Grinsen. Nach ein paar Sekunden zog er sich wieder zurück und schloss behutsam die Tür.

Einen Moment lang war Grace irritiert und schaute dann auf ihre Uhr. Es war nun zehn nach elf. Sie konnte ihn nicht verpasst haben. Sie kaute an ihrer Unterlippe.

Ihr fielen immer neue Fragen ein: Warum war Riordan an dem Abend im Spaniard's Head so plötzlich verschwunden? War er es vielleicht gewesen, der ihr den USB-Stick zugespielt hatte? Dieser Gedanke war ihr erst vor Kurzem gekommen und hatte sie nicht mehr losgelassen. Die Personenbeschreibung des »blinden« Paddy war wohl der Auslöser gewesen. Seine vage Schilderung von dem Überbringer des Umschlags, den er glaubte gesehen zu haben, konnte ihrer Meinung nach auf Riordan zutreffen.

Die Frau war jetzt mit dem Putzen fertig und kam ganz ruhig auf sie zu. Grace hob den Kopf und sah ihr entgegen. Irgendetwas stimmte nicht mit ihr. Sie blieb ungefähr drei Meter vor ihr stehen und machte sich nun an ihrer Gürteltasche zu schaffen. Graces schiefergraue Augen verengten sich zu Schlitzen. Die Tasche hatte sie zuvor nicht registriert. Sie trägt eine Waffe!, durchfuhr es Grace plötzlich und ihr ganzer Körper spannte sich im Bruchteil einer Sekunde. Die Kommissarin war allein. Niemand sonst war in dem weitläufigen Schankraum zu sehen. War das etwa eine Falle? Irgendjemand hatte sie hierhergelockt.

Wie versteinert fixierte Grace die Osteuropäerin und stand langsam auf. Ihre eigene Waffe steckte in ihrer Jacke, die sie bei dem warmen Wetter in ihre große Umhängetasche gestopft hatte. Und die lag am hinteren Ende der Bank.

Die Kommissarin musste blitzschnell improvisieren. Sie sprang der Frau mit einem Satz entgegen und riss sie um. Beide fielen hart auf die Dielen und die Frau schrie auf.

»Bitte, bitte, Lady!«

Grace richtete sich auf und hielt die Hände der anderen über ihrem Kopf fest im Griff.

Im selben Augenblick stürzte der Mann mit dem Schnauzer aus der Küche herein, sah die beiden Frauen, blickte sich suchend um und nahm eine Flasche aus dem Regal hinter der Bar, die er kaputtschlug. Rotwein spritzte heraus und er bewegte sich mit dem abgebrochenen Flaschenhals drohend auf Grace zu.

»Halt! Garda! Bleiben Sie stehen, ich bin von Garda Galway! Keine Bewegung!« Grace drehte sich um. Aus der

Nähe konnte sie erkennen, wie sich die Augen der Frau zunächst vor Verzweiflung und Entsetzen weiteten. Doch dann schien sich Erleichterung bei ihr breitzumachen.

»Garda? Das ist Polizei! Das ist irische Polizei!« Die Frau murmelte es fast beschwörend. Es hörte sich in Graces Ohren an, als könne sie ihr Glück kaum fassen. Nun lächelte sie sogar.

Der Mann mit der abgebrochenen Flasche stand unmittelbar neben Grace, die immer noch auf dem Boden saß. Grace rappelte sich auf, sie hatte das Gefühl, dass hier ein großes Missverständnis vorlag.

Der Mann hielt ihr nach einem Augenblick der Verwirrung sogar die Hand hin, um ihr beim Aufstehen behilflich zu sein.

»Wir haben auf eine Frau von Garda gewartet«, beeilte er sich, ihr zu erklären. Die Frau mit dem Turban nickte und fingerte nun mit beiden Händen an ihrem Gürteltäschchen herum. Endlich gelang es ihr, es zu öffnen. Sie zog einen weißen, zusammengefalteten Zettel hervor und reichte ihn Grace erleichtert.

»Wir dachten, Sie tragen Uniform, wie alle anderen«, setzte der Mann hinzu.

»Ich bin leitende Kommissarin und die tragen keine Uniform.« Sie wollte nicht belehrend klingen. »Entschuldigen Sie, bitte. Es war nicht nur Ihre Fehleinschätzung, sondern auch meine.«

Die Frau schenkte ihr nun ein breites Lächeln.

»Ich hole Ihnen einen Tee – oder lieber Kaffee, Guard?«, verkündete der mit dem Schnauzbart.

Grace hatte inzwischen begonnen, den Zettel auseinanderzufalten, und blickte freundlich auf. »Tee, bitte, das ist sehr nett von Ihnen.«

Er zögerte und lachte. »Oder auf den Schreck lieber etwas Stärkeres?«

Sie schüttelte ihre Haare und setzte sich auf einen Stuhl am nächstgelegenen Tisch. Dann las sie die wenigen handgeschriebenen Zeilen. Riordan bat sie um Entschuldigung, dass er nicht ins Spinnaker kommen könne, es sei ihm etwas dazwischengekommen. Selbstverständlich wolle er jedoch die Unterredung mit ihr nachholen und schlage daher vor, dass sie sich um zwölf im Haus eines Freundes bei Roundstone treffen sollten. Die Wegbeschreibung war unten angegeben.

Unterredung, dachte sie sarkastisch. Dem windigen Kerl war der Ernst seiner Lage offenbar nicht bewusst. Es handelte sich um ein Verhör und nicht um ein Kinderspiel. Sie schaute auf die Uhr. Es war halb zwölf. Das konnte sie gerade noch schaffen.

»Hier ist Ihr Tee, Guard.« Der Mann hatte die Tasse vorsichtig vor ihr auf den Tisch gestellt und einen Keks dazugelegt.

»Danke. Wann haben Sie das bekommen?«, fragte sie die Frau.

Statt einer Antwort warf sie dem Mann einen Blick zu und er nickte fast unmerklich.

»Vielleicht eine Viertelstunde, bevor Sie kamen. Oder ein wenig vorher.«

Grace schaute sie lange an. »Das macht einen großen Unterschied. Wie heißen Sie?«

»Jola Nowak. Ist ein polnischer Name.«

»Wann genau, Jola?« Sie versuchte nun, entspannt zu klingen.

»Ich habe geputzt und trage keine Uhr.« Sie zeigte ihre nackten Handgelenke. »Ich schätze nur.«

Grace zog die Luft scharf durch die Nase. »Und wie kam der Zettel hierher?«

Jola zuckte die Schultern. »Er weiß es!« Das klang auf einmal trotzig.

Grace nahm einen Schluck Tee und wandte sich dem Schnauzbärtigen zu.

»Ich erhielt eine Nachricht aufs Handy. Das war so gegen halb elf. Draußen läge eine Nachricht für eine Frau von Garda, die um elf hier eintreffen würde. Ich war gerade im Keller und bat Jola, mal nachzusehen.«

Jola nickte. »Der Zettel lag genau vor der Tür. Mit einem Stein drauf, damit er nicht wegweht. Ich habe niemanden gesehen.«

Grace stand auf und bedankte sich. Eventuell müssten die beiden noch mal in der Zentrale vorbeischauen, sagte sie. Dann beeilte sie sich, zum Auto zu kommen. Die Zeit drängte. Wenn Riordan die beiden tatsächlich um halb elf darüber informiert hatte, dass er es nicht schaffen würde, warum hatte er Grace dann nicht selbst angerufen? Sie hätte lässig sofort weiter nach Roundstone fahren können, ohne diese Scharade hier zu spielen. Das war es. Sie blieb wie vom Donner gerührt stehen. Es war ein Spiel, das man hier mit ihr trieb. Und sie hatte dabei die Hauptrolle. Sie kehrte in den Pub zurück und überraschte die beiden.

»Darf ich mal kurz in Ihren Keller?«

Sie wechselten erstaunte Blicke. Schließlich nickte der Mann mit dem Schnauzbart. »Der Eingang ist hinter der Bar rechts. Soll ich mitkommen?«

Grace schüttelte den Kopf und verschwand. Sie fand den Zugang zum Keller sofort und stieg die wenigen Stufen hinab. Dann schaltete sie ihr Handy ein und schaute aufs Display. Es gab hier keinen Empfang, genau wie sie vermutet hatte.

51

Das Haus lag ungefähr drei Kilometer von dem beliebten Touristenort Roundstone entfernt in Richtung Küste. Sie erreichte es gegen halb eins und parkte in der Auffahrt. Das Haus lag verlassen da. Weit und breit keine Menschenseele.

Es handelte sich um eine kompakte viktorianische Villa, wie sie in der zweiten Hälfte des neunzehnten Jahrhunderts für die Geliebten der britischen Adligen gebaut wurden. Ein zitronengelbes, einstöckiges Gebäude mit eleganter Fassade, das offenbar erst unlängst renoviert worden war. Grace stieg aus und ließ ihre Augen an der Vorderseite der Villa entlangwandern. Eine mannshohe Hecke von weißen Rosen schirmte sie vor neugierigen Blicken ab.

Grace beugte sich in ihr Auto und betätigte die Hupe. Sie warf wieder einen Blick auf ihre Armbanduhr. Es war zwanzig vor eins und von Riordan keine Spur zu sehen. Sie wollte ihm gerade eine ungehaltene SMS schicken, als eine Textnachricht bei ihr einging:

»Tut mir leid, bitte gehen Sie schon rein. Es ist offen. Ich komme, sobald ich kann. Jemand verfolgt mich.«

Was bildete er sich ein? Grace überlegte, was sie tun sollte. Sie könnte auf der Stelle nach Galway zurückkehren. Dann hätte sie noch die Gelegenheit, an der Pressekonferenz teilzunehmen. Der Gedanke, wie sich Day ohne sie aufspielen und den Chef der Ermittlungen herauskehren würde, machte sie fast krank.

Oder sie harrte hier aus, in der Hoffnung, dass Riordan doch noch auftauchen würde und sie an die Informationen herankäme, die sie so dringend benötigte. Falls Riordan tatsächlich vertrauenswürdig war, woran sie zunehmend zweifelte. Sie entschloss sich zu bleiben, zog jedoch ihre

Waffe aus dem Sicherheitshalfter und steuerte auf die Tür zu.

Langsam drückte sie die Klinke herunter. Das Haus war tatsächlich unverschlossen. Und nachdem sie den kleinen, stilvoll grau tapezierten Flur mit dem roten Teppich betreten und laut gerufen hatte und immer noch Stille herrschte, war ihr klar: Hier war niemand in der Nähe.

Sie hielt einen Moment inne. Ein schwacher Geruch von verbranntem Torf lag in der Luft. Merkwürdig, fand Grace. Die letzten Juli-Wochen waren nicht nur mild, sondern für westirische Verhältnisse auch äußerst trocken gewesen. Kein Grund für ein Torffeuer, auch wenn es heimelig wirkte und die Seele zu jeder Jahreszeit erwärmen konnte.

»Hallo, ist da jemand?«, wiederholte sie und setzte gleich hinzu: »Hier ist Garda Galway!«

Sie hielt ihre Pistole schussbereit, obwohl es keinen offensichtlichen Grund dafür gab. Dann ging sie ruhig auf die matt lackierte Holztür am Ende des kleinen Flurs zu. Sekunden später öffnete sie sie und stieß sie mit dem Fuß weit auf. Der »Drawing Room«, eine Art Wohnzimmer, lag vor ihr. Es war ein geräumiger, nur mäßig heller Raum, den die britischen Adligen einst für den Empfang von Gästen nutzten. Das gemütlichste Zimmer in einem solchen Haus war aber der sonnendurchflutete »Morning Room«. Im Familiensitz der O'Malleys hatte ihre Großmutter dort immer die meiste Zeit verbracht, und Grace konnte sich gut erinnern, wie sie in ihrer Kindheit oft bei der alten Dame gesessen, stundenlang mit ihr geredet und Brettspiele gespielt hatte.

Ihr Blick wanderte von den ausladenden dunkelblauen Samtchesterfields auf beiden Seiten des Kamins zu dem Gemälde darüber. Es zeigte ein edles schwarzes Rennpferd, das der Maler unglaublich lebendig eingefangen hatte. Grace ging einen Schritt näher und inspizierte die Signatur. Ihre Augenbrauen hoben sich. Es war tatsächlich ein George

Stubbs, ein Bild des berühmtesten englischen Pferdemalers aus dem achtzehnten Jahrhundert.

Mein Gott, wem gehörte dieses Haus, in das man sie hier gelockt hatte? Eine Standuhr an der gegenüberliegenden Wand neben einem runden Erker tickte aufdringlich. Die Stille, die nur das Ticken dieser Uhr zerriss, war ansonsten perfekt, doch das Ticken der Uhr schien in diese Stille hineinzukriechen, wie um sie aufzuplustern und ihr damit etwas von ihrer Bedrohlichkeit zu nehmen. Was für ein Spiel wurde hier getrieben?

Grace ließ sich auf eines der Sofas fallen und überlegte. Was für eine Rolle spielte Padraic Riordan in diesem Spiel? Sie hielt ihn weder für den Regisseur noch für einen wichtigen Darsteller. Aber irgendein Ziel musste er doch verfolgen, sonst ergab der Aufwand, den er an diesem Tag betrieb, keinen Sinn. Abrupt stand sie auf und kehrte nun sehr bestimmt in den Flur zurück.

Plötzlich blieb sie stehen. Ein Geräusch! Es kam von oben. Einen Moment lang hielt sie den Atem an.

Jemand spielte Klavier im ersten Stock. Das Spiel war so vollkommen, dass Grace nicht hätte sagen können, ob es von einer Aufnahme stammte oder ob dort oben ein äußerst begabter Pianist saß und spielte. Es war das »Battle of Aughrim«, ein Stück über List und Verrat, das ihr schon als Kind unheimlich vorgekommen war.

Grace schluckte ihre Angst hinunter und stieg leise die gewundene Treppe mit dem wunderschön gedrechselten Holzgeländer hinauf.

Die Musik kam aus einem Raum am Ende des langen Korridors, wo lauter Stiche von Jagdszenen hingen. Schlafwandlerisch bewegte sie sich auf dieses Zimmer zu, die Waffe erhoben. Als sie die Tür erreicht hatte und einen Blick hineinwarf, erstarrte sie. Das Spiel brach im selben Moment ab.

»Was machen Sie hier ...?« Die Frau war aufgestanden und schaute Grace verblüfft an. »... Superintendent, was machen Sie hier, mit ... der Waffe?«

Grace nahm die Pistole herunter und ging direkt auf sie zu. Sie schaute der anderen unverwandt ins Gesicht.

»Dr. Swank, das Gleiche könnte ich Sie auch fragen!«

Ein feines Lächeln spielte um den Mund der Forscherin, als sie entgegnete: »Aber ich lebe doch hier, Grace. Das ist mein Zuhause.«

52

Die Überraschung war auf beiden Seiten groß. Phoebe Swank hatte die gelbe Villa erst vor wenigen Monaten gekauft und renovieren lassen. Sie hatte beschlossen, in der Nähe von Galway statt in Kildare bei Dublin zu leben, denn sie wollte nicht immer Murrays Gastfreundschaft in Anspruch nehmen, wenn sie sich hier aufhielt – so gern sie auch mit ihm zusammen war. Sie schätze ihre Unabhängigkeit, sagte sie, und das habe letztendlich zu diesem Hauskauf geführt.

Die beiden Frauen saßen in der geräumigen Küche mit dem wunderbaren Blick auf den kleinen Garten, in dem alles in voller Blüte stand. Ganz anders als auf Pattie Burkes halb wild anmutendem Grundstück am alten Schulhaus von Inis Meáin war hier alles ordentlich angelegt, was seinen eigenen Charme besaß. Sie tranken Cappuccino und aßen klebrig zuckrige Geleefrüchte, die Phoebe aus einer bunten Pappschachtel mit kyrillischen Buchstaben hervorgezaubert hatte.

»Jetzt würde ich aber wirklich gern wissen, was Garda hierherführt.«

»Kennen Sie Padraic Riordan?« Die Kommissarin ignorierte ihre Frage.

»Riordan?« Phoebe schien zu überlegen. Es sah tatsächlich so aus, als ob sie sich den Kopf zerbrechen würde, ob sie den Namen dieses Menschen schon einmal gehört hatte. Oder sie war eine exzellente Schauspielerin. Das hielt Grace für durchaus möglich.

»Ein Traveller. Jungenhaft, vielleicht Ende zwanzig«, versuchte Grace ihr zu helfen.

Phoebe schlug sich mit der flachen Hand an die Stirn. »Natürlich! Der hat richtig viel Ahnung von Pferden. Kennt sich wirklich gut aus.« Sie zögerte einen Moment. »Unser Jockey hat ihn mir mal vorgestellt. Was ist mit ihm?« Die Veterinärin hatte sich neugierig zu ihr herübergebeugt.

Noch zögerte Grace mit ihrer Antwort. Sie versuchte im Kopf alle Varianten blitzschnell durchzuspielen. Hatte Riordan sie vielleicht hierhergeführt, um ihr auf diese Art und Weise irgendetwas mitzuteilen? Plötzlich hatte sie das Gefühl, Riordan schützen zu müssen. Vielleicht auch vor Phoebe Swank.

»Nichts, er fiel mir nur eben ein, Phoebe. Ich suche ihn.«

Die Frau mit dem Pferdeschwanz nickte heftig. »Meinen Sie, er ist in Gefahr?«

Langsam senkte Grace den Kopf. Dann stand sie auf.

»Sie entschuldigen mich. Ich muss dringend zu einer Pressekonferenz in Galway.«

In diesem Moment klingelte ihr Handy. Es war Rory. Sie trat in den Korridor, um ungestört mit ihm zu sprechen.

»Wo bist du, Grace?«

»In der Nähe von Roundstone.«

»Roundstone? Hier warten alle auf dich.«

Es war halb zwei.

»Ich weiß, Rory. Halt sie hin. Ich fliege und bin um Viertel nach zwei bei euch. Tu alles, was du kannst, und sprich notfalls mit Byrne.«

Rory versprach es.

Vielleicht war diese ganze Schnitzeljagd ja nur ein abgekartetes Spiel von Day, um sie von der Pressekonferenz abzuhalten? Ihm würde sie alles zutrauen.

Grace verabschiedete sich von der Veterinärin und hastete zur Eingangstür. Phoebe lehnte mit verschränkten Armen im Türrahmen und sah ihr nachdenklich hinterher. Grace war schon fast bei ihrem Wagen, als sie Phoebes Stimme vernahm.

»Finden Sie, dass Sie einen guten Job machen?«

Wie angewurzelt blieb Grace stehen und schaute zurück. Sie hatte die Hand schon an der Fahrertür und hielt inne.

Schließlich löste sich Phoebe Swank von der Tür und bewegte sich geschmeidig auf sie zu. Sie erinnerte Grace an ein elegantes, gefährliches Tier, an einen Panther. Als Grace weiter schwieg, setzte Phoebe ein breites Lächeln auf.

»Zwei Leichen in einer Woche, zwei ungeklärte Morde. Und dann scheinen Menschen, die eben noch da waren, einfach zu verschwinden: Riordan – und Fitz nicht zu vergessen.« Sie lächelte rätselhaft. »Ja, vielleicht sogar drei, wenn mich nicht alles täuscht.«

»Drei?« Grace runzelte die Stirn.

»Peters Mutter, soviel ich weiß, auch. Er erzählte mir, dass er sie auch vermisst. Das muss doch alles sehr unbefriedigend für Sie sein …«

Grace fühlte sich getroffen und hasste Peter für seine Redseligkeit. Sie zwang sich jedoch, ruhig zu bleiben. Schließlich gelang es ihr, ebenfalls ein Lächeln auf ihr Gesicht zu zaubern.

»Ich höre, Ihr wertvoller Hengst hat bald bei den Galway Races seinen großen Auftritt. Da gibt es bestimmt viele

Neider. Passen Sie gut auf, dass er nicht auch noch verschwindet, Phoebe. Mit ihm wären es dann vier. Das wäre doch wirklich jammerschade.«

53

Sein Körper fühlte sich immer noch an, als gehöre er nicht zu ihm. Wenn er den Kopf ein wenig hob, was ihm nur mit äußerster Anstrengung gelang, konnte er seine Arme und Hände neben sich liegen sehen. Plötzlich vernahm er, wie sich jemand an der Tür zu schaffen machte. Fitz wusste immer noch nicht, wo er sich befand, welcher Tag es war und wie er hierhergekommen war. Das Dämmerlicht, das ihn umfing, ließ alle Konturen unscharf wirken.

Jemand wollte hier herein. Wer war es? Wieder versuchte Fitz sich an das zu erinnern, was seiner Entführung vorausgegangen war. Dass er hierher verschleppt worden war, erschien ihm offensichtlich. Nur warum?

In etwa einem Meter Entfernung baumelte etwas von der Decke. Was konnte das sein? Das Ding schaukelte sanft hin und her, als habe ein kaum wahrnehmbarer Luftzug es angestoßen. Dünne metallene Stäbe waren zusammengesteckt. Ein Vogelkäfig? Oder war es eine teuflische Falle, die mit irgendeinem Köder auf harmlose Tiere lauerte? Aber warum da oben? Es quietschte ein wenig.

Nach ein paar Sekunden verließ ihn die Kraft und er musste den Kopf wieder fallen lassen. Er sackte in sich zusammen, fühlte sich ausgeliefert. Ganz weit weg regte sich etwas in seiner Erinnerung: das abgrundtiefe Gefühl der Ohnmacht. Dieses Gefühl war ihm vertraut.

Er kannte diese Ohnmacht, die Hilflosigkeit und den Ekel

vor der Grausamkeit der Menschen. Als Gerichtsmediziner für Gardai in Limerick war er lange Zeit gezwungen gewesen, die Opfer der Unmenschlichkeit auf seinem Tisch so genau zu untersuchen, dass man jeden Zweifel, jede Ausflucht und jeden Zufall ausräumen konnte. Schließlich hatte er es nicht mehr ertragen können. Sein Zusammenbruch, das komplette Versagen seines Körpers war die Antwort auf alles gewesen. Seine Seele war brüchig geworden und wies Risse auf, die er mit jedem Tag stärker empfand. Nach einem längeren Klinikaufenthalt hatte er den Dienst endgültig hingeworfen. Das Gefühl der Ohnmacht und des Ausgeliefertseins war allmählich verschwunden.

Doch nun war es stärker denn je zurückgekehrt.

Fitz nahm wahr, dass die Tür geöffnet wurde, sehen konnte er es nicht. Er atmete flach und spürte, wie sich im Zwielicht des niedrigen Raumes jemand langsam auf ihn zubewegte. Er selbst rührte sich nicht. Was ihm nicht schwerfiel, da die Spritze immer noch ihre Wirkung zeigte, auch wenn sie allmählich nachließ. Seine taub geglaubten Arme und Beine kribbelten leicht, er musste sie unter Kontrolle halten.

Ein Schatten fiel auf ihn und verdunkelte vorübergehend alles um ihn herum. Fitz versuchte ganz vorsichtig und hoffentlich unbemerkt, ein Auge halb zu öffnen, das andere war direkt auf die Matte gerichtet.

Jemand stand ungefähr zwei Meter vor ihm, er hielt etwas in der Hand und beobachtete ihn. Fitz hätte nicht sagen können, wie der Mensch aussah und ob es sich um einen Mann oder eine Frau handelte. Die Statur verriet ebenfalls nichts, da er in einem unförmigen Regenmantel und Gummistiefeln steckte. Groß war er nicht.

Die gespenstische Stille wurde nur durch das Quietschen des Käfigs gestört.

Eine Ewigkeit verging, in der er sich immer wieder vergegenwärtigen musste, dass er aufs Genaueste beobachtet wurde. Dann ließ der Mensch vor ihm das, was er in der Hand hielt, in die Tasche des Regenmantels gleiten. Fitz konnte es ohne seine Brille nicht erkennen.

Auf einmal ging dieser Mensch in die Hocke und starrte ihn fast auf Augenhöhe an. Er hatte beide Hände zu Hilfe genommen, um sich am Boden abzustützen. Sie steckten in Handschuhen.

Fitz erstarrte, als er in sein Gesicht sah. Es war durch einen schwarzen Strumpf bedeckt, der an eine Schlangenhaut erinnerte. Die Augen, die ihn durch schmale Schlitze fixierten, waren kalt, freudlos und von einer schwer zu beschreibenden Farbe: Es war ein gelbliches Braun, wie bei einem Raubtier, das Fitz noch nie gesehen hatte. Und plötzlich wusste er auch, warum. Sein Gegenüber trug farbige Kontaktlinsen.

54

Die Pressekonferenz war bereits in vollem Gange, als Grace atemlos die Zentrale in Galway erreichte. Bevor sie losgefahren war, hatte sie noch rasch eine Liste mit Fragen und Aufgaben für Rory zusammengestellt. Die wollte sie ihm so schnell wie möglich geben. Außerdem musste sie bei der Spurensicherung Dampf machen wegen der Kleidungsstücke, die sie von Kordula Kosters erhalten hatte. Sie brauchte dringend die Ergebnisse.

Sie war sich jetzt beinahe sicher, dass irgendjemand sie von dieser Pressekonferenz hatte fernhalten wollen. Day, das lag auf der Hand, aber es war ihrer Meinung nach fast schon zu offensichtlich.

Grace hastete die Stufen hinauf und sah schon von Weitem, wie sich eine Traube von Menschen vor der Tür drängte. Der kleine Raum war einfach nicht ausreichend für solche Versammlungen, die in der letzten Zeit, wie Rory schon festgestellt hatte, immer mehr aufgebläht worden waren und sich zu einer Art »Garda Event« entwickelt hatten. Bis auf Kevin Day hassten sie alle diese Konferenzen, die eigentlich der Transparenz und dem Informationsaustausch dienen sollten, doch in Graces Augen eher für Imagepflege, Wichtigtuerei und Hinhaltetaktik genutzt wurden.

Unbeirrt schob sich Grace durch die Menge der Journalisten. Vorne saßen ein entspannter Kevin Day und Robin Byrne, der wie immer beinahe unbeteiligt erschien. Beide versuchten die vier Reihen der Konferenzteilnehmer zu ignorieren, indem sie über die Köpfe der versammelten Medienmeute hinwegblickten. Rory hielt sich im Hintergrund und stand seitlich an der Wand. Er spielte mit seinen Uniformknöpfen. Der Raum war ungelüftet und stickig. Die Pathologin Aisling O'Grady lehnte souverän an der gegenüberliegenden Wand. Sie berichtete gerade von ihrem Untersuchungsbefund, was die Leiche von John Cullen betraf. Die Presseleute machten sich eifrig Notizen.

Als Grace sich an Rory vorbeidrängte, dem sie ein knappes Lächeln schenkte, und sich schließlich auf den freien Stuhl neben Day fallen ließ, hoben alle die Köpfe. Sie ergriff ohne Umschweife das Wort.

»Ich möchte meine Verspätung entschuldigen, ich war im Zusammenhang mit den aktuellen Ermittlungen bei einem wichtigen Zeugen. Ich hoffe, nein, ich bin sicher, dass mein Kollege Kevin Day und unser Chef Sie schon umfassend informiert haben.«

Robin nickte ihr kurz zu, während Day keinerlei Reaktion auf das eben Gesagte zeigte.

Ein junger Mann in saloppem T-Shirt und Jeans hatte die Hand gehoben. Grace nickte ihm auffordernd zu.

»Haben Sie Informationen darüber, ob die beiden Morde, der an Tom Nolan und nun der an John Cullen, irgendwie zusammenhängen?«

Grace wusste nicht, wie die Kollegen das magere Ermittlungsergebnis bisher dargestellt und verkauft hatten.

Der Mann ergänzte seine Frage. »Sie sind beide im Sport oder, sagen wir, in sportverwandten Bereichen wie dem Wettgeschäft verwurzelt gewesen.«

Grace senkte leicht den Kopf und erteilte Kevin das Wort, da er antworten wollte.

»Das ist richtig. Wir sehen im Moment zwar keine direkte Verbindung zwischen beiden Gewaltverbrechen, schließen einen Zusammenhang jedoch nicht aus.«

Es wurde gemurmelt und Grace registrierte, wie Rory ihr einen fragenden Blick zuwarf, den sie an dieser Stelle nicht deuten konnte.

Ein anderer Mann mit grauem Bürstenhaarschnitt hob die Hand. »Die Entscheidung des Schiedsrichters im Connacht-Finale ist in Sportkreisen nicht unumstritten. Halten Sie es für möglich, dass es da einen Zusammenhang zu dem Mord am Trainer gibt?«

Grace antwortete sofort. »Sie meinen, dass es vielleicht Unregelmäßigkeiten oder Manipulationen gegeben haben könnte, in die auch das Mordopfer involviert war?«

»Genau das meine ich, Superintendent.«

»Wir maßen uns keine Kritik an der Auslegung von Regeln innerhalb eines Wettkampfes an. Dazu ist Gardai weder berechtigt noch qualifiziert. Das sind rein sportliche Entscheidungen.«

»Aber Sie waren doch auch beim Finale und haben Augen im Kopf!«

Da schaltete sich interessanterweise Robin Byrne ein.

»Ein sportlicher Wettkampf ist die eine Sache, ein Mord eine andere. Unsere Aufgabe ist es, den Mordfall zu lösen und aufzuklären. Das werden wir tun. Und zwar sehr schnell.« Er wirkte, als habe er damit ein Schlusswort sprechen wollen, und in den Reihen der Journalisten breitete sich bereits Unruhe aus. Trotzdem blieben fast alle noch sitzen, als erwarteten sie eine Zugabe.

Eine ältere Dame in schickem Twinset stand von ihrem Platz in der Mitte des Zimmers auf und schaute sich zunächst um, wie um abzuschätzen, ob sie auch genügend Aufmerksamkeit erwarten konnte. Es war still im Raum. Sie räusperte sich.

»Ich bin vom Irish Examiner aus Cork.«

Alle reckten die Köpfe, denn sie hatte eine Zeitung mitgebracht, die sie nun geräuschvoll aufschlug. Grace merkte, wie sich Kevin Day neben ihr streckte und dann leicht vorbeugte, als wolle er das, was sie nun sagen würde, auf keinen Fall verpassen.

»Ich habe diesen Artikel vor einer Woche gelesen, als ich in Belgien war. Er ist auf Französisch geschrieben und ich gebe mal kurz übersetzt wieder, was der Kollege aus Brüssel da recherchiert hat. Es geht um Wettmanipulationen, speziell um Internetwetten. Ich will Sie nicht mit Details langweilen. Das wirklich Interessante steht hier.« Sie sprach nun noch lauter. »Die international operierende Mafia hat in jedem Land Verbindungsleute, die sich vor Ort sehr gut auskennen, meistens auch von dort stammen und sich einen Pool von verdeckten Mitarbeitern heranziehen. Dazu gehören meist Spieler, Trainer und Schiedsrichter. Aber auch andere Drahtzieher.«

Jemand unter den Presseleuten ganz hinten lachte laut und höhnisch.

»Aber das wissen wir doch schon alles! Es braucht keine belgische Zeitung, um uns die Welt auf Französisch zu erklären, Darling!«

Die Frau aus Cork ließ sich nicht beirren und ignorierte die beleidigende Stimme aus der letzten Reihe. Sie hielt die Zeitung noch höher und sprach laut und ruhig weiter.

»Diese sogenannten Landeschefs rekrutieren also enge Vertraute, einen oder mehrere sogenannte Runner, die den Kontakt zu den Spielern oder anderen im Sportmilieu Tätigen herstellen, und haben häufig auch einen Verbindungsmann bei der Polizei. In den meisten Fällen, die bekannt wurden, handelt es sich dabei um einen ranghohen Beamten.« Sie setzte sich zufrieden hin und faltete dann die Zeitung sorgfältig zusammen.

Es entstand ein Moment der Stille, der kurz darauf von einem aufgeregten Stimmengewirr abgelöst wurde. Grace fing Rorys entsetzten Blick auf. Byrne starrte vollkommen abwesend auf die Tischplatte vor ihm. Day hatte sich wieder zurückgelehnt und die Augen geschlossen.

Grace beobachtete die Frau aus Cork. Ihre Körperhaltung signalisierte ihr, dass sie noch eine Information zurückgehalten hatte. Und tatsächlich, Sekunden später stand sie erneut auf und alle verstummten auf der Stelle. Die Dame hatte offenbar ein Gespür für perfektes Timing.

Amüsiert blickte sie in die große Runde und genoss sichtlich die ungeteilte Aufmerksamkeit, während sie die drei Kommissare am Tisch in Augenschein nahm.

»Sehr verehrte Detectives – Chief Superintendent Byrne, Inspector Day, Superintendent O'Malley –, liebe Kolleginnen und Kollegen! Auch wenn Ihnen alles, was ich bisher vorgelesen habe, schon bekannt war – der folgende Aspekt der Recherche aus Belgien wird Sie mit Sicherheit interessieren, ja vielleicht sogar alarmieren. Die belgischen Kollegen haben nämlich herausgefunden, dass es diesen hochrangigen Polizisten in den meisten Fällen nicht klar war, dass sie selbst zu informellen Mitarbeitern der Wettmafia geworden waren. Ein guter Teil ahnte nachweislich nichts davon.«

55

Die Stimmung in Byrnes Büro nach der Pressekonferenz war gedämpft und gleichzeitig aggressiv. Kevin Day, Rory und O'Grady sprachen über das eben Gehörte. Doch Byrne schwieg die ganze Zeit, was Grace ärgerte. Wieso glaubte er immer, wenn er sich raushalte und keinerlei Position beziehe, würde ihn das selbst aus der Schusslinie nehmen? Es wurde Zeit, ihn darauf anzusprechen. Auch wenn Grace als Neuling im Dezernat bisher vorsichtig gewesen war, musste die Zurückhaltung ihrem Vorgesetzten gegenüber nun allmählich aufhören. Sie selbst war, als sie vor über drei Monaten das Morddezernat in Galway übernommen hatte, nie geschont worden. Bis auf Rory und O'Grady hatten sich alle auf sie gestürzt und hätten sie mit Sicherheit in der Luft zerrissen, wenn sie nicht mit der Unterstützung ihres begabten Kollegen Coyne ihren ersten Fall so erfolgreich gelöst hätte. Und Peters Anteil daran hatte sie nicht an die große Glocke gehängt.

Bevor Grace den Mund aufmachen konnte, hob Byrne beschwichtigend die Hände. »Nun beruhigt euch doch mal.«

In seinem Zimmer mussten alle stehen, weil es nicht genügend Platz in dieser Unordnung gab. Rory hatte sich gerade eines seiner großen Stofftaschentücher geangelt und schnäuzte sich prustend hinein.

»Das besagt doch gar nichts«, nahm der Chef den Faden wieder auf. »Das sollte Garda nur verunsichern. Und genau das tut es ja offenbar. Ihr seid manchmal solche Moorhasen.« Ob Byrne damit Häme oder väterliche Fürsorge seinen Untergebenen gegenüber ausdrücken wollte, blieb unklar.

»Ich frage mich jedoch«, begann Grace und sofort waren

alle Augen auf sie gerichtet, »ob mich ausgerechnet heute jemand davon abhalten wollte, rechtzeitig zur Pressekonferenz zu kommen. Zumindest ist mir das mehrmals durch den Kopf gegangen.«

»Was willst du damit sagen? Glaubst du etwa, dass ich dabei meine Finger im Spiel hatte?«, blaffte Day sie an.

»Kevin, mäßige deinen Ton«, fuhr Byrne dazwischen. »Was ist denn genau passiert?«, fragte er, an Grace gewandt.

Sie berichtete, wie sie von einem wichtigen Zeugen an zwei verschiedene Orte gelockt worden und dass er am Ende nicht dort aufgetaucht sei. Genau wie damals in Letterfrack, kam es ihr auf einmal in den Sinn, als sie auf dem Rückweg Dixi kennengelernt hatte. Plötzlich streifte sie ein unangenehmer Gedanke. Wollte hier etwa jemand verhindern, dass sie die belgischen Ermittlungsergebnisse mitbekam? Dass sie von den Polizisten erfuhr, die, ohne es zu merken, instrumentalisiert wurden? Es fiel ihr wie Schuppen von den Augen – vielleicht war sie ja selbst so ein informeller Mitarbeiter?

Alle starrten sie an. Sie riss sich zusammen und fuhr mit ihrem Bericht fort.

»Die beiden vermeintlichen Treffpunkte waren zwar für mich höchst interessant, aber ich wäre trotzdem lieber von Anfang an hier auf der Pressekonferenz gewesen«, schloss sie.

Nun schwiegen alle.

»Und jetzt würde ich mir gerne mit euch allen zusammen die Aufnahme anschauen, die mir anonym zugespielt wurde. Wir müssen überprüfen, ob das Material für einen Haftbefehl für Roman Kosters aus Letterfrack wirklich reicht.«

Alle Anwesenden stimmten zu und folgten ihr in den größeren Verhörraum, wo sie ihren Laptop aufgebaut hatte.

Was, wenn ich es tatsächlich bin? Dieser schreckliche Gedanke ging ihr nicht mehr aus dem Kopf. Besonders wenn sie die Ereignisse des Morgens überdachte. So könnten sie einen gewissen Sinn ergeben. Sie beschloss, den belgischen Artikel im Internet zu suchen, sobald sie ein paar ungestörte Minuten haben würde. Möglicherweise würde sie dabei auch noch auf anderes brisantes Material stoßen.

Die dreiunddreißig Sekunden Videoaufzeichnung kurz vor Cullens Tod brachten sie nicht wirklich weiter. Rick Kosters war nicht eindeutig zu identifizieren, auch wenn sich alle einig waren, dass es sich höchstwahrscheinlich um ihn handelte.

»Ich bin sicher, dass er es ist. Die Körperhaltung, die Gesichtszüge …«

Robin Byrne unterbrach Grace. »Genau das ist der Punkt – die Gesichtszüge. Das nimmt uns vor Gericht niemand ab. Man kann sie nicht deutlich erkennen, auch in der Vergrößerung nicht. Darauf können wir keine Anklage bauen. Die kippt uns sofort weg.«

Grace starrte ihn an. Rory unterstützte sie in ihrer Argumentation, Kevin Day schloss sich der Skepsis des Chefs an.

»Und was bedeutet das?« Grace klappte den Laptop zu und klemmte ihn unter ihren rechten Arm. Sie wollte den Raum verlassen, und zwar schnell.

»Müssen wir ihn etwa freilassen?« Ihre Stimme klang gereizt.

Robin Byrne folgte ihr aus dem Verhörzimmer und zupfte sich am Ärmel seines Pullovers. »Wir haben im Moment keine andere Wahl, Grace.«

»So, meinst du?«

Byrne nickte und vermied es, sie dabei anzusehen. In diesem Moment bog Sergeant Sheridan singend um die Ecke. Als sie die versammelte Truppe des Morddezernats durch den Korridor auf sich zukommen sah, brach sie abrupt ab und errötete.

»Singen Sie ruhig weiter!«, rief Rory ihr im Vorübergehen zu. »Hier gibt es im Moment sonst niemanden, der sich das traut.«

Entgeistert starrte ihn die junge Polizistin an. Dann verzog sie ihren Mund zu einem breiten Grinsen und setzte summend ihren Weg fort.

Nachdem Robin und Kevin Day in ihren Büros verschwunden waren, zog Grace Rory schnell in ihr Zimmer und schloss die Tür. Er ließ sich auf den bequemen Sessel fallen.

»Was ist heute Mittag passiert und was hast du in Roundstone gemacht, Grace?«

Sie seufzte und erzählte ihm von der kryptischen SMS und den Zettelbotschaften, die sie erst ins Spinnaker in Barna und schließlich in Phoebe Swanks Zitronenvilla gelockt hatten.

»Bist du sicher, dass die alle von Riordan stammten?«

Grace schüttelte heftig den Kopf. »Nicht unbedingt. Selbstverständlich könnte auch jemand anderes sie geschickt haben, um mich zu beschäftigen, zu verunsichern und auf Trab zu halten.«

»Oder deine Aufmerksamkeit auf irgendetwas oder irgendjemand Bestimmtes zu lenken.«

Grace dachte nach. »Auf die Veterinärin, meinst du?«

Rory wog den Kopf kaum merklich hin und her. »Könnte doch sein.«

»Und warum?«

Jetzt zuckte Rory bedauernd mit den Schultern. »Da bin ich überfragt. Vielleicht solltest du mit Peter darüber sprechen.«

»Warum mit Peter?«

Rory hob eine Augenbraue und schenkte ihr einen leicht amüsierten Blick. »Bist du etwa eifersüchtig, Grace?«

»Ich?« Sie klang entrüstet und Rorys Grinsen wurde noch breiter.

»Ich denke, du solltest dem Gestüt bei Cong mal einen Besuch abstatten, wo sich dieser sagenhafte Gaul gerade auf seinen großen Auftritt am Ladies' Day vorbereitet.«

Grace verspürte nicht die geringste Lust dazu, auch wenn sie es ihrem Onkel so gut wie versprochen hatte. »Darum kümmert sich doch schon Peter, Rory.«

»Der ist seit heute Morgen in London. Der kümmert sich um seine Mutter und nicht mehr um das Pferd.«

Grace konnte ihre Überraschung nicht verbergen. »Hat dir das deine Witwe Malone geflüstert oder woher weißt du es?«

Da klopfte jemand an der Tür. Es war Colin von der Spurensicherung, der ihr das Ergebnis der Untersuchung von Kosters' Kleidern überbringen wollte.

»Nichts Brauchbares, Grace, tut mir leid.«

»Keine Schmauchspuren, nichts?«

Colins Gesichtsausdruck war vage, als er seinen Blick durch das Büro schweifen ließ und an den schicken Vorhängen hängen blieb. »Nein. Was aber nichts heißt. Wir glauben, dass an den Klamotten vorher schon jemand rumgemacht hat. Da gibt es Spuren von Reinigungsmitteln, richtig scharfes Zeug. Nett hast du es dir hier gemacht, Grace.«

»Hmm.« Grace vermochte ihre Enttäuschung nicht zu unterdrücken. Sie hatte ihren Laptop aufgeklappt und fuhr ihn hoch.

Rory hatte mal wieder seine Zettelchen ausgepackt, als müsste er sich damit trösten, und ordnete sie nach einem für Außenstehende unbegreiflichen System. Der junge Mann stand immer noch mitten im Raum, ohne ein weiteres Wort zu sagen.

»Ist noch etwas, Colin?«

Es war der Kollege, der Grace am Tatort übergangen und seine Erkenntnisse zuerst Kevin Day mitgeteilt hatte.

Colin druckste herum. »Ja. Ich habe mir doch noch einmal das Kästchen vorgenommen. Sie wissen schon, das Geheimfach im Schreibtisch des Opfers.«

Gespannt blickte Rory auf und auch Grace wandte sich vom Bildschirm ab, um ihn erstaunt anzuschauen.

»Da waren Spuren von Papier, eine gängige Zusammensetzung. Dann die Spuren einer Perle. Und wenn Sie sich erinnern, gab es noch etwas, nur wussten wir nicht, was es war. Minimale Restbestände einer Flüssigkeit, die ins Holz gesickert war. Es war kaum nachweisbar. Also, ich habe mich …« Er brach unsicher ab.

»Ja, Colin, das ist gut. Was haben Sie? Warum setzen Sie sich nicht? Entschuldigen Sie, es war unhöflich von mir, Sie nicht gleich zu bitten, Platz zu nehmen.«

Er hustete. »Ich stehe lieber, danke. Ich sitz so viel am Mikroskop. Also … ja. Mir kam da so eine Idee. Eigentlich hat mich Oliver draufgebracht.«

Grace registrierte, dass Colins Cardigan falsch geknöpft war. »Oliver?«

»Mein künftiger Schwager. Meine Schwester und er sind zusammen und werden im nächsten Jahr heiraten.«

»Ach so.« Grace unterdrückte ein Lächeln. Manchmal schien Irland ausschließlich von Brüdern, Cousinen, Tanten, Patenkindern und anderen Verwandten bevölkert zu sein. Oder eben von künftigen Schwagern.

»Auf was hat Sie Ihr künftiger Schwager denn gebracht?« Grace war wieder vollkommen ernst und interessiert.

»Dass es sich um ein Arzneimittel handeln könnte, das wir nicht auf dem Schirm hatten.«

»Und, hatten Sie recht?«

Nun ging ein großes Strahlen über das Gesicht des jungen Mannes von der Spurensicherung und er nickte enthusiastisch.

»Also, wir haben es noch nicht komplett analysiert, ist auch nicht einfach, aber es handelt sich offenbar um Mikromengen eines Beruhigungsmittels, das man für Tiere verwendet. Es ist bei uns nicht zugelassen. Aber wir sind dran. Das wollte ich nur sagen.«

Grace bedankte sich aufrichtig bei ihm. Sie war aufgestanden, ging um den Tisch herum und drückte ihm fest die Hand. Colin stand mit rotem Kopf da und schaute verlegen nach unten. Offenbar hatte ihm sein Verhalten ihr gegenüber leidgetan und er musste es einfach wiedergutmachen.

Als er den Raum verlassen hatte, kam Rory sofort zur Sache.

»Tiere? Komisch.« Er starrte seine Vorgesetzte an. »Grace. Die Witwe. Sie hat was für uns.«

»Fitz?«

Rory nickte.

Grace schaute gespannt auf ihren Kollegen.

»Sie ist ja ziemlich gut mit Orten, die Witwe Malone«, begann er und Grace hing an seinen Lippen. Seit Rorys Witwe Malone den Zufluchtsort ihrer vermissten Tochter im Frühjahr ganz genau beschrieben hatte, war Grace bei aller Skepsis geneigt, die Witwe in besonders schwierigen Fällen hinzuzuziehen. Und dies war ein solcher Fall.

»Was sieht sie?«

Rory befeuchtete sich die Lippen. »Wasser.«

»Meer, Küste, einen Fluss?«

Wieder wog Rory nachdenklich den Kopf.

»Nein, eher einen See. Das ist aber nicht das Entscheidende.«

»Sondern?«

»Tiere.«

»Tiere?«

»Richtig. Schon wieder.«

»Was für Tiere?«

Es entstand eine Pause, in der Rory konzentriert blinzelte und seinen breiten Mund mit den vollen Lippen zu einem spitzen Mündchen verzog. Grace wartete. Als er über eine Minute lang nichts von sich gegeben hatte, sah sie auffordernd zu ihm hinüber.

»Rory?«, flüsterte sie. Hoffentlich kommt jetzt niemand in ihr Büro, fuhr es ihr noch durch den Kopf. Das wäre doch etwas peinlich. Sie flüsterte weiter.

»Pferde, Schafe, Hunde, Katzen, Hühner?« Mehr fiel ihr im Moment nicht ein. Sie musste verrückt sein.

Da hob Rory langsam die Schultern. »Tiere, die nicht mehr da sind.«

»Wie bitte?«

Rory räusperte sich und Grace ahnte, dass die Witwe Malone damit für heute Schluss gemacht hatte und sich nun vielleicht irgendwo anders ein Tässchen Tee gönnte. Rory blies lautstark die Luft aus und Grace schaute ihn erwartungsvoll an.

»Was meinst du, was will uns die Witwe damit sagen? Du kennst sie besser.«

»Für mich kann es Folgendes bedeuten, aber ich bin mir nicht sicher: Fitz lebt und wird irgendwo gefangen gehalten. Höchstwahrscheinlich in der Nähe eines Sees. Und das mit den abwesenden Tieren könnten Ställe sein, die im Augenblick nicht benutzt werden. Schließlich ist es Sommer.«

Grace fand seine Aussage bedenkenswert.

»Aber, wie gesagt, das ist nur meine Interpretation.«

»Finden wir im Umfeld unserer Akteure irgendwelche Ställe?« Grace dachte angestrengt nach.

»Was ist mit dem Gestüt von Finnegan?«

Bei diesem Namen zuckte Grace leicht zusammen.

»Du solltest wirklich mal hinfahren, Grace, und dir ein Bild machen.«

Die Kommissarin erwiderte nichts und reichte ihm stattdessen die Liste, die sie für ihn zusammengestellt hatte.

»Danke.« Er strahlte sie an. Für Rory war es viel mehr als eine Liste von Aufgaben, mit deren Erledigung er ihr zuarbeiten konnte. Es war für ihn ein Beweis, dass sie ihm nach wie vor vertraute.

Er überflog die Liste, schmunzelte hie und da oder hob seine Augenbrauen. Schließlich steckte er das Papier sorgfältig in seine innere Uniformtasche, verabschiedete sich und verließ das Büro. Grace hatte schon zum Handy gegriffen, um Peter anzurufen, als Rory erneut ins Zimmer stürzte.

»Äh, du wirst es nicht glauben – die haben doch tatsächlich draußen im Flur damit angefangen, unsere Zentrale zu renovieren! Außerdem ist deine Freundin Dixi gerade in Days Büro verschwunden. Was will die denn da?«

56

Peter hatte den Geruch der Londoner Tube im Sommer schon fast vergessen, so lange war er nicht mehr in der britischen Hauptstadt gewesen. Es war ein Gemisch aus dürrem Staub, verbranntem Öl, trockenem Schweiß, eigentümlichen Desinfektionsmitteln, die nirgendwo sonst verwendet wurden, und, wie er immer meinte, aus Einsamkeit, ohne dass er hätte beschreiben können, wie sich diese Nuance in den rüttelnden Waggons genau bemerkbar machte.

Sie hielten in South Kensington und Peter half seiner

Mutter aus der rot-gelben Circle Line, die sie hier schwankend ausgespuckt hatte.

Stolz lächelte Pattie ihren Sohn an. Peter Burke war ein attraktiver Mann mit dunklen, fast schwarzen Haaren und Augen. Nachfahre, wie er zu vorgerückter Stunde im Spaniard's Head gern behauptete, der Überlebenden der spanischen Armada, die von den Booten der irischen Piratin Grace O'Malley in der Bucht von Galway aufgerieben wurde.

»Danke, Peter.« Pattie trug ein petrolgrünes schickes Sommerkleid und einen kleinen, frechen Hut. Sie hatte beschlossen, sich vor ihrer gemeinsamen Rückkehr nach Galway am späten Nachmittag noch in ihren Lieblingsläden umzuschauen. Da Peter sehr darum bemüht war, die gute Laune seiner Mutter aufrechtzuerhalten, hatte er sofort zugestimmt.

»Zuerst schauen wir mal in diesem exquisiten Schuhladen vorbei, dann bei den Hüten und am Ende runden wir das Ganze mit einem späten Lunch ab. Hast du noch irgendeinen speziellen Wunsch?« Pattie strotzte vor Unternehmungsgeist.

»Das überlass ich alles dir, Mutter. Ich lauf dir einfach hinterher.« Dabei grinste er sie frech an.

Peter hatte seine Mutter tatsächlich bei ihrer Freundin Julia im Südlondoner Kew ausfindig gemacht. Nach seiner Ankunft am Tag zuvor hatte er jedoch zunächst einen aufschlussreichen Anruf von Grace erhalten und sich dann mit einem alten Kollegen getroffen. Der hatte sich als Privatdetektiv auf einen Bereich spezialisiert, der seit Neuestem als besonders attraktiv und gewinnbringend galt: George betrieb Investigationen auf dem Gebiet des Sports.

London war das europäische Mekka dafür, hier liefen auch die Fäden des Big Business aller Wettbetriebe zusammen – nur des offiziellen selbstverständlich. Die Wettmafia, die in den letzten Jahren von Asien her wie ein Krake ihre Arme überallhin ausgestreckt hatte, war sicherlich auch an der Themse präsent, allerdings operierte sie im Geheimen.

Sein Freund George hatte ihn sofort gewarnt, er solle die Finger davon lassen. Es werde nur Ärger geben, wenn er seine Nase in die Angelegenheiten der Wettmafia stecke. Das sei vermintes Gelände, vor dem bisher selbst die Polizei zurückgeschreckt sei.

Sie saßen gemütlich im Garten eines uralten, sanierten Pubs im trendigen Londoner Dockland, wo George sein Detektivbüro hatte. Beide hatten ein dunkles Pint des aromatischen Biers einer winzigen Privatbrauerei vor sich und Peters Blick wanderte zur Themse, die knapp dreißig Meter vor ihnen wie lindgrüne Milch träge vorbeifloss. Die Luft über London flirrte heiß.

Peter nahm einen Schluck. »Und wieso traut sich noch nicht einmal die Polizei daran?«

George, der etwa im gleichen Alter wie Peter war, doch untersetzt und rotgesichtig, verzog den Mund zu einem Grinsen.

»Das hat verschiedene Gründe, meiner Einschätzung nach. Zum einen weiß niemand wirklich etwas Genaues. Und damit das so bleibt, haben die Gangster angeblich bis in die höchsten Polizeiränge Spitzel platziert und informelle Mitarbeiter.«

Peter horchte auf. Genau das hatte Grace ihm am Telefon mitgeteilt. Dabei hatte sie sich aufgewühlt angehört, was sonst nicht ihre Art war.

»Und wie kommen die an diese Leute?«

George nahm nun ebenfalls einen großen Schluck aus dem Glas und hob die breiten Schultern. Er hatte seinen Blick auf einen prächtigen altmodischen Dreimaster geheftet, der sich auf dem Fluss in das Blickfeld des Pubs geschoben hatte.

»Das sind alles nur Spekulationen, Peter. Aber wenn die sich ein neues Land erschließen, zum Beispiel euer kleines Irland, dann gehen sie anscheinend immer nach dem gleichen Muster vor.«

»Und das wäre?«

»Erst mal wird sondiert, was es dort an wichtigen Sportereignissen gibt und wo das meiste Geld zu machen ist. Das sind bei euch eindeutig die Pferderennen. Interessant sind aber auch irgendwelche obskuren Sportereignisse, die von großer lokaler Bedeutung sind.«

»Gaelic Football vielleicht?« Peter klang amüsiert und hob sein Glas erneut.

»Ja, ganz recht. Irland ist in vielerlei Hinsicht wesentlich interessanter als sagen wir mal Dänemark, weil die Iren weltweit einen riesigen Kundenkreis darstellen. Es gibt ja überall viel mehr Iren als versprengte Dänen, meine ich.« Als Peter nichts erwiderte, fuhr er fort. »Und dann suchen sie einen Experten vor Ort, der sich exzellent auskennt, gute Connections hat, skrupellos, gierig und flexibel ist und bereit, das Geschäft gut getarnt zu leiten. Der wird später, soweit wir wissen, mindestens fünfzig Prozent des Gewinns einstreichen.«

In diesem Moment trat ein junges Mädchen an ihren Tisch und legte stumm ein paar Postkarten vor sie hin. George machte eine ungeduldige Handbewegung, als wolle er eine lästige Fliege verscheuchen. Peter jedoch beugte sich erstaunt über die Karten. Sie zeigten billige Reproduktionen von edlen Pferden, die der britische Maler George Stubbs vor ein paar hundert Jahren gemalt hatte. Offenbar konnte Peter auch in London den edlen Rössern nicht entkommen. Was für ein merkwürdiger Zufall!, fand er. Prüfend schaute er in das blasse Gesicht der etwa Sechzehnjährigen. Er nahm alle Karten und legte dem Mädchen eine Fünfpfundnote in die Hand. Ihr Gesicht hellte sich auf, sie knickste ungeschickt und verschwand. George starrte ihr hinterher.

»Diese Art von Bettelei nimmt hier langsam überhand«, kommentierte er das Geschehene.

Peter steckte die Postkarten ein und wandte sich wieder seinem Kollegen zu.

»Sag mal, der Landeschef, ich meine diesen Experten in jedem Land, bei dem die Fäden zusammenlaufen – hat der einen Namen?«

»Einen Namen?«, fragte George nach.

»Gibt es vielleicht einen Spitznamen, eine gängige Bezeichnung für ihn?«

»Nicht, dass ich wüsste.« George runzelte perplex die Stirn, was seinem Gesicht einen leicht verschlagenen Ausdruck verlieh.

»Und was ist das für ein Typ? Ist er im Sportmilieu zu Hause?«

George wiegte den Kopf. »Manchmal schon, aber eher selten, soweit wir wissen. Sie nehmen gern renommierte Leute aus anderen Bereichen. Das heißt, Leute mit einem angesehenen Beruf wie Ärzte, Rechtsanwälte oder Journalisten, manchmal auch Gastwirte oder Handwerker. Leute, die viel mit Menschen zu tun haben und sich umhören können, ohne dass es groß auffällt. Wichtig ist nur, dass es diesen Menschen gelingt, ein komplettes Doppelleben zu führen. Man würde nie und nimmer darauf kommen, was sie neben ihrer bürgerlichen Identität sonst noch alles treiben. In Ungarn haben sie neulich mal einen Großbauern enttarnt, der Schweine gezüchtet hat. Der hatte Pech. Denn wenn sie nicht auffliegen, tauchen sie irgendwann mit einer Menge Kohle ab.«

»Perfekte Schauspieler«, warf Peter ein und George nickte zustimmend, während er sein Glas wieder ansetzte.

Dann erzählte er ihm, wie der Deal normalerweise vonstattenging. »Der Landeschef, wir nennen ihn jetzt einfach mal so, rekrutiert zunächst seine Mannschaft vor Ort. Leute fürs Grobe, die, wenn es notwendig und gefährlich wird, auch mal jemanden aus dem Weg räumen. Die wiederum suchen sich die Runner, die dann die Spieler oder Trainer auskundschaften – fast immer welche, die Dreck am Stecken haben und daher erpressbar sind.«

»Und wie funktioniert das bei den Pferderennen? Da gibt es keine Spieler, außer dem Jockey.«

Ein junges Pärchen steuerte auf ihren Tisch zu und Peter schaute sich schon nach einem neuen Platz für sie beide um, wo sie ungestört weiterreden konnten. Doch im letzten Augenblick entdeckte das Paar eine leere Bank direkt am Wasser und ging darauf zu.

George nickte bedächtig. »Na ja, manche Jockeys sind durchaus erpressbar. Und beim Rennsport gibt es außerdem Trainer, auch Züchter und Tierärzte, ja sogar Stalljungen, die Zugang zum Pferd haben und mit Medikamenten manipulieren können.«

Peter trank sein Bier aus, das ihm sehr schmeckte. Es war leichter als Guinness und trotzdem kräftig. Er war nachdenklich geworden und plötzlich fiel ihm Grace wieder ein und die wichtigste Frage in dieser Sache.

»Aber einen Spitzel bei der Polizei zu finden, stelle ich mir gar nicht so einfach vor. Wie läuft das ab?«

George warf ihm einen belustigten Blick zu. »Es gibt tatsächlich solche ranghohen Bullen, die sich einen luxuriösen Lebensabend sichern wollen oder einen vorzeitigen Ausstieg aus dem nervenaufreibenden Geschäft planen. Dienstanweisungen, Gesetze und Kontrollinstanzen können einem das Leben mindestens genauso schwer machen wie die Verbrecher. Das weißt du doch selbst, Peter.«

Peter nickte grinsend. Und ob er das wusste. O'Neill, Graces Vorgänger im Amt, hätte durchaus in dieses Schema gepasst. Vielleicht war er sogar in derartige Machenschaften verstrickt gewesen. Jedenfalls hatte Peter erst kürzlich bei einem Spaziergang auf der spektakulären Sky Road nördlich von Clifden O'Neills Cottage entdeckt. Dort gab es nur sündhaft teure Anwesen. O'Neill hatte das Haus erst bei seinem Eintritt in den Ruhestand erworben. Peter war überzeugt davon, dass es den finanziellen Rahmen eines Guards eindeutig sprengte, auch wenn er zum Schluss auf der Karriereleiter ganz weit oben gestanden hatte und kein einfacher Guard mehr gewesen war.

»Okay, das habe ich verstanden. Aber gibt es nicht auch Polizisten, die in solche Geschäfte eingebunden sind, ohne es selbst zu ahnen?«

George warf ihm einen langen Blick zu. »Sollen wir noch ein Bier bestellen?«

Peter schaute auf seine Uhr und schüttelte bedauernd den Kopf. »Tut mir leid, George, aber ich muss noch zu meiner Mutter. Die ist gerade bei einer Freundin in Kew, und bis ich da draußen bin, wird es spät werden.«

George lächelte. »Klar. War trotzdem schön, dich wiederzusehen. Ich muss euch mal besuchen kommen, im sagenhaften grünen Land der Elfen, Feen, Harfenspieler und Trinker.« Er grunzte heiter.

»Tu das, George. Aber wir haben auch noch anderes zu bieten.« Peter warf ihm einen kurzen Seitenblick zu. »Und du schweifst ab. Ich hab dich gerade etwas gefragt.«

George schaute erneut zunächst perplex, dann machte sich ein Grinsen auf seinem vollen Gesicht breit.

»Okay. Einen Polizisten für sich arbeiten zu lassen, ist eine perfide Angelegenheit, scheint aber manchmal tatsächlich zu funktionieren. Wie so was abläuft, weiß man natürlich nicht genau. Niemand würde darüber quatschen und die Betroffenen selbst können es einem nicht erzählen, weil sie es ja nicht wissen. Verstehst du?«

Peter verstand überhaupt nichts, wartete aber gespannt ab.

»Der Landeschef versucht in aller Ruhe die Freundschaft einiger hochrangiger Ermittler zu gewinnen. Das läuft meist über gemeinsame Freunde oder Bekannte. Manchmal gelingt es ihm auch, sich einfach direkt an die wichtigen Leute ranzumachen.«

Peter hörte aufmerksam zu und machte sich im Kopf Notizen.

»Das Entscheidende dabei ist, dass der Landeschef auf Grund des Vertrauens, das er daraufhin bei der Polizei genießt, kaum ins Visier genommen wird. Seine eigene Legende wird nicht hinterfragt. Er kommt niemandem verdächtig vor. Das ist alles. Grundkurs Psychologie. Wie und warum das funktioniert, kann dir jeder Student im ersten Semester schon verraten.«

Peter war aufgestanden und legte seinem Kollegen freundschaftlich die Hand auf die Schulter. »Ich danke dir, George. Das hat mir wirklich weitergeholfen.«

Der schwere Mann stand nun ebenfalls auf und schaute Peter eindringlich an.

»Gern geschehen, aber viel weiß man über diese Fälle wirklich nicht. Das meiste sind Mutmaßungen. Diese Leute sind echt clever, Peter. Und bitte, vergiss das auf keinen Fall: Sie sind gefährlich – rücksichtslos und gefährlich.«

57

Falls Pattie ungehalten darüber war, dass ihr Sohn am Abend zuvor unerwartet bei ihrer Freundin aufgetaucht war, ließ sie es sich jedenfalls nicht anmerken. Sie und Peter taten so, als sei dieses Treffen einvernehmlich verabredet gewesen, und umarmten sich herzlich. Ob Julia ihnen das wirklich abnahm, hätte Peter nicht sagen können. Als Irin hätte sie es sicher nicht gewagt, offen anzusprechen, dass Peter seine Mutter tatsächlich verzweifelt gesucht hatte, bevor er schließlich bei ihrer Freundin fündig geworden war.

Lediglich beim Abschied an diesem Morgen konnte Julia sich eine winzige Andeutung offenbar nicht verkneifen.

»Schön, dass ich dich endlich kennenlernen durfte. Bisher hat Pattie dich immer gut vor mir versteckt.« Sie umarmte Peter und trat dann einen Schritt zurück. Schmunzelnd warf sie Pattie einen versöhnlichen Blick zu.

»Und wenn man dich gelassen hätte, meine Liebe, wäre dir das diesmal wohl wieder gelungen. Wie gut, dass du einen so hartnäckigen und intelligenten Sohn hast!«

Darauf erwiderte niemand etwas, doch Pattie und Peter lächelten etwas frostig. Sie ließen sich von einem Taxi bis zur U-Bahn-Station bringen. Während der Fahrt schwiegen sie. Als Peter bezahlt hatte und sie den Eingang zur Underground ansteuerten, legte Pattie ihre Hand auf seinen Arm. Er blickte sie an.

»Danke, Peter. Es ist gut, dass du gekommen bist. Ich habe mich sehr dumm benommen. Ich werde dir später erzählen, warum.« Dann stellte sie sich auf die Zehenspitzen und hauchte ihm einen Kuss auf die unrasierte Wange. Er lachte und drückte fest ihre Hand.

Sie hatten auf der Old Brompton Road bei besagtem kleinem Schuhladen »vorbeigeschaut« und Pattie hatte sich ein paar samtweiche türkisfarbene Sandalen gegönnt, mit einem Absatz, der die Kategorie »gesundheitsgefährdend« nur knapp verfehlte. Nun steuerte sie zielsicher auf eine Hut-Boutique in einer Nebenstraße zu.

»Ich will nur einen kleinen Blick auf die reduzierten Modelle werfen. Die Races haben doch gestern schon angefangen!«

Dieser Satz zog Peter auf der Stelle wieder nach Galway, zu Gonzales und den unaufgeklärten Morden zurück. Doch er erwiderte nichts und folgte seiner Mutter mit ein paar Tüten in der Hand in den Laden. Erleichtert ließ er sich auf einen geflochtenen Sessel in der Nähe des Schaufensters fallen, atmete tief durch und schaute sich um. Der Raum wirkte wie von einem Märchenerzähler erdacht: Die Wände waren mit tiefblauem Damast bespannt und überall hingen goldene gerahmte Spiegel in allen Größen. Ein verwirrendes Kabinett, das nur einem Zweck zu dienen schien – der stilvollen Inszenierung von höchst individuellem Kopfputz. Es gab eine große Anzahl unterschiedlichster Hüte, die auf Ständern und Stellagen im Raum verteilt waren. Peters Mutter hatte sich mithilfe einer freundlich zurückhaltenden Verkäuferin, die eine überdimensionale modische Brille trug, bereits drei Modelle heraussuchen lassen und probierte sie nun der Reihe nach. Der erste war ein ausladender naturfarbener Strohhut mit einem anmutig gewundenen bunten Strauß aus Strohblumen.

»Der steht Ihnen fürchterlich gut!«

Peter musste innerlich grinsen. Die Verkäuferin, obwohl höchstwahrscheinlich nicht älter als Mitte zwanzig, sprach wie eine Schauspielerin aus einem Fünfziger-Jahre-Schwarz-Weiß-Film der Ealing Studios, mit Peter Sellers und Alec Guinness als britische Aristokraten. Peter enthielt sich jeglichen Kommentars.

Nun griff Pattie nach dem zweiten Hut. Es war eine Art flacher Teller aus dottergelbem Filz, über den ein kunstvoll drapierter hellgelber Tüllschleier wie eine Käseglocke gestülpt war. Peters Neugierde war auf der Stelle geweckt. Wie konnte sich so ein Gebilde auf einem Kopf halten?

»Der würde farblich perfekt zu dem Kleid passen, das ich übermorgen am Ladies' Day tragen will«, erklärte Pattie mit einem zufriedenen Lächeln und ließ sich die Kopfbedeckung vorsichtig von der Verkäuferin auf ihrem dunklen Bob feststecken.

Peter hob die Augenbrauen. Ach, so funktionierte das!

Seine Mutter drehte sich vor dem Spiegel hin und her und beäugte sich kritisch.

»Aus dem Hause O'Hara, Ma'am. Die Kreation ist deshalb so günstig, weil wir schon Saisonende haben.«

Nun horchte Peter auf. »Das Haus O'Hara? Wo steht das?«

Er war aufgestanden und einen Schritt auf die Verkäuferin zugegangen.

»Wie meinen Sie das, Sir?«

»Wie ich es sage. Wo ist das Atelier der Firma O'Hara?«

Die junge Verkäuferin hüstelte. »Das weiß ich leider nicht genau. Aber die Besitzerin ist eine Lady, sie hat kleine, exquisite Niederlassungen in Paris, in Hongkong, in Mailand und in New York, soweit ich weiß.« Die Frau hörte sich wie eine Werbebloggerin an.

In Gedanken fügte Peter hinzu: Und sie leistet sich die Exzentrik eines kleinen Stands auf dem Wochenmarkt in Galway.

»Sie ist international sehr erfolgreich, wissen Sie? Sie ist Irin, aber wie so viele Iren lebt sie in den USA.« Das Letzte hatte eindeutig schulmeisterlich geklungen.

Peter setzte sich wieder. »Gefällt dir der Hut, Mum?«

Pattie drehte sich beschwingt zu ihm um. »Das wusstest du alles nicht, oder? Ich nehme an, du hast mal ihre Bekanntschaft gemacht?«

Peter nickte. »Flüchtig.«

Zur Verkäuferin gewandt, sagte sie: »Wie viel kostet er?«

»Zweihundertachtzig Pfund, Ma'am.«

Peter sah erstaunt auf. »Das ist günstig?«

Behutsam befreite die junge Frau Patties Haar von den Spangen, die den Hut hielten. »Oh ja, Sir. Ursprünglich kostete er dreihundertneunzig Pfund.«

»Au!« Pattie zuckte zusammen.

»Ich bin untröstlich, Ma'am. Verzeihen Sie mir meine Unachtsamkeit.« Sie trat an ein kleines Tischchen und begann, die Kopfbedeckung in cremefarbenes Seidenpapier einzuschlagen.

»Habe ich gesagt, dass ich ihn nehme?« Patties Stimme klang nach wie vor liebenswürdig.

Die Verkäuferin starrte sie eine Sekunde lang überrascht an. »Oh, ich bitte um Verzeihung. Ich dachte …« Sie brach ab.

Pattie fuhr sich mit der Hand durch das halblange Haar, um es zu lockern, und ging zu ihrem Sohn.

»Meine Nachbarin Mary, die dir neulich das Geld mitgegeben hat, die näht für sie.«

Sofort erinnerte Peter sich an die Frau mit dem verbundenen Finger und dem kranken Mann auf Inis Meáin, dessen Computer abgestürzt war.

»Nein, ich nehme lieber den Strohhut. Den dürfen Sie mir gerne einpacken.«

»Und warum hast du nicht das gelbe Teil genommen, wo es doch so gut zu deinem Kleid passt, das du bei den Races tragen willst? Sah ziemlich gut aus, fand ich.«

Pattie hatte sich schon nach den Tüten gebückt, die Peter auf einem niedrigen Beistelltisch abgelegt hatte. Als sie wieder hochkam, funkelten ihre Augen.

»Ich kann Dixi O'Hara nicht ausstehen.«

58

Diesmal würde Grace sich nicht die Blöße geben und in Kevin Days Büro stürmen, nur um dann niemanden außer dem Kollegen dort anzutreffen. Stattdessen wartete sie in ihrem Zimmer an der halb geöffneten Tür und beschäftigte sich in der Zwischenzeit mit ihrem Pad. So würde sie es mitbekommen, wenn sich jemand weiter hinten im Korridor verabschiedete. Ein paar Minuten später hörte sie tatsächlich ein Geräusch und trat neugierig in den Gang. Es war wirklich Dixi, die gerade die Tür zu Kevins Zimmer äußerst behutsam schloss.

»Was machst du denn bei Garda, Dixi?« Grace schlenderte auf die Freundin zu und versuchte dabei ganz entspannt zu klingen.

Dixi lachte über das ganze Gesicht und kam mit ausgebreiteten Armen auf sie zu. »Dich hätte ich jetzt auch noch besucht. Ich wollte deinem Kollegen nur etwas ausrichten.«

»Ach, ihr kennt euch?«

Dixi schien einen Augenblick lang etwas abzuwägen.

»Nicht wirklich. Ich habe seiner Frau einen Hut für den Ladies' Day gemacht, und da ich eh bei dir vorbeischauen wollte, dachte ich mir, ich geb ihm Bescheid, dass er fertig ist.«

»Hm. Es gibt auch so was wie Handys.« Grace hatte Mühe, ihr Misstrauen zu verbergen.

Dixi ging nun ganz nah an sie heran und drückte mit beiden Händen ihre Oberarme.

»Das hat sich bis zu mir herumgesprochen, nur hatte ich ihre Nummer nicht gespeichert. Hab ich einfach verschusselt.« Sie lächelte charmant.

»Ich bin auf dem Weg ins Spaniard's Head. Kommst du mit?«

Dixis Augen leuchteten. »Oh ja, gern!«

Auf dem Weg zum Pub fragte Grace die Hutmacherin nach Rick Kosters.

»Wie gut kennst du ihn?« Grace erwähnte nicht, dass sie Kosters verhaftet hatten und ihn dann wieder freilassen mussten.

Dixi zuckte die schmalen Schultern. »Wie man sich halt so kennt vom Markt. Ich hab ihnen am Anfang mal geholfen, als sie sich mit dem Behördenkram noch nicht auskannten. Die sind ja aus Deutschland. Und dadurch hat sich eine lockere Bekanntschaft ergeben. Nichts Enges. Wieso?« Dixi schaute sie erwartungsvoll von der Seite an, während sie den schmalen Fußweg am Corrib entlangliefen. Ein paar Enten schnatterten aufgeregt auf dem Fluss.

»Nur so. Warst du mal bei denen auf dem Biohof?«

Es entstand eine Pause, die sich Grace nicht erklären konnte. Entweder war sie da gewesen oder nicht.

Dixi lächelte sie an. »Ist das ein Verhör, Grace?«

Grace lächelte zurück. »Das mache ich nicht auf dem Weg zum Pub, wie du dir sicher denken kannst. Nein, ich frag nur so. Also?«

»Ja, einmal. Ich war in der Gegend. Ist ja nicht weit von Letterfrack. An dem schönen See, in der Nähe der Abtei. Und da hab ich mal bei ihnen vorbeigeschaut, aus reiner Neugierde, wie so ein Biohof wohl aussieht. Es war aber nur die Schwester da, Cynthia.«

»Und der Hund«, fügte Grace hinzu.

Dixi blieb kurz stehen und drehte sich zu ihr. »Ja, und ein Hund. Aber hier hat jeder Hof einen Hund, wie du weißt. Das ist nichts Besonderes.«

Grace überging das eben Gesagte. »Die Schwester, ich hab sie nur mal kurz kennengelernt, wie ist die?«

Dixi hatte sich wieder in Bewegung gesetzt. Sie bogen an der Brücke links in die Fußgängerzone ein und mussten sofort ihren Schritt verlangsamen. Es war, als prallten sie gegen eine wogende, laute, bunte Menschenmauer. An diesem Abend gab es kaum ein Durchkommen. Zum allgemeinen Touristenstrom kamen nun auch die Besucher der Galway Races, die an diesem Tag eröffnet wurden und die ganze Woche dauern würden.

»Die ist langweilig, aber ziemlich in Ordnung. Auf jeden Fall hilfsbereit. Ich mag sie.«

Darauf entgegnete Grace nichts.

Bald hatten sie den Pub erreicht. Vor der Tür blieben sie wie angewurzelt stehen. Dort tummelte sich eine aufgekratzte Menschenmenge. Direkt daneben hatten sich zwei Straßenmusiker mit einer ramponierten Gitarre aufgebaut und besangen lautstark und hingebungsvoll ein Mädchen aus dem County Down. Grace und Dixi tauschten entnervte Blicke und zwängten sich schließlich an den Menschen vorbei in den Pub.

Graces Blick fiel als Erstes auf Fiona hinter der Bar, die sie auch sofort bemerkte und kurz die Stirn runzelte. Dixi bot sich an, Getränke zu holen. An eine Bestellung am Tisch, die Grace hier sonst so schätzte, war bei diesem Andrang nicht zu denken.

Grace schaute sich um, ob sie ein bekanntes Gesicht entdeckte, doch niemand Vertrautes war zu sehen. Insgeheim hatte sie gehofft, Padraic Riordan hier anzutreffen, obwohl das höchst unwahrscheinlich war. Riordan blieb verschwunden, deshalb drängte sie sich seitlich an die Bar, um Fiona mit einer Geste klarzumachen, dass sie sie dringend sprechen wollte. Fiona verstand sie sofort und winkte sie in die angrenzende Küche. Die Tür, die sonst immer offen stand, schloss sie hinter sich. Mit einem Schlag wurde der ohrenbetäubende Lärm aus den Schankräumen zu einem gedämpften Hintergrundgeräusch.

Fiona hielt ihre kräftigen Arme abwartend vor der Brust

verschränkt. Heute gab es wundersamerweise keine Ohrringe.

»Habt ihr etwas Neues von Fitz?« Die sonst so feste Stimme der Barfrau zitterte.

Bedrückt schüttelte Grace den Kopf. Sie hatte den Gedanken an Fitz, so gut es ging, ausgeblendet. Seit seinem Verschwinden hatte sie mehr als je zuvor gespürt, wie sehr sie sich zu ihm hingezogen fühlte. »Leider nichts. Wir haben keinerlei Anhaltspunkte, wo wir nach ihm suchen könnten. Und ein erwachsener Mann, der auf einmal verschwindet, ist für Garda ein schwieriger Fall. Bei Kindern ist das ganz anders.« Sie zögerte, ehe sie weitersprach. »Und bei euch ist auch nichts eingegangen?«

»Du meinst ein Bekennerschreiben oder eine Lösegeldforderung der Entführer, falls er denn entführt wurde …?« Sie biss sich auf die Lippen. »Aber etwas anderes kann ich mir nicht vorstellen. Nein, hier hat uns niemand kontaktiert.«

Die Tür zum Schankraum wurde kurz von dem Neuen hinter der Bar geöffnet, doch als er Fiona entdeckte, die offenbar den Tränen nahe war, schloss er sie wieder behutsam.

»Aber warum könnt ihr denn nichts tun, Grace? Sein Verschwinden hat doch etwas mit den Morden zu tun, das weiß doch jeder!« Fiona klang verzweifelt und Grace verstand sie nur zu gut.

»Ich weiß. Aber das sind nach wie vor nur Vermutungen. Es gibt keinerlei Beweise dafür, dass sein Verschwinden tatsächlich damit zusammenhängt. Das erschwert uns vieles.« Sie ging ein paar Schritte auf Fiona zu und legte ihr die Hand auf die Schulter. »Eigentlich wollte ich dich auch etwas fragen.«

Fiona hatte sich halb von ihr weggedreht, um die Tränen vor Grace zu verbergen, die ihren Blick verschleierten. Sie kramte in einer der enganliegenden Gesäßtaschen ihrer Jeans.

»Schieß los, obwohl, ich weiß schon, was du willst, und die Antwort lautet, nein, ich hab Riordan seit Freitag nicht mehr gesehen. Ich habe keinen Schimmer, wo er sich aufhalten könnte, und ja, das kommt bei meinem Cousin häufiger vor. Ich hätte ihn dir nicht vorstellen sollen, ich könnte mich ohrfeigen, aber er bestand darauf.«

»Ach, wirklich?« Grace musste unwillkürlich lächeln. »Das ist ja interessant. Ich hab ihm einige SMS geschickt und auf eine hat er auch reagiert, und dann gab's eine kleine Schnitzeljagd zwischen uns durch halb Connemara, aber leider kein Wiedersehen. Wenn du was weißt, gib mir bitte sofort Bescheid, und falls er im Pub auftaucht, sperr ihn notfalls hier in der Küche ein, bis ich komme.«

Fiona richtete ihre wasserblauen Augen mit den rotblonden Wimpern auf Grace.

»Das mach ich – worauf du dich verlassen kannst. Ich hab ihn so satt. Ach, jetzt hab ich's endlich!«

Nach längerer Anstrengung hatte sie einen gefalteten kleinen braunen Umschlag aus ihrer Jeanstasche herausgezerrt und hielt ihn Grace hin, die ihn fragend betrachtete.

»Für dich!«

Auf dem Umschlag stand Graces kompletter Name. Sie riss ihn mit dem kleinen Finger vorsichtig auf und zog einen weißen karierten Zettel heraus, den jemand aus einem Notizblock gerissen hatte.

Sie überflog ihn und sah, dass er nicht unterzeichnet war. Die Nachricht war in einer altmodischen, ästhetisch äußerst ansprechenden Schrift verfasst. Grace wurde darin gebeten, noch am selben Abend um zehn Uhr ohne Begleitung zu einer Adresse, die nicht weit vom Pub entfernt lag, zu kommen. Es gehe um Fitz. Mehr stand da nicht. Grace drehte den Zettel mehrmals um, als könne sie so noch mehr herausfinden.

»Wer hat dir das gegeben?«

»Niemand. Bill, unser neuer Barkeeper, fand ihn vor etwa einer halben Stunde auf der Theke. Du hast ja gesehen, was da draußen los ist. Er hatte sich kurz nach hinten umgedreht, und als er wieder zur Bar sah, lag es einfach da. Er hat es sofort an mich weitergeleitet.«

»Danke, Fiona.« Grace schaute auf ihre Armbanduhr. Es war kurz nach neun. Sie hätte noch Zeit, mit Dixi einen Drink zu nehmen, bevor sie dort hingehen würde. Wer wusste, dass sie hier war?

Grace beschloss sofort, dieser Einladung nachzukommen. Sie hatte das Gefühl, nach jedem Strohhalm greifen zu müssen. Unauffällig überprüfte sie ihre Waffe. Dann kehrte sie in das Gewühl zurück.

59

Die angegebene Adresse lag zwischen der Shop Street mitten in der Fußgängerzone und den Commercial Docks, wo Peter sein Büro und seine Wohnung hatte. Dort gab es Garagen und Werkstätten in schäbigen Hinterhöfen, während vorne, direkt an der Straße, schicke Läden und Bistros für ein angenehmes Flair sorgten. Um diese Uhrzeit konzentrierte sich die quirlige Geschäftigkeit der Stadt auf die Pubs rund um den Eyre Square, entlang der Dominick und der Quai Street, wo sie in die Shop Street überging – dem Herzen Galways.

Es war fast dunkel, als Grace sich auf den Weg machte. Es hatte sich gegen Abend schon eingetrübt und der Wind war aufgefrischt. Jetzt schüttete es und Grace fluchte leise. Damit hatte sie nicht gerechnet, sie war noch immer nicht auf die schnellen Wetterwechsel an der irischen Westküste eingerichtet und trug nur eine leichte Sommerbluse über dem Rock. Schirme hasste sie. Nur fünfzig Meter von dem lebhaften Pub entfernt, bog Grace in eine schmale Gasse ein.

Peter, das wusste sie, war in London auf der Suche nach seiner Mutter und wollte dort einen Kollegen treffen, von dem er sich Informationen über die Wettmafia erhoffte. Sie hatten telefoniert.

Ihre Schritte hallten seltsam laut durch die einsame Gasse. Das gelbliche Licht der Straßenlaternen warf einen kreisrunden Schein auf den Bürgersteig und der immer stärker werdende Regen behinderte ihre Sicht. Sie hastete weiter. Regennassen Asphalt empfand Grace schon immer als etwas Melancholisches, Düsteres, im Gegensatz zu nasser Landschaft, die elementar und erhaben erscheinen konnte.

Was war das? Hinter ihrem Rücken hatte es gescheppert, als wäre jemand im Dunkeln an einen Metallbehälter gestoßen. Blitzschnell drehte sich Grace um. Drei Häuser weiter huschte ein grauer Schatten in einen der Eingänge. Der Schatten war nicht sehr groß und hätte auch von einem Kind sein können, aber da war sich Grace nicht sicher. Ihr wurde es nun etwas mulmig zumute und sie erwog, umzudrehen, denn sie wollte nicht in eine Falle tappen. Doch keine Sekunde später entschied sie sich dagegen. Die Szene im Spinnaker vom Morgen kam ihr wieder in den Sinn. War das nur ein Vorspiel gewesen? Ein Auftakt zu dem, was eigentlich beabsichtigt war? Einschüchtern ließ sie sich nicht. So schon gar nicht. Mit großen Schritten lief sie weiter die Dock Street entlang.

Grace schaute sich wieder um, diesmal ganz unvermittelt und ohne dass sie ein Geräusch zuvor wahrgenommen hätte. War da etwas gewesen? Folgte ihr auch wirklich niemand? Sie blieb stehen und hielt kurz die Luft an, um sicherzugehen. Nein, die Fantasie musste ihr einen Streich gespielt haben. Sie setzte ihren Weg fort. Weit und breit konnte sie niemanden entdecken. Da hörte sie es.

Ein paar Häuser vor ihr auf ihrer Seite wurde knarrend eine Tür geöffnet, deren Scharniere dringend geölt werden mussten. Sofort verlangsamte Grace ihren Schritt. Doch niemand trat heraus. Grace zögerte und blieb wieder stehen. In dem Moment bog ein Wagen auf die menschenleere, regennasse Straße ein. Noch bevor sie sich umdrehte, konnte sie den aufheulenden Motor und das typische Zischen der Reifen vernehmen, die ungebremst durch Pfützen spritzten. Grace war schon ziemlich durchnässt und ihre Bluse klebte unangenehm an ihrer Haut. Ihre langen Locken hingen ihr in dünnen Strähnen über die Schultern.

Der Wagen beschleunigte und Grace presste sich erschrocken auf dem schmalen Bürgersteig an die Hauswand. Das Auto preschte bedrohlich nah an ihr vorbei und wirbelte Wasser auf, das bis zu ihren Knien spritzte. Das Gesicht des Fahrers konnte sie in der Dunkelheit nicht erkennen. Sie schluckte und bewegte sich weiter in Richtung der geöffneten Tür. Grace hatte mittlerweile nach ihrer Pistole gegriffen, entsicherte sie und hielt sie schussbereit, während sie sich langsam und geschmeidig an die offene Haustür heranpirschte. Sie hatte das untrügliche Gefühl, dass jemand ihr auflauerte.

Nach scheinbar endlosen Sekunden erreichte sie ihr Ziel. Sie hielt den Atem an, nahm den ausgestreckten Arm mit der Pistole herunter und ging einen weiteren Schritt voran, so dass sie den Eingangsbereich im Blick hatte. Hinter der Tür sah man einen Flur und nichts als gähnende Schwärze. Niemand.

Grace schossen mehrere Gedanken durch den Kopf: Sie konnte die Tür ignorieren, doch wenn sie einfach weiterliefe, würde sie einem potenziellen Verfolger ihren ungeschützten Rücken präsentieren. Und wenn sie das Haus betrat, würde sie vielleicht in eine Falle tappen. Sie entschloss sich für die dritte Option. Sie klingelte. Dann schaute sie an der grauen Fassade hoch. Es regnete nach wie vor in Strömen. In dem zweistöckigen Haus brannte kein Licht und nichts rührte sich. Sie wollte auf keinen Fall die Kollegen mit hineinziehen, erwog jedoch, Rory eine SMS zu schicken. Schließlich entschied sie sich dagegen. Die Kommissarin klingelte noch zwei Mal, wartete ein paar Minuten, schloss dann die Tür und lief verunsichert weiter.

Es konnte nicht mehr weit sein. Der Long Walk ging rechts ab und bevor sie in diese letzte Straße vor den Old Docks einbog, warf sie wieder einen Blick hinter sich. Die Straße war menschenleer, was sie nun beruhigte. Irgendwo knallte jemand lautstark ein Schiebefenster zu, was verwunderlich war, da sie in keinem der Häuser, die sie gerade passiert hatte, ein Lebenszeichen wahrgenommen hatte. Das Meer vor ihr glitzerte unruhig, aufgewühlt durch den prasselnden Regen und schwach erleuchtet durch die fahlen Straßenlaternen.

Nummer 43 musste in einem der Hinterhöfe liegen. Mit ihrer Taschenlampe hatte sie eben ein verrostetes Schild mit einer 39 identifizieren können. Daneben gab es ein kaputtes Holztor, das sie mit dem Fuß auftrat. Im Innenhof war es stockdunkel und sie ließ den hellen Strahl der Taschenlampe an den Wänden entlangtanzen. Ganz hinten entdeckte sie eine Tür aus Metall, auf die sie zusteuerte. Sie umklammerte ihre Waffe und rief mit fester Stimme:

»Hier ist Garda Galway. Wo sind Sie?« Nichts geschah und sie merkte, wie ihr Puls sich beschleunigte. Sie rief noch einmal. Da öffnete sich die Metalltür langsam und quietschend, und jemand trat heraus.

Grace suchte ihn mit der Taschenlampe und schließlich fing sie ihn ein. Die helle Lichtquelle tastete ihn ab, von oben bis unten, niemand von beiden sagte etwas. Grace musste schlucken, als sie ihn erkannte. Der Regenmantel, den er trug, war ihm viel zu groß und sein gebeugter hagerer Körper verlieh ihm im Dunkel des prasselnden Regens etwas zutiefst Pathetisches, etwas, das sie an Leiden erinnerte.

Es war Hilary.

60

Der alte Mann führte sie durch die Metalltür in einen heruntergekommenen Schuppen. Einen Moment lang irritierte es sie, als er hinter sich die Tür abschloss, doch sie sagte nichts. Grace ließ ihren Blick umherschweifen und blieb an einem Stapel ausgemusterter Stühle hängen, die von einem Kindergarten oder einer Vorschule stammen mussten. Sie waren in der Mitte der alten Werkstatt zu einem riesigen Berg angehäuft, der fast bis zur Decke des Raumes reichte. Wenn man einen der unten stehenden winzigen Holzstühle wegzog, kam es ihr in den Sinn, würde der ganze Stapel mit großem Getöse zusammenfallen.

Eine nackte Glühbirne baumelte von der Decke und von irgendwoher vernahm Grace den schwachen Laut einer Tin Whistle, der irischen Messingflöte, die in einem der anderen Hinterhöfe gerade gespielt wurde. Die Musik beruhigte sie.

»Was wollen Sie von mir, Hilary?«, begann Grace die Unterredung. »Warum haben Sie mich hierherbestellt?« Wieder sah sie sich um und entdeckte nun am anderen Ende einen rostigen Gynäkologenstuhl.

Der fast zahnlose Mann grinste sie an. »Ich weiß, es sieht hier etwas ungewöhnlich aus. Das Lager gehört einem Bekannten, der …«, hier unterbrach er sich und blickte ebenfalls durch den schummerigen Raum, von dessen kahlen Wänden alte Farbe abblätterte, »… der alte Stühle sammelt.«

»Was wollen Sie?«, wiederholte sie ihre Frage, diesmal etwas schärfer im Ton.

Langsam schlurfte Hilary an sie heran. Einen halben Meter vor ihr hielt er an und richtete seine kleinen hellen Augen auf sie. Unmerklich wich sie zurück.

»Fitz. Ich weiß, dass er in Gefahr ist, und ich will, dass Gardai nach ihm sucht, verdammt noch mal! Ihr lasst ihn im Stich!« Er hatte es fast geschrien.

Grace biss sich auf die Lippe. »Wir lassen ihn nicht im Stich, Hilary, aber wir haben keinen Schimmer, wo wir nach ihm suchen sollen. Wir wissen nicht einmal, ob er wirklich bedroht ist. Es gibt nur Vermutungen. Wir haben eine Suchmeldung durch alle Medien gejagt, mehr können wir im Moment nicht tun. Es tut mir wirklich leid.«

Den letzten Satz hatte sie sich im Grunde selbst zugemurmelt. Sie fühlte sich hilflos und machte sich mehr Sorgen um Fitz, als sie es sich eingestehen wollte. Doch das wollte sie dem alten Mann nicht anvertrauen.

Hilary kroch noch etwas näher an sie heran und sie konnte seinen faulig ranzigen Geruch nun wahrnehmen.

»Wenn wir wüssten, warum er verschwinden musste, glaubst du, dass wir dann auch erraten könnten, wo man ihn festhält?«

Hilary hatte das langsam und zögernd gesagt und Grace blickte ihn überrascht an. »Ja, wahrscheinlich. Und wahrscheinlich auch, wer ihn gefangen hält. Nur kennen wir den genauen Grund nicht, oder?«

Sein Blick streifte sie abschätzend. »Wenn wir das, was wir beide wissen, zusammenwerfen würden, dann könnte es unsere Chancen vergrößern, nicht wahr?« Er lächelte und Grace hatte nicht das Gefühl, dass sein Lächeln ihr wohltat.

»Gardai behält relevante Informationen normalerweise für sich und neigt nicht dazu, sie mit Außenstehenden zu teilen«, formulierte sie betont vorsichtig, dann schaute sie ihn offen an. »Hilary, ich habe Ihnen bei Ihrer Vernehmung schon nicht abgenommen, dass Sie rein zufällig auf dem Parkplatz waren, wo Sie John Cullens Leiche gefunden haben.« Als sie seine Reaktion sah, wusste sie, dass sie recht gehabt hatte. Er blinzelte aus Unsicherheit und versuchte es zu verbergen.

»Sie sagten aus, dass es eher eine zufällige Entscheidung war, auf dem Parkplatz mit der Suche nach Fitz zu beginnen. Diese Aussage ist in meinen Augen lächerlich. Warum waren Sie tatsächlich dort?«

Hilary schien mit sich zu ringen und Grace wusste – jetzt musste sie nur warten. Sie entdeckte den Schlüssel im Türschloss. Hilary hatte also nicht abgesperrt, um sie hier festzuhalten, sondern offensichtlich, um zu verhindern, dass jemand von außen ihr tristes Rendezvous störte. Es war eine Vorsichtsmaßnahme, wie sie verwundert feststellte.

»Fitz hat etwas gefunden und wollte dem nachgehen«, antwortete Hilary schließlich und seine sonst so freche, laute Stimme zitterte.

»Was?«

Ratlos hob der Alte die dürren Schultern.

Mit viel Überwindung ging Grace nun auf den Mann zu. »Hilary, hat Fitz etwas gefunden oder hat er etwas herausgefunden?«

Er verstand sofort, was sie meinte. »Ich glaube, beides, Miss O'Malley.« Nach weiteren Worten suchend, bewegten sich seine Lippen nun lautlos.

»Ich kann Sie nicht verstehen.« Ihr Blick fiel wieder zur Tür.

»An dem Freitagabend im Pub passierte eine Menge auf einmal.«

Vorsichtig nickte Grace, um ihn zu ermutigen, fortzufahren.

»Da hing zunächst Riordan an der Theke rum mit dieser verrückten Hutmacherin, ich vergesse immer den Namen.«

»Dixi O'Hara. Aber Hutmacher sind selten verrückt, habe ich gelernt.«

»Wie?«

Grace lächelte. »Nichts. Fahren Sie fort.«

»Dann saßen die drei da in der Ecke. Sir John, Ronan Coyne und der Schiedsrichter.«

»Hat Fitz mitbekommen, über was die geredet haben?«

Hilary legte seine Stirn in Falten und lachte trocken. »Klar, aber ich glaube nicht, dass das etwas mit seinem Verschwinden zu tun hat. Das war harmlos.«

Diese Bemerkung fand Grace mehr als interessant. Sie deckte sich mit den Aussagen von Ronan und Hamilton.

»Während der ersten Halbzeit des Spiels vertraute er mir an, dass er auf etwas gestoßen sei, das er ›komisch‹ fand. Ja, so nannte er es zunächst. Er konnte sich keinen Reim darauf machen und wollte der Sache nachgehen.«

Graces Miene war gespannt. In diesem Augenblick war ein Geräusch von der Tür her zu hören. Sofort zog Grace ihre Waffe und Hilarys Augen weiteten sich vor Angst. Mit angehaltenem Atem warteten sie beide. Doch es rührte sich nichts. Grace legte ihren Finger auf die Lippen, schlich zur Tür und legte ihr Ohr an das kalte Metall. Nichts war zu hören, nicht einmal der Regen, der vorher so schwer gefallen war. Vorsichtig und leise drehte Grace den Schlüssel um. Mit der anderen Hand machte sie Hilary klar, in Deckung zu gehen. Er verschwand sofort hinter dem Berg aus Stühlen. Schließlich griff sie die Klinke, drückte sie blitzschnell herunter und stieß mit einem Tritt die Tür von innen auf. Sie spähte in die Dunkelheit. Der Regen war nur noch leicht und tröpfelte halbherzig. Niemand war zu sehen, doch sie blieb vorsichtig. Hier in diesem verwahrlosten Innenhof konnte man sich ohne Probleme verstecken, um dann mühelos innerhalb von Sekunden anzugreifen.

Sie machte ein paar Schritte aus dem schützenden Türrahmen hinaus und blickte sich um. Niemand zu sehen. Absolute Stille. Auch die kreischenden Möwen hatten sich wie jede Nacht zum Schlaf aufgereiht und den Schnabel ins grau-weiße Gefieder gesteckt, an dem der Regen abperlte. Von Weitem hörte sie die Sirene der Kollegen, die Streife fuhren. Sie schluckte. Dann kehrte sie zurück, schloss sorgfältig die Tür und drehte den Schlüssel diesmal selbst um. Es musste ein Tier gewesen sein.

Hilary war aus dem Schutz der Stühle wieder hervorgetreten und blickte sie unsicher an.

»Vor wem verstecken wir uns hier? Sie haben vorhin, als ich kam, sofort abgeschlossen.« Graces Stimme klang nun wieder scharf.

Der Alte zuckte die Schultern und grinste. »Man kann nicht vorsichtig genug sein um diese Zeit und an einem solchen Ort«, fügte er hinzu. »Außerdem gibt es schon zwei Leichen, das wissen Sie besser als ich.«

»Haben Sie Angst?«

Er wich ihrem Blick nicht aus. »Um Fitz. Nicht um mich.«

»Warum?«

»In der Pause nach der ersten Halbzeit hat er sich von uns verabschiedet. Er wollte zu Ihnen gehen, hat er gesagt. Und ich dachte zuerst, dass er es auch getan hat.«

»Aber das hat er nicht.« Grace sah auf ihn hinunter. Hilary war fast einen Kopf kleiner als sie. Er kratzte sich am Kopf und überlegte.

»Fiona ging noch mal zu den Toiletten, bevor wieder angepfiffen wurde, und Dixi war zwischendurch auch kurz weg. Wo, weiß ich nicht. Fiona sagte mir dann, dass sie ihren Cousin gesucht, aber nicht gefunden habe. Und dass ihr Fitz begegnet sei. Den hatte wohl jemand zum Parkplatz gerufen und er war auf dem Weg dorthin.« Hilary starrte sie unverfroren an.

Warum hatte Fiona ihr das nicht erzählt? Irgendjemand log hier oder verheimlichte etwas. Skeptisch wandte sich Grace wieder dem Alten zu. Sie musste weiterkommen.

»Okay, Hilary, aber das war nur ein Teil der Antwort auf meine Frage. Warum haben Sie wirklich Angst um Fitz?«

Die Sekunden der Stille verstrichen unendlich langsam, während Grace ihn beobachtete. Er hatte seine Augen halb geschlossen und seine Lippen bewegten sich wieder lautlos. Ein wenig ähnelte er einer alten Schildkröte, fand Grace.

Nach einer Ewigkeit, die Grace nicht ungeduldig unterbrechen wollte, öffnete er seine Augen. Sie dachte, sie sei auf alles vorbereitet, was ihr der Mann, dem sie von Anfang an mit Misstrauen und Ekel begegnet war, hätte sagen können. Doch was dann kam, traf sie völlig unerwartet.

»Ich bin sein Vater.«

61

Grace hatte die Fotos auf dem Küchentisch ausgebreitet und zwei Tassen Tee und kleine Pastetchen danebengestellt, die mit Vanillecreme gefüllt waren und von einer Himbeere gekrönt wurden. Die mochte Rory besonders gern. Sie hatte ihren Kollegen am frühen Morgen zu sich nach Hause bestellt, um überflüssigen Fragen in der Zentrale von vorneherein aus dem Weg zu gehen. Jetzt stand ihr rundlicher Kollege mit den warmen braunen Augen neben ihr und beugte sich über die Bilder.

»Ich hab diese beiden hier größer ausdrucken lassen.« Sie zeigte auf zwei der Fotos, während sie einen Schluck Tee nahm.

»Hmm, das könnten Ställe sein. Du hast recht.« Rory tippte mit dem Finger auf ein Gebäude, das am Rand der Luftaufnahme unmittelbar an einem See lag.

»Das Foto hing bei den Kosters im Wohnzimmer an der Wand. Mit einem Durchsuchungsbefehl könnten wir uns dort alles mal ansehen. Was meinst du?« Sie blickte ihren Kollegen erwartungsvoll an.

»Und was ist, wenn er tatsächlich da festgehalten wird und wir ihn dadurch gefährden?« Rory klang skeptisch.

Grace hatte dem Kollegen von ihrem Besuch im Schuppen und von Hilarys Aussage berichtet, aber vorerst weggelassen, was sie die halbe Nacht an Schlaf gekostet hatte.

»Paddy hat mir erzählt, dass er dort vor einigen Monaten feste Türen mit nagelneuen Schlössern anbringen sollte.«

»Paddy?« Grace schaute leicht irritiert. Irland war nach wie vor von Menschen überlaufen, die den Namen des irischen Schutzheiligen trugen. Es wimmelte auf der Grünen Insel verwirrenderweise von Paddys.

Rory streckte sich und nahm nun auch einen Schluck Tee, während er nach einem Pastetchen griff und es liebevoll begutachtete, bevor er hineinbiss.

»Wirklich guter Tee, Grace. Und gutes Pastetchen. Von McOxford's?«

Sie nickte. Er wich ihrem Blick aus, zumindest hatte sie den Eindruck, und sie wunderte sich kurz.

»Paddy, der Schreiner aus Letterfrack. Der Nolans Geheimfach repariert hat.«

»Ach, *der* Paddy!«

Nun beugten sie sich zusammen über das zweite Bild. Rory versuchte, möglichst unauffällig dabei zu kauen.

»Wo hast du dieses Foto her, Grace?«

Sie zögerte mit der Antwort. »Ich habe es zugespielt bekommen. Jemand hat es unbemerkt in einem Hausflur entdeckt und abfotografiert.«

Rory riss mit einer Mischung aus ehrlichem Erstaunen und begeisterter Komplizenschaft die Augen auf. »Peter Burke?«

»Och, Rory, du bist ein Spielverderber. Woher weißt du das denn schon wieder?«

Der Kollege wippte mit den Schultern wie ein Tanzbär. »Nun, es lag einfach nahe. Das ist also ein Luftbild des Anwesens von Murray Finnegan in Cong.«

Grace nickte. »Ich glaube schon. Ja, hier ist das Herrenhaus, in dem er lebt.«

»Residiert«, fiel Rory ihr ins Wort.

Grace nickte zustimmend.

»Ein hübsches Haus, das muss man ihm lassen, obwohl es mir und Mrs Coyne wohl zu groß wäre. Die Mädels dagegen fänden es wahrscheinlich abgedreht, in so einem Schloss zu leben.«

Grace strich mit dem Finger zur anderen Seite des Fotos. »Hier liegt das Gestüt mit den Pferdeställen.«

»Wo unser Hengst Gonzales wohnt.«

»Genau. Und dann gibt es noch Ställe weiter oben. Von denen hat Paul, der Stalljunge, Peter erzählt. Dort ist das Auto Samstagnacht angeblich hingefahren.«

»Hmm. Da könnte was dran sein. Die Witwe Malone sprach ja von Räumen, in denen mal Tiere gelebt haben.«

Beide nahmen gleichzeitig einen Schluck Tee und Grace schaute ihn über den Tassenrand erwartungsvoll an.

»Was macht deine To-do-Liste?«

Ein spitzbübisches Lächeln erschien auf Rorys Gesicht. Er fasste sich umgehend in die Uniformtasche und zauberte eine Art Papierkugel hervor, die aus zahlreichen Zettelchen bestand. Er legte die Kugel auf den Tisch, zog ein paar

Schnipsel heraus und rollte einen nach dem anderen auseinander. Grace schwieg, sie hatte sich weggedreht und versuchte, nicht an Fitz zu denken.

»So. Da haben wir es. Punkt eins: der Tierarzt. Die Antwort auf deine Frage ist ein eindeutiges Nein. Er hat seine Patienten an dem besagten Tag noch einmal genau überprüft.« Rory pfiff leise und Grace musste grinsen. Das ließ sie ihm durchgehen.

»Gut, dann habe ich doch richtig geraten.« Sie war zufrieden, musste allerdings noch einmal genau überlegen, was diese Antwort letztendlich für die Ermittlungen bedeutete. »Weiter. Hat Riordan Vorstrafen oder ist er sonst irgendwie mal bei uns in Erscheinung getreten?«

»Da war mal was, vor zwei Jahren. Angebliche Beteiligung an einem Dopingfall im Pferdesport. Er hat möglicherweise die Dopingmittel besorgt. Aber man konnte es ihm nicht nachweisen. Seine beiden Kumpel sind auf Bewährung verknackt worden.«

»Und was ist mit dem Schnauzbart und der Polin aus dem Spinnaker?«

»Beide hatten nie etwas mit Garda zu tun. Absolut sauber, scheint es.«

»Gut, Rory, was täte ich ohne dich? Punkt vier: der Anwalt.«

»Nichts.«

»Wie, nichts?«

Rory presste seine Lippen zusammen, um sein Bedauern kundzutun. »Ich bin die Liste von Westport und Castlebar durchgegangen und hab alle umliegenden Ortschaften gecheckt. Ich hab mir sogar die Zulassungen der Anwälte für ganz Mayo vorgenommen. Nichts.«

»Aha.« Einen Moment lang war Grace sprachlos. »Das hätte ich nicht gedacht. Ziemlich dumm, oder?«

Rory stimmte ihr zu.

»Letzter Punkt. Hat zwar nichts mit den Morden zu tun, aber trotzdem.«

Rory hatte sich vorsichtshalber noch ein Pastetchen in den Mund geschoben, um Zeit zu gewinnen und seine Antwort ein wenig hinauszuzögern.

»Moment!« Er deutete mit geschlossenem Mund auf seine Backen, hinter denen es heftig arbeitete.

»So.« Er schluckte herunter. »Ich sollte herausfinden, mit wem Onkel Jim pokert. Das ist mir leider nicht gelungen, aber –« Hier hielt er inne, wie um die Spannung zu steigern.

Grace sah ihn aufmerksam an. Rory besaß einen Hang zu theatralischen Auftritten, die Grace, wenn sie ehrlich war, immer wieder genoss.

»Aber ich weiß, wann und wo er pokert!«

»Verrätst du es mir?«

»Äh …« Es klang, als hätte sie ihn aus dem Konzept gebracht.

»Morgen Abend – jeden zweiten Mittwochabend um halb zehn.«

»Gut, da gehst du hin und findest heraus, wer blufft. Wo treffen die sich?«

Rory stand jetzt der Schweiß auf der Stirn und er war puterrot. Besorgt beugte sich Grace zu ihm herüber.

»Rory?«

»Bei Ronan.« Rorys volle, melodische Stimme war kaum zu hören.

Grace schaute ihn entsetzt an und begriff nun, warum er so nervös war.

»Im Wettbüro?«

Rorys Kopf bewegte sich in Zeitlupe hin und her. »Nein, bei ihm zu Hause.«

62

Peter hatte Grace sofort angerufen, als er am Abend in Galway eintraf. Er hatte ihr alles erzählt, was er von seinem alten Kumpel George erfahren hatte. Zuvor hatte er seine Mutter in den Shuttle-Bus zur Fähre nach Inis Meáin gesetzt. Nicht dass Pattie dabei Hilfe benötigt hätte, er wollte einfach sichergehen, dass seine unternehmungslustige Mutter auch wirklich im Bus saß.

»Bist du noch dran, Grace?«

»Selbstverständlich.« Sie klang nachdenklich.

»Dann hast du auch gehört, was er mir eingeschärft hat: Finger weg von der ganzen Sache!«

Grace musste lachen, es war ein bitteres Lachen.

»Das kann er dir als Privatdetektiv wohl raten. Wir hingegen können uns unsere Fälle nicht aussuchen.«

Er seufzte. »Ist schon klar. Habt ihr irgendwas von Fitz gehört?«

»Nein. Aber wir sind dran. Danke übrigens für das Bild von Murrays Anwesen. Ich hatte zwischendurch Gelegenheit, seine Freundin näher kennenzulernen.«

»Die kluge Phoebe Swank?«

Grace ignorierte seinen ironischen lockeren Ton. »Vielleicht ist sie ja nicht nur klug, sondern auch gerissen. Wann hast du vor, wieder zum Gestüt zu fahren?«

»Heute ist es schon zu spät. Morgen früh wahrscheinlich, wieso? Übermorgen hat Gonzales seinen großen Auftritt. Da wollte ich vorher noch mal hin, um zu schauen, was da läuft.«

»Könnte sein, dass Rory und ich dort aufkreuzen.«

»Wollt ihr euch die Ställe ansehen?«

»Ja. – Und warum ist deine Mutter abgehauen?«

Einen Moment herrschte Stille.

»Bist du noch dran, Peter?«

»Klar.«

Es war schwierig gewesen, mit Pattie darüber zu reden. Nachdem alle Ausflüchte nichts genutzt hatten, hatte sie schließlich aufgegeben. Es war eine überstürzte Handlung gewesen. Der kaltblütige Mord an Tom Nolan hatte ihr wohl Angst gemacht.

»Hast du sie denn gefragt, ob sie von den Manipulationen im Wettgeschäft etwas wusste?«

»Natürlich habe ich sie das gefragt. Sie hat zugegeben, dass sie irgendwas vermutet hat, aber gewusst hat sie angeblich nichts.«

»Deine Mutter scheint viel zu vermuten oder zu ahnen.« In ihrer Stimme schwang Ablehnung.

Peter schwieg einen Moment irritiert, obwohl er ihr recht geben musste.

»Und was war mit Cullen? Da hat sie doch mehr gewusst, als in den Nachrichten erwähnt wurde.«

»Das hat sie mir gegenüber abgestritten.«

»Vertraut sie dir überhaupt?«

Das hatte sich Peter schon selbst gefragt. Er erwiderte nichts.

»Und vertraust du ihr?«

»Sie ist meine Mutter, Grainne.«

Grace hörte es gern, wenn er sie so nannte. Sie entschloss sich, nicht weiter nachzubohren, was Pattie Burke betraf. Irgendwann würde sie mit Pattie noch einmal so aneinandergeraten, dass die Fetzen flogen. Da war sie sich sicher, nur behielt sie das für sich. Stattdessen wählte sie ein anderes Thema.

»Was weißt du über den alten Hilary?«

»Nicht viel, außer dass er bei Fitz immer an der Theke herumlungert. Wieso? Glaubst du, dass er irgendwas mit Fitz' Verschwinden zu tun hat?«

»Eigentlich nicht. Er hat Cullens Leiche gefunden und sorgt sich sehr um Fitz.« Ihre Stimme klang vage.

Peter zögerte einen Moment. »Er war wohl mal Mönch. Benediktiner, hab ich gehört. Und stammt aus der Nähe von Limerick, genau wie Fitz. Irgendwann hat er die Firma verlassen. Das ist alles, was ich weiß. Noch etwas?«

Ihre Augen wurden schmal, als müsste sie sich sehr konzentrieren.

»Peter, warum glaubst du, ist Fitz verschwunden?«

»Weil er Zeuge von etwas wurde, das er nicht sehen oder hören sollte. Ich bin sicher, dass er sich in großer Gefahr befindet. Er wird irgendwo gefangen gehalten, bis …«

Grace saugte an ihrer Unterlippe. Peters Antwort war so schnell und direkt gekommen. Plötzlich fiel es ihr wie Schuppen von den Augen. Das Video! Warum war sie nicht schon früher darauf gekommen? Fitz könnte Zeuge des Mords an Cullen geworden sein. Bisher hatten sie angenommen, dass es Kosters war, der das Video aufgenommen hatte … Sie schluckte.

»Bist du noch dran, Grace?«

»Ja doch. Bis wann wird er gefangen gehalten …?«

»Bis sein Kidnapper entschieden hat, was mit ihm geschehen soll. Vielleicht muss er dafür noch irgendetwas abwarten.«

»Was abwarten?«

»Ich habe keine Ahnung! Ein weiteres Verbrechen oder irgendein Ereignis, das bevorsteht, was auch immer. Vielleicht die Galway Races, ja, das könnte ich mir vorstellen. Das ist ja das Ereignis, das alle im Moment beschäftigt.«

Grace holte tief Luft »Du hast recht. Es muss etwas mit den Races zu tun haben. Nolan hat auf die Zeit nach den Races spekuliert. Dann wollte er sein Boot bezahlen. Das Finale vom Gaelic Football war nur die Generalprobe, Peter. Der eigentliche Coup steigt beim Pferderennen. Die Races laufen doch schon seit gestern, nicht wahr?« Sie konnte ihre Aufregung kaum noch verbergen.

»Ja, aber die wichtigen Tage sind immer der Mittwoch und der Donnerstag, der Ladies' Day. Da laufen die entscheidenden Rennen, bei denen auch Gonzales startet.«

»Danke, Peter. Bis bald.« Sie hatte aufgehängt.

63

Man hatte ihn an Händen und Füßen gefesselt und seinen Mund nun mit einem Klebeband verschlossen. Seine Augen waren frei und das Licht schien ihm heute stärker als bisher. Staub wirbelte in der Luft herum und der strenge Geruch nach Tieren war nun weniger präsent. Fitz blinzelte. Zwar fühlte er sich nach wie vor hilflos und konnte sich kaum rühren, aber als er zu sich kam, spürte er sofort, dass der grauenhafte Kopfschmerz und die Übelkeit verflogen waren. Seine Beine waren fast taub, doch anders als am Anfang war er imstande, sie zu bewegen, auch wenn es kaum eine Möglichkeit dafür gab. Die Beine und besonders die Oberschenkel fühlten sich schwer an. Er wand sich wie eine Raupe und versuchte so, das unangenehme Gefühl in den eingeschlafenen Extremitäten loszuwerden. Doch es gelang ihm nicht.

Was war geschehen? Seine Gedanken zerfielen zu Staub, auch wenn er sich noch so bemühte, sie bei sich zu halten und ihnen eine feste Kontur zu verleihen. Er schaffte es immer noch nicht, sie wie in einem Käscher zu sich herzuziehen. Erinnerung bestand aus wohlgeordneten, miteinander verwobenen Streifen von Gedanken, Gefühlen, Bildern sowie Gerüchen. Eins ging ins andere über, und wenn ein

Element fehlte, gab es keine Möglichkeit, die Lücke zu ignorieren.

Wieder überraschte ihn ein Geräusch. Diesmal kam es nicht von der Tür. Fitz drehte den Kopf und bemerkte, dass hinter ihm ein Fenster geöffnet wurde. Dieses Fenster war ihm schon früher aufgefallen, doch hatte er ihm keine Bedeutung beigemessen, da er geglaubt hatte, es sei von außen zugenagelt. Offenbar war das nicht mehr der Fall, denn die Bretter, die er früher vor der Scheibe erkennen konnte, waren nun verschwunden. Jemand musste sie entfernt haben, während er bewusstlos war. Fitz hatte es aufgegeben, zwischen Schlaf und Bewusstlosigkeit unterscheiden zu wollen.

Aus den Augenwinkeln verfolgte er, wie sich jemand durch die Öffnung quälte. Langsam tat er das, vorsichtig, offenbar in geschmeidigen Bewegungen ungeübt. Schließlich rutschte er in Fitz' Nähe auf den Boden und blieb dort einen Moment lang liegen. Als er sich erhob, richtete Fitz sich ebenfalls auf, so weit er konnte.

Der andere trug eine schwarze Strumpfmaske, wie der vorige Besucher, und dennoch war sich Fitz sicher, dass es nicht der Mann mit den gelben Kontaktlinsen war. Beide hatten durchaus eine ähnliche Statur, aber dieser hier war nicht gekommen, um ihm Schaden zuzufügen, das spürte Fitz genau.

Der andere war nun aufgestanden und näher gekommen, um den Gefangenen in Augenschein zu nehmen. Nun ging er in die Hocke und hielt dann einen behandschuhten Finger an den Mund. Fitz überlegte, ob es sich vielleicht um eine Frau handeln könnte. Sie hatte immer noch den Finger am Mund. Offenbar wollte sie ihm damit signalisieren, dass er still sein solle oder dass sie heimlich hier sei, was den ungewöhnlichen Einstiegsort erklären konnte.

Für einen Moment keimte in ihm die Hoffnung auf, dass dieser Mensch ihn von seinen Fesseln befreien würde. Was hinderte ihn daran? Plötzlich zuckte der Fremde zusammen und sprang auf. Im selben Augenblick konnte Fitz es auch hören. Das Schloss wurde aufgesperrt und kurz darauf die Tür knarrend geöffnet. Nicht weit, und er konnte aus dem Augenwinkel erkennen, wie sich eine schmale Gestalt durch den engen Spalt hereinzwängte. Fitz versuchte den Kopf zu heben und sah, dass es der Mensch mit den gelben Augen war. Der ihn offenbar betäubt und später gefesselt hatte. Als der Mann den anderen Besucher wahrnahm, zog er sofort eine Pistole und bewegte sich langsam und drohend auf ihn zu. Noch bevor Fitz etwas durch den geknebelten Mund hätte stammeln können, riss sich der andere mit einem schnellen Ruck die Strumpfmaske vom Gesicht, als wolle er den mit der Waffe davon abhalten, zu schießen. Fitz' Augen weiteten sich. Es war tatsächlich eine Frau. Eine Frau, die er noch nie zuvor gesehen hatte.

64

Als Peter am Mittwochmorgen in Cong ankam, lag der Hof wie immer ruhig und auf den ersten Blick verlassen da. Er wunderte sich, denn er hatte einen Tag vor dem entscheidenden Rennen mehr Hektik und Leben erwartet. Stattdessen konnte er, als er aus seinem Wagen stieg, niemanden vor den Ställen oder am Haus entdecken. Einen Moment lang erwog er, wieder einzusteigen und hoch zu den abgelegenen Ställen zu fahren, die Paul erwähnt hatte. Doch dann erinnerte er sich, dass Grace sich darum kümmern wollte, und er wollte ihr nicht zuvorkommen.

Obwohl sich schon auf dem Weg hierher düstere Wolken zu grafitgrauen Türmen zusammengeschoben hatten, die einen Sturm ankündigten, war die Luft noch weich und mild. Peter nannte diese Luft, die es häufig an der irischen Westküste vor Unwettern gab, gern »unrau«. Sie war irgendwie glatt, ohne Ecken und Kanten. Doch diese Luft schien auch feucht und wie elektrisch aufgeladen zu sein, und es kribbelte ein wenig, wenn Peter sie einsog. Insekten flogen ungewöhnlich tief und zahlreich und er musste auf dem Weg häufig mit der Hand wedeln, um sie zu verscheuchen. Die Tür zu den Pferdeställen war um neun Uhr früh noch geschlossen. Tagsüber standen die Tore auf beiden Seiten meist offen, hatte er beobachtet, wohl auch, um frische Luft hineinzulassen.

Vorsichtig trat er an das südliche Tor und wollte es öffnen. Doch es gelang ihm nicht und Peter wunderte sich, denn man hatte ihm ja ausführlich erklärt, dass die Boxen aus Sicherheitsgründen nicht abgeschlossen und deshalb im Prinzip für jedermann leicht zugänglich waren. Peter war sich nach jahrelanger Arbeit als Detektiv sicher, wann Gefahr drohte, und er täuschte sich nur selten.

Suchend schaute er sich um. Auch im Haus gegenüber, in dem die fröhliche Kerry regierte, war kein Lebenszeichen zu entdecken. Kein Wagen war davor geparkt, niemand zeigte sich. Weder der Stalljunge Paul noch der Jockey Doherty, die beide hier zum Stammpersonal gehörten. In der Ferne hörte er das dumpfe Grollen des heranrückenden Gewitters. Es sah aus, als wäre die Sonne bereits untergegangen, noch bevor sie die Chance gehabt hatte, etwas zum Wohlbefinden der Bewohner von Mayo und Galway auf beiden Seiten des großen Sees beizutragen.

Peter rannte an der Ziegelwand des lang gestreckten Gebäudes entlang, um sein Glück auf der gegenüberliegenden Seite zu versuchen. Vergeblich krallte er seine Fingerspitzen in den schmalen Türspalt, nachdem auch dort der Riegel nicht nachgegeben hatte. Er klopfte nun laut, und als sich nichts tat, donnerte er mit beiden Fäusten an die Eisentür. Plötzlich nahm er in einem winzigen Fenster neben dem Tor flüchtig ein Gesicht wahr, das suchend ganz kurz nach draußen spähte. Es wahr Paul. Peter atmete erleichtert auf. Er hatte sich wieder einmal große Sorgen um den Stalljungen gemacht und bedeutete ihm, das Tor zu öffnen.

Kurz darauf stand Paul ihm gegenüber und fiel ihm, ohne zu zögern, um den Hals. Eine Geste, die für einen irischen Jungen höchst ungewöhnlich war. Peter drückte ihn kurz und löste sich dann aus der Umarmung.

»Was ist passiert, Paul?« Dass etwas passiert sein musste, schien offensichtlich. Der Junge zitterte. Peter legte den Arm um ihn und schob ihn sanft nach drinnen.

»Gonzales.« Paul war atemlos, obwohl er nicht gerannt war.

»Was ist mit Gonzales? Wo ist er?«

Paul streckte seinen Arm aus und zeigte auf die Box gegenüber dem Schimmel, der neugierig mit seinem langen Kopf in ihre Richtung schaute und bei ihrem Anblick schnaubte. Gonzales warf ihnen einen distanzierten, abwartenden Blick zu, wie es nur Rassepferde vermochten. Wieder fühlte Peter sich durchschaut. Wie machte das Pferd das nur?, fragte er sich.

»Es geht ihm doch gut, oder?«

Der Stalljunge nickte heftig. »Aber nur, weil ich aufgepasst habe! Nur, weil ich wirklich aufgepasst habe!«, wiederholte er aufgeregt.

»Erzähl.«

Alles war ganz normal gelaufen, berichtete Paul über den vorherigen Tag. Phoebe und Murray seien vorbeigekommen und hätten mit Doherty und mit ihm über Gonzales gesprochen. Paul betonte, dass sie auch ihn befragt hätten. Offenbar machte ihn das stolz. Dann habe der Jockey mit Gonzales trainiert und sei sehr zufrieden gewesen.

»Er ist also wieder ganz der Alte?«

Paul nickte bestätigend. »Das sagt Frank auch. Manchmal ist Gonzales noch eine kleine Spur nachdenklich, aber sonst reagiert er normal.«

»Und weiter?«

Paul wischte sich mit der Hand über den Mund. »Ich hab wie immer die letzten Tage bei ihm geschlafen und bin mitten in der Nacht plötzlich wach geworden.«

»Wovon? Oder einfach so?« Peter beobachtete ihn aufmerksam.

Paul grinste breit. »Wir dürfen die Türen ja nicht verschließen. Aber niemand hat mir verboten, einen der großen Metalleimer innen davorzustellen. Da kann man zwar rein, aber nicht ohne dabei Krach zu machen!« Paul strahlte über das ganze sommersprossige Gesicht und war sichtlich mit sich zufrieden.

Peter lächelte ebenfalls. »Sehr gute Idee, Paul. Und was ist dann passiert?«

»Als der Eimer laut schepperte, wurde ich wach und sprang auf und rief: ›Wer ist da?‹«

Peters Gesicht spiegelte eine Mischung aus Neugierde und Besorgnis wider.

»Jemand hat wirklich versucht, hier reinzukommen, aber als er mich dann gehört hat, ist er abgehauen. Als ich rauskam, war niemand mehr da. Es war noch nicht ganz hell und man konnte nicht sehr weit sehen.«

Peters Sorgenfalten verstärkten sich. »Paul, das war sehr mutig und intelligent von dir, aber du bringst dich damit in Gefahr, und das sehe ich gar nicht gern. Niemand hier will das. So was darfst du nicht noch mal machen. Versprichst du mir das?«

Paul sah ihn treuherzig an und schluckte. »Aber, ich hab doch …«

»Ja, du hast offensichtlich jemanden in die Flucht geschlagen, der möglicherweise Böses im Schilde führte und Gonzales schaden wollte.« Er legte seinen Arm auf die Schulter des Jungen und sah ihn eindringlich an. »Ich werde mit Dr. Swank sprechen, aber du wirst ab sofort wieder im Haus und nicht in den Ställen schlafen, verstanden?«

Paul antwortete nicht und starrte verstockt auf den weichen Boden des Stalls. Der Apfelschimmel wieherte kurz und ohne ersichtlichen Grund. Da krachte der erste Donner, als würde ganz in der Nähe etwas explodieren. Alle Pferde, die sich im Stall befanden, wurden auf der Stelle unruhig. Gonzales knallte laut mit dem Huf an die Tür. Es schien Peter, als wolle er eindringlich auf etwas aufmerksam machen.

»Murray war heute Morgen schon hier und ich hab ihm alles erzählt, aber …«

»Was aber?« Peter wurde es etwas mulmig. Die Pferde schienen auf einmal hellwach, panisch und bereit, auszubrechen. Über ihnen rollte eine Donnersalve nach der anderen heran und entlud sich mit Getöse.

»Er hat mir nicht geglaubt!«, schrie Paul, um den Lärm der Pferde und des Gewitters zu übertönen.

»Wie?«

»Er hat mir nicht geglaubt. Niemand glaubt mir. Auch Frank nicht. Dem habe ich es auch erzählt!«

Peter bemerkte, wie nun Tränen über das Gesicht des Jungen liefen. Er schien verzweifelt und unsicher zugleich. Peter zögerte. Sollte er ihm glauben? Dieser Junge, der sein ganzes Leben den Pferden widmete, fühlte sich offenbar hier weder ernst genommen noch anerkannt. Das war ihm schon bei seinem ersten Besuch aufgefallen.

»Alle denken, ich will mich nur wichtigmachen. Aber ich

lüge doch nicht! Jedenfalls nicht mehr«, fügte Paul kleinlaut hinzu.

»Hast du denn schon mal gelogen, Paul? Ich meine, was die Pferde betrifft?«

Statt einer Antwort versuchte Paul, Gonzales zu beruhigen. Das Gewitter tobte genau über ihnen. Es krachte von allen Seiten und auf einmal bäumte sich ein glänzender Fuchs ganz hinten auf, den Peter zunächst gar nicht wahrgenommen hatte. Die Tür flog auf und Kerry stürzte herein, gefolgt von einem aufgeregten Francis Doherty und von Murray Finnegan. Der warf Peter einen mehr als verblüfften Blick zu, er schien ihn hier nicht erwartet zu haben.

»Schnell«, rief Murray im Laufen. »Frank, du kümmerst dich um Gonzales, ich beruhige Throw-the-dice. Kerry und Peter, ihr nehmt Squirrel!« Seine dunkle Stimme klang überhaupt nicht aufgeregt. Er hatte alles unter Kontrolle, so schien es zumindest. »Peter … Sie sind doch Peter Burke?«

Unsicher nickte Peter.

»Können Sie bitte Kerry für einen Moment zur Hand gehen mit dem Fuchs? Und du, Paul, kommst zu mir!«

Kurz darauf stürmten noch vier weitere Helfer herein, die sich sofort um die Pferde kümmerten. Und so kehrte bald darauf wieder Ruhe unter den Tieren ein, obwohl der Donner immer noch grollte.

Unwetter an der Westküste Irlands kamen meist überfallsartig schnell und entluden sich heftig, nur um dann in den letzten Zügen Mensch und Tier noch einmal zuzuwinken und ihre Schleppe aus Nebel und Wind wie bei einem Flamenco kokett herumzuwirbeln.

65

Wenig später bog Grace gefolgt von einem Streifenwagen auf das Gelände des Gestüts ein. Sie hatten einen Durchsuchungsbefehl, den Byrne, so schien es Grace, nur sehr ungern unterzeichnet hatte. Doch sie hatte darauf bestanden. Dr. Padraic Fitzgibbon schwebe in Lebensgefahr, hatte sie argumentiert, und es könne wohl sein, dass er gegen seinen Willen dort festgehalten werde. Daher müsse Gardai diesen Ort durchsuchen.

Sie waren unweit der Pferdeställe ausgestiegen und Grace schaute sich gerade nach jemandem um, den man befragen könnte, als sich ihr Handy bemerkbar machte. Es war Kevin Day. Während sie sprach, klopfte Rory an die Tür des gegenüberliegenden Hauses. Grace sah, wie ein hübsches Mädchen mit einem langen Zopf strahlend die Tür öffnete.

»Ich bin jetzt auf Murrays Anwesen in Cong. Auf dem Gestüt. Was ist, Kevin?« Sie versuchte, nicht unfreundlich, sondern neutral zu klingen, was ihr nur mäßig gelang, wie sie ehrlicherweise feststellen musste.

»Was? Das ist ja Wahnsinn, wenn das stimmt!«

Grace sah, wie Rory ein paar Worte mit dem Mädchen wechselte. Sie zeigte weiter nach oben in Richtung Berg. Dann kehrte er zurück. Das Mädchen blieb neugierig in der Tür stehen und verfolgte alles ganz genau.

»Hast du sie zum Verhör bestellt?«, fragte Grace Kevin Day. »Okay, ich mache das selbst, wenn wir hier fertig sind.«

Während Day weitersprach, gingen Graces Augenbrauen einen Zentimeter nach oben. Rory blickte sie fragend an.

Die Garda-Kollegen waren in ihrem Wagen sitzen geblieben und hatten lediglich die vorderen Türen weit geöffnet. Einer schenkte sich aus einer Thermoskanne Tee oder Kaffee ein, konnte Grace beobachten. Er winkte Rory mit der vollen Tasse einladend zu und Rory setzte sich umgehend in Richtung Streifenwagen in Bewegung. Grace atmete aus.

»Danke, Kevin. Exzellente Arbeit. Ich melde mich wieder.« Sie steckte das Handy in ihre Tasche und schlenderte zu den Kollegen hinüber. Auf dem Weg fiel ihr Blick auf etwas, das auf dem Boden lag, und sie bückte sich, um es aufzuheben. Es waren drei kurze Holzstäbchen, die zusammengesetzt einen Zahnstocher ergaben. Wo hatte sie das schon einmal gesehen? Jemanden, der einen Zahnstocher fein säuberlich in drei Stücke zerlegt hatte.

»Auch eine Tasse Tee, Superintendent O'Malley?« Ein älterer Polizist in Uniform, mit altmodischen Koteletten und wasserhellen Augen tippte mit einem Finger auf die Thermoskanne, die neben ihm stand. Grace schüttelte lächelnd den Kopf. »Danke, ich hab heute schon mindestens zwei Kannen intus. Außerdem müssen wir weiter. Hast du erfahren, wohin?«, fragte sie Rory.

»Das nette Mädchen meinte, einfach hier hinten den Weg hoch. Ungefähr einen Kilometer, dann würden wir die Ställe schon sehen.«

»In Ordnung, dann fahren wir mal los. Mal sehen, ob sie einen eher dehnbaren irischen Kilometer gemeint hat oder einen vom Kontinent.«

Die Kollegen im Streifenwagen lachten und ließen den Motor an. Auch Rory musste grinsen.

Schon von Weitem sahen sie die drei flachen, weiß getünchten Gebäude, die mit ihrer Rückseite an einem Hang klebten. Er hatte den an der Westküste üblichen tiefgrünen moosigen Graspelz übergestreift, aus dem einzelne schiefergraue Felszacken ragten. Sie parkten die beiden Wagen außer Sichtweite und die Polizisten bewegten sich von der Seite her vorsichtig auf die Ställe zu. Die beiden Guards, die sie zur Verstärkung mitgebracht hatten, sollten in Rufweite bei ihrem Auto warten.

Grace und Rory schlichen mit gezückten Waffen an die Tür des ersten und etwas größeren Gebäudes, das seitlich mit den beiden anderen verbunden war, und stellten sich links und rechts neben der Tür auf. Die Stallungen lagen verlassen da. Nachdem es Rory gelungen war, die Tür problemlos zu öffnen, erkannten sie schnell, dass hier niemand festgehalten wurde und dass schon seit Langem auch kein Tier mehr hier untergebracht worden war. Da der Himmel draußen immer noch bedeckt und düster war, drang kein Sonnenstrahl ins Innere. Eine zentimeterdicke Staubschicht, die den Boden bedeckte, verriet, dass auch seit Längerem niemand mehr das Gebäude betreten hatte.

Sie durchsuchten alle drei Räume, und als sie schließlich etwas enttäuscht wieder vor die Kollegen traten, hatten sich an Rorys Jacke feine Spinnfäden wie hauchzarte Kränze gelegt.

»Tja, wenigstens konnten wir das ausschließen.« Grace war schon in Gedanken woanders. »Wir müssen sofort von hier aus zum Hof der Kosters. Das ist näher, als wieder nach Galway zurückzufahren. Day hat übrigens eine Zeugin gefunden, die an dem Samstagabend, als Tom Nolan ermordet wurde, dort etwas gesehen haben will. Ich werde sie gleich heute Nachmittag verhören. Lass uns nach Letterfrack fahren, Rory.« Sie winkte den Kollegen im Streifenwagen zu, ihr zu folgen. »Wir nehmen den Weg über Maam und Leenane!«

In diesem Moment trommelte ihr Handy und sie nahm das Gespräch an. Es war Robin Byrne. Innerhalb der nächsten zehn Sekunden verfinsterte sich ihr Gesicht.

»Aber …« Er schnitt ihr offenbar das Wort ab. Rory schwante nichts Gutes.

Kurz darauf war das Gespräch beendet. Grace hatte sich sehr geärgert, was sie zu verbergen versuchte. Rory warf ihr einen fragenden Blick zu, doch ihre Miene war wie versteinert.

Rory seufzte. »Ich soll umgehend nach Galway zurück, hab ich recht?«

Grace biss sich auf die Unterlippe und nickte.

»Und du?«

»Ich fahre wie geplant nach Letterfrack zu Kosters' Hof.« Sie hatte schon die Autotür geöffnet und kramte in ihrer roten Tasche auf dem Rücksitz.

»Aber doch nicht alleine?«

Grace schüttelte den Kopf und starrte einen Moment lang ins Leere.

»Nein. Er hat Day losgeschickt mit der Spurensicherung. Wir treffen uns alle in vierzig Minuten in Leenane. Und du sollst dich umgehend bei ihm melden, wenn du wieder in der Zentrale bist.«

»So viel Initiative hat der Alte ja schon lange nicht mehr an den Tag gelegt«, erwiderte Rory sarkastisch. »Ich dachte, er hat mich von den Ermittlungen ausgeschlossen, weil er mich als voreingenommen und befangen abgestempelt hat, aber da muss was anderes dahinterstecken.«

»Und was sollte das sein?« Grace hatte sich diese Frage schon selbst gestellt.

Rory zuckte hilflos die Schultern. »Keine Ahnung. Aber was ist mit der Pokerrunde heute Abend? Gehst du hin, Grace?«

Sie nickte. »Sicher. Auch wenn ich nicht weiß, was es mit unseren Ermittlungen zu tun hat. Obwohl – Cullen hat da ja mitgemacht, oder?«

Rory nickte und ging zu den Kollegen hinüber. Zum Abschied hob er kurz seine rechte Hand. Er sah verloren aus, während er den unbefestigten Lehmweg, der sich durch den schweren Regen in einen matschigen Läufer verwandelt hatte, zum Streifenwagen rutschte.

»Rory!«, rief sie ihm hinterher. Er drehte sich um und versuchte zu lächeln, was ihm allerdings nicht gelang. Er tat ihr leid.

»Kannst du heute Nachmittag bei den Races vorbeischauen und dich einfach mal umgucken? Champagnerzelt, Lachshäppchen …« Rory sah nicht gerade begeistert aus. »… in Ordnung, keine Lachshäppchen für dich, ich weiß schon, wegen Lionel, aber vielleicht Krabbenspießchen? Vielleicht kannst du dich ein bisschen bei Onkel Jim, Phoebe, Murray und den edlen Rössern herumtreiben und sogar eine kleine Wette platzieren?«

Sein Gesicht hellte sich auf der Stelle auf.

66

Das große Vorhängeschloss an der Tür mit dem doppelten Stahlbalken ließ sie schon aus einiger Entfernung erkennen, dass es sich hier höchstwahrscheinlich um keinen normalen Schafstall handelte. Dafür war alles zu massiv, zu ordentlich, ja, auch dieser Gedanke fuhr Grace sofort durch den Kopf – irgendwie zu unirisch. Grace gab ihrem Kollegen Day ein stummes Zeichen, auf das rechte Fenster zu achten. Die Holzlatten, die es wohl bis vor Kurzem vor unerwünschten Blicken geschützt hatten, lagen zerbrochen auf der abgegrasten Wiese. Hier hatte jemand mit einem Stemmeisen gearbeitet und damit vermutlich auch ein Loch in die Scheibe geschlagen.

Grace wie auch Kevin Day hielten ihre Waffen schussbereit und näherten sich, ohne ein Geräusch zu verursachen, der Eingangstür, die sorgfältig abgeschlossen wirkte. Mit dem Kopf dirigierte Grace den Kollegen auf die linke Seite und sie merkte verblüfft, wie sie sich beide auf Anhieb ohne Worte verstanden. Trotzdem fragte sie sich, inwieweit sie sich wirklich auf ihn verlassen konnte. Misstrauen konnte in einer solchen Situation lebensgefährlich sein.

Doch sie hatte keine andere Wahl. Robin Byrne hatte sie ihr genommen.

Grace signalisierte ihrem Kollegen, der auf der anderen Seite der Tür Aufstellung genommen hatte, dass sie gleich Feuerschutz benötigen würde. Day nickte, dass er verstanden hatte, und hielt die Waffe bereit.

»Hier ist Garda Galway! Wir fordern Sie auf, unbewaffnet aus der Tür zu treten!«

Nichts geschah, auch nachdem Grace die Aufforderung mehrmals wiederholt hatte. Dann richteten sie ihre Taschenlampen auf das Fensterloch und tasteten systematisch Boden und Wände ab. Im Gegensatz zu den Stallungen in Cong war hier der Fußboden extrem sauber, und alles deutete darauf hin, dass der Raum bis vor Kurzem noch benutzt worden war. Allerdings nicht als Stall, obwohl man den Geruch der Tiere, die einst den Winter hier verbracht hatten, noch deutlich wahrnehmen konnte. Der Raum diente jetzt eher als Abstellkammer und, wenn man das aufwendige Schloss in Betracht zog, vielleicht sogar, um wichtige, wertvolle Dinge zu verbergen und zu sichern.

Schließlich brachen die Kollegen die schwere Tür auf. Es gab eindeutige Hinweise darauf, dass mehrere Menschen vor Kurzem hier gewesen waren, doch nun war niemand mehr da. Grace versuchte alle wichtigen Einzelheiten zu registrieren, während die Spurensicherung sich umgehend an die Arbeit machte. Da gab es eine Matratze mit einer zusammengerollten Wolldecke, auf der jemand gelegen haben musste. Es lagen mehrere Stricke herum, die unter Umständen als Fesseln benutzt worden waren. Außerdem Klebeband, Handschuhe und eine schwarze Strumpfmaske, die achtlos in der Ecke lag. In einem Regal entdeckte Grace kaum wahrnehmbare Abdrücke kleiner Gefäße, möglicherweise von Reagenzgläsern.

Day stand neben einem Kollegen der Spurensicherung, der auf dem Boden kniete, und hatte sich halb zu ihm hinuntergebeugt. Es war Colin. Als Grace auf die beiden zuging, verstummten sie. Das versetzte Grace einen Stich, doch sie versuchte, es zu überspielen.

»Ich bin sicher, dass das hier der Ort ist, an dem Fitz gefangen gehalten wurde.« Day nickte zustimmend. »Nur sind wir leider zu spät.« Er schaute sich um. »Wo sie ihn jetzt wohl hingebracht haben? Zu dumm, dass wir diesen Kosters freilassen mussten.«

Grace war in Gedanken versunken. Ja, wo hatte man ihn nur hingebracht? Alles sah nach einem schnellen Aufbruch aus, nicht zuletzt wegen des freigelegten Fensters, das vorher offenbar gesichert gewesen war. Day war nahe an sie herangetreten und sie schreckte auf.

»Lass uns zum Hauptgebäude rüberfahren, während die Kollegen hier weitermachen, aber ich vermute mal, dass Kosters sich längst aus dem Staub gemacht hat. Wir sollten umgehend Verstärkung anfordern und die Fahndung nach ihm und seiner Schwester rausgeben.«

Es waren nur knapp fünf Minuten bis zum Haus. Die beiden Officer stürmten fast gleichzeitig in den alten Bauernhof, dessen vordere Tür sperrangelweit offen stand. Grace erinnerte sich daran, dass die beiden deutschen Geschwister immer alles sorgfältig abgeschlossen hatten, und folgerte daraus, dass sie entweder hier waren oder, was fast wahrscheinlicher war, das Haus Hals über Kopf verlassen hatten.

Kevin sprintete die Treppe hinauf in den ersten Stock. Grace durchsuchte im Erdgeschoss alle Zimmer, Küche und Bad. Dann blieb sie atemlos stehen. Ihr Herz raste. Sie hatte nur noch Angst um das Leben von Fitz.

Plötzlich krachte es. Verwirrt hob Grace den Kopf. Was war das für ein Geräusch gewesen? Wo war es hergekommen? Sie hielt inne und lauschte angestrengt. Dann rannte sie durch den Flur zum hinteren Teil des Hauses, der an den weitläufigen Gemüsegarten grenzte. Es krachte wieder. Als würden Tische umgerissen und Töpfe zerschellen. Kurz darauf folgte das scharfe, helle Zersplittern von Glas.

Grace hatte ihre Pistole gezückt und bewegte sich auf die Verbindungstür zu den später angebauten hochmodernen Gewächshäusern zu. Sie stieß sie mit dem Fuß auf. Hinter der Tür aus doppeltem Glas erwartete sie ein entsetzliches Chaos. Jemand hatte fast alle Tische mit den Pflanzen umgestoßen. Feuchte dunkelbraune Erde lag vermengt mit Tonscherben auf dem Boden verstreut. Nackte Wurzeln ragten wie tote Würmer überall hervor. Tomatenpflanzen und frische Aprikosen lagen zertreten auf der Erde. Aus aufgeschlitzten Jutesäcken kullerten Kartoffeln und Zwiebeln in alle Richtungen. Auf der rechten Seite des Gewächshauses waren die Scheiben mutwillig zertrümmert worden. Es war ein Bild der Verwüstung.

Grace musste schlucken. Sie konnte bereits Kevin auf der Treppe hören, er war auf dem Weg zu ihr. Da entdeckte sie die beiden: Im entferntesten Winkel des Gewächshauses kauerte Booty, der Hund, und schützte mit seinem Körper einen Menschen, der hinter ihm Zuflucht gesucht hatte. Grace konnte eine Hand erkennen, die sich am Hals in sein Fell gekrallt hatte wie an einen Rettungsring.

Vorsichtig näherte sie sich dem Hund und dem Menschen dahinter. Zwar hielt sie die Waffe noch schussbereit, doch sie ahnte, dass sie jetzt niemand angreifen würde. Hier war ihre Hilfe vonnöten. Ganz dringend.

»Kordula?« Sie flüsterte es fast. Es kam keine Reaktion. Der Hund schaute sie mit seinen warmen braunen Augen an. Er rührte sich nicht und vertraute ihr. Grace ging noch einen Schritt näher. Aus den Augenwinkeln konnte sie den Kollegen erkennen, der nun ebenfalls das Gewächshaus betreten hatte, doch an der Tür innehielt.

»Kordula? Ich bin es, Grace O'Malley, wir kennen uns.« Immer noch keine Reaktion. Stattdessen vernahm sie nun ein leises Schluchzen hinter dem Hunderücken. Da sicherte sie ihre Waffe und beugte sich zu dem Bündel hinunter. Kordula zitterte am ganzen Leib. Sie hatte beide Arme um den Hund geschlungen.

67

Schon von Weitem stach das cremefarbene Champagnerzelt unter den vielen mit Wimpeln dekorierten Containerbauten, den knallbunten Imbisshütten und mit Lichterketten geschmückten Zelten hervor, die wie jedes Jahr während der Rennwoche rund um die Tribünen an der Zielgeraden für Jahrmarktstimmung sorgten. Rory schlenderte in luftiger Freizeitkleidung und guter Laune durch die Menschenmassen. Dabei summte er die Melodie des bekannten Liedes »The Galway Races« vor sich hin, das ihm wie selbstverständlich in den Sinn gekommen war, während er erwartungsvoll über die aufgeweichten Ackerfurchen zum Eingang stolperte. Rory liebte die Atmosphäre der Galway Races. Berühmte irische Dichter hatten sie schon in ihren literarischen Werken besungen. Und selbst heute hatte das bunteste, ausgelassenste Pferderennen der Insel nichts an seiner Attraktivität eingebüßt.

Vor dem Eingang bekam man schon die Wettzeitung mit den Listen der Rennen in die Hand gedrückt. Rory warf nur einen kurzen Blick hinein. Er wollte zuerst die langbeinigen Hauptdarsteller, die jetzt schon bereitstanden, inspizieren. In einer Art Manege in der Nähe der gut bewachten und komplett abgezäunten Ställe wurden sie von den jeweiligen Helfern der Besitzer stolz herumgeführt. Rory drängelte sich durch die überschaubare Zahl an Interessenten, die vor dem Rennen noch ihre Favoriten begutachten wollten, um abschätzen zu können, welche Summe sie einsetzen würden. Alle Jockeys saßen bereits auf dem Rücken der Tiere, auf denen sie in Kürze durch das Ziel fliegen wollten. Ihre seidenen Trikots waren genauso farbenfroh wie alles rund um den Parcours und die Tiere wirkten zurückhaltend und vornehm. Rory spürte, wie ihn die Aufregung erfasste, und er musste sich zusammennehmen, um nicht ganz zu vergessen, dass er heute ausschließlich aus dienstlichen Gründen hier war.

Rory drehte sich um und ließ seinen Blick über die Besucher schweifen, die sich zu seiner Rechten vor den Ständen der Buchmacher drängten. Er suchte seinen Bruder Ronan, der sich hier gern mit seiner Pfeife, dem ledernen Tabaksbeutel und einem Stapel Wetttickets niederließ. Manchmal saß einer seiner Mitarbeiter neben ihm. Auch Tom Nolan hatte er in den vergangenen Jahren dort ab und zu mal gesehen, obwohl er immer den Eindruck hatte, dass Nolan ungern in der Öffentlichkeit auftrat. Doch konnte er Ronan im Moment nicht entdecken.

Natürlich konnte man auch an den unzähligen Boxen seine Wetten platzieren und auf den Mattscheiben im Hintergrund die Resultate oder andere Rennen an sämtlichen

Orten der Wettwelt verfolgen, aber hier, entlang der Bookiemeile, so fand Rory, machte das Spiel einfach viel mehr Spaß. Man atmete immer noch den unverwechselbaren Geruch vergangener Zeiten, wenn sich die Männer mit ihrer am Kopf festgewachsenen Tweedkappe aufgeregt wie Schuljungs über Bündel von Geldscheinen beugten und mit den mit Spucke gefügig gemachten Fingerspitzen ihren Gewinn nachzählten.

»Rory!«

Rorys Kopf flog herum. Sein Blick blieb an Dixi hängen, die ihm von Weitem zuwinkte und auf ihn zuzusteuern schien. Um ihre Schultern flatterte ein zartgrüner Seidenponcho. Er schob sich durch die Menschenmenge in ihre Richtung und hatte sie nach kurzer Zeit erreicht. Die Hutmacherin trug zur Feier des Tages eine Art Sombrero auf dem Kopf, der an der breiten Krempe einen schmalen Stoffstreifen mit galoppierenden Pferden aufwies.

»Passende Kopfbedeckung!«, schmunzelte Rory und zeigte anerkennend auf den Hut.

»Sind Sie dienstlich hier?«, fragte ihn Dixi ohne Umschweife. Sie lutschte ein Bonbon.

Rory antwortete nicht und versuchte gleichzeitig, hinter sie zu schauen. Auf einmal hatte er das Gefühl, dass sie ihn ablenken wollte.

»Gibt es etwas Neues von Fitz?«, hakte sie nach und drehte sich nun ebenfalls um, seinem Blick folgend.

Aber es war niemand zu sehen, den Rory kannte.

»Leider nein, soweit ich weiß, aber es wird mit allen uns zur Verfügung stehenden Mitteln nach ihm gefahndet, ich meine, nach ihm gesucht, Sie wissen schon.«

Die Nachricht von Grace, dass sie in Letterfrack zu spät gekommen waren, erwähnte er natürlich nicht. Aber er hatte sich darüber gefreut, dass die Witwe Malone richtig gelegen hatte mit ihrer Vermutung, dass der Aufenthaltsort von Fitz ein verlassener Stall in der Nähe eines Sees gewesen sein musste.

Dixi lächelte zufrieden. »Dann hoffen wir mal, dass Garda ihn bald findet. Ist Grace auch hier?« Das Letzte hatte sie wie zufällig hinzugefügt, als sei es ihr gerade erst in den Sinn gekommen, und Rory reagierte nicht darauf.

»Ich muss dann mal wieder«, verabschiedete er sich. Dann fiel ihm noch etwas ein. »Was machen Sie eigentlich hier, außer die Hüte zu inspizieren? Die meisten sind sicher aus Ihrem Atelier, nicht wahr?« Rory hatte sein charmantes Lächeln aufgesetzt und die Frage sollte beiläufig klingen.

»Nein, meine große Stunde als Hutmacherin kommt ja erst morgen, am Ladies' Day. Heute habe ich nur ein paar Pferde gedopt und wollte da mal nach dem Rechten sehen.«

Dixi grinste verschmitzt, drehte sich um und tauchte in die Menge. Auch ihr Sombrero war interessanterweise im Nu verschwunden.

Rory kratzte sich am Kopf. Was zum Teufel war das denn? Da verspürte er plötzlich einen Anflug von Appetit und hielt Ausschau nach entsprechenden Möglichkeiten. Links bot sich ein Barbecue-Grill an, mit einer Menschenschlange von fast dreihundert Metern. Das Fleisch war zwar von guter Qualität, aber nicht nach seinem Geschmack gewürzt, tröstete er sich. Die Panade enthielt Grillsalz mit Glutamat, was er verabscheute. Weiter hinten gab es das Meeresfrüchte-Zelt. Rory legte die Stirn in Falten und erwog einen Besuch. Zumal der Andrang dort nicht sehr stark war. Ob das an den Preisen lag oder daran, dass die Iren erst vor relativ kurzer Zeit ihre Liebe zum Fisch und zu Krustentieren entdeckt hatten, konnte man nicht sagen. Doch als er an einem der hübsch gedeckten Tische Phoebe Swank und Murray Finnegan vor einem appetitlichen Teller mit Austern erblickte, war seine Entscheidung gefallen. Er musste ja keinen Lachs zu sich nehmen.

»Oh, Inspector, bitte setzen Sie sich zu uns!« Die Veterinärin hatte ihn auch entdeckt und wedelte sofort mit ihrer Hand, um ihn herzulotsen. Rory folgte der Einladung.

»Mögen Sie Austern, Kommissar Coyne?«

Rory blinzelte. Er stammte noch aus der Zeit, als Austern an den irischen Küsten Armeleuteessen war, als man die Kinder bei Ebbe zum Austern- und Muschelsuchen abkommandierte und Meeresfrüchte nie in der Öffentlichkeit verzehrt hätte, weil es so bescheiden ausgesehen hätte.

»Ja, Ms Swank, aber ich nehme lieber den Taschenkrebs mit Aioli, der hier auf der Karte steht.«

Rory liebte Krebse. Nachdem er bestellt hatte, erkundigte er sich nach dem Zustand ihres wertvollen Hengstes mit dem mexikanischen Namen. Murray hatte ihm etwas Sancerre eingeschenkt und alle drei hoben ihr Glas.

»Danke. Ich glaube, Gonzales ist wieder der Alte, was auch immer zwischenzeitlich mit ihm passiert ist. Jim, Phoebe und ich sind sehr zuversichtlich, was das Rennen morgen betrifft.«

Sie nahmen einen Schluck und Rory bekundete seine Erleichterung.

»Er läuft beim Galway Hurdle?« Das war das prestigeträchtige und wichtigste Rennen am vierten Tag der Races. Beide nickten und schlürften die Austern aus Galway, die für ihren besonders kräftigen Geschmack bekannt waren.

»Wussten Sie, dass Irland nach Frankreich der zweitgrößte Austernproduzent in Europa ist? Die meisten stammen aus Waterford.« Phoebe legte die leere Schale auf den Teller zurück. Murray legte seine Hand auf ihre.

»Aber danach kommt sofort Mayo. Wir können stolz sein.« Er lächelte.

Ein Jingle kündigte eine Durchsage für das nächste Rennen an, die durch alle Zelte, Pubs und Restaurants ging. Murray schaute auf seine teure Uhr.

»Das Galway Plate läuft bald. Haben Sie gesetzt, Inspector?«

Das hatte Rory glatt vergessen. Nachdem er seinen Bruder nicht auf der Buchmachermeile entdeckt hatte, war es ihm durchgerutscht.

»Ich werde es umgehend nachholen. Was raten Sie mir als Expertin?« Rory hatte sich freundlich Phoebe zugewandt, die an diesem Tag einen leichten flaschengrünen Leinenblazer über schwarzen Jeans trug. Um den Hals hatte sie ein buntes Tuch geschlungen. Sie trug keinen Hut.

»Hm, es ist keine lange Strecke. Da würde ich auf Throw-the-dice setzen. Sie ist in Spitzenform und der Jockey phänomenal.«

Rory notierte es sich und grinste. »*Wirf den Würfel,* was diese Gäule immer für komische Namen haben, pardon, diese Pferde.« Er hatte mehr zu sich selbst gesprochen. Und während er weiterschrieb, setzte er hinzu: »Besser als Francis Doherty?«

Als er ein Zögern bemerkte, schaute er auf. Murray tupfte sich gerade den Bart ab und im gleichen Moment servierte ein Mädchen die Platte mit dem Taschenkrebs. Murray schaute Rory aufmerksam an, nachdem er einen Blick mit der Veterinärin gewechselt hatte.

»Francis ist für Gonzales der beste Jockey. Er kennt ihn in- und auswendig. Und das Pferd akzeptiert ihn voll und ganz. Auch das ist wichtig, dass die Chemie zwischen Pferd und Reiter stimmt, nicht wahr?«

Phoebe lachte zustimmend und nickte.

»Doherty ist für uns ein Glücksfall, obwohl ...« Er brach ab und Rory, der sich gerade ein Stück Krebsfleisch in den Mund steckte, hielt ebenfalls inne.

»Obwohl?«

Murray dachte einen Moment lang nach, schüttelte dann

den Kopf und faltete die Serviette zusammen. »Nichts, nichts. Wir sollten dann mal los, ich habe eine Verabredung im Champagnerzelt. Kommen Sie nach?«

Rory nickte mit vollem Mund.

Phoebe Swank schenkte ihm ein Lächeln. »Wir kommen gemeinsam nach, Murray. Geh du ruhig. Wir können doch den Inspector hier nicht alleine sitzen lassen.«

Rory war erst überrascht, dann freute er sich. Murray schien kurz irritiert, doch kurz darauf wirkte er wieder gelassen.

»Bis später dann«, murmelte er und verschwand.

Phoebe trank den Rest ihres Weines. »Murray ist sich manchmal nicht sicher, ob Doherty auch hundertprozentig vertrauenswürdig ist.«

»Ach?« Rory tunkte mit einem Stück Baguette die restliche Aioli auf. »Und warum?«

Phoebe zuckte mit den Achseln.

Rory erinnerte sich an die Wette, die er unbedingt noch setzen wollte. Phoebe wollte ihn ein Stück auf dem Weg begleiten. Die beiden standen auf und steuerten auf den Ausgang zu.

»Wir sind nicht gerade glücklich über den Umgang, den Doherty offenbar pflegt.«

»Welchen Umgang meinen Sie?«

Phoebes Blick schweifte zu den vielen Besuchern des Champagnerzeltes auf der anderen Seite des Platzes. Alle wurden am Eingang von einem diskreten Sicherheitsdienst mit den Augen gescannt und strömten dann ins exklusivste Etablissement der Races. Gegen Ende des keltischen Tigers war das Zelt in den Medien in Verruf geraten. Einflussreiche Politiker hatten sich hier gemeinsam mit Repräsentanten der Wirtschaft mit Ausgaben im mehrstelligen Eurobereich ausgelassen betrunken.

»Den da, zum Beispiel.« Sie wies mit dem Kinn in die

Richtung einer Gruppe von jungen Männern, die gerade hineingingen.

»Welcher?«, fragte Rory noch einmal genau nach.

»Der schmächtige mit dem Kindergesicht. Ein echter Pferdenarr, Traveller, soweit ich weiß.«

Rory stutzte, doch sie hatte bei der Bezeichnung »Traveller« nicht herablassend geklungen.

»Er heißt Riordan, glaube ich. Mit dem habe ich Doherty öfter mal gesehen. Der war auch ein paarmal bei uns draußen.«

Rorys Augen weiteten sich. Er wusste genau, dass das der Name des Mannes war, den Grace so dringend suchte und der sie an der Nase herumführte.

»Danke, Dr. Swank, ich muss ganz schnell …« Er preschte in Richtung Champagnerzelt, um Riordan ja nicht zu verlieren. Der Andrang war in diesen Minuten ungewöhnlich stark. Rory schob sich so vorsichtig durch die Menschenmenge, wie es nur ging. Fast hatte er ihn erreicht. Riordan schaute sich um, doch da er Rory nicht kannte, war er nicht irritiert. Ganz im Gegenteil, zu Rorys großer Überraschung blieb der junge Mann plötzlich stehen und lächelte ihn an.

»Hi, Ronan!«, sagte er und legte seine Hand kurz auf Rorys Schulter. »Gut, dich zu sehen. Was gibt's Neues?«

Einen Moment lang blieb Rory die Luft weg und in seinem Kopf drehte es sich.

»Gut, alles bestens. Auf wen hast du gesetzt?« Wie sollte er ihn festnehmen in diesem Gewühl, noch dazu im Freizeitlook?

Riordan schaute ihn eine Sekunde lang scheinbar skeptisch an. Schließlich verzog er sein jungenhaftes Gesicht zu einem breiten Grinsen.

»Was glaubst du wohl? Wenn *du* es nicht weiß, wer dann?« Er haute Rory auf den Rücken.

Offenbar verwechselte Riordan ihn mit seinem Bruder.

Rory überlegte blitzschnell, wie er Riordan ohne Probleme von hier wegbekam.

»Moment mal.« Rory fingerte sein Handy aus der Jacketttasche.

Riordan drehte sich um und war schon dabei, sich zu verabschieden. Er wollte sich offensichtlich wieder seiner Clique zuwenden, die schon vorausgegangen war.

»Nein, bleiben Sie! Bitte!«

Fragend schaute der junge Mann ihn an. »Was ist, Ronan?«

In diesem Moment entschied Rory, die ihm so plötzlich zugefallene Tarnung aufzugeben. »Ich bin nicht Ronan Coyne, der Buchmacher ist mein Bruder.«

Riordans Augen weiteten sich. »Sie sind der Guard, verfluchte Scheiße!«

Aber Rory hatte ihn bereits gepackt und ihm den Arm halb auf den Rücken gedreht. Ein paar Menschen beobachteten sie. »Bleiben Sie ruhig, Riordan. Sie begleiten mich jetzt als Zeuge aufs Revier. Das heißt, hier gibt es ja auch eine kleine Polizeistation. Da gehen wir jetzt hin und Sie bereiten mir bitte keine Probleme.«

Nun ertönte das Knacken des Lautsprechers. Dann folgte das Jingle. Riordan hatte sich etwas entspannt und schien zu überlegen.

»Kommen Sie!«, forderte Rory ihn noch einmal auf. Er stieß Riordan unsanft vor sich her durch die Menschenmenge. Natürlich hatte er keine Handschellen dabei und hoffte inständig, dass er in dem Trubel nicht entkommen würde. Da hörte er plötzlich eine metallische Stimme.

»Das ist eine Durchsage für Inspector Rory Coyne. Ich wiederhole: Das ist eine wichtige Durchsage für Rory Coyne.«

Perplex blieb Rory stehen. Er schaute unwillkürlich in die Richtung, wo die Lautsprecher hingen.

»Bitte kommen Sie sofort zum Haupteingang der Killanin-Tribüne. Ich wiederhole: Bitte kommen Sie umgehend zum Haupteingang der Killanin-Tribüne. Es ist ein Notfall. Danke.«

Rory war nur eine Sekunde lang abgelenkt. Das reichte für Riordan aus, um sich loszureißen und in der Menschenmenge unterzutauchen. Rory fluchte so laut, dass ein paar ältere Männer, die vor ihm standen und für die starkes Fluchen eher eine akzeptable Steigerungsform von Sprache bedeutete, sich überrascht nach ihm umdrehten.

68

Es war kurz nach halb zehn Uhr abends und Grace hatte sich mit Peter in seinem Wagen unauffällig, wie beide fanden, gegenüber von Ronans Einfamilienhaus im Stadtteil Pollnarooma aufgestellt. Da es sich um keine polizeiliche Aktion handelte, hatte Grace nichts dabei gefunden, sich dafür mit Peter zusammenzutun. Sie konnten die Eingangstür des Gebäudes von hier aus gut beobachten, waren selbst jedoch weitgehend vor neugierigen Blicken verborgen. Graces eigenes Auto oder der Dienstwagen von Gardai schien ihr zu offensichtlich.

Während der letzten Stunden hatte sie in der Zentrale die Zeugin vernommen, die Day aufgetrieben hatte. Es war ein junges Mädchen von knapp achtzehn Jahren, die zu Hause nicht hatte beichten wollen, dass sie statt brav bei der Freundin zu übernachten, im Dunkel eines Toreingangs auf ihren Verehrer gewartet hatte. Sie hatte zuerst gesehen, wie Tom Nolan das Wettbüro betreten hatte, und kurz darauf ein zweiter Mann, dessen Gesicht sie jedoch nicht hatte erkennen können. Dann sei ein Moped durch die enge Gasse gebraust, bevor der zweite Besucher wieder auf die Straße gekommen sei und sich umgeschaut habe, wobei sie ganz kurz sein Gesicht erblickt habe. Ob sie ihn wiedererkennen würde? Sie hatte mit den Schultern gezuckt. Vielleicht. Ja, doch, eigentlich ja.

»Schau mal, Graínne, da kommt schon der Erste von dem Zockertrüppchen.« Peter hatte es geflüstert, obwohl die Autofenster geschlossen waren. Es war ein gut gelaunter Chief Superintendent Byrne, der da federnden Schrittes auf die Haustür zusteuerte. Er klopfte dreimal kurz und ein paar Sekunden später öffnete Ronan mit einem unsicheren Lächeln die Tür, die er umgehend hinter dem Garda-Chef wieder schloss.

»Oh Mann, klar doch, ich hätte es mir denken können.« Grace hatte sich eine Haarsträhne vor ihrem linken Ohr geschnappt und drehte heftig daran.

»Und Ronan benimmt sich wie ein Handlanger der Mafia in einem italienischen Schwarz-Weiß-Film aus den sechziger Jahren«, fügte Peter hinzu.

Grace kicherte, obwohl sie die Situation eigentlich nicht zum Lachen fand.

»Sag mal«, fing Peter auf einmal an, »hast du hier eigentlich schon Freunde gefunden?«

Wie kam er plötzlich darauf? Nein, das hatte sie nicht. Sie war erst seit drei Monaten in Galway und tat sich im Allgemeinen nicht leicht, Menschen näher an sich heranzulassen. Sie brauchte Zeit. Obwohl sie Freunde oder eine gute Freundin vermisste.

»Ich mache mir Sorgen um Fitz«, flüsterte sie, statt ihm zu antworten. »Die Spurensicherung hat eindeutig festgestellt, dass er in Kosters' Stall war. Aber als wir dort ankamen, war er nicht mehr da, und aus Kosters' Schwester bekommen wir kein Wort heraus. Die sitzt jetzt in der geschlossenen Psychiatrie. Man hat sie ruhiggestellt.« Grace fuhr herum. »Da!« Ein Wagen hielt nicht weit entfernt. »Das ist Onkel Jim. Der muss direkt von den Races kommen.«

Peter hatte ihr einen Blick von der Seite zugeworfen. »Offenbar mit Proviant vom Feinsten.«

Jim hob umständlich einen Korb aus dem Kofferraum, aus dem die goldenen Korken von Champagnerflaschen hervorschauten.

»Sechs Stück, die haben noch was vor.« Peter drehte sich auf dem Sitz zu ihr um und sah sie an. »Ich meine eine Freundin. Frauen haben doch immer eine beste Freundin. Mit der sie über alles reden können.« Er gab nicht auf.

Grace runzelte die Stirn. »So, haben wir das? Wie kommst du auf einmal darauf?«

Jim O'Malley war nun ebenfalls in Ronans Haus verschwunden. Es war kurz vor zehn und es dämmerte langsam. Eine Handvoll Elstern und Krähen schaukelten auf den Stromkabeln und beäugten sich gegenseitig misstrauisch.

Minuten verstrichen, ohne dass etwas geschah. Peter schien nachzudenken.

»Ich war mir sicher, dass du schnell eine finden würdest.«

Grace schüttelte den Kopf. »Warum interessiert dich das eigentlich?«

Er sah sie prüfend an, doch in der Dämmerung war das kaum wahrzunehmen.

»Ich dachte, Dixi hätte dich sozusagen ›an Land gezogen‹. Die wollte unbedingt deine beste Freundin werden, das sah doch ein Blinder.« Peter hatte das nicht einfach so hingeworfen, das war ihr klar.

Grace überlegte. »Das hast du sehr gut beobachtet, Peter. Das wollte sie tatsächlich.« Nachdenklich knabberte sie an ihrer Haarsträhne, die sie sich wieder geschnappt hatte.

»Schau mal, wer da kommt – ich fass es nicht!«

Grace' Blick folgte Peters ausgestrecktem Zeigefinger. Ein Mann schlenderte die Straße entlang, als hätte ihn der Zufall hierhergeweht. Ab und zu warf er einen prüfenden Blick über seine Schulter. Es war Kevin Day. Erst sah es so aus, als hätte er es sich im letzten Augenblick noch anders überlegt und wäre gerade dabei, die Straßenseite zu wechseln. Dann aber marschierte er zügig auf Ronans Haus zu, und kaum hatte er die Hand zum Klopfen erhoben, flog die Tür bereits auf und Ronan bat ihn, einzutreten. Mit einem besorgten Blick auf den Bürgersteig schloss Rorys Bruder die Tür wieder. Da ging eine SMS bei Grace ein. Grace kramte ihr Handy aus der Tasche.

»Oho!«

»Dienstlich?«

Grace nickte und schrieb zurück. »Es ist Rory. Er ist bei den Races auf Riordan gestoßen und hatte ihn schon geschnappt. Doch dann konnte ihm der Kerl entwischen.« Sie hatte ihren dunklen Lockenkopf tief nach unten geneigt und tippte in einem erstaunlichen Tempo.

Plötzlich lachte Peter auf und schlug sich sofort die Hand vor den Mund. »Grace, nicht hinschauen, bitte, nicht hinschauen!«

Er gluckste, und als sie auf die Straße schaute, sah sie den Grund: Auf einem Mountainbike flitzte eine schmale Gestalt heran, die rotblonde Mähne flatterte im Fahrtwind. Sie hielt vor Ronans Tür, stieg ab und ging neben dem Rad in die Hocke, um es abzuschließen. Ihre grüngelben Sneakers leuchteten in der zunehmenden Dunkelheit wie Leuchtmelder. Aisling O'Gradys Gesicht wurde von einer hellen Straßenlaterne wie von einem Scheinwerfer angestrahlt. Es wirkte auf Grace aus der Entfernung spitzbübisch und etwas atemlos. Eine neue SMS kündigte sich an.

»Da hat Ronan Coyne ja mal einen erlesenen Zocker-Club zusammengestellt. Respekt.« Peter feixte.

Grace teilte seine Heiterkeit nicht. Sie war verunsichert. Dann erinnerte sie sich an den Zettel, den O'Grady Kevin Day beim Finale heimlich zugesteckt hatte. Der hatte wahrscheinlich mit diesem Treffen zu tun, dämmerte es ihr.

»Die ganze Topriege von Garda Galway. Wenn das nichts ist! Nur seinen eigenen Bruder hat er ausgeschlossen. Aber an deiner Stelle würde ich dringend auf Mitgliedschaft bestehen, Grace. Du bist eindeutig qualifiziert.«

Wütend blitzte sie ihn an. »Ich spiele kein Poker, Peter.«

Wieder hatte er ein breites Grinsen im Gesicht. »Das ist, vermute ich, nicht das Entscheidende. Die könnten da drinnen auch Fang den Hut oder Mau Mau spielen. Ein gemeinsames gemütliches Spiel ist, was zählt, oder? Hat Rory auch was Interessantes zu bieten?«

Grace saugte an ihrer Unterlippe. Sie musste dringend in Ruhe nachdenken und überlegen, wie sie nun vorgehen sollte. Morgen war offenbar der große Tag. Morgen musste sie zuschlagen, bei den Galway Races. Am besten mit Rory, und vielleicht auch mit Peters Hilfe.

»Meine Mutter kommt morgen übrigens auch«, fügte Peter hinzu. Offenbar hatte er keine Antwort von ihr erwartet.

»Hm. Rory schreibt, dass eine Frau in Grün wohl Riordan zur Flucht verholfen hat, und die trug keinen Hut.« Grace hatte sich mit einem liebenswürdigen Lächeln zu Peter gewandt. Jetzt war sie sich ihrer Sache ziemlich sicher. »Und danke, dass du mich mit der Nase drauf gestoßen hast.«

Er starrte sie ratlos an. Dann stotterte der sonst so eloquente Privatdetektiv: »Klar, gern geschehen. Die Frau in Grün, aber ohne Hut … Morgen ist Ladies' Day. Da müssen doch eigentlich alle mit Hut aufkreuzen.«

Grace lachte. Er hatte wirklich keinen Schimmer.

69

Es war fast vollständig dunkel. Die aufgetürmten Wolkenberge hatten den Mond in Watte gehüllt und sorgten dafür, dass sein Licht das Gestüt in Cong kaum erleuchtete. Die Wolken jagten über das gesamte Himmelszelt und das silbrige Licht des Trabanten fiel immer wieder wie ein Spot für Trickaufnahmen auf diesen Ausschnitt der Erde.

Von der Wand des Hauses löste sich eine Gestalt und bewegte sich geräuschlos auf die Ställe zu, was auf dem Kiesweg nicht leicht zu bewerkstelligen war. Die Person schien nicht sehr groß und kräftig zu sein. Sie trug eine kompakte Ledertasche über der Schulter, die beide Hände für anderes freiließ. Als sie die südliche Seite der Ställe erreicht hatte, öffnete die Gestalt behutsam die Eingangstür. Dabei ging sie sehr vorsichtig und präzise vor. Sie vermied jedes Geräusch, jede verborgene Falle, die ihr Kommen ankündigen würde. Am Vortag hatte man einen Eimer ganz nah in den düsteren Eingangsbereich gestellt und das Scheppern, das dann folgte, war so laut wie eine Alarmsirene gewesen. Blitzschnell musste die Flucht ergriffen werden. Im Stall selbst war das Licht gedämpft, aber Notlampen warfen ein trübes Licht, das zur Orientierung ausreichte. Der Eindringling wusste genau, dass hinter einigen der halbhohen Holzwände nervöse Rassepferde schliefen, und er war darauf vorbereitet, falls eines der Tiere aufschrecken und Unruhe verbreiten würde. Er hielt eine Betäubungspistole in der Hand. Ohne zu zögern und hochkonzentriert, steuerte er die Box an, die sein Ziel darstellte. Wie oft hatte er Gonzales dort schon besucht. Doch was war das? Ein leises Wimmern kam aus der Richtung, die er eingeschlagen hatte. Eine Sekunde lang hielt er inne, setzte dann aber, als wieder Stille das Gebäude erfüllte, seinen Weg unbeirrt fort.

Nun war er an der richtigen Box angelangt und stellte sich auf die Zehenspitzen, um über die nach oben offene Absperrung hineinzuspähen. Er sah, wie erwartet, den schwarzen Hengst im Stroh liegen, der an diesem Tag seinen großen Auftritt bei den Races haben würde. Neben ihm ruhte, in einen Schlafsack eingewickelt, der Junge. In diesem Moment zuckte er im Schlaf und wieder entfuhr ihm ein leises Wimmern. Ganz sachte öffnete der fremde Besucher die Boxentür und ging gleich darauf in die Hocke. Jede Bewegung war seit Wochen einstudiert, jeder Handgriff saß. Schon nach wenigen Sekunden hatte das Pferd die Augen geöffnet und kurz den Kopf gehoben. Doch da war die Spritze schon in das glänzende Fell des edlen Tieres gedrungen und ihr Inhalt kurz darauf in seinen Blutkreislauf geströmt.

Gonzales blieb ruhig. Der Fremde kraulte dem Pferd kurz den Hals und wandte sich dann dem Jungen zu, der nun tief und fest schlief. So sollte es auch bleiben. Der Fremde zog eine kleinere Spritze aus der Jackentasche, überprüfte sie kurz gegen das schwache Licht und setzte sie dem Jungen an den nackten Oberarm. Danach atmete er durch und wischte sich unter der Strumpfmaske die schwitzende Stirn ab.

Nun musste er zwar immer noch vorsichtig vorgehen, auch um die anderen Tiere nicht aufzuschrecken, aber die größte Anspannung war vorbei. Der Eindringling stand auf und überprüfte den Inhalt seiner Umhängetasche. Er hatte nun alle Zeit, die er brauchte, um sein Werk zu vollenden.

70

Am Donnerstagmorgen herrschte in der Garda-Zentrale rege Betriebsamkeit. Die Hektik der Galway Races hatte irgendwie auch Einzug ins Hauptrevier der Stadt gehalten. Rory hatte Grace über die Vorkommnisse bei den Races am Vortag genaustens informiert, sein Versagen, was Riordan betraf, mit eingeschlossen. Betrübt saß er auf dem Stuhl bei ihr im Zimmer.

»Ich war einen Moment abgelenkt, da gibt es keine Entschuldigung, aber, Grace, ich war völlig perplex, das sag ich dir.«

Sie nickte verständnisvoll.

»Natürlich war Riordan sofort über alle Berge. Dabei hatte er mich zuerst noch für Ronan gehalten! Wäre ich doch weiter darauf eingegangen, zum Teufel!«

»Und wer hat die Durchsage bestellt?« Abwartend schaute sie von ihrem Pad auf und ihm direkt ins Gesicht.

»Ich hab mit dem Typen gesprochen, der die Durchsagen macht. Der saß gar nicht weit von uns, direkt neben dem Champagnerzelt. Er meinte, dass es eine Frau war, mehr ist ihm in dem fürchterlichen Gedränge, das da herrschte, nicht im Gedächtnis geblieben. Und dass sie keinen Hut trug.«

»Und grün gekleidet war.«

Rory nickte und blickte weiter zu Boden wie ein Schuljunge, der sich schämte.

Grace stand mit verschränkten Armen am offenen Fenster, ihm zugewandt. Draußen strahlte die Sonne von einem kobaltblauen Himmel.

»Okay, diese Beschreibung könnte sowohl auf Phoebe als auch auf Dixi zutreffen, die, wie du angibst, auch beide in der Nähe waren.«

»Dixi hatte einen ihrer Hüte auf«, widersprach Rory. »Ein riesiges Teil. Es war nicht zu übersehen.«

Grace lächelte und ließ sich auf ihren Sessel sinken. »Hüte kann man abnehmen.«

Einen Sombrero irgendwo unbeobachtet abzulegen, sei aber nicht so einfach, stellte Rory fest.

Grace schlug vor, dem Mann von der Durchsage Fotos von beiden Frauen vorzulegen. Rory nickte zustimmend und bekritzelte einen seiner winzigen Zettel.

»Ich hab gerade mit Pattie Burke telefoniert und mit einer Mary Walsh auf Inis Meáin. Kannst du ihre Aussagen bitte rasch überprüfen? Ich hab dir meine Notizen rübergemailt.«

Rory stand etwas umständlich auf und zögerte dann. »Mach ich gerne, Grace, aber was ist, wenn Byrne merkt …?«

Sie unterbrach ihn scharf. »Überlass das mir. Ich war gestern Abend vor Ronans Haus und hab ihn dort gesehen. Auch wenn sie wirklich nur Poker spielen und nichts Illegales treiben, macht sich so was überhaupt nicht gut.« Ihr Gesicht spiegelte eine Mischung aus Wut und Genugtuung. Diese Karte konnte sie spielen, wenn es notwendig würde.

»Darüber müssen wir uns noch mal in Ruhe unterhalten, Rory, ich brauche jetzt dringend die Informationen.« Sie warf einen gehetzten Blick auf ihre Armbanduhr. »Und spätestens um zwölf fahren wir beide zur Rennbahn raus. In Ordnung?«

Rory schmunzelte und verließ den Raum. Da trommelte wieder ihr Handy. Diesmal meldete sich eine junge Frau namens Kerry.

»Kerry? Ich weiß im Moment nicht …«

Es war die Hausangestellte auf dem Gestüt in Cong. Grace erinnerte sich an die fröhliche Person, die nun ins Telefon schluchzte. »Was ist denn passiert, um Gottes willen?«

In diesem Moment wurde die Tür aufgerissen und Kevin

Day stand im Raum. Aufmerksam beobachtete er seine Vorgesetzte, die aufgeregt in ihr Handy sprach.

»Haben Sie schon den Notarzt informiert?« Grace fuhr sich angestrengt durch ihre Haare. »Gut. Dann ist er ja schon auf dem Weg ins Krankenhaus hier in Galway. Bestens.«

Day nahm auf dem Stuhl vor ihrem Schreibtisch Platz und schlug die Beine übereinander. Dabei schaute er sich um. Grace machte das nervös, aber sie versuchte, es sich nicht anmerken zu lassen. Außerdem hasste sie es, wenn jemand in Hörweite war, wenn sie telefonierte. Es war für ihr Empfinden ein Eingriff in ihre Privatsphäre, auch wenn es sich um ein Dienstgespräch handelte.

»Und das Pferd? Wie geht es dem Pferd?«

Nun entstand eine Pause, in der Day sie eindringlich anstarrte. Machte er das aus Kalkül? Schließlich drehte sie ihm den Rücken zu.

»Merkwürdig. Aber, wenn Sie es sagen. Ja, wir schicken umgehend jemanden zu Ihnen ins Gestüt, bitte richten Sie das auch Dr. Swank aus. Sie kann mich jederzeit auf dem Handy erreichen. Vielen Dank.« Damit beendete sie das Gespräch, drehte sich wieder zu Day um und stand unschlüssig auf.

»Was ist denn passiert?« Nun runzelte er die Stirn.

Grace setzte sich rasch wieder, sie war, wie es schien, verwirrt.

»Sie haben heute Morgen den Stalljungen Paul bewusstlos bei Gonzales in der Box gefunden. Er hat wohl schon länger bei dem Pferd geschlafen, um es zu beschützen, obwohl man es ihm verboten hat. Aber er scheint nur betäubt gewesen zu sein, vorübergehend ausgeschaltet. Jetzt ist er bereits auf dem Weg ins Krankenhaus. Wir müssen umgehend jemanden dort hinschicken, um den Jungen zu bewachen und um ihn, sobald es geht, zu verhören.«

»Und wie geht es dem …?«

Sie ließ ihn nicht ausreden. »Gonzales geht es gut. Keine Schramme, nichts. Dr. Swank hat ihn gründlich untersucht und er ist auf dem Weg zum Rennplatz. Vielleicht ist er auch schon dort angekommen. Ergibt das alles einen Sinn?« Ihre Stimme drückte Ratlosigkeit aus.

»Für mich nicht.«

Grace stand auf. »Fährst du bitte ins Krankenhaus?«

Kevin schien mittlerweile zu wissen, dass ein Protest zwecklos war, und erhob sich.

»Aber vorher kümmerst du dich um Fitz«, fügte sie noch hinzu.

Kevin Day zog die Augenbrauen hoch. »Fitz? Wissen wir denn, wo er ist?« Der Inspector klang ehrlich verblüfft und nicht sarkastisch, wie er es sonst gerne war.

»Wir tappen immer noch ziemlich im Dunkeln, aber ich könnte mir vorstellen, dass er von Kosters bewacht wird, bis die Rennen vorbei sind. Ich hab dir eben per SMS eine Adresse geschickt. Es ist der einzige Ort, der mir im Moment noch einfällt. Du fährst selbstverständlich nicht alleine dorthin, und ich muss zur Rennbahn.«

Day nickte, hatte aber offenbar noch etwas anderes auf dem Herzen. »Die Resultate der chemischen Analyse von dem Zeug, das wir bei Nolan gefunden haben, lassen vermuten, dass die Wirkung des Stoffes erst mit zeitlicher Verzögerung einsetzt, ein Depot sozusagen …«

»Kevin, entschuldige, aber ich muss jetzt wirklich los.«

Es hatte wohl ein paar Sekunden gedauert, bis er es begriffen hatte – er sollte Fitz finden und befreien. Sein eben noch mürrischer Ausdruck war innerhalb eines wachen Moments wie weggewischt.

»Wie sicher bist du dir, dass er tatsächlich dort ist?«

Sie neigte den Kopf. »Gar nicht sicher, wenn du es genau wissen willst. Ich bin nur alle Möglichkeiten durchgegangen, und da es nicht viele gibt, habe ich die gewählt, die am plausibelsten ist. Es ist im Grunde ein Lotteriespiel. Ich brauche so schnell wie möglich deine Rückmeldung.«

Er dachte nach und hatte die Lesebrille aus der Jackentasche gezogen, um mit ihr zu spielen.

»Ich verlasse mich auf dich, Kevin. Wenn er da ist, wirst du ihn rausholen.«

Ohne ihm einen weiteren Blick zu schenken, schob Grace sich an ihm vorbei zur Tür und hielt sie ihm auf. Es war wieder eine Art von Rauswurf. Doch er hatte die Friedenspfeife offenbar erkannt und angenommen. Der Kommissar fischte sein Handy aus der Hosentasche, und während er nach Graces Nachricht darauf suchte, schlenderte er betont locker den Korridor hinunter. Am Ende drehte er sich noch einmal zu Grace um und warf ihr ein zufriedenes Lächeln zu. Sie fing es auf und schloss ihre Tür.

71

Grace trug tatsächlich »Blut auf der Rennbahn« auf dem Kopf.

Sie waren kurz bei ihr zu Hause vorbeigefahren und sie hatte sich in ein schlichtes schwarzes Kleid geworfen, die Haare hochgesteckt und den Hut aufgesetzt. Wie immer war sie nur sehr dezent geschminkt. Als sie wieder in den Wagen stieg, weiteten sich Rorys Augen vor Erstaunen und schierer Bewunderung.

»Mein Gott, Grace, du siehst ja fantastisch aus! Pass auf, dass sie dich nicht zur bestangezogenen Lady auf der Rennbahn küren!«

Sie warf ihm einen leicht irritierten Blick zu. »Warum sollten sie einen solchen Schwachsinn machen?«

Rory wurde sehr lebhaft, wie es seine Art war. »Das sollte kein Witz sein. So einen Wettbewerb gibt es tatsächlich! Am Ladies' Day sind jedes Jahr Scouts auf der Rennbahn unterwegs, und wer im Styling überzeugt, den schleppen sie ins Modezelt und legen ihm Handschellen an. Glaub nicht, dass ich dann komme und dich auslöse. Wer auch immer ist mein Zeuge.« Er deutete mit dem Daumen kurz nach oben.

Sie schaute ihn von der Seite an und grinste. »Aber ich brauche heute deine Hilfe, Rory! Ich könnte wetten, dass es beim Rennen zu einer Festnahme kommt, mein Lieber, und dabei geht es auch um eine Lady. Wie du schon sagtest – heute ist Ladies' Day!«

Rory suchte einen Moment lang nach Worten. Sie waren gerade auf die Straße zur Rennbahn abgebogen und steckten prompt im Stau. Rory rutschte unruhig auf dem Beifahrersitz herum.

»Sind wir so weit, Grace?«

Sie nickte. »Ich warte nur noch auf die Ergebnisse deiner Recherche. Dann setze ich sie schachmatt.«

»Du weißt, ich hab für unsere gute Sache alle meine Verbindungen spielen lassen, aber es dauert noch etwas.« Er grinste sie an. »Und es war wirklich nicht leicht, die Liste sämtlicher Anwälte von Mayo nach Vornamen zu überprüfen. Dabei heißt keiner von denen Gavin. Aber glaub mir, wir werden in den nächsten zwei Stunden etwas in der Hand haben. Da bin ich mir absolut sicher. Wohin hast du Kevin entsorgt?«

Sie lächelte versonnen und erzählte es ihm. Dann steckte sie den Kopf mit dem edlen Hut aus dem Seitenfenster, um nachzusehen, ob irgendein Kollege in der Nähe war, der sie aus dem Stau herauslotsen könnte.

Schließlich drehte sie sich zu Rory zurück und lächelte ihn an. Er strahlte.

»Grace, du siehst heute wirklich bezaubernd aus. Du

wirst diesen Wettbewerb sicher gewinnen. Dabei hast du ja eigentlich recht. Mrs Coyne hält ihn ebenfalls für ausgemachten Unsinn und würde sich nie und nimmer nominieren lassen, obwohl man offenbar hübsche kleine und bisweilen auch nützliche Geschenke von den Sponsoren erhält. Aber du siehst aus wie …« Ihm fehlten die Worte, was selten vorkam. Dann fiel es ihm ein. »Du siehst aus wie eine Siegerin!«

»Aber Rory, ich spiele doch gar nicht mit.«

»Bist du dir da so sicher?«

72

Sie erreichten die Rennbahn, kurz bevor auch Gonzales in der Showmanege herumgeführt und vorgestellt wurde. Die Atmosphäre war, wie Rory feststellte, noch brodelnder, noch aufgeheizter als am Tag zuvor, und der Ladies' Day, der wichtigste Tag in der Woche der Galway Races, machte seinem Namen alle Ehre. Überall sah man Frauen jeder Altersklasse, die anmutig, klassisch, schick, modisch, dezent, elegant, gewagt bis abenteuerlich gekleidet waren. Das Accessoire jedoch, auf das es eigentlich ankam, war der Hut.

Rory schaute sich um. »Gott, was für Menschenmassen! Wollen wir rüber zu den Ställen? Ich ruf mal Dr. Swank an.«

Grace nickte und ließ ihren Blick über die Zelte, Markisen, Bierbuden und Imbissstände schweifen. Rechts von ihnen war die Buchmachermeile, weiter hinten befanden sich die elektronischen Wettannahmen, wo sich lange Schlangen gebildet hatten.

»Ist Kitty da mit deinen Töchtern?«, fragte Grace und steuerte den Vorführplatz an.

Rory bemühte sich, mit ihr Schritt zu halten und sich nicht von den vielen Menschen abdrängen zulassen. »Sicher. Die Races sind für uns alle schon immer ein Muss, obwohl wir nicht zum Glücksspiel neigen, wie du weißt«, setzte er hinzu. »Sie haben Plätze im Millennium-Stand. Ich schau später mal bei ihnen vorbei, falls wir Zeit haben.« Er warf einen Blick auf sein vibrierendes Handy. »Swank erwartet uns.«

Rory dirigierte Grace nach links und schob sie sanft vor sich her.

»Haben wir immer noch keine Antwort auf deine Anfragen?« Grace klang ungeduldig.

»Was sagst du?« Er war stehen geblieben und schnaufte etwas.

In den letzten Jahren, so hatte er ihr auf dem Weg hierher erzählt, hatte es in der Rennwoche immer reichlich geregnet. An diesem Tag strahlte die Sonne vom Himmel und das Thermometer war, wie vorausgesagt, auf knapp dreißig Grad geklettert. Eine ungewöhnliche Hitze für Galway. Rory tupfte sich mit einem Taschentuch die Stirn ab. In dem Moment kamen ein Mann mittleren Alters in einem schicken grauen Dreireiher und eine junge Frau in kurzem Kleidchen auf Grace zugestürmt und sprachen sie an. Grace war verunsichert, kämpfte sich dann aber den Weg frei. Die beiden folgten ihr wie Kletten. Der Mann hatte bereits seinen Fotoapparat gezückt, um ungefragt ein Foto von ihr zu schießen.

»Was soll das, bitte?«, fuhr sie die beiden schließlich an und legte ihre Hand sehr bestimmt auf den Apparat, während der Mann sie verblüfft anstarrte. Die beiden eröffneten ihr, dass sie Scouts für den »Best Dressed Lady«-Wettbewerb seien und sie gerne einladen wollten, sie ins Modezelt zu begleiten. Grace musste lachen und die zwei, die verwundert und auch ein wenig alarmiert geschaut hatten, entspannten sich. Sie zückte ihren Dienstausweis.

»Ich bin dienstlich hier und nun entschuldigen Sie mich bitte, ich will Sie ja nicht festnehmen wegen Behinderung der Staatsgewalt.«

Rory war nun auch wieder zu ihnen gestoßen und grinste. »Sag ich doch, Grace, ich habe es gewusst! Du siehst umwerfend aus.«

Die beiden Scouts nickten begeistert. »Wirklich, allein schon der Hut – dass Garda so etwas trägt, ist sensationell«, sprudelte das junge Mädchen hervor.

Das brachte Grace auf eine Idee. »Sagen Sie, wissen Sie eigentlich, von wem der Hut stammt?«

Der Mann im grauen Anzug ließ schon wieder den Blick über die Damenwelt schweifen und war bereits abgelenkt.

»Klar doch«, antwortete die junge Frau selbstsicher. »Das ist Dixi O'Haras Handschrift. Hab ich recht?«

Grace nickte. »Haben Sie sie heute schon gesehen? Hier müssen ja viele Frauen mit ihren Modellen unterwegs sein.«

»Und ob! Ich habe sie tatsächlich vor nicht allzu langer Zeit gesehen. Wo war das nur?« Sie hatte die Stirn gerunzelt und schien scharf nachzudenken. »Ja, im Modezelt, etwa vor einer Viertelstunde. Da hat sie einen Hut repariert.«

Grace nickte zufrieden. »Danke.«

Sie und Rory zogen weiter in Richtung der Ställe. Eine Durchsage kündigte die Pferde an, die mit Gonzales für den Hurdle antraten, das Hauptrennen des Tages.

»Da drüben!« Sie passierten eine Sicherheitskontrolle, die aus zwei dunkelgrün gekleideten Security-Männern bestand. Sie verglichen eifrig ihre Wetteinsätze, anstatt die beiden Guards zu kontrollieren, von denen nur einer in Uniform war. Die Männer schauten lediglich kurz auf und winkten sie durch.

»So viel zum Thema Sicherheit. Die wertvollen Tiere

sollten wirklich besser geschützt sein!«, flüsterte Rory seiner Chefin zu.

Schon von Weitem erkannten sie Phoebe Swank, die mit Murray Finnegan und Jim O'Malley mitten in der kleinen Arena unter einem riesigen Sonnenschirm zusammenstand.

»Alles in Ordnung mit Gonzales?« Grace war mit Rory in die Runde getreten und hatte alle drei mit einem knappen Nicken begrüßt.

»Oh, Grace, schön, dich zu sehen!« Onkel Jim schien sich zu freuen. Er strahlte in seinem stark zerknitterten Sakko.

Konnte dieser Mann sich denn nicht vernünftig kleiden?, ging es Grace durch den Kopf. Sie wich Murrays Blick aus und wollte rasch die Veterinärin beiseitenehmen, als der Politiker auch schon lautstark tönte: »Endlich kann ich euch mal bekanntmachen! Graínne, das ist Murray, mein Patensohn – und das ist meine Nichte, die seit Mai das Morddezernat hier in Galway leitet. Ich hab dir ja schon viel von ihr erzählt.« Jim klang stolz wie ein Vater.

Grace erschien die Situation absurd, aber sie ließ sich nichts anmerken. Auch Murray spielte mit und unterdrückte sichtlich ein Schmunzeln. In diesem Moment erhielt Grace einen Anruf. Sie entschuldigte sich und verschwand im Gang zu den Ställen.

Als sie ein paar Minuten später wieder erschien, lag Erleichterung in ihren Zügen. »Kevin hat gute Arbeit geleistet«, raunte sie Rory unbemerkt zu.

»Ist Fitz in Sicherheit?«

Sie nickte. Jetzt erst merkte sie, wie groß die Last war, die von ihr gefallen war. Sie wollte gerade zu Phoebe Swank zurückkehren, als lauter »Ahs« und »Ohs« über den Platz wehten.

»Du hattest also recht«, erwiderte Rory leise.

»Die Pferde!« Wie bei einem Aufmarsch gefeierter Gladiatoren zogen zwölf Pferde der Reihe nach in die Arena ein und schritten mit den bunt gekleideten Jockeys, die auf ihren glänzenden Rücken saßen, elegant und ziemlich selbstsicher in die Runde. Jedes wurde einzeln angekündigt und manchmal musste man etwas warten, bis das entsprechende Pferd sich herabließ, tatsächlich zu erscheinen. Handys wurden gezückt und Profifotografen setzten sich eilig in Bewegung, um die edlen Vollblüter abzulichten.

Es roch in der brennenden Sonne nach Aufregung, Gras und ganz schwach nach Grillwürstchen, die ein Stück weiter unter dem blauen Himmel auf offenem Feuer gebrutzelt wurden. Gott, so schien es wohl jedem Besucher auf der Rennbahn, musste an diesem Tag ein Galwegian sein.

»Da ist er!«

Der schwarze Hengst tänzelte kokett, bevor er sich in den Zug der Konkurrenten einreihte. Francis Doherty trug ein blau-grün gestreiftes Trikot und hielt die Zügel straff. Er hatte die Augen fast ganz zugekniffen, wahrscheinlich um sich gegen die blendende Sonne zu schützen. Applaus brandete auf, als Gonzales vorbeigeführt wurde. Die Zuschauer stießen einander an und tuschelten. Grace merkte, wie er die Nüstern blähte und ein leichtes Zittern von seinem Rücken in die Flanken überging. Sie drehte sich zur Veterinärin um, die an diesem Tag ein schlichtes grafitfarbenes Kostüm mit einer blauen Seidenbluse trug. Auf ihrem Kopf saß ein schwarzer Panama mit einem dazu passenden blauen Band.

»Ist das normal, dass er so zittert?«

Phoebe Swank wartete einen Augenblick, in dem sie das Pferd noch einmal genau beobachtete, bevor sie der Kommissarin antwortete.

»Ja, schon. Er spannt nur seine Muskeln an. Das hat nichts zu bedeuten.« Ihre Stimme, fand Grace, klang dabei eine Spur besorgter als nötig.

Doherty hatte grüßend die Hand an seine Kappe gelegt und Jim O'Malley winkte ihm enthusiastisch.

»Habt ihr schon gesetzt?« Onkel Jim wedelte mit einem ganzen Packen von Wetttickets.

Grace schaute sich kurz nach Peter um, den sie hier bei der Vorstellung der Pferde erwartet hatte. Doch konnte sie ihn nirgendwo entdecken. Sie musste jetzt das heikle Thema ansprechen und trat etwas näher zur Gruppe.

»Sie wissen ja, dass der Stalljunge heute Morgen bewusstlos neben Gonzales gefunden wurde. Macht Ihnen das keine Angst, dass da etwas ganz und gar nicht stimmt?« Sie hatte ihre Frage an alle drei gerichtet.

Murray antwortete ihr sofort. »Grace, Sie haben völlig recht. Es war ein Schock für uns. Ich habe eben noch im Krankenhaus angerufen und dort erfahren, dass es ihm schon viel besser geht.«

Phoebe Swanks Gesichtsausdruck war ruhig und abgeklärt. Die Frau hatte sich offenbar im Griff. Was spielte sie Grace vor?

»Das ist gut zu hören, Murray, und es gefällt mir, dass Sie sich offenbar für sein Wohlbefinden verantwortlich fühlen, aber das war nicht meine Frage.«

Rory, der neben ihr stand, überlegte offenbar, ob er eingreifen sollte. Er wippte mit den Füßen.

»Sie meinen, dass jemand Gonzales schaden will und Paul dafür vorübergehend ausschalten musste?«

Grace nickte abwartend.

»Ja, das läge nahe. Auch vor dem Hintergrund, dass sich das Tier vor ein paar Tagen so ungewöhnlich verhalten hat.« Graces Blick kreuzte den der Veterinärin.

»Aber glauben Sie mir, ich habe ihn noch einmal gründlich untersucht, zuletzt hier in der Box, und ich hab wirklich nichts Auffälliges gefunden.«

Nun klang Phoebe doch eine Spur aufgeregter als sonst.

Wieder glaubte Grace, einen Hauch von Besorgnis und Unruhe bei ihr zu entdecken.

»Wie wichtig ist das Rennen?«

Alle drei schwiegen. Schließlich ergriff Onkel Jim das Wort. Dabei legte er seine schwitzige Hand auf den Oberarm seiner Nichte.

»Es ist sehr wichtig, Graínne. Gonzales muss laufen und er muss gewinnen. Er *wird* gewinnen. Wir stecken ... äh ... in Verhandlungen, die eigentlich schon abgeschlossen sind.«

Murray warf seinem Patenonkel einen wütenden Blick zu. »Willst du damit sagen, dass Gonzales bereits verkauft ist? Und falls er das Hurdle heute gewinnt, für richtig viel Geld?«

Jim O'Malley nickte ungerührt.

»Wieso fragen Sie, Grace?« Nun hatte sich Phoebe wieder zu Wort gemeldet.

Grace schaute sie nachdenklich an. »Weil ich ihn nicht laufen lassen würde, wenn Sie meine Meinung hören wollen. Mir wäre das Risiko zu groß. Aber ich bin ein kompletter Laie, was Rennpferde betrifft. Sie sind die Experten.«

In diesem Moment entdeckte Grace Peter Burke, der mit seiner Mutter am Arm auf sie zusteuerte. »Ach, da kommt ja noch ein Pferdeflüsterer!«, rief sie erfreut.

Phoebe errötete und Grace schloss blitzschnell, dass die Veterinärin Murray und Jim offenbar nicht darüber informiert hatte, als sie Peter den Auftrag erteilte, sich um Gonzales zu kümmern.

Als sie Grace sah, löste sich Pattie vom Arm ihres Sohnes und schoss auf sie zu.

»Graínne, bitte, ich muss dich dringend sprechen. Ich hatte dir schon auf die Box gesprochen.«

Grace blickte ungläubig drein. »Ja, und?« Sie durfte nicht so abweisend klingen.

Pattie nahm sie beiseite, während Peter sich zu der Runde

um die Veterinärin gesellte. Sie waren in den Korridor zwischen Ställen und Arena getreten, der, nachdem die Pferde wieder zurückgeführt worden waren, im Moment fast leer war.

Pattie zog ein paar Ausdrucke aus ihrer teuren Clutch hervor, die sie Grace wortlos reichte. Grace überflog die Schriftstücke und konnte ihre Verblüffung kaum verbergen.

»Wo hast du das her?«, stieß sie fast atemlos hervor. »Ich habe Rory auf genau diese Informationen angesetzt. Und du lieferst sie uns im Handumdrehen, als wär's ein Kinderspiel.«

Pattie lächelte ihr süßes Pattie-Lächeln. »Ach, weißt du, Graínne, Peter und ich haben uns ja in London getroffen und auf dem Rückflug hat er mich richtig in die Zange genommen. Da dachte ich mir, ich bitte einfach meine lieben Kollegen aus der, wie Peter meint, schillernden Welt des Wettspiels um Unterstützung. Und, voilà, hier haben wir, was ihr wissen wolltet. Es hat ein bisschen gedauert, schließlich kommen einige der Informationen auch von richtig weit her …« Sie lächelte spitzbübisch. »Es gibt da einen ganz speziellen Kollegen auf dem Balkan, der mir noch einen Gefallen schuldig war, und der verfügt über eine ganze Menge Kontakte. Und wenn man genau weiß, wonach man sucht, dann … eine Hand wäscht die andere, Gefallen und Gefälligkeiten, das gehört zusammen, aber das weißt du ja, Graínne, oder?«

Die nächste Durchsage ertönte. Das große Hurdle wurde angekündigt. Murray, Jim und Phoebe machten sich auf den Weg in Richtung Tribüne. Peter, der wenig entfernt auf der anderen Seite des Platzes stand, winkte Grace und seiner Mutter zu. Doch Rory rannte plötzlich in Richtung der Buchmachermeile davon.

»Da will wohl noch jemand eine Wette setzen«, mutmaßte Pattie schmunzelnd.

Dann griff sie nach ihrer Liberty-Stola, warf sie sich über die Schulter und wanderte erhobenen Hauptes in Richtung Rennbahn davon. Sie trug, das fiel Grace auf einmal auf, keinen Hut.

»Danke!«, rief Grace ihr noch hinterher. Das war's, jetzt war sie sich absolut sicher.

Sie hatte Kevin Day gerade per Handy informiert, als Rory schwitzend wieder neben ihr auftauchte.

»Ronan sagt, dass sich die Einsätze überschlagen, wegen Gonzales. Die Quoten rutschen hoch und runter. Interessanterweise ist man im Online-Bereich gegen ihn.«

»Wie bitte?«

Rory zog sie mit sich zur Rennbahn. »Na, das sind eben Wechselwetten. Da wettest du gegen jemanden. Und wenn der sagt, er gewinnt, sagst du, er gewinnt nicht. Diese Wetten sind die reinsten Gelddruckmaschinen. Wer da mitmischt, hat ausgesorgt. Wir müssen uns beeilen, Grace, ich will das Rennen auf keinen Fall verpassen.«

Sie erreichten den Killanin-Stand innerhalb einer Minute und verschafften sich rasch Zutritt zum VIP-Bereich. Auf der gegenüberliegenden Seite der Rennbahn standen die Pferde schon in den Startboxen. Die Zuschauer fieberten dem Wettkampf entgegen, unterhielten sich angeregt und lautstark, aber sie saßen noch auf ihren Plätzen. Die ganze Atmosphäre wirkte aufgeladen. Die Menschen, so schien es Grace, waren wie durch ein unsichtbares Band der Erwartung und des Nervenkitzels auf unlösbare Weise miteinander verbunden.

Grace ließ ihren Blick über die Reihen der Tribüne schweifen. Da fiel der Startschuss. Die Pferde rasten los und steuerten das erste Hindernis an. Danach ging eine Gruppe von drei Pferden mit einem knappen Vorsprung in Führung, darunter Gonzales.

Jetzt entdeckte Grace Dixi auf der Tribüne, ein paar Reihen vor sich. Wie schon beim Connacht-Finale verfolgte sie mit einem Fernglas den Wettkampf. Sie beobachtete offenbar die Spitzentruppe.

Die Pferde bogen um die Kurve und galoppierten jetzt auf der langen Geraden. Als sie an ihnen vorbeischossen, spornten einige begeisterte Zuschauer sie mit lautem Gebrüll an. Rory stieß Grace an und deutete nach unten an die Bande. Dort lehnte Padraic Riordan, ebenfalls mit einem Fernglas ausgestattet.

»Sollen wir uns den schnappen?«

Grace nickte. »Aber nicht wir allein. Ich ruf Verstärkung. Die Kollegen sind da drüben und du gehst mit ihnen zusammen hin. Lass dich nicht wieder ablenken!«

Sie griff zum Handy und gab schnell präzise Instruktionen. Dann nickte sie Rory zu, der sofort die Treppen hinunterkletterte, während die zwei Guards am anderen Ende ebenfalls nach unten stiegen. Grace sah wieder zu den Pferden. Die befanden sich nach weiteren Hindernissen wieder auf der gegenüberliegenden Seite, von wo aus sie gestartet waren. Gonzales lag leicht in Führung, dicht gefolgt von einem Fuchs, der Tarantella hieß, wie der Stadionsprecher eben verkündete. Nun erhoben sich alle vor Aufregung von den Sitzen.

Grace stand ebenfalls auf und schob sich langsam in Dixis Richtung. Eine weitere Hürde und ein Pferd strauchelte. Ein Raunen ging durch die Menge. Das Pferd, ein Schimmel, war gestürzt und mit ihm der Jockey, doch beide rappelten sich wieder auf. Die Pferde bogen mit ihren Jockeys um die letzte Kurve und jagten auf die Zielgerade zu. Die Menschenmenge auf den Tribünen wogte hin und her, jauchzte und grölte. Sie schrien aus voller Kehle. Die Jockeys standen in den Steigbügeln und versuchten die allerletzte Kraftreserve aus den Tieren herauszuholen. Grace war nur noch knapp hinter Dixi. Die Hutmacherin hielt nach wie vor gebannt das Fernglas vor die Augen. Auch sie war aufgestanden, um besser sehen zu können. Grace versuchte so diskret wie möglich ihre Waffe zu ziehen, was ihr auch gelang, denn niemand achtete auf sie. Alle Augen waren auf das Ziel genau vor ihnen gerichtet und Gonzales hetzte knapp vor Tarantella auf das Zielband zu. Da passierte es. Gonzales stürzte. Einfach so, ohne ein Hindernis. Er brach in sich zusammen und Doherty wurde aus dem Sattel geschleudert.

Grace drückte Dixi die Pistole in den Rücken. »Du bleibst ganz einfach stehen, Dixi. Wir brauchen kein Aufsehen.« Sie hatte es geflüstert.

Die Menge schrie vor Entsetzen. Dixi drehte sich langsam um und lächelte sie freundlich, beinahe weise an. »Du meinst, das Spiel ist jetzt aus?«

Grace nickte. Der Aufschrei aus Tausenden Kehlen erstarb, während der Vollblüter unten auf der Rennbahn seinen Kampf gegen den Tod verlor. Er lag auf dem Rücken und seine Glieder zuckten, Doherty hatte sich neben ihn gekniet. Er streichelte den Körper des Tieres. Kurz darauf regte es sich nicht mehr.

»Aber das war es wert, glaub mir, Grace. Jede einzelne Sekunde.«

73

Sie waren zu zweit im großen Verhörraum in der Zentrale. Grace hatte die Beine übereinandergeschlagen und sich mit halb geschlossenen Augen zurückgelehnt. Den Hut hatte sie abgenommen und neben sich auf den Tisch gelegt. Dixi saß ihr gegenüber. Seit ihrer Festnahme auf der Rennbahn waren knapp zwei Stunden vergangen. Grace, Rory und

Kevin Day hatten sich rasch über das weitere Vorgehen verständigt. Rory würde in der Zwischenzeit Padraic Riordan verhören, Day Rick Kosters. Danach würde man sich wieder treffen und die Ergebnisse miteinander vergleichen. Grace war überrascht gewesen, dass Day sich so freundlich und kooperativ gezeigt hatte, und Rory hatte fast ein wenig eifersüchtig gewirkt.

Nun saß Grace ihrer potenziellen besten Freundin gegenüber und fixierte sie. Das hier war nicht einfach für sie und ihr Gegenüber schien es zu spüren. Dixi wich ihrem Blick nicht aus. Sie lächelte wieder entspannt.

Nach scheinbar endlosen Sekunden beugte Grace sich ein wenig vor und schob die Flasche mit dem Mineralwasser näher zu ihr hin.

»Dixi, erzähl mir die ganze Geschichte.«

Die Hutmacherin bediente sich und trank zunächst einen Schluck, bevor sie wieder aufschaute. »Es hat mich einfach gereizt. Der Nervenkitzel, der Einsatz, das Risiko. Das ganze Spiel.« Wieder spielte dieses leicht rätselhafte Lächeln um ihren Mund.

»Und das Geld?«

»Ach, das Geld. Sicher. Das hab ich ganz vergessen. Es hat mir meine künstlerischen Freiheiten ermöglicht. Meine kleinen Dependancen überall da, wo es schick und teuer ist. Aber das war sekundär, glaub mir.«

Das glaubte ihr Grace sofort. Obwohl ihr Dixis Nähe nicht angenehm war, rückte sie, ohne dass sie es merkte, ein Stück näher an den Tisch heran, der zwischen ihnen stand. »Was kam denn zuerst? Ei oder Huhn?«

Grace war wirklich interessiert. Das war kein Routinefall. Kein Fall mit einem der fünf Grundmotive, aus denen Kapitalverbrechen laut Untersuchungen von Psychologen in der Regel begangen wurden: Rache, Macht, Gier, Eifersucht oder Vertuschung. Eins der fünf ist es fast immer, manchmal Kombinationen aus mehreren. Nein, es war einer der seltenen Kriminalfälle, bei der Kunst im Spiel war, dazu hohe Intelligenz.

»Du meinst, ob ich zuerst meine Hüte in die Halbwelt verkauft und dadurch die Wettszene und ihre Möglichkeiten kennengelernt habe? Oder ob es umgekehrt war? Ob mir meine spielerischen Ambitionen und das ganze Geld den Durchbruch bei der Haute Couture verschafft haben?«

Grace schwieg abwartend.

»Ist das wirklich von Bedeutung, Grace? Ich glaube nicht. Du könntest mich genauso fragen, warum ich bei meinem Erfolg überhaupt in unserem kleinen Galway geblieben bin. Mit meinem zauberhaften, ziemlich unprofessionellen Atelier an den nicht gerade eleganten Docks und mit meinem originellen, aber völlig unrentablen Marktstand am Samstag.«

»Warum bist du denn geblieben?«

»Weil ich mir hier meine Identität aufgebaut habe. Ich bin die Hutmacherin Dixi mit den verrückten Klamotten und den schrägen Kopfbedeckungen. Mit dem Schloss aus schillernden Perlen. Dixi, der bunte Hund, den hier alle kennen. Die so auffällig ist, dass man gar nicht auf den Gedanken kommt, dass da noch etwas anderes existiert.« Nun war ihr Lächeln eindeutig selbstverliebt.

»Als Mitarbeiterin der internationalen Wettmafia, zuständig für Irland, hast du dir die perfekte Maske zugelegt. Denn was ist unauffälliger als das Auffällige? Aber irgendwann reichte dir dieser Schutz nicht mehr. Das war wohl der Punkt, als ich ins Spiel kam. Die gute Freundin, die das Morddezernat leitet. Das war sorgfältig geplant und eingefädelt. Du hast mich absichtlich mit dem betäubten Hund der Kosters an der Straße abgepasst. Du wusstest von Fitz, dass ich Hunde liebe, und hattest dafür gesorgt, dass ich an diesem Tag umsonst in Letterfrack war. Der Hund war weder verletzt noch beim Tierarzt gewesen. Der in Oughterard, wo ich dich abgeladen hatte, hatte weder dich noch den Hund jemals gesehen. Das haben wir überprüft.«

Dixi wedelte mit der Hand. »Ach, Grace, das habe ich doch auch gleich zugegeben. Das war, wenn du dich erinnerst, die Option C.«

Grace erinnerte sich genau. »Das Geheimnis der perfekten Tarnung ist, mit der grotesken Wahrheit hausieren zu gehen. Niemand glaubt sie dir.« Sie hätte diesen Trick viel schneller durchschauen müssen.

Sie stand auf, denn sie hatte das Gefühl, sich bewegen zu müssen. Dixi folgte ihr mit dem Blick. Sie trug eine echte rote Rose am Revers ihres Blazers. Sie war leicht verwelkt und ein Blütenblatt war auf die kahle Tischplatte gefallen. Grace hatte einen Moment geschwiegen, richtete jetzt aber ihre ganze Aufmerksamkeit wieder auf die Täterin.

»Es ist das gleiche Prinzip wie das, das du immer gelebt hast: Je auffälliger der Auftritt, desto unsichtbarer wird man dahinter. Für das Grobe hast du dir jedoch jemanden ausgesucht, der genau das Gegenteil war.«

Dixi schenkte ihr einen belustigten Blick. »Du meinst Kosters?« Sie seufzte, als würde sie an etwas besonders Schönes denken. »Ja, der unauffällige Biobauer, an den sich niemand erinnert. Der war ein Glücksfall.«

»Seine Schwester hat dich gehasst. Du hast ihren Lebenstraum zerstört und sie wusste es. Womit hast du die beiden Ökos eigentlich bei der Stange gehalten?«

»Sie waren damals in Schwierigkeiten und ich hab ihnen unter die Arme gegriffen. Damit wurden sie erpressbar. Kordula hat sich zuerst noch gewehrt, dann aber aufgegeben. Ihr Bruder hat da wohl etwas nachgeholfen. Am Ende hat er sich richtig reingehängt und ich hab den beiden eine Menge Geld zur Erweiterung ihres Hofs rübergeschoben, an dem zumindest das Herz der Frau hing. Irgendwann fand er das Ganze dann richtig aufregend. Ihm hat wohl vorher etwas im Leben gefehlt.« Sie kicherte und goss sich noch einen Schluck Wasser ein.

Grace streifte sie mit einem kalten Blick. »So wie Tom Nolan?«

»Nolan? Den hat Rick rekrutiert. Wir brauchten noch einen guten Runner. Und Nolan kannte sich im Wettbusiness aus. Er hatte den Draht zu den Spielern. Den braucht man. Man muss ihre Schwächen kennen und sie ausnutzen. Er war nur für das Gaelic zuständig.«

Dixis Blazer war aus petrolfarbenem Samt und hatte goldene Manschetten. Auf ihren kurzen Haaren thronte ein winziger Zylinder aus staubgrauem Velour mit einer roten Feder. In Graces Augen sah sie aus wie ein böser Zauberer von Oz.

»Und was war mit den Abotüten?«

»Oh, die Tüten! Das war Ricks Idee. Ein unauffälliges Transportmittel für wichtige Informationen und hilfreiche Utensilien. Dem Internet vertrauen wir schon längst nichts mehr an. Das benutzen wir nur, wenn es unbedingt sein muss. Für die Wetten zum Beispiel. Aber für nichts wirklich Kompromittierendes.«

»Warum musste Nolan sterben?«

»Darling, wenn du mich so fragst, weiß ich das nicht einmal mehr so genau.«

Sie rekelte sich auf dem Stuhl und Grace musste sich zusammenreißen. Der zornige Blick, den Grace ihr zuwarf, ließ Dixi jedoch einen Moment lang unsicher werden. Sie richtete sich auf.

»Er wollte sich mit den Ampullen selbstständig machen, um es einmal so zu formulieren. Ins Pferdegeschäft mit einsteigen, das schon von jemand anderem besetzt war. So was sehe ich überhaupt nicht gern. Er wollte auf eigene Rechnung aktiv werden. Versteh mich nicht falsch: Ich schätze eigenständiges Denken – aber kein eigenmächtiges Handeln.«

»Du sprichst von den Ampullen, mit denen ihr Gonzales zuerst sediert und schließlich umgebracht habt?«

Plötzlich schlug Dixi mit voller Wucht mit der Faust auf den Tisch. Sergeant Sheridan, die bis dahin, ohne sich zu rühren, in der Ecke gesessen hatte, schreckte auf und warf Grace einen alarmierten Blick zu. Doch die winkte ab.

»Da hat Riordan einen Fehler gemacht! Das war nicht geplant. Die ungewohnte Hitze hat ihn so belastet, dass es falsch dosiert war. Ich bringe keine wehrlosen Tiere um!« Zum ersten Mal in dem Verhör klang Dixi empört.

»Du warst einmal Krankenschwester. Das heißt, du kennst dich mit Medikamenten aus und weißt, wie man sie verabreicht. Dazu kommen wir später. Was war denn dein Plan?« Sie war nun nahe hinter sie getreten und hatte mit beiden Händen ihre Stuhllehne gepackt.

Dixi zögerte und stellte schließlich den Zylinder vor sich auf den Tisch. Ihre Lippen zuckten nervös. »Verrätst *du* es mir, Grace?« Sie hatte die Worte geflüstert.

Grace überlegte einen Moment. »Du hast mich als Alibi für die Tatzeit am Samstag benutzt. Manches von dem, was du getan hast, war ziemlich clever, zum Beispiel die Sache mit Booty, dem Hund der Kosters. Anderes dagegen war völlig absurd und stümperhaft.«

»Was denn?« Dixis Stimme klang lauernd und Grace ließ die Lehne los, um weiter im geräumigen Verhörraum hin und her zu gehen.

»Das mit Gavin. Als ich dich damals nach deinem Freund fragte, mit dem du dich angeblich gestritten hattest, hast du behauptet, er heiße Gavin und sei Anwalt in Westport. Wenn du den Namen Kevin genommen hättest, hätte ich keine Chance gehabt. Bei den vielen Kevins in Mayo hätte ich niemals herausgefunden, dass du lügst. Aber einen Anwalt, der Gavin heißt, gibt es in ganz Mayo nicht. Das ist ein urenglischer Name aus der Artussage. Das zusammen mit

Booty säte den Keim des Misstrauens in mir, würde mein Kollege Rory Coyne jetzt sagen. Der Rest war Routine.«

Dixi hatte ihren Blick auf die Wand hinter Grace geheftet. Sie schwieg.

»Kommen wir zu Riordan, den du eben schon erwähnt hast. Ich vermute mal, der wäre der Nächste gewesen.«

Dixi schaute verblüfft zu Grace. »Verstehe ich nicht.«

»Er wäre dein nächstes Opfer geworden. Er spielte ein doppeltes Spiel. Mit dir und gleichzeitig gegen dich. Mit mir und gegen Garda. Ganz schön verwirrend für uns, aber auf jeden Fall ziemlich gefährlich für ihn selbst. Ich vermute, dass er ganz froh ist, dass er jetzt bei uns sitzt und die ganze Geschichte überlebt hat. Außer Gonzales hat er ja niemanden umgebracht. Du auch nicht, das ist mir klar. Aber Anstiftung zum Mord in zwei Fällen reicht schon – und natürlich Entführung.«

Sie drückte auf eine Taste vor sich am Tisch, setzte sich wieder und lehnte sich abwartend zurück. Dixi suchte Augenkontakt zu Grace, doch die Kommissarin mied ihren Blick. Sie wollte der vermeintlichen Freundin nicht zeigen, wie verletzt sie war. Diese Frau hatte Grace, die sich in Galway einsam und isoliert gefühlt hatte, ihre Freundschaft angeboten, und Grace hatte sie nach anfänglichem Zögern angenommen. Die Kommissarin fühlte sich benutzt und war zutiefst gekränkt.

Plötzlich ging die Tür auf. Es war Fitz. Er war blass und wirkte müde, aber er schien unversehrt. Kevin Day hatte ihn aus Dixis Haus befreit. Grace war aufgefallen, dass die beiden Kosters-Geschwister für ihre Abotüte unterschiedliche Lieferadressen in der Claddagh genannt hatten. Rick hatte »Claddagh Place« gesagt, seine Schwester »Claddagh Avenue«. Beide Orte lagen zwar nicht unweit voneinander, doch hatte Grace deshalb vermutet, dass Rick gelogen hatte und dass er damals tatsächlich aus Dixis Haus gekommen war. Er musste also einen Schlüssel zu diesem Haus besitzen, weshalb es durchaus ein plausibles Versteck war – und damit lag Grace auch richtig, wie sich herausgestellt hatte.

Grace stand auf, ging auf Fitz zu und umarmte ihn. Erfreut erwiderte er diese Umarmung. Grace merkte, wie spontan herzlich diese Begrüßung gewesen war, und sie war ihr im Nachhinein fast unangenehm. Aber sie hatte sich auch richtig und gut angefühlt. Grace trat einen Schritt zurück. Sergeant Sheridan war bei Fitz' Eintreten kurz aufgestanden und hatte ihm einen Stuhl hingeschoben. Die Kommissarin spürte, wie nervös Dixi durch sein Erscheinen geworden war. Fitz musterte Dixi kühl, zog sich den Stuhl heran und setzte sich. Sie schwiegen, bis Grace schließlich das Wort ergriff.

»Warum habt ihr Fitz entführt und was hattest du mit ihm vor?«

»Nichts.«

»Nichts? Das nehme ich dir nicht ab.«

Dixi fuhr sich mit der Hand über die Stirn. »Ich wollte einfach nicht, dass er mir in die Quere kommt. Ich wollte ihn weghaben. Vorübergehend. Bis die Races vorbei sind.«

»Weshalb?«

»Weshalb? Weil er meinen Beutel mit ein paar Ampullen in der Bar gefunden hat und mich während des Finales danach gefragt hat. Er ist schließlich Mediziner und kann zwei und zwei zusammenzählen.«

»Warum bis zu den Races? Was wäre danach anders gewesen?«

Dixi zögerte, während Fitz sie eindringlich anstarrte. Schließlich zuckte sie missmutig mit den Schultern.

»Dachtest du, dass er sich nach den Rennen vielleicht nicht mehr daran erinnert? Das ist doch Unsinn.«

Fitz räusperte sich, nachdem immer noch keine Antwort von Dixi gekommen war. »Vermutlich dachte sie, ihr wäre bis dahin etwas eingefallen. Wie sie mich ausschalten könnte.«

Grace überlegte. Bei der Manipulation mit Gonzales stand für Dixi viel zu viel auf dem Spiel. Den Deal musste sie zunächst erfolgreich abschließen, um danach zu handeln. Das erschien Grace plausibel.

»Fitz, bitte, woran kannst du dich erinnern?«

Er sprach zögerlich, als sei er sich nicht ganz sicher. »Nach dem Gaelic bestellte sie Cullen offenbar unter einem Vorwand auf den Parkplatz. Mir schickte sie, als ich auf dem Weg zu dir war, Riordan hinterher. Riordan war gar nicht im Stadion, er lockte mich raus zum Pub. Schließlich bat er mich, zum Parkplatz zu gehen, und behauptete, dass du dort gleich auftauchen würdest. Ich wusste ja, dass ihr euch kennt und du ihn sprechen wolltest. Daher gehorchte ich ihm arglos. Ich wartete auf dem Parkplatz. Und als ich dann doch zu zweifeln begann, nahm ich das Handy, um dir eine SMS zu schicken. Da entdeckte ich plötzlich Cullen und aus einer Eingebung heraus filmte ich ihn. Dann fiel ein Schuss und wenig später wurde ich betäubt. Ab diesem Zeitpunkt kann ich mich an nichts mehr erinnern ... Bis mich die Schwester des Deutschen aus meinem Gefängnis befreien wollte.«

Grace legte ihm sanft die Hand auf die Schulter. Er schaute hoch und ihre Blicke trafen sich kurz. Fitz sah erschöpft aus.

Es klopfte und Rory kam herein, gefolgt von Kevin Day. Rory klopfte Fitz kameradschaftlich auf den Rücken. Dann ließ er seinen Blick über alle Anwesenden schweifen und hielt schließlich bei Grace an.

Seine Augen schauten sie forschend und besorgt an. Ahnte er, was in ihr vorging?

»Können wir, Grace?«

Sie nickte und gab Sheridan ein Zeichen, Dixi abzuführen. Da fiel ihr Blick auf den purpurroten Hut auf dem Tisch.

Sie nahm ihn in beide Hände und drehte ihn vor ihren Augen.

»Blut auf der Rennbahn. Zu viel Blut«, flüsterte sie und legte ihn wieder zurück. Dann folgte sie den anderen.

74

»Wie geht es dir, Grace?«

Daras Stimme wirkte beruhigend auf sie. Ihr Bruder hatte sie spät am Abend aus Dalkey angerufen.

»Schön, dass du dich meldest. Ich war in den letzten Wochen total überlastet.«

»Wir haben es ja aus dem Fernsehen und den Zeitungen erfahren. Muss ganz schön was los gewesen sein bei euch.«

»Ja.« Sie strich sich die Haare hinter die Ohren. »Ich hab das Gefühl, ich brauche dringend mal Urlaub.«

»Mach das, Grace.« In der Stimme ihres älteren Bruders lag Zärtlichkeit.

»Ich habe vor, vielleicht mal nach Achill Island zu fahren und nach dem Haus zu sehen.«

»Äh.«

Daras »Ähs« … Sie wusste, dass ihn das überraschen würde. »Dara?«

»Sag mal, der Trainer von Galway, Sir John, warum hat man den eigentlich umgebracht? Das wurde in der Berichterstattung gar nicht erwähnt.«

Ihr Bruder beherrschte die irische Variante der Ablenkung in Perfektion.

»Er war seit einiger Zeit in die Spielmanipulationen involviert, denn er wusste, welche Spieler erpressbar waren und welche nicht. Er war ein Zocker, wie er im Buche steht, und hatte immense Schulden. Deshalb forderte er über Rick Kosters bei O'Hara immer mehr Schweigegeld.«

Es herrschte ein paar Sekunden lang Stille in der Leitung.

»Bist du noch dran, Dara?«

»Ja, klar. Und McGuinness, der Manager, den habt ihr doch auch mal verdächtigt, oder?«

»Der hatte rein gar nichts mit dem Mord zu tun. Dem wollten sie nur die Mordwaffe unterjubeln. Allerdings war er wohl Cullen gegenüber misstrauisch geworden und hatte vor, hart durchzugreifen. – Dara, wir müssen uns wirklich mal zusammensetzen ...«

»Und was ist jetzt mit Riordan?«

Grace empfand eine Mischung aus Ungeduld und Amüsiertheit. Ihr Bruder gab sich erstaunliche Mühe, ihrem Thema aus dem Weg zu gehen. Sie würde noch eine Weile mitspielen, entschied sie.

»Er steht unter Anklage. Nicht für die zwei Morde – die hat der Biobauer Rick Kosters ausgeführt, im Auftrag von Dixi O'Hara. Aber wegen Tierquälerei mit tödlichem Ausgang und illegalem Besitz von Dopingmitteln.«

»Er hat das Pferd gedopt?«

Grace lachte. »Nein, nicht direkt. Er wollte mit den bei uns nicht gebräuchlichen Medikamenten verhindern, dass es in Topform beim Rennen aufläuft. Aus Wettkalkül. Dass es an diesem Tag dann so unerwartet heiß war, trug wohl zum Kollaps des Tieres bei. Das meint zumindest die behandelnde Veterinärin.«

»Stand die nicht auch unter Verdacht?«

Grace überlegte und ließ sich auf ihren neuen purpurnen Sessel fallen. Ja, sie hatte Phoebe Swank eine Zeitlang misstraut und sie durchaus für fähig gehalten, ihre Finger im Spiel zu haben. Dieses Thema war ihr eher unangenehm.

»Wie geht es eigentlich Oonagh?«, fragte sie.

Dara ging nicht darauf ein. »Und der tote Hengst? Gehörte der nicht Onkel Jim?«

»Ja, und seinem Patensohn Finnegan«, erwiderte sie rasch. »Beide sind natürlich jetzt sehr traurig. Auch der Stalljunge Paul, der sein Leben für das Pferd aufs Spiel gesetzt hat. Gott sei Dank ist er wieder gesund zu Hause.«

»Und wie geht es dem Wirt, der entführt wurde?«

Grace seufzte. Gleich würde sie nicht mehr mitspielen. »Fitz. Der ist einigermaßen gut da rausgekommen. Er steht noch etwas unter Schock, aber sonst ist er okay. Seine Kollegin Fiona hat es fast übler erwischt. Sie ist die Cousine von Riordan und fühlt sich mitschuldig an seiner Entführung, was natürlich blanker Unsinn ist.« Grace holte tief Luft. »So, Dara, jetzt brauchen wir nur noch Rory Coyne und Kevin Day durchzuhecheln und dann können wir uns endlich dem zuwenden, was ich schon die ganze Zeit mit dir besprechen will.«

»Was ist denn mit Rory und Day?«

Wenn sie nicht so genervt gewesen wäre, hätte sie jetzt laut ins Telefon gelacht. Sie hätte ihren Bruder schütteln können.

»Das kann ich dir ganz schnell erzählen. Day hat sich bei meinem zweiten großen Fall als fähiger und verlässlicher Kollege erwiesen, der auf dem besten Weg zu einer friedlichen Kooperation zwischen uns sein könnte, was ich ihm nie zugetraut hätte. Und da Rorys Zwillingsbruder Ronan in keinerlei illegale Geschäfte verwickelt war, brauchen wir in diesem Fall auch nicht weiter zu ermitteln und Rory kann sich in aller Ruhe als Manager für seine Frau Kitty betätigen.«

»Versteh ich nicht.«

Nun lachte Grace wirklich laut ins Telefon. »Mrs Coyne hat den ersten Preis für die bestangezogene Lady bei den Galway Races gewonnen, und er begleitet sie jetzt von einem Fotoshooting zum anderen. Er ist mächtig stolz auf sie, aber gleichzeitig ist es ihm auch ein wenig peinlich.«

Nun lachte Dara vergnügt. »Ist die nicht schon über vierzig?«

»Na und? Es ist kein Schönheitswettbewerb, wir sind nicht bei der *Rose of Tralee*, Dara. Es geht um Stil, Geschmack und Ausstrahlung. Und das ist alterslos.« Grace holte tief Luft und machte einen neuen Anlauf. »Dara, was ist auf Achill los?«

Einen Moment kehrte wieder Stille ein zwischen der irischen Ost- und der Westküste.

»Äh. Wir dachten, ich meine, Oonagh und ich dachten … weil es ja mit dem Geld immer knapper wird … Da könnte man doch mal überlegen, nur überlegen, ob man es sich wirklich leisten kann, so ein schönes, großes Herrenhaus wie das unserer Vorfahren dort oben leer stehen und verrotten zu lassen. Das ist doch eigentlich eine Sünde, oder?«

»Ich wäre vorsichtig mit diesem Begriff, Dara.«

»Was meinst du?«

»Sünde.«

»Ach so.«

»Ihr seid dabei, es renovieren zu lassen, habe ich gehört.«

»Wer sagt das?«

Manchmal verstand sie ihren Bruder wirklich nicht. Dies war so ein Moment.

»Erst hat es Roisin erwähnt, der es bei Liv ja ziemlich gut zu gehen scheint, und dann Onkel Jim. Der hat von Handwerkern erzählt, die angeblich schon ein und aus gehen. Oder sind das Probebohrungen?«

Dara schwieg. Sie musste Geduld haben. Es fiel ihr manchmal richtig schwer.

»Grace?« Das war nun die Stimme ihrer Schwägerin, die immer so abgeklärt und entspannt klingen wollte. Grace mochte Oonagh, aber manchmal ging sie ihr auf die Nerven. Dara allerdings wäre ohne Oonagh verloren.

»Hallo, Oonagh. Lass dir die ganze Geschichte zu den beiden Morden von Dara erzählen. Mich interessiert im Moment das Haus auf Achill und was ihr für Pläne damit habt.«

Grace schlug auf ihrem Sessel die Beine übereinander. Ihre Schwägerin wirkte nicht so konfus wie ihr Bruder, allerdings war sie auch im Umgang geschmeidiger, weniger greifbar als er.

»Gut, dass du das ansprichst, Grace. Wir sollten uns bald treffen, um alles in Ruhe zu besprechen. Was hältst du davon – in zwei Tagen auf Achill Island?«

Grace überlegte. Sie konnte es nicht hinausschieben. Sie musste dort hinfahren. Und sie musste dringend etwas Abstand von Galway bekommen.

»In Ordnung. Ich komme und freue mich, euch zu sehen. Ihr bringt doch sicher Declan mit?«

Mit ihrem zehnjährigen Neffen konnte man immer spannende Sachen unternehmen, Grace mochte den Jungen. Beim Gedanken an ihn fiel ihr ihre Tochter Roisin wieder ein und sie spürte, wie sehr sie das Mädchen vermisste.

»Grace? Bist du noch dran? Wir müssen klären, worum es geht, das ist alles.«

»Hm. Und worum geht es?« Irgendwie war ihr das alles unangenehm.

Nun hatte Dara wieder das Telefon übernommen oder, wie Grace vermutete, in die Hand gedrückt bekommen.

»Es geht um unsere Familie, wo wir herkommen und wo wir hingehören. Es geht natürlich auch um das Haus und um das Land, verstehst du? Es geht um Heimat, Grace.«

Glossar

Achill Island, Insel westlich der Küste Mayos, die mit einer Brücke mit dem Festland verbunden ist

Bodhran, irische, mit Fell bespannte Trommel (gesprochen: Boran)

Claddagh, ehemalige keltische Siedlung im Zentrum von Galway. Bekannt heute durch den Claddagh Ring. Nach wie vor ein begehrter Stadtteil mit kleinen Cottages direkt am Meer (gesprochen: Klädda)

Dalkey, teurer Vorort südlich von Dublin direkt am Meer. Bekannt auch durch Flann O'Briens »Die Dalkey Archive« (gesprochen: Dokie)

Gaelic Football, urirische Mischung aus Rugby und Fußball, die mit Hurling die beliebteste Sportart auf der Grünen Insel ist. Wird meist nur »Gaelic« genannt.

Galwegian, Einwohner Galways

Garda (oder **Gardai**, gesprochen: Gardi), Name der irischen Polizei, die sich bei Staatgründung 1922 Garda Síochána na hÉireann nannte (»Hüter des Friedens«).

Graínne Ni Mháille (gesprochen: Gronja nei Maljach), irischer Name für Grace O'Malley, wird häufig zusammengezogen zu Granuaille (gesprochen: Gronjawehl)

Inis Mór, die größte der drei Aran-Inseln in der Bucht von Galway, auf denen noch Irisch als Alltagssprache gesprochen wird (gesprochen: Inisch Mor)

Inis Meáin, die mittlere der drei Aran-Inseln (gesprochen: Inisch Maan)

Inis Oírr, die kleinste der drei Aran-Inseln (gesprochen: Inisch Iir)

Keltischer Tiger, Bezeichnung für Irland zwischen den Jahren 1995 und 2007, als das Land ein außergewöhnlich starkes Wirtschaftswachstum erlebte. In dieser Zeit gab es eine große Immigrationswelle und viele zuvor emigrierte Iren kamen in ihre Heimat zurück.

Kylemore Abbey und **Lough Kylemore** (gesprochen: Loch Keilmoor), ehemalige Abtei und Internat, heute ein Museum mit Garten bei Letterfrack. Der See liegt nicht weit davon entfernt.

Lough Inagh, See in Westirland, nördlich von Recess gelegen (gesprochen: Loch Inei)

Monaghan, nördliche irische Grafschaft und deren Hauptstadt (gesprochen: Manehen)

Oughterard, Kleinstadt zwischen Galway und Clifden (gesprochen: Uuterard)

Pioneers (Kurzform für Pioneer Total Abstinence Association), irische Anti-Alkohol-Liga

Roghanna Ceilteach, »Keltische Möglichkeiten« (gesprochen: Rona Keltach)

Tin Whistle, einfache Flöte mit sechs Löchern, die besonders in der traditionellen irischen Volksmusik verwendet wird

Witwe Malone, Rory Coynes keltischer Fluch oder sein »zweites Gesicht«

Personen

Das Ermittler-Team:

Grace O'Malley – Leiterin des Morddezernats in Galway

Rory Coyne – ihr Kollege und Vertrauter

Peter Burke – Privatdetektiv für Wirtschaftsdelikte

Weitere Personen:

Pattie Burke – Peters Mutter, die auf Inis Meáin ein exklusives Bed & Breakfast führt

Robin Byrne – Chef der gesamten Garda-Zentrale in Galway

Kitty Coyne – Rorys Ehefrau und Mutter der sechs Töchter

Ronan Coyne – Rorys Bruder und Inhaber des Wettbüros »Turf no surf«

John Cullen (Sir John) – Trainer des Gaelic Football Teams von Galways

Kevin Day – Grace' eifersüchtiger Kollege

Francis Doherty – Jockey

Murray Finnegan – erfolgreicher Bauunternehmer und Onkel Jims Patensohn

Fiona – Barfrau im »Spaniard's Head«

Dr. Padraig (gesprochen: Porrig) **Fitzgibbon**, genannt Fitz – ehemaliger Pathologe bei Garda Limerick, inzwischen beliebter Wirt im »Spaniard's Head«

Hamish Hamilton – Schiedsrichter beim Gaelic Football

Hilary – unsympathischer Stammgast im »Spaniard's Head«

Cynthia (Kordula) Kosters – Ricks Schwester

Rick (Roman) Kosters – deutscher Biobauer aus Letterfrack

Fred McGuinness – Manager des Galway Teams

Oliver Murtagh – stärkster Verteidiger des Galway Teams

Tom Nolan – Mitarbeiter im Wettbüro »Turf no Surf«

Aisling (gesprochen: Äschling) **O'Grady** – Gerichtsmedizinerin bei Garda Galway

Dixi O'Hara – Hutmacherin

James (Jim) O'Malley – Grace' Onkel und bekannter Politiker

Dara O'Malley – Grace' Bruder aus Dalkey

Declan O'Malley – Daras Sohn

Oonagh (gesprochen: Una) **O'Malley** – Daras Frau

Paul – Stalljunge

Padraic (gesprochen: Porrig) **Riordan** – Pferdeexperte und Fionas Cousin

Roisin (gesprochen: Roschin) – Grace' vierzehnjährige Tochter

Dr. Phoebe (gesprochen: Fiebi) **Swank** – Veterinärin

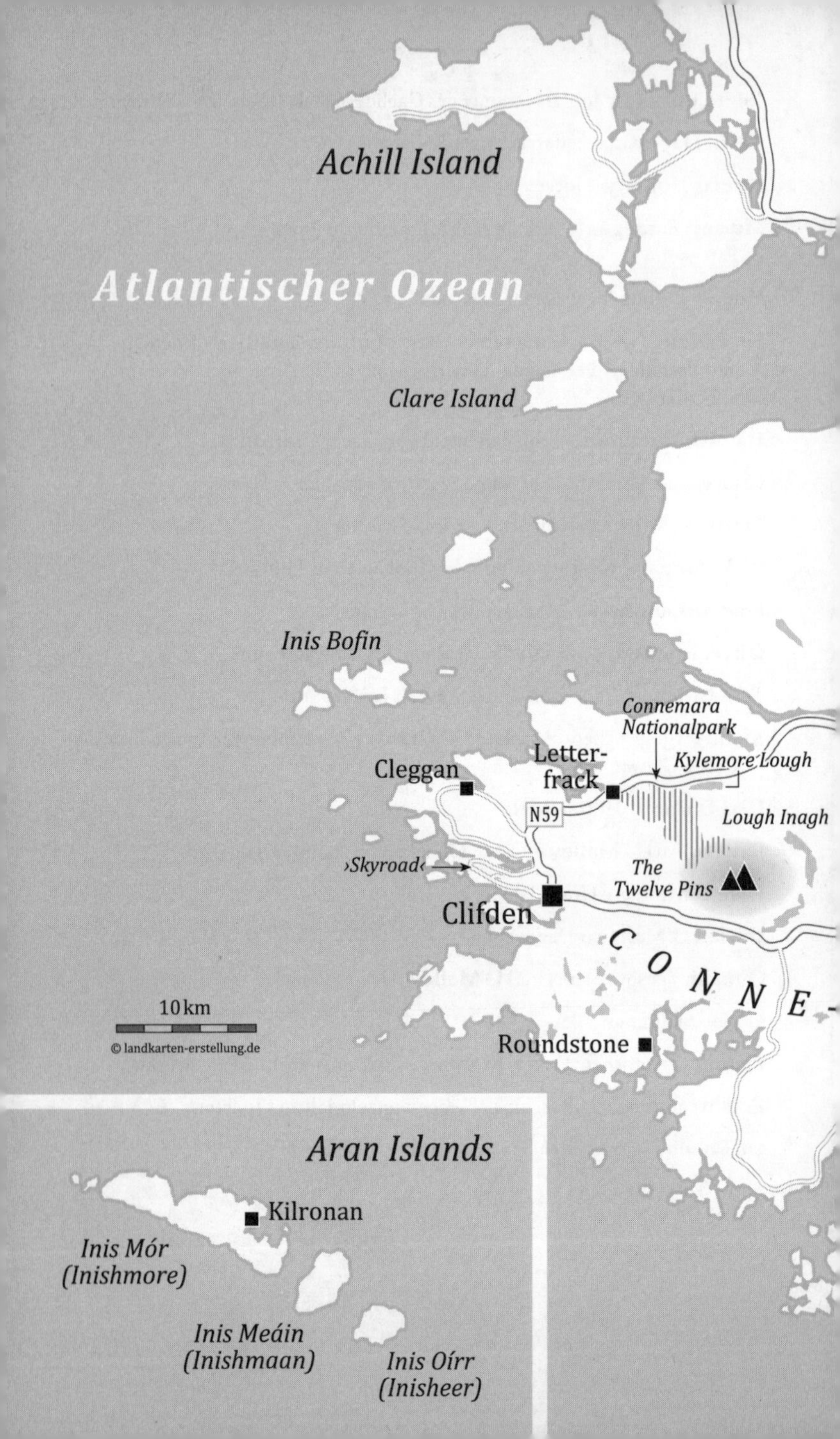

Achill Island
Atlantischer Ozean
Clare Island
Inis Bofin
Connemara Nationalpark
Letter-frack
Kylemore Lough
Cleggan
N59
Lough Inagh
›Skyroad‹
The Twelve Pins
Clifden
CONNE-
10 km
© landkarten-erstellung.de
Roundstone
Aran Islands
Kilronan
Inis Mór (Inishmore)
Inis Meáin (Inishmaan)
Inis Oírr (Inisheer)

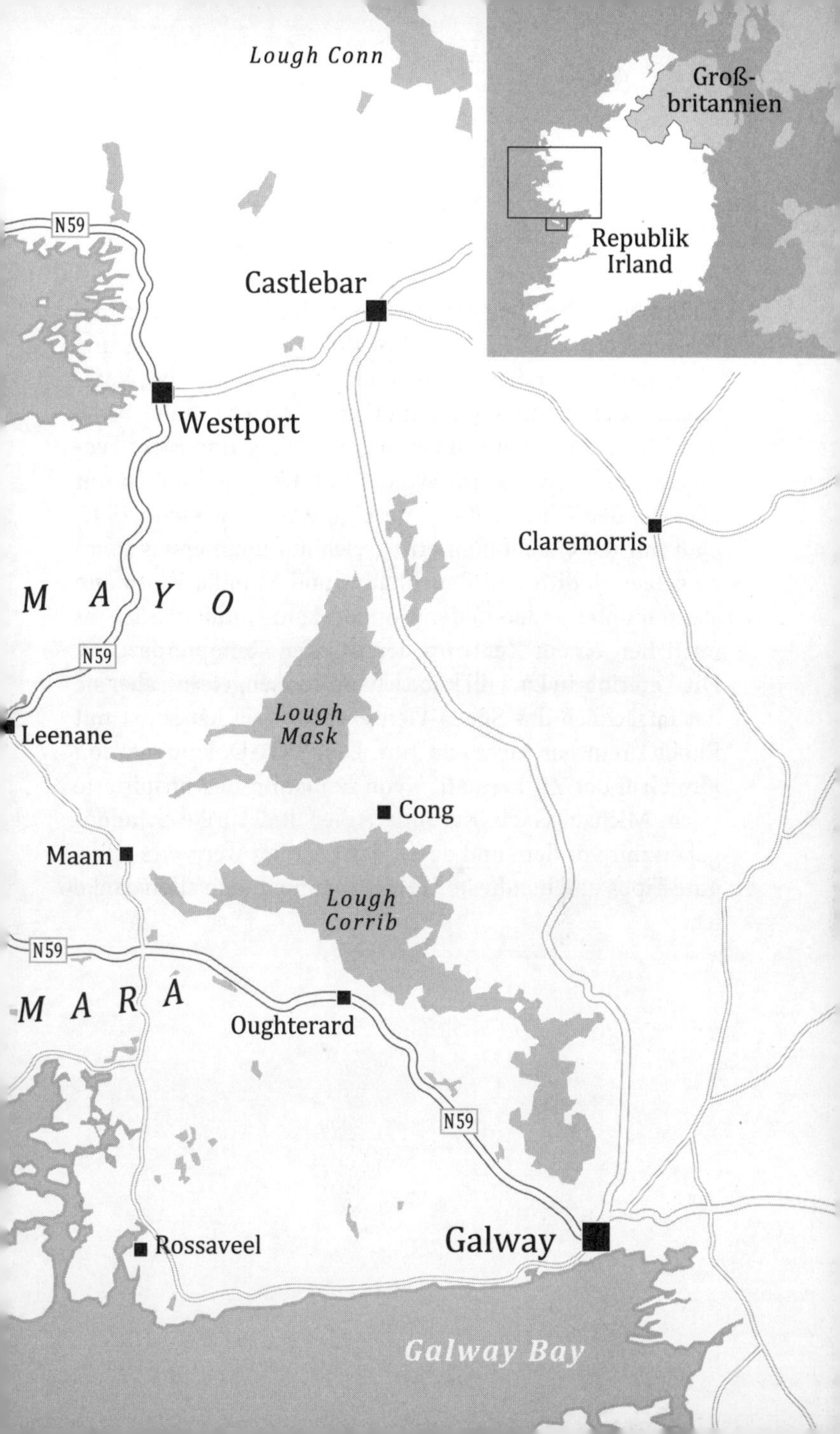
Lough Conn
Groß-
britannien
Republik
Irland
N59
Castlebar
Westport
Claremorris
M A Y O
N59
Lough
Mask
Leenane
Cong
Maam
Lough
Corrib
N59
M A R Á
Oughterard
N59
Rossaveel
Galway
Galway Bay

Danksagung

Zahlreiche liebe Menschen haben mich beim Schreiben und bei der Recherche für »Irisches Roulette« unterstützt und ermuntert. Besonders bedanken möchte ich mich bei Natascha und Oleg, in deren gemütlicher Datscha in der Nähe von Moskau ich den Roman begann. Mary und Mike Feeney aus Galway sind im Wettbetrieb tätig und haben mir alles bei den Galway Races gezeigt, was ich wissen wollte. Und mir dabei geholfen, erfolgreich auf mein erstes Pferd zu setzen. Judith von Rauchhaupt und Monika Wörmann stellten unter anderem den Kontakt zum *National Stud* für mich her, einem Zentrum der irischen Rennpferdezucht. Die Veterinärin Dr. Hill habe ich nie kennengelernt, aber sie hat tatsächlich das Speed-Gen entdeckt, sie hat sonst mit Phoebe rein gar nichts zu tun. Die ARD-Dokumentation »Im Griff der Zockermafia« von Benjamin Best inspirierte mich. Michael Gaeb, Karoline Adler und Ulrike Schuldes gaben mir vor dem und durch das Lektorat wertvolle Hilfe, gute Tipps und handfeste Unterstützung. Ihnen allen danke ich.